Tricia Levenseller
SISTERS OF THE SWORD

Tricia Levenseller

Sisters of the Sword

Die Magie unserer Herzen

Aus dem Amerikanischen
von Petra Koob-Pawis

cbt

Bei diesem Buch wurden die durch das verwendete Material und die Produktion entstandenen CO_2-Emissionen ausgeglichen, indem der cbj Verlag ein Projekt zur Aufforstung in Brasilien unterstützt.
Weitere Informationen zu dem Projekt unter:
www.ClimatePartner.com/14044-1912-1001

Penguin Random House Verlagsgruppe
FSC® N001967

1. Auflage 2022
Erstmals als cbt Taschenbuch Dezember 2022

Die Originalausgabe erschien 2022 unter dem Titel »Master of Iron« bei Feiwel and Friends, einem Imprint der Macmillan Publishing Group LLC, New York

Übersetzung: Petra Koob-Pawis
Umschlaggestaltung: © Isabelle Hirtz, Inkcraft unter Verwendung mehrerer Bilder von © Shutterstock (Nimaxs; michelaubryphoto; TheStockLair; iiiphevgeniy; Alan Paulson Photography)
MP · Herstellung: UK
Satz: Buch-Werkstatt GmbH, Bad Aibling
Druck und Bindung: CPI books GmbH, Leck
ISBN 978-3-570-31478-4
Printed in Germany

www.cbj-verlag.de

Für meine Mitstreitenden, die Tag für Tag
mit sozialen Ängsten zu kämpfen haben.
Ihr seid wichtig. Ich nehme euch wahr.
Kämpft weiter. Es wartet so viel Gutes auf euch.

»Ich finde, es sind die kleinen
Dinge, alltägliche Taten von
gewöhnlichen Leuten, die die
Dunkelheit auf Abstand halten.
Einfache Taten aus Güte und Liebe.«

Gandalf

Der Hobbit
Eine unerwartete Reise

KAPITEL
EINS

Wir haben keine Zeit für so etwas.

Ein umgestürzter Baum auf der Straße versperrt uns den Weg zur Brücke.

Ich blicke auf meine schlafende Schwester hinunter und bemerke die roten Sprenkel auf ihren Lippen, als ein weiterer keuchender Atemzug in ein Husten übergeht. Behutsam drehe ich Temra auf die Seite, damit sie nicht an ihrem eigenen Blut erstickt. Wir verabreichen ihr immer wieder eine Tinktur, damit sie ohne Bewusstsein bleibt und ihre Wunden nicht berührt, was alles nur noch schlimmer machen würde. Aus der Naht an ihrem Arm sickert kein Blut mehr, aber der tiefe Schwertstoß in ihre Seite hat die Lunge verletzt. Blut ist in das Organ gedrungen, was der Grund für ihre schwere Atmung ist.

Ihr Lebenskraft schwindet vor meinen Augen dahin, und es wird noch Tage dauern, bis wir endlich bei der magischen Heilerin von Skiro sind.

Hasserfüllt betrachte ich Kymora, die Kriegsherrin, die nur wenige Handbreit von mir entfernt gefesselt auf dem Karren liegt. Sie ist der Grund für Temras derzeitigen Zustand, und falls meine Schwester stirbt, kann mich keine Macht der Welt von dem abhalten, was ich dieser Frau antun werde.

Kellyn steigt von der Kutschbank ab und zieht das magische Langschwert aus der Scheide auf seinem Rücken, das ich für ihn geschmiedet habe.

»Was soll das?«, fragt Petrik. »Willst du uns etwa den Weg freihacken?«

»Sei still. Geh nach hinten zu Ziva in Deckung. Haltet eure Köpfe unten.«

Der Gelehrte folgt Kellyns Anweisung, während ich den Blick über die umliegenden Bäume schweifen lasse und nun auch die Gefahr erkenne.

Unsere Reisegesellschaft ist klein, und nur drei von uns sind ausgebildete Kämpfer: meine bewusstlose Schwester, unsere Gefangene, Kymora, die verwundet und gefesselt ist, und Kellyn, ein Söldner, der uns begleitet, obwohl er schon lange nicht mehr bezahlt wird.

Letzterer ist jetzt ungewöhnlich still und hält nach Gefahren Ausschau.

Einige Männer tauchen an der Flussböschung auf, sie haben Stecken und Knüppel in den Händen. Bei ihrem Anblick stockt Petrik der Atem und ich beuge mich schützend über meine Schwester.

Als die Fremden nur noch zehn Fuß von uns entfernt sind, bleiben sie stehen.

»Hallo, Freunde«, ruft einer von ihnen. Er ist groß, wenn auch nicht so groß wie Kellyn, dafür kräftiger um die Mitte und mit seinen kräftigen Pranken könnte er glatt ein Pferd hochstemmen. Sein Knüppel schleift über den Boden, als er auf uns zukommt. Seine Augenbrauen sind zu einer einzigen geraden Linie zusammengewachsen.

»Wir wollen keinen Ärger«, sagt Kellyn. »Eine von uns ist krank. Wir sind auf dem Weg in die Hauptstadt, um bei einer Heilerin Hilfe zu suchen.«

Die acht Männer, die sich jetzt hinter ihrem Anführer versammeln, haben dafür nur ein Grunzen und ein breites Grinsen übrig.

»Das ist gut. Auch wir wollen keinen Ärger. Wir sind hier, um unsere Dienste anzubieten, wisst ihr? Fünfzig Ockel, und wir helfen euch, den Baumstamm von der Straße zu schaffen.«

Da einer der Männer eine Axt über der Schulter trägt, ist nicht schwer zu erraten, was sie vorhaben.

»Das geht leider nicht, denn wir haben kein Geld«, erwidert Kellyn.

Der Anführer mit dem Knüppel putzt sich mit dem kleinen Finger sein Ohr aus. »Ich muss mich wohl verhört haben, mein Freund. Oder hast du tatsächlich gesagt, du hättest kein Geld? Wer reist denn zu einer Heilerin und hat keine Bezahlung dabei? Der Preis für unsere großzügige Hilfe ist soeben auf fünfundsiebzig Ockel gestiegen.«

In meinem Bauch scheint sich eine Familie von Würmern zu winden. Ich hasse Auseinandersetzungen, aber meine Wut und mein dringender Wunsch, meine Schwester zu beschützen, geben den Ausschlag.

Ich stehe auf. »Meine Schwester hat nicht mehr viel Zeit. Lasst uns vorbei. Wir haben wirklich kein Geld. Die Heilerin ist eine Freundin von uns. Wir bezahlen sie nicht für ihre Dienste.«

Ein anderer Mann tritt vor und stößt seinen langen Stecken vor sich in den Boden. Er späht in den hinteren Teil des Karrens und Petrik schiebt sich sofort schützend zwischen ihn und Temra. »Womöglich ist deine Schwester ohnehin so gut wie tot. Dann ist keine Eile mehr geboten.«

Ich versuche, die düstere Prophezeiung des Banditen nicht an mich heranzulassen, trotzdem ist es, als hätte ich einen Schlag in die Magengrube bekommen.

Er weiß nichts von der magischen Heilerin. Meine Schwester ist nicht unrettbar verloren, denke ich beschwörend. Es gibt noch Hoffnung.

»Devran«, fährt der Bandit fort, »sie haben hier hinten eine gefesselte Frau!«

Der Anführer stößt einen zischenden Laut aus. »Das ist aber nicht sehr nett.« Devran späht um den Karren herum, will einen Blick auf Kymora werfen. »Ist auf sie ein Kopfgeld ausgesetzt? Wenn ja, können wir sie gerne von euch übernehmen.«

Sie dürfen Kymora auf keinen Fall haben. Sie ist unser Druckmittel. Wir müssen sie ausliefern, damit nicht länger ein Kopfgeld auf *uns* ausgesetzt ist. Wir hoffen, dass ihre Gefangennahme Prinz Skiro großzügig stimmt und er uns zu seiner Heilerin lässt.

Aber dazu müssen wir unseren Weg fortsetzen. Und zwar *sofort*!

»Geht zur Seite«, fordert Kellyn. »Lasst uns vorbei. Ich werde es nicht noch einmal sagen.«

Devran saugt an seiner Unterlippe, mustert unsere kleine Gruppe. »Nehmt es uns nicht übel, wenn wir euch die Sache mit dem Geld nicht abnehmen. Jungs, durchsucht sie gründlich. Und wenn sie nichts bei sich haben, nehmen wir einfach die Pferde und das Schwert mit.« Er zeigt auf Kellyns Langschwert *Lady Killer*. »Eine wirklich schöne Waffe.«

Neun gegen Kellyn, Petrik und mich.

Wir hatten schon Situationen, in denen die Chancen schlechter standen.

»Es wird alles gut«, flüstere ich Temra zu, auch wenn sie mich wahrscheinlich nicht hören kann.

Ich springe über die Seite des Karrens auf die Straße und richte mich auf. Der Mann, der mir am nächsten steht, weicht einen Schritt zurück.

»Donnerwetter«, sagt er, als er zu mir hochschaut.

Ja, *hoch*. Ich war schon immer größer als die meisten Männer. Normalerweise hasse ich meine Größe. Sie macht mich zum Objekt ständiger Blicke und Kommentare. Aber in diesem Moment gefällt mir die Art, wie der Wegelagerer mich ansieht. *Eingeschüchtert*.

Seine Augenbrauen schießen in die Höhe, als ich meine Zwillingshämmer aus dem Gürtel ziehe.

Ich mag keine ausgebildete Kriegerin sein, aber ich bin eine ausgebildete Schmiedin, und es gibt nichts, was ich besser kann, als einen Hammer zu schwingen.

Kellyn tritt neben mich und verdeckt so die Sicht auf meine Schwester. Ich sehe, wie Kymora derweil ihre Hände nach Petrik ausstreckt, in einer stummen Bitte, sie loszubinden. *Ich kann euch helfen*, sagt ihre Miene.

Aber Petrik nimmt wortlos eine lange Metallstange aus dem Inneren des Wagens und gesellt sich zu uns. Früher diente sie als Karrenachse, jetzt ist sie ein magischer Stab.

»Freunde«, sagt Devran, »ihr seid in der Unterzahl, und meine Männer werden viel sanfter mit euch umgehen, wenn ihr eure Waffen niederlegt. Es gibt keinen Grund, den Kopf zu verlieren.«

»Ich werde schon allein mit denen fertig«, sagt Kellyn zu mir, »vielleicht solltest du lieber im Wagen warten.«

»Wenn ich im Wagen hätte warten wollen, wäre ich im Wagen.«

»Also gut.« Seine Antwort ist leise, aber ich habe keine Gewissensbisse, weil ich ihn angeschnauzt habe. In letzter Zeit scheint mich alles, was Kellyn sagt, aus der Ruhe zu bringen.

Devran hört bei unserem Wortwechsel amüsiert zu. »Vielleicht habt ihr einen falschen Eindruck von uns, weil wir so höflich sind. Ist euch klar, dass wir Räuber sind und notfalls Gewalt anwenden?«

»Das ist uns bewusst«, antworte ich. »Ihr hingegen täuscht euch, wenn ihr glaubt, wir seien leichte Beute.«

Den Hammer in der linken Hand, stürme ich los.

Das Werkzeug ist natürlich mit Magie aufgeladen, wie alles, was ich je gemacht habe. Dieser Hammer funktioniert zugleich wie ein Schild, indem er eine unsichtbare Barriere zwischen mir und heranstürmenden Feinden aufbaut. Und falls mich jemand angreift, prallt dessen Waffe daran ab und wendet sich gegen seinen Besitzer.

Der erste Räuber baut sich vor mir auf und hebt seinen Knüppel, um mich abzuwehren. Ich pflüge ihn nieder, steige über ihn hinweg und stürze mich auf den nächsten. Der weicht zurück, nachdem er gesehen hat, wie ich mit seinem Kameraden verfahren bin, nimmt dann jedoch all seinen Mut zusammen.

Er macht einen Schritt zur Seite und schwingt seinen Kampfstab. Ich pariere mit meinem linken Hammer, fange den Schlag mit dem unsichtbaren Schild ab, sodass der Mann durch den magischen Rückstoß auf dem Hintern landet.

Mit dem Schwung meines rechten Hammers, der ohne jede Magie ist, schlage ich ihn nieder.

Zwei weniger. Sieben bleiben übrig – die mich jetzt anstarren, als hätten sie eine mystische Kreatur vom Himmel herabsteigen sehen.

»Lasst uns vorbei«, fordere ich noch einmal.

An meinen Fingerspitzen sind rote Spritzer. Mein Magen dreht sich um.

Ich bin keine Verfechterin von Gewalt, aber ich bin dazu bereit, wenn es darum geht, jene zu schützen, die ich liebe. Egal wie entsetzt ich selbst darüber bin.

Devran packt nun seine Keule mit beiden Händen und schreit: »*Vor-wärts!*«

Ich überlasse es Petrik und Kellyn, mit den anderen fertigzuwerden, und bleibe lieber in Temras Nähe.

Lady Killer, Kellyns geliebtes Langschwert, besitzt die spezielle magische Fähigkeit, es mit mehreren Feinden gleichzeitig aufnehmen zu können. Als Devrans Männer Kellyn umzingeln, hat der Söldner nur ein Grinsen für sie übrig.

Er duckt sich unter einem Keulenschlag von links weg, holt nach rechts aus und rammt sein Schwert in den Bauch eines Angreifers.

Lady Killer veranlasst ihn, sich zu drehen, lenkt ihn in die richtige Richtung – und so entgeht Kellyn knapp der Spitze eines Kampfstabs, der genau dort niedergeht, wo er gerade noch stand.

Drei Waffen sausen gleichzeitig auf ihn zu, aber Kellyn weicht mit dem Oberkörper nach hinten aus und schwingt Lady Killer in einem weiten Bogen, um weitere Schläge abzuwehren.

Petrik steht immer noch in der Nähe des Wagens, aber nur, weil seine Waffe aus der Ferne besser funktioniert. Er schleudert den Metallstab mit aller Kraft, der, um die eigene Achse wirbelnd, durch die Luft schwirrt und schließlich einen der Räuber trifft. Der Mann trägt keine Rüstung, und ich höre seine Rippen knacken, bevor der Stab zu Petrik zurückfliegt, weil die ihm innewohnende Magie ihn immer wieder zum Besitzer zurückkehren lässt.

Noch fünf.

Kellyn und Petrik erledigen einen nach dem anderen, bis nur noch Devran und ein weiterer Räuber übrig sind.

Letzterer flieht, während Devran uns verwundert anstarrt. »Wer seid ihr?«

Kellyn Derinor, der Söldner.

Petrik Avedin, der Gelehrte.

Ziva Tellion, die Klingenschmiedin.

Unser Verhältnis zueinander ist komplizierter als je zuvor. Aber wir sind bereit zu kämpfen, jeder Einzelne von uns, um die anderen zu schützen. Unsere gemeinsamen Abenteuer und der damit verbundene Blutzoll haben uns zusammengeschweißt.

Wieder dringt ein Husten aus dem Wagen, und mir bleibt nichts anderes übrig, als mir die Hände an meiner Hose abzuwischen, bevor ich einsteige, um nach Temra zu sehen.

»Wir sind Reisende, die es eilig haben«, antwortet Petrik, »und du hast uns jetzt lange genug aufgehalten.« Er wirft seinen magischen Stab, erwischt Devran an der Schläfe, und der Anführer geht taumelnd zu Boden. Petrik wartet nicht ab, sondern nimmt die Verfolgung des flüchtenden Banditen auf.

Behutsam streiche ich meiner Schwester eine Haarsträhne von den Lippen, damit sie nicht von dem Blut befleckt wird, das sich in ihren Mundwinkeln sammelt. Ich drehe mich zur Seite, um Kymora einen hasserfüllten Blick zuzuwerfen.

Aber außer meiner Schwester ist niemand im Wagen.

Ich blinzle ein paarmal, wie um die Kriegsherrin heraufzubeschwören.

»Kellyn!«, rufe ich.

Als Temras Hustenanfall endlich nachlässt, lege ich sie sanft zurück und springe über die Längsseite des Wagens, wo noch die durchschnittenen Fesseln baumeln.

Kaum haben meine Füße den Boden berührt, werden sie unter mir weggezogen, doch ich kann mit den Händen den größten Teil meines Gewichts abfangen.

Ich wirble liegend herum und entdecke die Kriegsherrin unter dem Karren. Sie rollt hervor, wirft sich auf mich und presst die Unterseite ihres Arms gegen meine Kehle. Ich kralle meine Finger in ihr Gesicht und versuche, die Frau von mir wegzustoßen, während ich vergeblich nach Luft ringe.

Plötzlich ist Kellyn da und zerrt Kymora weg.

Sie rammt ihm ihren Ellbogen in den Bauch. Kellyn bleibt die Luft weg und er krümmt sich. Als Kymora fliehen will, springe ich auf. Für eine Frau mit einem zertrümmerten Knie humpelt sie erstaunlich schnell, fast so, als würde sie keinen Schmerz empfinden.

Ich renne ihr nach, greife erneut nach meinen Hämmern. Bei jedem anderen wäre das vielleicht übertrieben, aber Kymora ist die furchterregendste Kriegerin in ganz Ghadra. Sie will die Königsfamilie stürzen und alle Hoheitsgebiete unter ihre Herrschaft bringen. In unserem letzten Kampf mussten Kellyn, Petrik und ich all unsere magischen Kräfte aufbieten, um sie zu besiegen.

Sie ist die Frau, die meine Schwester an die Schwelle des Todes gebracht hat. Die mich vor Jahren zur Waise gemacht hat. Die mich ausnutzen wollte, um an magische Waffen für ihre Privatarmee heranzukommen, damit sie Ghadra widerstandslos einnehmen kann.

Es gibt niemanden, der gefährlicher ist.

Sie *darf* nicht entkommen.

Ich wage es nicht, einen Hammer nach ihr zu werfen, aus Angst, ihr unfreiwillig meine Waffe zu überlassen. Diese Frau kann sogar mit einem Ast in der Hand einschüchternd sein. Stattdessen versetze ich ihr mit meinem Schildhammer von hinten einen Schlag, sodass sie zu Boden geht. Sofort robbt sie durchs Gras und greift nach einem großen Stock.

»Wenn Ihr ihn anfasst, breche ich Euch Euer anderes Knie«, drohe ich ihr in einem Ton, den ich von mir selbst so noch nicht kannte.

Kymora ignoriert mich und packt den Ast. Sie stützt sich auf ihn, sucht Halt an einem Baum, um auf die Füße zu kommen.

In diesem Moment taucht Kellyn mit gezücktem Schwert neben mir auf.

»Halt sie von hinten in Schach«, fordere ich ihn auf, aber er hat sich längst in Bewegung gesetzt.

»Ihr könnt nirgendwo hin«, sage ich. »Ergebt Euch.«

Kymora streicht sich eine lose Haarsträhne aus den Augen. Ihr sonst so straffer Dutt hat sich gelöst, und nachdem sie ihren Knebel losgeworden ist, fällt die lange Narbe auf ihrer Wange wieder ins Auge. Irgendwie wirkt sie mit ihrem zerzausten Äußeren noch bedrohlicher.

»Kannst du es dir wirklich leisten, Zeit auf mich zu verschwenden, wo deine Schwester dringend in die Hauptstadt gebracht werden muss?«, fragt sie. »Ich dachte, jede Sekunde zählt.«

Ihre Worte versetzen mich erst recht in Rage, denn sie erinnern mich an die Dringlichkeit unserer Mission, und vielleicht machen sie mich deshalb ein bisschen leichtsinnig.

Mit zusammengebissenen Zähnen greife ich sie an, und auch Kellyn geht von hinten auf sie los. Sie kann uns beide schlecht gleichzeitig abwehren, schon gar nicht mit einem verletzten Bein, aber das hält sie nicht davon ab, es zu versuchen. Mit dem Stock pariert sie meinen Hammer und stößt mich zur Seite, um Kellyns Schlag auszuweichen. Mein Instinkt rät mir zurückzuweichen, weg von dieser mörderischen Frau.

Aber ich ignoriere ihn und trete gegen ihr zerschmettertes Knie.

Kymora schreit auf und lässt im Fallen den Stock los.

Ich packe die Kriegsherrin und versuche, ihr den Arm auf den Rücken zu drehen. Kymora holt mit der freien Faust aus, um mich am Kopf zu erwischen.

Ich ziehe ihren verdrehten Arm höher, bis Muskeln und Gelenke zum Zerreißen gespannt sind. Sie stöhnt, als ich sie nach vorne stoße und zu Boden zwinge. Ich greife nach ihrem anderen Handgelenk und versuche, auch diesen Arm auf ihren Rücken zu bekommen. Inzwischen lastet mein ganzes Gewicht auf der älteren Frau.

»Ergebt Euch!«, schreie ich sie an.

»Niemals!« Sie versucht, ihren Kopf in den Nacken zu werfen, die Bewegung lässt sie wie ein gestrandeter Fisch wirken.

»Wenn ich die Wahl habe, Euch entkommen zu lassen oder Euch zu töten, werde ich Euch *töten*«, entgegne ich. »Ihr verdient den Tod, denn Ihr habt mir alles genommen!«

Kellyn drückt sie nun ebenfalls mit seinem Gewicht nach unten, er sitzt praktisch auf ihren Beinen, damit sie keine Tritte austeilen kann. Er holt ein Seil hervor, und ich fessele damit ihre Handgelenke, fester als nötig.

Wir ergreifen sie an den Armen, ziehen sie hoch und schleifen die sich heftig wehrende Kriegsherrin zurück zum Wagen.

Petrik kommt zwischen den Bäumen angerannt. Als er uns sieht, bleibt er stehen und stützt seine Hände auf die Oberschenkel. »Der letzte Mann ist entkommen.«

»Lass ihn«, sage ich. »Hilf lieber Kellyn.«

Obwohl Petrik sichtlich erschöpft ist, packt er mit an, als seine Mutter in den Wagen gehievt wird. Als sie wieder sicher verwahrt ist, begutachtet er die durchtrennten Seile. »Wie ist sie freigekommen? Inmitten des Gefechts konnte sie ja wohl kaum eine Waffe stehlen. Die Männer hatten nur Knüppel und Stecken, und die Axt liegt noch an derselben Stelle auf dem Boden.«

»Vielleicht hat ihr jemand einen scharfen Gegenstand zugesteckt«, sagt Kellyn.

»Das würde ich *nie* tun.«

Ich ignoriere die beiden und suche unter dem Wagen nach einem Dolch oder etwas anderem, das den Fluchtversuch der Kriegsherrin erklären könnte.

»Blut ist dicker als Wasser«, sagt Kellyn.

»Ich kenne diese Frau kaum. Sie mag mich geboren haben, aber es gibt keine Liebe zwischen uns. Das wisst ihr. Warum sollte ich ausgerechnet die Frau befreien, die Temra verletzt hat?«

»Hört auf zu streiten«, entgegne ich und richte mich auf. Ich zeige ihnen ein spitzes Metallstück. »Eine Haarspange. Aus ihrem Dutt. Sie hat sie vermutlich schon vor Tagen herausgenommen und nur auf den richtigen Zeitpunkt gewartet, um sie zu benutzen.«

Kellyn sieht Petrik nicht in die Augen. »Tut mir leid«, brummt er.

»Wann vertraust du mir endlich?«, fragt Petrik. »Ich habe euch immer nur geholfen. Zugegeben, ich habe meine Herkunft für mich behalten, aber ich habe weder die beiden Tellion-Schwestern noch dich jemals verraten.«

»Wir haben größere Probleme als euer Gezänk.« Ich blicke zur Brücke. »Die Straße ist immer noch versperrt, und alle, die uns helfen könnten, den Baumstamm wegzuschaffen, sind entweder bewusstlos, tot oder geflohen. Gibt es noch eine andere Route?«

»Ja«, sagt Petrik, »aber sie verlängert die Reise um einen halben Tag.«

Mir ist nach Weinen zumute. Die Zeit ist ohnehin schon knapp. Die Heilerin in Amanor sagte, wir hätten nur noch eine Woche, bevor Temra an ihren Wunden sterben wird.

Und genau so lange brauchen wir, um die Hauptstadt zu erreichen.

Eine noch nie gekannte Wut durchflutet meine Glieder, als ich wieder in den Karren klettere. Ich ziehe meinen nicht magischen Hammer von meiner Hüfte und schwinge ihn gegen Kymoras unverletztes Bein.

Ein lautes Knacken. Kymoras Schrei wird durch ihren Knebel gedämpft. Petriks erschrockenes Nach-Luft-Schnappen und Kellyns entsetzter Blick erfüllen mich mit Schuldgefühlen, aber ... »Ein Versprechen ist ein Versprechen«, murmle ich.

Sie wird nicht noch einmal fliehen.

KAPITEL
ZWEI

Wir fahren die ganze Nacht, um die verlorene Zeit wieder aufzuholen.

Die Straße ist furchtbar, überall Spurrillen und Löcher, aber wir spüren die Unebenheiten nicht allzu sehr. Bevor wir Kellyns Heimatort verließen, habe ich das Metall unter dem Wagen mit Magie versehen, damit Temra so sanft wie möglich reisen kann.

Trotzdem finde ich keinen Schlaf, nicht bei all den Geräuschen, die an mein Ohr dringen – Temras krampfhafte Hustenanfälle, Kymoras Stöhnen, das Knacken von Kellyns Halswirbel, wenn er über seine Schulter nach mir sieht.

Ich möchte ihn anschreien, wütend auf alle sein. Jeder Einzelne soll so leiden, wie ich es gerade tue. Mein Körper befindet sich in einem seltsamen Zustand von Erschöpfung und erhöhter Wachsamkeit. Um mir die Zeit zu vertreiben, zähle ich die Atemzüge meiner Schwester.

Als ich eine Bewegung wahrnehme, balle ich die Faust, aus Sorge, dass Kymora sich wieder losgerissen haben könnte, aber es ist nur Petrik, der neben mir auf die Ladefläche klettert.

»Du solltest dich ausruhen«, sagt er. »Lass mich auf sie aufpassen.«

»Danke, aber es geht mir gut.«

»Falls es erneut einen Kampf gibt, bist du nützlicher, wenn du etwas geschlafen hast.«

Ich glaube, es ist die Erschöpfung, die mich zur Ehrlichkeit zwingt. »Ich habe Angst, dass sie stirbt, wenn ich meine Augen schließe.«

»Sie ist zäher, als du denkst«, erwidert Petrik voller Zuversicht.

Es ist schön, das zu hören, auch wenn er nicht mit Sicherheit wissen kann, was Temras Körper aushält. Er ist sehr gebildet, aber mit medizinischen Dingen kennt auch er sich nicht aus. Petrik ist ein Gelehrter aus der Großen Bibliothek in Skiros Hauptstadt und hat sein Leben lang alte Magie studiert. Ich habe ihn kennengelernt, weil er ein Buch über die bisher bekannte Magie in unserer Welt schreibt. Er wollte alles über mich und meine Fähigkeiten als Schmiedin wissen.

Auf unserer ersten gemeinsamen Reise verliebte er sich in meine Schwester. Das hat er zwar nie gesagt, aber ich weiß es. Wie könnte sich jemand nicht in meine tapfere und temperamentvolle Schwester verlieben? Sie ist stark und stur, und das im allerbesten Sinne.

Als wir herausfanden, dass Petrik uns seine Beziehung zu Kymora verschwiegen hat, die seine Mutter ist, war Temra außer sich vor Wut. Mir persönlich ist das ziemlich egal, solange er uns unterstützt. Seine Worte von vorhin sind wahr. Er hat uns nie verraten oder etwas getan, was darauf hindeutet, dass wir ihm nicht vertrauen können. Er hat nur ein persönliches Geheimnis bewahrt.

Und wer würde nicht verbergen wollen, dass er mit diesem Monster verwandt ist?

Aber Monster oder nicht, sie ist immer noch seine Mutter.

»Es tut mir leid, dass ich ihr vor deinen Augen wehgetan habe«, sage ich leise.

Petrik schluckt. »Es musste getan werden. Wir können keine weitere Verzögerung riskieren.«

»Ich war nicht unfair, ich habe ihr gesagt, ich würde es tun, wenn sie ...«

»Es ist okay, Ziva. Wirklich.«

Seine dunklen Augen gleiten über Temras Gesicht, ihr mahagonibraunes Haar, ihre geschwungenen Lippen, ihre makellosen Züge, nur vage sichtbar im Mondlicht. »Sie hatte noch keine Gelegenheit, mich wegen meines Geheimnisses anzuschreien. Das muss sie noch tun. Sie muss mir sagen, dass sie meine Ausreden nicht hören will. Sie wird mit Dingen nach mir werfen wollen.«

Ich lache gepresst, um nicht zu weinen. »Das wird sie. All das wird passieren. Hast du dir schon eine Erklärung für sie ausgedacht?«

Er schüttelt den Kopf. »Ich habe keine. Nur die Wahrheit. Ich hatte Angst, ihr würdet mich nicht mitnehmen, wenn ihr wüsstet, wer ich bin. Es gibt Leute, die sich nicht vorstellen können, dass ich keinerlei warme Gefühle für Kymora hege.« Bei diesen Worten wirft er einen Blick in Kellyns Richtung.

»Ich weiß, warum du es getan hast«, sage ich. »Ich werfe es dir nicht vor.«

»Du bist eine gute Freundin, Ziva, und eine noch bessere Schwester.«

»Ich habe sie enttäuscht.«

»Hast du nicht. Du kämpfst weiter. Wir werden die Hauptstadt rechtzeitig erreichen. Temra wird geheilt werden. Unsere Namen werden reingewaschen, und Kymora wird das Schicksal ereilen, das eine Verräterin verdient.«

Ich möchte ihm so gerne glauben, aber in meinem Kopf spielen sich dauernd die schrecklichsten Szenen ab und setzen sich sogar in meinen Träumen fort.

Es ist die Stille, die mich aufweckt.

Der Wagen hat angehalten. Sofort sehe ich nach Temra, während ich gleichzeitig rufe: »Warum fahren wir nicht weiter?«

»Wir müssen eine Pause machen«, sagt Kellyn. »Wenn wir die Pferde weiter so antreiben, verlassen sie die Kräfte, bevor wir die Hauptstadt erreichen.«

Er ist von der Straße abgebogen und nimmt den Pferden bereits das Zaumzeug ab. Petrik stapft mit seinem Gepäck davon, wahrscheinlich um Essen zuzubereiten.

So bleibe ich mit Kymora und Temra zurück.

Es scheint, als würde die Kriegsherrin nie ein Auge zutun. Jedes Mal, wenn ich zu ihr hinüberschaue, ist sie hellwach. Ihr Blick schweift über die Landschaft, über unser Lager, immer auf der Suche nach einer Fluchtmöglichkeit.

»Hier«, sagt Petrik einige Zeit später. Er reicht mir eine Schüssel mit Brühe. »Ich kann sie füttern, wenn du willst.«

»Nein, ich schaffe das schon.«

»Ich helfe trotzdem.« Er kniet sich hinter Temra und hebt sie in eine sitzende Position, während ich mit zitternden Fingern einen Löffel an ihren Mund führe.

Ich schiebe den Löffel zwischen ihre Lippen, kippe die Brühe hinein und drücke vorsichtig ihren Kopf nach hinten. Als ich sehe, wie sie schluckt, atme ich erleichtert auf.

»Wir werden es schaffen«, sagt Petrik.

»Diese Heilerin, von der du gesprochen hast - ist sie gut?«

»Sie wirkt Magie am menschlichen Körper, wie du es mit Eisen machst. Sie ist gut, Ziva.«

Der nächste Löffel Brühe endet damit, dass meine Schwester noch mehr Blut hustet.

»Sie kann das Loch in Temras Lunge verschließen?«, frage ich.

»Ich habe gesehen, wie sie abgetrennte Gliedmaßen wieder angefügt hat.«

Die brennende Hoffnung in meiner Brust ist gefährlich, aber wenn Temra stirbt, verliere ich das letzte Familienmitglied, das ich habe. Dann verliere ich auch mein Herz.

Dann hat Kymora mir wirklich alles genommen.

Als Temra genug gegessen hat, blickt Petrik zu seiner Mutter. »Ich glaube, ich gehe jetzt und füttere sie.«

Er schöpft eine weitere Schale mit Brühe und tritt zu seiner Mutter. Vorsichtig nimmt er ihr den Knebel ab und bietet ihr zuerst etwas Wasser an. Kymora trinkt und trinkt und trinkt. Sie versucht sich zurückzuhalten, vermutlich um keine Schwäche zu zeigen, aber allein an der Menge, die sie zu sich nimmt, erkenne ich, wie sehr ihr die Fahrt zusetzt. Wahrscheinlich tun ihr alle Glieder weh, und weil sie immer gefesselt ist, sind ihre Handgelenke und Knöchel rot und geschwollen von den strammen Seilen, wobei das angesichts ihrer anderen schweren Verletzungen ihr sicher nicht die größte Qual bereitet.

Ich bin froh, dass sie leidet, und ich schäme mich nicht dafür.

Temras Gesicht ist in den letzten vier Tagen noch bleicher geworden. Ihre Lippen sind rissig. Ihre Lunge ist geschwächt. Sie hat wunde Stellen, weil sie so lange in derselben Position gelegen hat. Aber ich wage es nicht, sie mehr zu bewegen, um ihren Zustand nicht zu verschlimmern.

Dies könnten die letzten Tage sein, die ich mit meiner Schwester verbringe, und ich kann nicht einmal mit ihr sprechen.

Ich zwinge mich, meine Gedanken woandershin zu lenken.

Petrik und Kymora unterhalten sich im Flüsterton, nachdem sie sich satt getrunken hat. Ich kann die Einzelheiten des Gesprächs nicht hören, aber Petrik zuckt bei etwas, das sie erwidert, zusammen. Er löffelt etwas Brühe und flößt sie ihr ein. Daraufhin sagt sie etwas. Ihr Gesicht verrät nicht, worum es dabei geht, und ich frage mich, ob ich näher heranrücken soll.

Da fängt Temra an zu husten.

Ich drehe sie sanft auf die Seite und reibe ihr den Rücken. Ihre Schultern heben sich und ihr Körper verkrampft. Blut quillt aus ihrem Mund.

»Ich verlasse dich nicht«, sage ich. »Ich bin hier, Temra. Dir wird nichts geschehen.«

Aus den Augenwinkeln nehme ich eine Bewegung wahr und wirble herum. Kellyn geht in die Knie, um sich etwas Suppe zu holen. Mit seinen gewaltigen sechseinhalb Fuß

Körpergröße muss er sich tief bücken, um aus dem Kochtopf zu schöpfen. Mit seinen goldroten Haaren und den edlen Gesichtszügen ist er in jeder Hinsicht ein schöner Mann, daran ändert auch der Schmutz der Reise nichts.

Er hat mir so viel bedeutet. Wir waren ... eine Zeit lang zusammen. Aber statt meiner Schwester im Kampf gegen Kymora beizustehen, verfolgte er die Männer, die mich ergriffen und entführt hatten.

Er hat *mich* gerettet, nicht *sie*.

Und wenn sie stirbt, werde ich ihm das nie verzeihen.

Selbst wenn sie überlebt, glaube ich nicht, dass ich ihm vergeben kann. Er weiß, dass meine Schwester die Welt für mich bedeutet. Er wusste, dass ich nicht wirklich in Gefahr war. Kymora wollte, dass ich lebe. Aber sie wollte meine Schwester tot sehen, um mir eine Lektion zu erteilen.

Trotzdem ist er mir hinterhergekommen.

Er hat sich falsch entschieden, wie also könnte ich mich jetzt noch für ihn entscheiden?

Als er sich etwas Brühe genommen hat, kommt er auf meine Seite des Wagens. Seine Nähe jagt eine Schockwelle durch mich. Ich weiß nicht, wieso er immer noch diese Wirkung auf mich hat, wo wir doch schon so viel Zeit miteinander verbracht haben. Und doch ist es so. Aufregung und Angst durchströmen mich in seiner Nähe und verbinden sich zu einem verwirrenden Durcheinander an Gefühlen.

»Es tut mir leid, dass ich an Petrik gezweifelt habe«, sagt er.

»Schon wieder«, erinnere ich ihn.

»Schon wieder.«

»Es quält ihn, seine Mutter in Fesseln zu sehen, aber jedes Mal, wenn sie etwas sagt und versucht, ihn zu manipulieren, damit er ihr hilft, sieht er Temra an. Er erinnert sich selbst daran, warum seine Mutter eine Gefangene ist und ihre Fesseln notwendig sind.«

»Ich weiß. Ich mache mir einfach Sorgen. Ich kann nicht anders.«

»Er hätte seine Herkunft nicht vor uns geheim halten dürfen. Aber er ist nicht wie seine Mutter. Er ist jetzt hier bei uns. Er bringt uns an einen Ort, wo wir Hilfe bekommen.«

Während unseres Gesprächs habe ich auf Kellyns Brust gestarrt, aber als ich jetzt seinen Blick auf mir spüre, hebe ich den Kopf.

Seine braunen Augen treffen auf meine blauen und ein Wirbelsturm von Gefühlen kämpft in meiner Brust um die Vorherrschaft. *Furcht. Verlangen. Hass. Resignation.*

Früher hatte ich große Scheu, mit ihm zu sprechen. Ich brachte kaum ein Wort heraus, ohne dass ich von meinen Ängsten überwältigt wurde. Das änderte sich mit der Zeit. Vor allem während der Reise, für die Temra und ich ihn angeheuert hatten, damit er für unser sicheres Geleit nach Thersa sorgt. Von dort aus mussten wir durch zwei weitere Gebiete des Königreichs fliehen und landeten schließlich in seiner Heimat Amanor, wo ich seine Familie kennenlernte. Dort hatte ich zum ersten Mal das Gefühl, diesen Mann wirklich kennenzulernen, und ich wollte, dass auch er mich kennenlernt.

Vielleicht begann ich sogar zu lieben –

Der Gedanke tut weh, also lasse ich ihn gar nicht erst zu.

Kellyn zu mögen, ihm zu vertrauen, ihn zu wollen – all das fühlt sich an wie ein Verrat an dem einzigen Menschen, der immer für mich da war.

Temra leidet nicht unter Ängsten wie ich. Sie hat mich mein ganzes Leben lang vor unangenehmen Begegnungen beschützt.

Und als ich *sie* hätte beschützen sollen, als ich Kellyn um Hilfe bat, wurde sie tödlich verwundet.

Das ist meine Schuld. Es ist Kellyns schuld. Es ist Kymoras schuld.

Ich kann nicht mit ihm zusammen sein, ohne mich selbst zu hassen.

Er sieht mich an, in seinen Augen lese ich Sehnsucht und Schmerz. Ich sehe, wie er seinen Mund öffnet und wieder schließt, vergeblich nach den richtigen Worten sucht.

Aber er und ich wissen beide, dass es keine gibt.

Kellyn macht ein kurzes Nickerchen, bevor wir wieder aufbrechen. Er und Petrik wechseln sich bei den Pferden ab, während ich hinten auf der Ladefläche des Karrens bleibe, eingeklemmt zwischen der Person, die ich am meisten liebe, und der Person, die ich am meisten verabscheue.

Eine Woche hat sich noch nie so lang angefühlt.

Die Sekunden kriechen träge dahin, während der Tag wieder in die Nacht übergeht. Die verrinnenden Stunden haben keine Bedeutung für mich, außer dass sie einen hohen Tribut von Temra fordern. Sie wird immer blasser, dünner, schwächer.

Uns läuft die Zeit davon.

Kellyn fragt: »Wie geht es weiter, wenn wir bei Skiro sind?« Da er die Worte flüstert, nehme ich an, dass sie nicht an mich gerichtet sind.

Petrik setzt sich aufrechter hin. »Wir werden sofort eine

Audienz bei Skiro erbitten. Er wird uns alles zur Verfügung stellen, was wir brauchen.«

»Du klingst sehr zuversichtlich«, sagt Kellyn. »Aber warum sollte sich der Prinz die Mühe machen, mit uns zu sprechen? In seinen Augen sind wir Flüchtige, nichts weiter. Wir sind nicht in der Position, um etwas zu bitten.«

Petrik dreht den Kopf zur Seite, blickt auf die vorbeiziehenden Bäume. »Ich dachte, du hättest es inzwischen begriffen.«

»Was meinst du damit?«

»Kymora ist meine Mutter. Kannst du dir nicht denken, wer mein Vater ist?«

Kymora war die Oberbefehlshaberin des Königs. Kurz nach Prinz Skiros Geburt starb die Königin. Ließ König Arund allein und trauernd zurück. Und dann bringt Kymora ein Kind zur Welt, das sie wegschickt, um es fern vom Palast unterrichten zu lassen ...

Bei den Zwillingsschwestern! Petrik ist der uneheliche Sohn des Königs. Als nach dessen Tod das Reich geteilt wurde, bekam Skiro das Territorium, in dem sich die Große Bibliothek befindet. Wo Petrik studierte. Er ist also in der Nähe seines Halbbruders aufgewachsen.

Ich hätte schon viel früher zwei und zwei zusammenzählen sollen.

Als Kellyn es immer noch nicht kapiert, helfe ich ihm auf die Sprünge. »Er ist der Sohn des Königs.«

»*Was?*« Kellyns Stimme schraubt sich eine Oktave höher.

Petrik sagt: »Ich habe eine sehr enge Beziehung zu meinem Bruder. Wir sind zusammen aufgewachsen. Er würde so ziemlich alles tun, was ich verlange, und das auch für die Frau, die ich ... auch für Temra. Er wird Temra helfen.«

Als Kellyn seine Stimme wiederfindet, sagt er: »Ernsthaft? Gibt es sonst noch etwas, das du uns mitteilen möchtest? Irgendwelche anderen Geheimnisse, die du mal eben loswerden möchtest?«

»Das war kein Geheimnis!«, widerspricht Petrik. »Jeder, der meinen Bruder Skiro kennt, weiß, wie wir zueinander stehen.«

»Kellyn«, sage ich. »Es spielt keine Rolle, wer sein Vater ist. Was unsere missliche Lage angeht, war das nie von Bedeutung.«

»Ach ja? Findest du nicht, es wäre hilfreich gewesen, zu wissen, dass er ein so gutes Verhältnis zu seinem Prinzenbruder hat? Damals, als Kymora hinter uns her war?«

»Wenn wir Skiro um Hilfe gebeten hätten, hätte Kymora ihm und allen unschuldigen Menschen in seinem Land den Krieg erklärt!«, entgegnet Petrik. »Hättest du dafür die Verantwortung übernehmen wollen? Wir können jetzt nur zu meinem Bruder gehen, weil Kymora keine Bedrohung mehr ist! Außerdem hätte Ziva uns niemals erlaubt, bei jemandem in einer solchen Machtposition Zuflucht zu suchen, solange das Problem mit *Secret Eater* noch nicht gelöst war.«

Damit hat er recht, und Kellyn weiß das auch, denn ihm fällt darauf keine Erwiderung ein.

»Unser Plan ist ganz einfach«, sagt Petrik und wendet sich wieder dem eigentlichen Thema zu. »Wir bitten meinen Bruder um Hilfe. Er gewährt sie uns. Wir sind unsere Sorgen los.«

Bis auf die Sorge, dass Temra tot sein könnte, bevor wir bei Skiro ankommen.

KAPITEL DREI

Nie zuvor war ich so froh, eine große Stadt zu erreichen.

Normalerweise finde ich solche Orte furchtbar. Zu viele Sinnesreize: Menschen, Tiere, Gerüche, Geräusche.

Aber als die Pferde uns den steilen Anstieg hinaufziehen, durch die Stadttore, mitten hinein in den Trubel des Stadtlebens, habe ich zum ersten Mal auf dieser Reise das Gefühl, wieder frei atmen zu können. Kellyn treibt unsere Pferde an und die Menschen springen zur Seite, rufen uns Flüche hinterher.

Wir sind spät am Tag angekommen, die Straßen sind nicht mehr so voll, nur hier und da sind noch einige Leute dabei, ihre Läden zu schließen oder schnell letzte Besorgungen zu erledigen.

Die Hauptstadt liegt in den Bergen, es geht das Gerücht, Prinz Skiro habe seinen Herrschaftssitz so weit wie möglich von seinem älteren Bruder Ravis entfernt errichten wollen. Die Menschen sind in weite Pelze und dicke Stiefel gehüllt. Der Herbst scheint in der Stadt früh Einzug gehalten zu haben.

Petrik dirigiert Kellyn in Richtung des Palastes und führt uns dabei über kurvenreiche, immer steiler werdende Straßen. Ich habe unser Ziel schon vor Augen, wenn ich meinen Blick über die Dächer der Häuser schweifen lasse. Die Palasttürme sind die höchsten Gebäude der Stadt.

Als wir sie endlich erreichen, sehe ich, dass sie Teil einer hohen Mauer sind, die das Palastgelände umgibt. Die Zugbrücke ist heruntergelassen und gewährt uns Zugang.

Zwei riesige Statuen stehen auf beiden Seiten der Palasttore. Die eine ist aus weißem Marmor, die andere aus dunklem Granit gemeißelt. Ebanarra und Tasminya, die Schwesterngöttinnen.

Als der Wagen zum Stehen kommt, tritt eine patrouillierende Soldatin an uns heran. »Petrik, du bist wieder da!«

»Tut mir leid, Leona, aber ich habe keine Zeit für Höflichkeiten. Bitte melde dem Prinzen, dass ich hier bin. Ich habe eine hochrangige Gefangene für ihn und erbitte Seruthas Hilfe für unsere verwundete Gefährtin.«

Ich weiß nicht, ob Petrik alle Wachen kennt oder ob es nur Zufall ist, aber ich bin froh, dass die Dinge in Bewegung geraten. Leona ruft einigen Dienern am Tor etwas zu, woraufhin sie sofort im Inneren verschwinden.

Bereits nach wenigen Minuten wird eine Trage zum Wagen gebracht, gefolgt von einem kleinen Wachtrupp mit Ketten und Handschellen. Ich helfe den Bediensteten, Temra auf die Trage zu legen. Die Wachen zerren eine sehr widerborstige Kymora vom Wagen und fesseln sie ordentlich. Sie wehrt sich heftig, was ihr ein paar weitere Kratzer und blaue Flecken einbringt.

»Bitte«, sagt Petrik. »Seid so sanft wie möglich.«

Weitere Wachen eilen herbei, alle in tiefblauen Tuniken mit einer gelben Sonne auf der Brust.

Aus dem Inneren des Palastes ist leises Gemurmel zu hören, das immer lauter wird. Dann fordert jemand: »Lasst mich durch!«, und drängt sich an allen anderen vorbei.

Das muss Prinz Skiro sein. Er trägt eine tiefgoldene Tunika unter seiner offenen saphirblauen Robe. Seine braune Haut ist dunkler als die von Petrik, sein Kopf ist rasiert, und seine Gesichtszüge sind so glatt, dass Temra sie wahrscheinlich als hübsch bezeichnen würde. Er ist größer als Petrik, sogar fast so groß wie ich, wenn auch nicht ganz. Er trägt keinen besonderen Schmuck, der seine Stellung kennzeichnet, aber er hat einen mit Juwelen besetzten Dolch am Gürtel. Er ist der Jüngste unter den royalen Geschwistern, ich würde ihn keinen Tag älter als zwanzig schätzen.

Der Prinz mustert den Wagen, meine Schwester auf der Trage und Kymora in Ketten, bevor sein Blick auf Petrik fällt. Sein Gesicht erhellt sich zu einem strahlenden Lächeln. »Petrik!«, ruft er und umarmt seinen Bruder. »Täusche ich mich oder hast du schließlich doch noch Muskeln entwickelt? Und was hast du da an? Ich kann mich nicht erinnern, wann ich dich das letzte Mal in etwas anderem als deinem Gelehrtengewand gesehen habe.«

»Verzeih mir, Skiro«, sagt Petrik, »aber wir sind in Eile. Wir brauchen sofort Hilfe. Eine Freundin von mir ist schwer verwundet. Ihr läuft die Zeit davon. Wir brauchen Serutha. Kannst du sie herholen?«

Skiros Blick fällt auf Temras leichenblasses Gesicht. »Kommt alle herein. Die Freunde meines Bruders sind auch meine Freunde.«

Jede Sekunde, die verstreicht, fühlt sich an wie ein Peitschenhieb auf meiner Haut.

Ich schaue zu, wie Heilkundige meiner Schwester mit warmen Tüchern den Schmutz der Reise abwischen. Sie gehen sehr behutsam mit ihr um, aber ich warte ungeduldig darauf, dass diese sagenumwobene Heilerin endlich kommt und ihre Magie wirkt. Einer von ihnen löst den Verband an Temras Arm, und ein fauliger Geruch steigt mir in die Nase. Die Wunde hat sich entzündet. Eine Helferin macht sich daran, die Fäden zu entfernen und die Wunde wieder zu öffnen, damit sie den Abszess aufschneiden kann.

Aber wo ist Serutha?

Als die Tür aufgeht, drehe ich mich erleichtert um, bereit, sie zu begrüßen und anzubetteln, alles zu tun, was nötig ist, um meine Schwester zu retten.

Aber es ist nur ein weiterer Bediensteter.

»Petrik schickt mich, um dich abzuholen. Ich soll dich auf dein Zimmer bringen, damit du dich waschen und ausruhen kannst. Der Prinz möchte, dass ihr beim Abendessen seine Ehrengäste seid.«

Ich blinzle verwirrt.

Abendessen? Waschen? Ausruhen?

Meine Schwester liegt im Sterben. *Im Sterben.* Und diese Leute erwarten von mir …

»Verzeihung«, sagt jemand hinter mir. Ich drehe mich abrupt um, bereit, ans Bett meiner Schwester zu eilen.

Es ist eine der Heilkundigen. »Sie ist in guten Händen. Sie wird die beste Pflege bekommen, die wir ihr geben können. Du solltest gehen.«

»Ich werde nicht von ihrer Seite weichen«, erwidere ich.

»Ich weiß nicht, wie ich es taktvoll ausdrücken soll, aber du gefährdest unsere sterile Umgebung.«

Bei ihren Worten schaue ich an mir herunter. Unter meinen Fingernägeln ist Dreck. Meine Kleidung ist zerrissen vom Kampf mit Kymora und schmutzig von der Reise. Auf meiner Haut kann ich Sommersprossen nicht vom Staub der Straße unterscheiden. Und wie ich rieche, will ich gar nicht erst überprüfen.

Eine peinliche Stille macht sich breit, aber der Wunsch, Temra wieder gesund zu sehen, gibt den Ausschlag. »Heißt das, es ist besser für sie, wenn ich gehe?«

Die Heilkundige nickt höflich.

»Ich kann wiederkommen, sobald ich sauber bin? Und diese« - ich zögere, da ich nicht weiß, ob die Gabe der magischen Heilerin allgemein bekannt ist - »Serutha wird bald da sein?«

»Du darfst wiederkommen und der Prinz gewährt dir großzügig *all* seine Unterstützung.«

Ich verstehe, was sie meint.

»Nun gut«, sage ich und atme tief durch. Der Diener sieht erleichtert aus, als ich mich ihm zuwende.

Der Raum, in den er mich führt, ist sauber und lässt viel natürliches Licht herein. Überall sind feine Teppiche und Draperien mit wunderschönen Mustern, die aussehen, als wären sie in jahrelanger Arbeit entstanden. Ein Bad ist bereits eingelassen, und ich beeile mich, denn ich weiß, je schneller ich sauber bin, desto schneller kann ich Temra wiedersehen und die magische Heilerin bei ihrer Arbeit bewundern.

Das Wasser fühlt sich angenehm auf meiner Haut an, und ich genieße es, den Schmutz einer ganzen Woche von meinem Körper abzuspülen. Als ich fertig bin, trockne ich mich ab, bürste mir schnell die Haare und lasse sie offen – sie sind sowieso viel zu kurz, um viel damit zu machen. Als ich angezogen bin und zur Tür hinauseile, stoße ich dort fast mit Petrik zusammen. Auch er hat ein Bad genommen und seine Kleidung gewechselt.

»Gibt es Neuigkeiten?«, frage ich. »Wie geht es ihr?«

»Unverändert.«

Was? »Warum? Warum geht es ihr nicht besser? Wo ist die viel gepriesene Heilerin, von der du gesprochen hast? Warum geht alles so langsam? Muss ich an die Türen des Thronsaals hämmern?«

Petrik unterbricht mich, bevor ich weiter in Rage gerate. »Ich kann dir deine Fragen noch nicht beantworten, aber Skiro möchte mit uns allen sprechen.«

Gut, dann kann ich selbst Antworten von ihm verlangen.

Ich lasse mich von Petrik durch einen Saal führen, der mit prunkvollen Wandteppichen dekoriert ist. Aus einem weit entfernten Raum dringt Musik zu uns herüber, allerdings kann ich das Instrument nicht ganz zuordnen. Irgendetwas mit Saiten. Petrik eilt ungerührt weiter, bis wir in einen Raum kommen, der ebenfalls mit gewebten Tapisserien und feinen Teppichen ausgestattet ist. Zwischen den Wandteppichen stehen Bücherregale, in denen schwere Folianten aufbewahrt werden. Die Musik ist hier lauter zu hören, aber es sind nirgendwo Musiker zu sehen. Vielleicht spielen sie nebenan.

Auf einem schlichten Tisch ist Essen angerichtet. Es gibt reichhaltige Soßen zu saftigem Fleisch und nicht weniger als fünf verschiedene Weinkaraffen. Die Leibwache des Prinzen hat sich an der Wand postiert, Skiro selbst sitzt am Kopfende des kleinen Tisches und neben ihm Kellyn, der gerade ein großes Stück von einem gebutterten Brot abbeißt.

Ich darf eigentlich nicht wütend auf die beiden sein, weil sie essen, während Temra im Sterben liegt, aber ich bin es trotzdem.

»Ah.« Skiro blickt auf. »Setzt euch bitte. Esst euch satt. Ihr habt sicher viel zu erzählen nach so einer Reise.«

Weder Petrik noch ich rühren uns vom Fleck, und in diesem Moment bin ich ihm unendlich dankbar, dass er an meiner Seite ist, wir geeint sind in unserem gemeinsamen Anliegen.

Mit einem Seufzer lässt Skiro die Hühnerkeule fallen, die er an seinen Mund geführt hatte. »Ich bin euch allen äußerst dankbar, dass ihr mir die Verräterin Kymora gebracht habt, auch wenn ich etwas überrascht bin, Bruder, dass du dich gegen sie wendest.«

»Ich habe von ihren Plänen erfahren, dich und die anderen zu töten und das gesamte Königreich an sich zu reißen. Das konnte ich nicht zulassen. Es war Ziva, die Kymoras finstere Absichten aufgedeckt und ihre Pläne zunichtegemacht hat.« Er deutet auf mich. »Ihre Schwester ist diejenige, die im Sterben liegt. Um ihretwillen bitten wir dich um Seruthas Hilfe.«

Skiro heftet seinen Blick auf mich. Seine Augen blitzen und ein übertrieben strahlendes Lächeln breitet sich auf seinem Gesicht aus. Doch dann schüttelt er den Kopf, als käme ihm gerade etwas wieder in den Sinn, und wendet sich an seinen Bruder. »Du hättest ihnen nicht von ihr erzählen dürfen, egal wie gut ihr befreundet seid.«

»Ich betrachte sie jetzt als Familie«, antwortet Petrik.

»Schuldest du ihnen dein Leben, bindet dich das an sie? Hast du deshalb das Vertrauen unserer Freundin Serutha missbraucht?«

»Es geht um Temra.«

»Das sterbende Mädchen.«

»Ich liebe sie, Skiro. Und ich brauche dich, um sie zu retten.«

Verlegen trete ich von einem Bein aufs andere. Ich hatte es natürlich geahnt, aber Petrik etwas so Persönliches laut aussprechen zu hören, ist mir ein wenig peinlich. Aber wenn es Skiro dazu bringt, endlich zu handeln, dann –

»Oh, ich verstehe.« Skiros Gesichtszüge entspannen sich. »Es tut mir so leid, Petrik, aber sie ist nicht hier.«

»Wer?«, fragt Petrik.

»Serutha.«

»Dann schick nach ihr! Wo ist sie?«

»Vor ein paar Wochen hat unser lieber Bruder Ravis Spione hier in den Palast eingeschleust. Sie erfuhren von Seruthas Fähigkeiten und schlichen sich mitten in der Nacht mit ihr davon. Inzwischen sind sie bereits in Ravis' Territorium.«

Ein verzweifelter Schrei entringt sich meiner Kehle und ich sinke kraftlos auf die Knie. *Nein, nein, nein, nein, neinneinneinneinneinnein …*

Wir haben es geschafft. Wir haben Kymora hierhergebracht. Temra hat die Reise überlebt.

Aber die Heilerin ist nicht hier.

Meine Schwester wird sterben.

Ich spüre, wie mein Atem schneller geht, aber ich zwinge die Worte über meine Lippen. »Dann lasst den Wagen vorfahren. Wir reisen nach Ravis.«

»Du kannst das Mädchen nicht noch weiter transportieren«, sagt Skiro. »Das würde ihren sicheren Tod bedeuten, und deine Schwester hat nicht mehr die Zeit, die sie bräuchte, um dorthin zu gelangen.«

Auch Kellyn ist mittlerweile der Appetit vergangen. »Sicher habt Ihr Eurer Heilerin Männer hinterhergeschickt? Damit sie Serutha zurückholen?«

Ja, das klingt vernünftig. Verzweifelt klammere ich mich an den Gedanken.

»Ich habe Männer geschickt«, bestätigt Skiro. »Sie hätten schon vor Tagen zurück sein müssen. Wahrscheinlich hat man sie entdeckt und getötet.«

Mein letztes Fünkchen Hoffnung birst und mein Schrei zerreißt die eingetretene Stille. Kraftlos lasse ich mich ganz zu Boden sinken. Diesmal weicht Petrik von meiner Seite und geht zu seinem Bruder, während Kellyn sich neben mich kauert und es sogar wagt, seine Arme um mich zu legen.

Meine Verzweiflung ist zu groß, um ihn abzuschütteln.

Ich lehne mich nicht an ihn, erwidere die Umarmung nicht, bin nur vom Schmerz überwältigt. Es tut so weh. So muss sich Sterben anfühlen.

Abrupt stehe ich auf. Wenn Temra nur noch wenige Augenblicke zu leben hat, werde ich sie mit ihr verbringen. Sie darf nicht allein sein.

»Warte, Ziva.«

Ich drehe mich um, kann Petrik durch meine Tränen

kaum sehen. Ich wische mir über das nasse Gesicht und versuche, mich zu konzentrieren.

»Skiro!«, appelliert Petrik barsch am Ende des Gesprächs, das sie gerade geführt haben.

»Es ist viel zu gefährlich«, sagt Skiro. »Wenn meine ausgebildeten Männer es nicht zurückgeschafft haben, wie soll es dann deinen Freunden gelingen? Für so ein riskantes Unternehmen werde ich die Portale nicht freigeben.«

»Tu es für mich, Bruder.«

»Sie werden sterben.«

»Nein, *Temra* wird sterben!«

»Du weißt, ich liebe dich, aber die Antwort ist Nein.«

Petrik stößt einen kehligen Laut aus und wirbelt zu mir herum. »Ziva, darf ich meinem Bruder sagen, wer du bist und warum wir perfekt für diese Rettungsmission ausgerüstet sind?«

»Nein«, antwortet Kellyn für mich.

Rettungsmission? Es steht doch längst fest, dass wir die Heilerin nicht rechtzeitig in die Hauptstadt zurückbringen können und Temra eine weitere Reise nicht überleben würde.

Bisher hat jeder Mächtige dieser Welt, der von meiner Gabe erfuhr, sie für seine Zwecke missbrauchen wollen. Also warum will Petrik sie jetzt offenbaren?

Als ich zögere, fügt Petrik hinzu: »Wir können damit vielleicht Temras Leben retten.«

Ich verstehe nicht, was er damit meint, aber ich nicke, denn was kann ich sonst tun? Und Kellyn hat kein Recht, für mich zu sprechen. *Niemals.*

»Sie ist Ziva Tellion. Eine Klingenschmiedin mit der Gabe der Magie. Wir tragen Waffen, die sie geschaffen hat.

In Amanor haben wir es mit etwa vierzig Männern aufgenommen. Zu dritt haben wir die Kriegsherrin zu Fall gebracht. Wir können Serutha zurückholen. Ist die Rettung deiner Heilerin es nicht wert, die Portale freizugeben?«

Skiros Blick bleibt an mir hängen. Ich schaue zu Boden, weil ich mich unwohl fühle, aber meine Gedanken sind immer noch bei meiner Schwester.

»Wirklich?«, fragt der Prinz. »Wie funktioniert deine Gabe? Welche Waffen hast du hergestellt? Wie kannst du –«

»*Skiro*!«, unterbricht Petrik ihn.

»Entschuldigung.« Der Prinz überlegt. »Die Sache gefällt mir trotzdem nicht. Die Portale sind der einzige Vorteil, den ich habe, Petrik.«

»Was muss ich tun, um dich zu überzeugen?«, fragt Petrik verzweifelt.

»Wie wäre es mit einem vernünftigen Plan?«

Bei diesen Worten horcht Kellyn auf. Der Prinz spricht jetzt eine Sprache, die der Söldner versteht, während sich bei mir nur noch mehr Verwirrung breitmacht.

Petrik fragt: »Wie hast du deine Spione in den Palast gebracht?«

»Sie waren zu Fuß unterwegs und trugen Verkleidungen, mit denen sie unter Ravis' Leuten nicht auffielen.«

»Hast du noch Kleidung, die man dort trägt?«

»Ja.«

»Dann ziehen wir uns um. Wir benutzen das Portal, verstecken unsere Waffen irgendwo und erkunden die Lage. Wir mischen uns unter die Dienerschaft des Palasts. Weißt du, wo Serutha festgehalten wird?«

»Nicht im Kerker. Meine Spione haben den Palast durchkämmt und alle Stockwerke abgesucht, bis auf jenes, in dem sich Ravis' Privaträume befinden. Er hält die Heilerin in seiner Nähe gefangen. Das war das Letzte, was ich hörte, bevor meine Spione entdeckt wurden. Sie sind ihm auf die Spur gekommen und aufgeflogen.«

»Dann müssen wir nur noch dieses eine Stockwerk durchsuchen. Wir werden Serutha finden und zurückbringen.«

»Sie wird unter Bewachung stehen«, wendet Skiro ein. »Ihr werdet so ein wertvolles Faustpfand nicht einfach mitnehmen können.«

»Wir haben magische Waffen«, erinnert Petrik ihn. »Wenn nötig, lenken wir die Wachen ab und schalten sie nacheinander aus.«

Skiro will immer noch Nein sagen, das merke ich.

»Ziva wird dir zu Dank verpflichtet sein, wenn du das Leben ihrer Schwester rettest«, spielt Petrik seinen letzten Trumpf aus.

Skiro sieht mich an, blickt auf die Hämmer an meinem Gürtel. Er seufzt. »Gut, der Söldner kann gehen. Ziva und du, ihr bleibt hier.«

»Ich gehe mit«, protestieren Petrik und ich gleichzeitig.

»Du bist viel zu wichtig, um dich einem solchen Risiko auszusetzen«, sagt Skiro zu mir.

»Ihr habt gerade erst von meinen Fähigkeiten erfahren! Ihr kennt mich doch gar nicht. Es geht um meine Schwester. Sie stirbt. Ich will verdammt sein, wenn ich zurückbleibe, obwohl ich etwas tun könnte, um sie zu retten.«

Skiros Lippen umspielt ein kleines Lächeln. »Du gefällst mir«, sagt er.

Aus irgendeinem Grund veranlasst diese Antwort Kellyn dazu, etwas unbeholfen sein Gewicht zu verlagern.

»Ich gehe auch«, beharrt Petrik.

»Man wird dich erkennen.«

»Ich bin der Einzige, der den Grundriss des Palasts kennt. Ich muss sie begleiten.«

»Du warst seit Jahren nicht mehr dort.«

»Ich habe ein gutes Gedächtnis.«

»Ich will dich nicht verlieren, Bruder.«

»Wenn sie stirbt, wirst du mich ganz sicher verlieren.«

Der Prinz begreift nur zu gut, was sein Bruder damit sagen will. Wenn er nicht einlenkt, wird Petrik ihm nie verzeihen.

»Dann solltest du dein Gesicht bedecken«, sagt Skiro.

»Das werde ich.«

Skiro greift nach einem Kordelhalsband, das er unter seiner Tunika trägt. Mit einem Seufzer übergibt er es Petrik. Dann ruft er nach einem Diener, raunt ihm etwas zu und kehrt an den Tisch zurück. »Seid ihr sicher, dass ihr nicht erst noch etwas essen wollt?«, fragt er mich.

Ich antworte nicht. Ich bin mir immer noch nicht sicher, was hier gerade passiert, und ich bin so durcheinander, dass ich vermutlich keinen vernünftigen Satz herausbekommen würde. Also begnüge ich mich mit einem Kopfschütteln.

Bei seiner Rückkehr hat der Diener Kleidung für drei Personen dabei. Petrik nimmt sie an sich, kommt zu mir, packt mich am Oberarm und zieht mich hinter sich her. Er rennt förmlich durch die schönen Säle, und ich stolpere fast bei dem Versuch, mit ihm Schritt zu halten. Kellyn stapft hinter uns her.

»Mir war klar, dass er Ziva nichts abschlagen würde, wenn er weiß, wer sie ist«, sagt Petrik. »Mein Bruder ist ein Liebhaber aller Künste. Musik. Bücher. Gemälde. Wandteppiche. Besonders interessiert er sich für die Kunst der Magie. Er *sammelt* Zauberkundige, könnte man sagen. Er lädt sie an seinen Hof ein und entlohnt sie großzügig. Er bietet ihnen Sicherheit und seine Verschwiegenheit.«

Wir biegen in den nächsten Gang ein, Petriks Stiefel quietschen auf dem Steinboden.

»Musstest du ihm unbedingt sagen, dass Ziva in seiner Schuld stehen wird?«, fragt Kellyn. »Was, wenn er etwas verlangt, das sie nicht geben will? Und was sind das für Portale, die du immer wieder erwähnst?«

»Wir sind fast da. Du wirst es gleich verstehen.«

Noch ein paar Biegungen. Dann eine Treppe.

Petrik holt das Kordelband hervor. Ich sehe einen bronzenen Schlüssel zwischen seinen Fingern aufblitzen.

Wir erreichen eine Tür, die von mindestens einem Dutzend Wachen umstellt ist. Der Mann an ihrer Spitze nickt Petrik zu, als dieser rasch die Tür aufschließt, uns hindurchführt und sie sofort wieder hinter uns versperrt.

Ich gehe in die Mitte des Raums, drehe mich langsam um die eigene Achse und betrachte die prächtigen Porträts an den Wänden. Es sind insgesamt fünf, die gleichmäßig daran verteilt sind. Jedes Gemälde hat die Form eines länglichen Ovals und ist überlebensgroß. Das erste zeigt eine Frau. Sie sieht älter aus als ich, wenn auch nicht viel. Ihre Haut ist dunkelbraun, ihre Wangen sind rosig und ihr Haar fällt in schmalen Zöpfen über ihre Schultern herab. Sie lächelt und zeigt dabei eine Reihe perfekter weißer Zähne. Ihr Blick ist verschmitzt, und auf die Betrachter wirkt sie so, als hätte sie ein Geheimnis zu verbergen.

Das zweite Bild zeigt einen Mann, vielleicht im gleichen Alter oder etwas älter als die Frau. Er ist ebenfalls dunkelhäutig, hat die Hände in den Hosentaschen vergraben und den Blick leicht nach oben und in weite Ferne gerichtet, als suche er den Horizont ab. Er trägt die Haare lang, sie umrahmen sein Gesicht wie ein prächtiger Heiligenschein. In einem Ohr hat er einen Ohrring, an den Fingern prangen mehrere Ringe.

Nach dem Mann kommen zwei Mädchen, und dann ein weiterer Mann am Ende des Reigens. Alle haben braune Haut, zeigen unterschiedliche Mienen, weisen aber ähnliche Gesichtszüge auf.

»Sind das ...?«, frage ich.

»Meine anderen Halbgeschwister«, sagt Petrik. Er dreht sich zu dem Porträt links von der Tür, durch die wir gerade eingetreten sind. »Hier seht ihr Ravis - und glaubt mir, ihr wollt ihm bestimmt nicht leibhaftig begegnen.«

Der älteste Nachkomme von König Arund scheint zugleich auch der kleinste zu sein. Sein Haar ist kurz geschoren - so wie bei Petrik. Aber im Gegensatz zu Petrik liegen seine Augen tief in den Höhlen, seine Nase ist kleiner und seine Lippen sind voller. Er schaut seinen Betrachtern direkt in die Augen, als wolle er sie herausfordern. Er muss so um die dreißig Jahre alt sein.

»Die Darstellung ist sehr lebensecht. Man könnte fast meinen, deine Geschwister wären mit uns im Raum«, sage ich zu Petrik.

»Das liegt daran, dass sie von einem magisch begabten Künstler gemalt wurden.«

Kellyn und ich drehen uns beide zu Petrik.

»Ich werde seinen Namen nicht nennen, weil ich mich auch ihm gegenüber zur Verschwiegenheit verpflichtet habe. Aber das macht nichts. Wir brauchen nur seine Gemälde, denn dabei handelt es sich um magische Portale.«

»Portale«, wiederhole ich dümmlich.

»Ja, wenn er das gleiche Bild absolut detailgetreu an zwei verschiedenen Stätten malt, funktionieren sie als Brücke zwischen den beiden Orten.«

Ich schaue mir die Gemälde noch einmal ganz genau an und bleibe vor Ravis' Porträt stehen. »Du meinst ...«

»Mit diesen Bildern kann man innerhalb eines Herzschlags zu jeder Hauptstadt gelangen – einfach, indem man durch sie hindurchschreitet.«

Ich strecke eine Hand nach Ravis' Gesicht aus, aber Kellyn reißt mich zurück.

»Wie praktisch«, sagt er. »Warum haben wir sie nicht benutzt, um hierherzukommen?«

»Wie ich schon sagte, die Portale verbinden die *Hauptstädte* miteinander. Man muss also in einer sein, um in eine andere zu gelangen. Wir waren jedoch in Amanor.«

»Und was war, als wir in Lisadys Hauptstadt vor der Kriegsherrin flohen? Wir hätten hierherreisen können und wären in Sicherheit gewesen!«

Petrik seufzt entnervt. »Ich weiß nicht, wo die anderen Portale sind. Ich bin noch nie durch dieses hier hindurchgegangen! Ich weiß nur, dass es sie gibt. Wenn wir durch dieses Gemälde steigen, werden wir uns den Rückweg ganz genau merken müssen, damit wir Serutha zurückbringen können.«

Ich atme tief durch. »Heißt das, wir können Temra noch retten?«

»Ja, das können wir.«

»Sag mir, was ich tun soll«, fordere ich ihn auf.

»Zuerst müssen wir uns tarnen.« Petrik verteilt die Kleidung, schüttelt die Falten aus seinem eigenen Gewand und macht Anstalten, sich auszuziehen.

Ich kann nirgends hin, um mich ungestört zu entkleiden, also folge ich seinem Beispiel und drehe mich einfach zur Wand, wobei ich versuche, nicht an die männlichen Körper hinter mir zu denken.

Ich ziehe das Kleidungsstück an und greife dann unter den Rock, weil ich sicher bin, dass sich der restliche Stoff irgendwo verfangen hat.

Aber das hat er nicht.

Was für eine kleinere Person ein knielanges Kleid ist, endet bei mir auf halber Höhe meines Oberschenkels. In Ravis' Territorium ist es anscheinend warm, denn das Kleid lässt auch eine Schulter frei.

Ich ziehe meine Stiefel wieder an, aber zwischen dem Schaft und dem Saum meines Kleides ist immer noch zu viel Haut, als dass ich mich wohlfühlen könnte.

Ich tue es für Temra, rufe ich mir in Erinnerung.

Als ich mich wieder umdrehe, starren Kellyn und Petrik beide auf meine Beine.

Meine Wangen fangen an zu brennen.

»Hört auf!«, fahre ich die beiden an.

Petrik gibt sich einen Ruck. »Tut mir leid. Es ist nur so, dass ich mich frage, ob diese Kleidung wirklich als Tarnung geeignet ist.«

Kellyn hebt langsam den Kopf, seine Augen bohren sich in meine. »Du - ich - du hast wirklich lange Beine.« Er schluckt hörbar, bevor er sich abwendet.

»Deine sind länger!«, sage ich abwehrend. Wie kann er es wagen, sich gerade jetzt über mich lustig zu machen. *Ausgerechnet jetzt.*

Petrik räuspert sich. »Ich versichere dir, er hat das als Kompliment gemeint. Du hast sehr schöne Beine, Ziva.«

»Hör auf, über meine Beine zu reden!«

»Also gut.« Petrik räuspert sich unnötigerweise ein weiteres Mal.

Kellyn trägt eine knielange Hose mit einem locker sitzenden Hemd, Petrik eine Art Rock und ein ganz ähnliches Hemd. Der Gelehrte hat sich außerdem ein Tuch um den Kopf geschlungen, um sein Gesicht zu verbergen.

Ohne weitere Aufforderung presse ich meine Hand gegen Ravis' Porträt. Statt auf Widerstand zu stoßen, tauchen meine Finger bis zu den Knöcheln ein.

Ich hole tief Luft, trete in das Gemälde ein und schließe die Augen.

KAPITEL VIER

Ich gehe durch das Porträt, als wäre es eine offene Tür, bis ich plötzlich gegen etwas stoße.

»*Aua.*«

Ich kann nichts sehen. Die Luft ist abgestanden und stickig, und vor mir befindet sich eine massive Wand. Bin ich in einer Kiste?

Autsch.

Etwas knallt gegen meinen Rücken.

Oder jemand.

Ein großer, warmer Körper – viel zu groß, um der von Petrik zu sein.

Ich werde gegen die harte Oberfläche vor mir gepresst und Kellyn erdrückt mich fast von hinten. Er stützt seine Arme zu beiden Seiten an der Wand ab und versucht, mich nicht zu zerquetschen, aber ich kann ihn *überall* spüren. Seine Hüfte knapp über meiner Hüfte. Seine Brust an meinem Rücken.

Seine Knie an meinen Oberschenkeln. Seine Nase in meinem Haar.

Es dürfte sich nicht gut anfühlen. Es sollte mir unangenehm sein.

Das ist es auch.

Es ist …

»Ziva? Ist alles in Ordnung mit dir? Wo sind wir?«

»Ich weiß es nicht. Ich kann mich nicht bewegen.«

»Warte mal, ich versuche …« Er will zur Seite rutschen, aber das führt nur dazu, dass unsere Körper aneinanderreiben und seine Oberschenkel gegen meinen Hintern drücken.

Seine Atemzüge werden schneller. »Ziva, das gefällt mir nicht.«

Seine Bemerkung reißt mich aus dem Bann des Gefühls. Es gefällt ihm nicht? Aber ich dachte … *Oh.*

»Enge Räume«, flüstere ich.

»Ich hasse sie.« Er bewegt sich, tastet die Wände ab. Er versucht, nicht in Panik zu geraten, aber ich merke, dass er immer hektischer wird.

Und dann wird der Raum sogar noch etwas kleiner, als sich ein Dritter zu uns gesellt.

Petrik ist durchs Portal getreten. Ich will ihm sagen, dass er zurückgehen soll, da wird Kellyns Arm zwischen meine Schulterblätter gepresst.

Ein leichter Luftstoß. Ich taumle nach vorne. Dann das Gewicht von zwei Körpern, die auf mich fallen.

Es fühlt sich an, als würde meine Lunge aus mir herausgequetscht. Ich kann nicht atmen, selbst nachdem das Gewicht weg ist.

»Ziva!«

Ich gerate in Panik, weil ich immer noch keine Luft kriege und mich an einem fremden, dunklen Ort befinde.

Und dann kommt endlich die Luft zurück. Ich ergreife Hände, die sich mir entgegenstrecken, und die beiden ziehen mich hoch.

»Ein verdammter Kleiderschrank«, sagt Kellyn.

»Natürlich, ein Schrank«, sagt Petrik. »Die Porträts müssen versteckt werden. Sonst könnte ja jeder über sie stolpern.«

Als sich meine Augen wieder an das Licht gewöhnt haben, nehme ich meine Umgebung in Augenschein. Sie wird nur von einem silbernen Schimmer aus dem einzigen Fenster der Kammer erhellt. Es ist eine Art Lagerraum. Ich kann Schminktische, Spiegel und Stühle ausmachen. Aufgerollte Teppiche, Schränke wie der, durch den wir gerade gekommen sind, Bettgestelle.

Ich muss husten und versuche, das Geräusch mit meiner Armbeuge zu dämpfen.

Alles ist mit einer dicken Staubschicht bedeckt.

»Und was jetzt?«, fragt Kellyn.

»Lasst uns den Ausgang suchen. Ich muss mich orientieren«, sagt Petrik.

Wir tasten uns blindlings an den Wänden entlang. Eine Lampe fällt um, Kerzen zerbrechen und rollen über den Boden. Kellyn stößt sich den Kopf an etwas. Ich stolpere fast über einen Rahmen, der flach auf dem Boden liegt. Das Glas splittert, und ich versuche, mich zu fangen.

Ich bete, dass niemand in der Nähe ist und uns gehört hat.

»Eine Tür!«, ruft Kellyn. Ich schlängele mich durch das Labyrinth der Möbel, bis ich an seiner Seite bin.

Er rüttelt am Schloss. »Verriegelt.«

Na klar.

Kellyn tritt ein paar Schritte zurück und wirft sich dann mit seinem ganzen Gewicht gegen die Tür.

Ich versetze ihm einen Stoß gegen den Rücken. »Was machst du da? Mit so einem Lärm wirst du uns noch verraten!«

»Hast du eine bessere Idee?«

»*Ja*.«

Petrik kommt zu uns, als ich an den Angeln rüttle und die Stifte herausziehe.

»Ja«, sagt Kellyn. »Eine Schmiedin dabeizuhaben, ist wirklich praktisch.«

»Weil wir wissen, wie *Türen* funktionieren?«

Das untere Scharnier klemmt, also holt Kellyn sein Schwert heraus, um den letzten Metallstift herauszuhebeln.

»Ich fühle mich durch diese Bemerkung gedemütigt«, beschwert er sich.

»Das solltest du auch«, sagt Petrik an meiner Stelle.

Die Tür springt nach innen auf, als wir daran ziehen, und unter der Spannung bricht der Riegel entzwei.

»Ein Glück, dass die Scharniere sich auf dieser Seite befinden«, sage ich. »Sonst hätten wir zuschauen müssen, wie Kellyn die Tür einschlägt.«

»Schade, das hätte ich wirklich gern gesehen«, sagt Petrik.

Der Flur ist leer und dunkel, nirgendwo brennt eine Fackel.

»Ich habe da drin einen Blick aus dem Fenster geworfen«, sagt Petrik. »Wir sind auf dem Dachboden. Ravis' Privaträume werden nur ein oder zwei Stockwerke tiefer sein. Haltet Ausschau nach einer schwer bewachten Tür.«

Wir verstauen unsere Waffen hinter einem an die Wand gelehnten Porträt. Kellyn bemüht sich, die beschädigte Tür wieder passgenau vor der Öffnung zu platzieren. Wenn man nicht allzu genau hinschaut, fällt es gar nicht auf.

Das muss genügen.

Wir gehen dicht an der Wand entlang und tapsen durch die Dunkelheit. Der Boden ist nicht mit Teppichen ausgelegt, die Wände sind kahl. Es sieht nicht so aus, als würde jemand in diesem Stockwerk wohnen oder sich auch nur je einer die Mühe machen, hierherzukommen.

»Sollen wir uns aufteilen?«, frage ich widerstrebend.

Es ist das Letzte, was ich tun möchte, aber wenn wir auf diese Weise Serutha schneller von hier weg und zu Temra bringen können, ist es das wert.

»Nein«, antworten beide gleichzeitig.

»Wir könnten den Palast schneller durchsuchen«, gebe ich zu bedenken.

»Ja«, sagt Petrik, »aber wenn wir Serutha gefunden haben, kommen wir schneller hier raus, wenn wir beieinanderbleiben.«

»Das sehe ich auch so«, sagt Kellyn.

Ich bin überstimmt und bin froh darüber. Ich will hier nicht allein unterwegs sein. Falls ein Palastbewohner mich entdecken sollte, könnte ich mich nicht herausreden. Der Umgang mit Menschen zählt nicht gerade zu meinen Stärken.

Der Korridor scheint kein Ende zu nehmen. Die spärliche Beleuchtung macht die Sache auch nicht besser. Die wenigen Fenster lassen gerade genug Mondlicht herein, um Schatten zu werfen. Ständig sehe ich irgendwo schemenhafte Gestalten auf der Lauer liegen.

Schließlich erreichen wir eine Treppe. Meine Schritte sind lauter als mein Atem, wenn auch nicht viel.

Temra. Du tust das für Temra. Es spielt keine Rolle, ob du erwischt wirst. Das Wichtigste ist, dass du alles gibst, um sie zu beschützen.

Stimmen driften zu uns herauf und wir bleiben sofort stehen. Petrik, der gerade die nächste Stufe hinuntersteigen will, verharrt mit einem Fuß in der Luft.

Ich kann keine einzelnen Worte verstehen, die Stimmen sind gedämpft, aber es scheint Stunden zu dauern, bis sie sich entfernen.

Je weiter wir unseren Weg fortsetzen, desto heller wird es. In einiger Entfernung brennen Kerzen, sodass wir die letzten Stufen der Treppe vor uns sehen, die wiederum in einen weiteren Korridor führen. Fenster auf der linken Seite. Türen auf der rechten Seite. Ich nehme erneut Stimmen wahr, aber nur flüchtig, bevor sie hinter einer sanft ins Schloss fallenden Tür verschwinden.

Schweißperlen stehen mir auf der Stirn. Ich fühle mich überhitzt, überfordert, überreizt.

Ich habe Angst und ich bin sehr verzweifelt.

Kellyn streckt den Arm nach mir aus und nimmt meine Hand. Erst da merke ich, dass ich zittere. Ich entziehe mich ihm nicht. Es ist falsch, seinen Trost anzunehmen, aber ich sehne mich so danach. Ich brauche etwas Greifbares, auf das ich mich konzentrieren kann, damit meine Gedanken nicht Karussell fahren.

Ein paar Fuß entfernt öffnet sich eine Tür. Sofort hechten wir nach links und gehen hinter den langen Vorhängen in Deckung. Da wir uns immer noch an den Händen halten, landen Kellyn und ich hinter demselben Vorhang, während Petrik sich einen Platz beim nächsten Fenster sucht.

Es ist ein schlechtes Versteck. Wenn jemand genauer hinschaut, sieht er unsere Füße unter dem Saum hervorlugen, erkennt unsere Umrisse hinter dem Stoff.

Ich drücke Kellyns Hand so fest, dass es wehtut. Er erwidert den Druck, sein Daumen streicht über meine Knöchel.

Die Schritte werden leiser und enden mit dem Schließen einer weiteren Tür.

Ich weiß nicht, wie lange ich das noch aushalte.

»Personaltrakt«, flüstert Petrik, als wir wieder hervortreten. »Die hochrangigen Bediensteten sind in der Nähe ihrer Herrschaften untergebracht, damit sie sofort zur Stelle sind, falls sie gebraucht werden. Wir müssen eine Etage tiefer.«

Vorsichtig setzen wir unsere Erkundung fort.

»Was macht ihr da?«, fragt eine Stimme hinter uns, und ich erstarre zu Stein. Wäre da nicht Kellyns Hand in meiner, ich hätte nicht die Kraft aufgebracht, mich umzudrehen.

Es ist eine ältere Frau mit rotbrauner Haut. Sie hat ihr Haar zu einem hohen Dutt gesteckt, nur ein paar lose Strähnen fallen über ihre Wangen. Die Frau ist ebenso schlicht gekleidet wie wir. Sie trägt ein hellbraunes, knielanges Kleid mit einer weißen Schürze, bei der sich die Nähte an einem der Säume lösen. In dem spärlichen Licht liegen ihre Augen halb im Schatten.

Ihr Gesichtsausdruck ist unergründlich.

»Wir haben uns verlaufen«, wagt Petrik sich vor.

Die Frau wirft uns einen Seitenblick zu. »Scheint mir auch so. Denkt ihr etwa, ihr könntet euch unbemerkt für ein staubiges Stelldichein auf den Dachboden schleichen? Wo solltet ihr denn jetzt sein?«

Mein Mund öffnet und schließt sich wie bei einem Fisch.

Gefühle durchzucken mich in schneller Folge. *Verlegenheit. Furcht. Nervosität.*

Kellyn und Petrik blicken zu Boden, als schämten sie sich.

Oh, oh!

Eilig folge ich ihrem Beispiel, als mir klar wird, dass ich mitspielen muss.

»Küche«, murmelt Petrik.

»Worauf wartet ihr dann noch?«, fragt die Frau und scheucht uns mit einer unwirschen Handbewegung fort.

Die Jungs setzen sich in Bewegung, und ich werde mitgezerrt, weil Kellyn mich immer noch an der Hand hält. Als ich das merke, löse ich mich aus seinem Griff, denn inzwischen habe ich mich wieder etwas gefasst.

Petrik bürstet den Staub von seinem Rock, während Kellyn mit den Fingern durch sein Haar fährt, um es glatt zu streichen. Ich kratze mich an meiner entblößten Schulter.

»Wir haben nicht bedacht, wie zerzaust wir nach unserer unsanften Landung im Schrank aussehen und wie das auf andere wirken muss«, sage ich. Meine Wangen werden heiß. Noch nie ist jemand auf die Idee gekommen, ich könnte an einem geheimen Stelldichein teilgenommen haben.

»Immerhin war es eine gute Tarnung«, sagt Petrik.

Kellyn schürzt die Lippen. »Dachte sie etwa, wir drei würden …«

»Wen kümmert das?«, schneide ich ihm das Wort ab, um meine Verlegenheit zu überspielen. »Sei froh, dass wir nicht von der Wache erwischt wurden. Wohin jetzt, Petrik?«

»Da vorne führt eine Treppe nach unten. Von dort gelangen wir in den Teil des Palasts, der dem höheren Adel vorbehalten ist. Setzt eure unschuldigste Miene auf.«

Unsere unschuldigste Miene? Ich weiß ja nicht mal, wie man überhaupt eine Miene aufsetzt. Temra ist die begabte Schauspielerin, nicht ich.

Aus irgendeinem Grund möchte ich wieder Kellyns Hand ergreifen.

Ich unterdrücke den Wunsch und folge Petrik die Treppe hinunter.

Die Flure sind so hell erleuchtet, dass ich mich nach der Dunkelheit des Dachbodens zurücksehne. Dort hatte ich nicht das Gefühl, zur Schau gestellt und von allen angestarrt zu werden. Ich weiß, dass Adelige ihren Bediensteten keine große Aufmerksamkeit schenken. Ich *weiß*, dass mich niemand wirklich anschaut, aber mir wird trotzdem ganz heiß.

Nur ab und zu kommen wir an Höflingen vorbei, die sich zur Nachtruhe begeben. Sie sind vornehm gekleidet. Die Männer tragen kurzärmelige Tuniken, die ihnen bis zu den Knöcheln reichen, die Frauen ärmellose Kleider aus leichten Stoffen. Keiner von ihnen trägt Hosen oder Umhänge. Da ist viel mehr Haut zu sehen, als ich es gewohnt bin, aber wenn ich hier zu Hause wäre, würde ich mich sicher auch so kleiden. Ich hasse es, wenn mir zu warm ist.

So wie jetzt.

Ich beobachte Petrik, wie er jede Tür, an der wir vorbeigehen, prüfend mustert. Irgendwann murmelt er: »Ravis' Zimmer«, und zieht die Kopfbedeckung fester um sein Gesicht. Vier Wachen stehen draußen stramm. Sie beobachten uns, während wir vorbeigehen, und meine Nerven spannen sich an wie Springfedern, die jeden Moment zu reißen drohen.

Als sie außer Sichtweite sind, atme ich etwas leichter, aber nur ein wenig.

Doch dann kommen wir zu einer Stelle des langen Flurs, von der ein sehr viel kürzerer Gang abzweigt. An dessen Ende stehen gleich mehrere Soldaten stramm. Lanzen in den Fäusten, die Füße gespreizt, den Blick starr nach vorn gerichtet, lassen sie uns nicht aus den Augen.

Aber soweit ich das beurteilen kann, bewachen sie nichts. Da gibt es keine Tür. An den Wänden ist nichts Wertvolles zu entdecken. Der Palast ist eigentlich ziemlich kahl, als ob die Bewohner noch nicht eingezogen wären - oder schon gepackt hätten, um ihn zu verlassen ...

Meine Muskeln spannen sich an, als wir die Wachen passieren, ich rechne jeden Moment damit, dass uns jemand hinterherruft oder uns nachläuft, aber nichts geschieht.

Halte durch, Temra. Wir schaffen das.

Wir erreichen das Ende des Korridors. Hier steht nur eine einzelne Wache. Obwohl wir davon ausgehen müssen, dass Serutha auf dieser Etage festgehalten wird, haben wir keine andere Wahl, als die Treppe hinunterzugehen, um keinen Verdacht zu erregen.

»Was nun?«, frage ich, als wir unten angekommen sind.

»Wir müssen etwas übersehen haben«, überlegt Kellyn. »Oder die Informationen des Prinzen waren falsch. Vielleicht ist die Heilerin woandershin gebracht worden.«

Petrik sagt: »Das glaube ich nicht. Wenn Skiros Spione tatsächlich aufgeflogen sind, hat Ravis seine Vorsichtsmaßnahmen sicher verschärft. Er würde Serutha in seiner Nähe behalten und noch sehr viel mehr Wachen postieren.«

»Du denkst, sie wird in seinen Gemächern festgehalten?«

Petrik schüttelt den Kopf. »Ravis würde nicht auf die Idee kommen, jemanden, der unter seinem Rang steht, in seine Privatgemächer zu lassen. Ich dachte wirklich, dass wir in dem gut bewachten Gang auf der richtigen Spur waren, aber –«

»Da ist nichts«, beende ich den Satz für ihn.

»Genau.«

»Sind daneben nicht die Gemächer der Königin? Könnte die Heilerin dort sein?«

»Schon möglich, aber die Tür ist nicht eigens bewacht, und ich bezweifle, dass Ravis es riskieren würde, von seiner Gefangenen lediglich durch eine Zwischentür getrennt zu sein.«

»Irgendetwas stimmt hier nicht«, sage ich. Eine Weile herrscht Schweigen, bevor ich verkünde: »Wir gehen zurück und schauen noch einmal nach. Wir müssen etwas übersehen haben.«

Kellyn wirkt skeptisch, widerspricht aber nicht. Petrik dreht sich wortlos um und stapft die Treppe hinauf.

Als wir an dem Wachmann vorbeiwollen, verengen sich dessen Augen.

»Was macht ihr hier?«

»Wir suchen ein bestimmtes Palastzimmer«, sagt Petrik. »Finden es aber nicht.«

»Wessen Zimmer?«

Petrik nennt ihm prompt einen Namen, und ich weiß nicht, ob er ihn sich gerade ausgedacht hat oder ob er tatsächlich jemanden hier kennt.

Der Blick des Wächters wird wachsam. »Du kommst mir bekannt vor«, sagt er zu Petrik.

Tiefes Grauen erfasst mich. *Unsere Tarnung ist aufgeflogen.* Ravis wird uns töten, und dann wird Temra –

Bevor der Soldat weiß, wie ihm geschieht, holt Kellyn mit der Faust aus und schlägt ihn nieder. Er fängt ihn auf, bevor er fallen kann, lehnt ihn an die Wand und drapiert seinen Körper, als wäre der reglose Mann während seiner Wache eingeschlafen.

»Wir müssen uns beeilen«, drängt Petrik.

Ich rühre mich nicht vom Fleck, also nimmt Kellyn mich wieder an der Hand und zieht mich mit.

»Ganz ruhig«, sagt er. »Schau nicht so verängstigt drein, sonst kommen sie uns auf die Schliche. Tu es für Temra.«

Ich schlucke, schließe die Augen und hole Luft. Dann senke ich den Blick und schaue stur auf den Boden.

»Das geht natürlich auch«, sagt Kellyn.

Petrik bleibt plötzlich stehen. Da ich damit beschäftigt bin, auf meine Füße zu starren, muss Kellyn mich festhalten, damit ich nicht in Petrik hineinrenne.

»Da vorne wimmelt es von Wachen«, flüstert Petrik. »Wir können nicht weiter, ohne erneut Verdacht zu erregen. Und es sind zu viele, um es mit ihnen aufzunehmen, ganz zu schweigen von dem Lärm, den wir machen würden. Spätestens dann werden wir mit Sicherheit entdeckt.«

»Hast du einen Vorschlag?«, fragt Kellyn.

»Warum sind sie überhaupt dort?«, überlegt Petrik und geht nicht auf Kellyns Frage ein.

»Das spielt keine Rolle«, sagt Kellyn. »Wir müssen nur herausfinden, wie wir sie umgehen können. Gibt es eine andere Möglichkeit, auf die andere Seite dieser Etage zu gelangen?«

Die beiden reden leise, aber ich denke an diesen kleinen Gang. Er endet einfach. Keine Türen. Keine Fenster. *Nichts.* Wenn die sechs Wachsoldaten nur für den Notfall dort herumstehen, warum machen sie dann den Eindruck, als wären sie in höchster Alarmbereitschaft?

Warum sehen sie aus, als *würden* sie etwas bewachen, wenn es um sie herum nichts zu bewachen gibt? Es sei denn, da *ist* etwas.

Und wir können es nur nicht sehen.

»Eine verborgene Tür«, wispere ich. Keiner von beiden hört mich. Also wiederhole ich meine Worte ein wenig lauter.

Petrik und Kellyn unterbrechen ihr Gespräch (obwohl es, seien wir ehrlich, wahrscheinlich ein Streit war).

»Was meinst du?«, fragt Kellyn.

»Wir sind durch ein magisches Portal gekommen. Wir sind auf der Suche nach einer magischen Heilerin. Warum sollte es hier nicht auch eine magisch verborgene Tür geben?«

Petrik blinzelt langsam. »Ja, natürlich! Das hätte ich mir denken können. Aus welchem anderen Grund sollten Soldaten dort stehen?«

»Es ist riskant«, sagt Kellyn. »Wenn du dich irrst und wir sie angreifen, bekommen wir keine zweite Chance.«

»Temra stirbt«, sage ich. »Sie hat keine Zeit mehr für eine zweite Chance. Wir müssen es versuchen.«

»Wenn wir sie angreifen, wird es sehr laut werden«, sagt Kellyn. »Wir sind unbewaffnet und haben im Moment keine Möglichkeit, unsere Waffen zu holen.« Er überlegt einen Moment. »Wir brauchen eine Ablenkung. Ihr zwei versteckt euch. Ich locke die Wachen weg.«

»*Was?*«, frage ich entsetzt. »Das ist eine schreckliche Idee!«

»Es ist die einzige Chance, Serutha heimlich hier rauszubringen.«

»Nein.«

»Temra stirbt«, erinnert mich Kellyn und schlägt mich mit meinen eigenen Worten. »Ich schaffe das. Warte nicht auf mich. Lauf, so schnell du kannst, zum Portal. Bring die Heilerin auf die andere Seite. Rette deine Schwester.«

»Kellyn –«

Petrik legt seine Hand auf meine Schulter und dreht mich zu sich. »Er hat recht. Lass ihn gehen. Es ist das Beste.«

Ich weiß nicht, was ich sagen soll. Petrik nimmt mein Schweigen als Zustimmung und huscht hinter einen Vorhang.

Als ich ihm folgen will, packt mich Kellyn am Arm und zieht mich an sich.

Warme Lippen pressen sich auf die meinen; der Druck ist heftig und bringt meine Haut zum Brennen. Ich spüre, wie mein Magen nach unten sinkt. Als Kellyn sich von mir löst, will ich seinem Blick ausweichen, aber er fordert ihn ein. »Warte nicht auf mich«, wiederholt er. »Es tut mir leid, dass Temra verletzt wurde.« Dann schiebt er mich sanft dorthin, wo Petrik sich bereits versteckt hat.

Bevor ich etwas erwidern kann, hat Kellyn mir den Rücken zugekehrt. Er verschwindet in dem schmalen Gang und ist gleich darauf nicht mehr zu sehen.

»Wachen«, höre ich ihn mit fester Stimme sagen. »Ich suche diese berühmte Heilerin. Ist sie hier?«

Seine Frage bleibt unbeantwortet.

»Du hast hier nichts verloren«, sagt jemand.

»Ich bin verletzt. Gebrochenes Herz. Ich hoffe, sie kann mich mit ihrer Magie heilen.«

»Wer bist du überhaupt?«, fragt ein anderer.

Kellyn seufzt dramatisch. »Ich hatte gehofft, ihr würdet mir Zugang zu ihr verschaffen. Tja. Dann gehe ich wohl besser.«

Hände umklammern meine Oberarme und ziehen mich weiter hinter den Vorhang. Der Stoff hat gerade aufgehört zu schwingen, als ich rennende Schritte höre, gefolgt von vielen weiteren. In der Ecke, zwischen Vorhang und Wand, klafft ein kleiner Spalt, deshalb sehe ich, wie Kellyn den Gang hinuntersprintet, verfolgt von fünf Männern.

»Komm schon«, sagt Petrik und zerrt mich weiter.

Sie haben eine Wachsoldatin zurückgelassen, die jetzt mit ihrer Lanze auf Petrik und mich zielt.

Unsere Waffen sind immer noch auf dem Dachboden.

Sie kommt auf mich zu und ich kann ihr gerade noch ausweichen. Instinktiv umklammere ich den Schaft der Lanze und versuche, ihr die Waffe zu entreißen.

Petrik will mir helfen, aber die Soldatin versetzt ihm einen Tritt, dass ihm die Luft wegbleibt.

Ich bin ihr an Kraft überlegen, aber ich bin untrainiert. Ich weiß nicht, was ich tun soll, und habe Angst, zu viel Lärm zu machen. Ich zerre an der Waffe, ziehe die Soldatin zu mir heran und stoße sie mit dem Rücken gegen die Wand. Dann drücke ich den Schaft an ihren Hals und schneide ihr die Luft ab.

Es ist furchtbar, jemanden so zu verletzen. Mit meinen eigenen Waffen ist es wenigstens schnell vorbei, bevor ich zu viel Zeit habe, darüber nachzudenken. Aber hier sehe ich, wie die Frau die Augen verdreht, spüre, wie ihr Körper schlaff wird, beobachte, wie sie zu Boden gleitet.

Ein Wimmern kommt über meine Lippen, und ich kann so viel blinzeln, wie ich will, es ändert nichts an dem grässlichen Gefühl.

»Ziva!« Petrik ist wieder zu Atem gekommen. »Taste die Wände ab. Such nach Rillen oder irgendetwas anderem!«

Ich denke wieder an meine Aufgabe, auch wenn meine Hände zittern und mein Verstand völlig durcheinander ist. Ich lege die Hände flach an die Wand und bete, dass meine Fingern etwas erspüren. Nichts passiert, als ich meine Hände hin und her bewege. Aber als ich mich nach oben vorantaste ...

»Petrik!«

Unter meinen Fingern wellt sich Stoff, und dann reiße ich, ziehe, bis sich ein langer Streifen löst. Als ich ihn mit der Hand auffange, sehe ich, dass der Stoff so gemustert ist wie die angrenzende Steinwand, sodass er die dahinterliegende Tür kaschiert.

Einen Moment lang überlege ich, ob Ravis wohl auch einen magischen Tuchweber in seinen Diensten hat. Dann lasse ich den Stoff fallen und ziehe, wie schon auf dem Dachboden, die Metallstifte aus den Scharnieren. Die Tür ist von außen verriegelt - offensichtlich, um jemanden an der Flucht zu hindern.

Mein Herz schlägt mir bis zum Hals, als ich endlich den letzten Stift aus der Halterung löse. Ich hoffe, Kellyns Ablenkungsmanöver reicht aus, damit niemand das metallene Geräusch hört.

Eine Frau, die zuvor auf einem Diwan lag, richtet sich hastig auf, als wir den Raum betreten. Sie trägt ein Nachthemd, das Haar fällt ihr lose ins Gesicht. Es sieht aus, als sei es gerade gebürstet worden. Die Locken sind etwas platt gedrückt, fallen aber dennoch üppig fast bis zur Taille. Ihre Augen sind von einem warmen Braun, ihre Haut ist ein wenig heller. Nicht Petriks tiefes Braun, eher bernsteinfarben.

»Serutha!«, ruft Petrik.

»Petrik?« Sie blinzelt, als würde sie ihren Augen nicht trauen.

»Wir sind hier, um dich zu retten.«

Die Frau schlingt ihre Arme um sich. »Ihr dürft hier nicht sein. Die Letzten, die versucht haben, mich zu retten, wurden enthauptet. Ich weiß das, weil Ravis ihre Köpfe eine Woche lang hier drinnen aufbewahrt hat. Ich konnte vor lauter Gestank nicht mehr atmen.«

Mir reicht vorerst die Bestätigung, dass sie diejenige ist, nach der wir suchen. Der Rest kann warten. Ich eile zu ihr, trete hinter die Heilerin und schiebe sie in Richtung Tür.

»Du kannst uns später alles über deinen Aufenthalt erzählen«, sage ich. »Im Moment gibt es jemanden, der dringend deine Hilfe braucht.«

Serutha wehrt sich nicht. Barfuß stapft sie nun neben mir her, und ich lege ihr die Hand auf den Arm, um sie in die richtige Richtung zu lenken.

»Wie habt ihr das Zimmer gefunden?«, fragt sie. »Es war versteckt. Magisch den Blicken entzogen.«

»Genau das haben wir vermutet«, antwortet Petrik.

»Wo sind die Wachen?«

»Unser Gefährte kümmert sich um sie.«

»Ihr habt ihm dieses Risiko zugemutet? Skiro muss wirklich verzweifelt sein.«

»Wir haben niemandem etwas zugemutet«, widerspreche ich. »Er ist ein erfahrener Kämpfer. Und jetzt beeil dich. Wir müssen durchs Portal.«

Der Zweifel der Heilerin verwandelt sich plötzlich in Hoffnung. »Ihr wollt mich wirklich hier rausholen?«

»Ja«, versichere ich ihr.

»Also gut.«

Unsere Schritte werden schneller. Wir eilen an verwirrten Lakaien vorbei, die erkennen, dass wir nicht zu ihnen gehören. Erst die Hälfte des Flurs liegt hinter uns, als bereits ein Alarm ertönt - große Glocken, irgendwo von weit oben.

Seruthas Flucht ist nicht unbemerkt geblieben.

Wir sprinten die Treppe hinauf, überspringen Stufen, rennen weiter. In dem Stockwerk unter uns höre ich lautes Geschrei. Jemand ruft: »Da lang!«

Wir werden verfolgt.

Meine Beine brennen. Serutha ist ohne Schuhe auf dem harten Boden deutlich langsamer. Aber ich habe keine Zeit, an ihr Wohlbefinden zu denken. Temra hat keine Zeit. Kellyn hat keine Zeit.

Als wir endlich das Dachgeschoss erreichen, würde ich mich am liebsten einfach fallen lassen und ausruhen. Stattdessen tapse ich weiter und versuche, die Abstellkammer zu finden.

»Hier!«, ruft Petrik und schiebt die Tür beiseite, ohne sich die Mühe zu machen, sie wieder ordentlich hinzustellen. Geschwindigkeit ist jetzt oberstes Gebot.

Wir nehmen unsere Waffen und bahnen uns in der Dunkelheit einen Weg, um den verdammten Kleiderschrank zu finden.

Serutha zuckt zusammen, als sie auf die Glasscherben des Bilderrahmens tritt. Ich stütze sie und versuche, den Weg nachzuvollziehen, den wir vom Schrank aus gegangen sind.

»*Autsch*«, entfährt es ihr, als sie gegen etwas stößt. Oder besser gesagt, als *ich sie* gegen etwas stoße.

»Ziva, hier!«, ruft Petrik. Er reißt die Schranktür auf. Draußen im Flur ertönen Schritte, kommen immer näher.

Serutha betrachtet das Gemälde, dabei weiß sie längst, was es ist. Sie flüstert: »Danke.«

»Rette meine Schwester, mehr verlang ich nicht.«

Serutha balanciert auf ihren Zehenspitzen, um nicht noch einmal in Glasscherben zu treten, dann steigt sie in den Schrank und durchschreitet das Porträt.

Ich drehe mich um, blicke dorthin zurück, woher wir gekommen sind.

»Worauf wartest du?«, fragt Petrik. »Wir müssen gehen.«

»Wo ist Kellyn?«

»Das weißt du nicht?« Seine Stimme wird weicher, aber seine Frage bringt mich trotzdem auf.

»Woher soll ich es wissen, Petrik? Er ist vor zehn Minuten aus unserem Blickfeld verschwunden!«

»Ziva, er kommt nicht zurück.«

»Was?«

»Er ist die Ablenkung, damit wir Temra retten können. Bestimmt haben sie ihn längst geschnappt.«

»Nein! Er ist ein Meister des Schwertkampfes. Er sagte, er würde uns hier treffen.«

Nein, das stimmt nicht. Er sagte, wir sollten nicht auf ihn warten. Und dann hat er mich geküsst … als wollte er sich verabschieden.

»Bei den Zwillingsschwestern«, flüstere ich.
»Sie kommen, Ziva. Wir müssen los. Temra braucht dich.«
Ohne ein weiteres Wort betritt Petrik den Schrank.
Ich rühre mich nicht vom Fleck. Ja, Temra braucht mich. Sie ist verletzt und liegt im Sterben ... Aber Serutha ist diejenige, die meine Schwester retten kann. Ich kann nichts mehr für sie tun.
Und Kellyn –
Warum hat er das getan? So ein dummer Kerl! Und noch dümmer bin ich, weil ich nicht gemerkt habe, was ...
Wachen drängen in den Raum. Einer entdeckt mich, ruft den anderen etwas zu.
Jetzt oder nie, Ziva.
Ich zücke meinen Hammer, bereit, in das Bild zu treten.
Nein.
Ich werde ihn nicht zurücklassen.
Stattdessen steige ich in den Schrank.
Ich hebe meinen Hammer.
Und zertrümmere das Porträt.

KAPITEL FÜNF

Ich habe bereits sieben Wachen niedergestreckt, als mir klar wird, dass ich mir den Weg nicht freikämpfen kann. Die Soldaten fallen schnell meinem Schild und meinem Hammer zum Opfer, denn anders als Kymoras Männer sind sie nicht auf meine magische Waffe vorbereitet.

Aber ich bin jemand, der Dinge erschafft, keine Mörderin. Ich habe mein Leben damit verbracht, Stahl für andere zu schmieden, und doch bin ich jetzt hier und kämpfe mit Waffen, die schon so oft zum Einsatz kamen, dass sie sogar einen eigenen Namen verdienen.

Ich will diese Männer und Frauen nicht töten. Sie befolgen nur Befehle. Es ist nicht ihre Schuld, dass Ravis ihr Herrscher ist, und ich werfe ihnen nicht vor, dass sie ihren Lebensunterhalt damit verdienen, seine Befehle auszuführen.

Aber ich werde alles tun, was nötig ist, um Kellyn zu finden und mit ihm von hier zu verschwinden. Nur dann werde ich erfahren, ob Serutha es rechtzeitig zu Temra geschafft hat.

Aber zuerst muss ich diesen Trottel von einem Söldner finden. Diesen selbstaufopfernden Schweinekerl. Diesen schwachsinnigen –

Einige Sekunden lang bin ich orientierungslos, bis mir klar wird, dass ich an einem mir unbekannten Ort das Bewusstsein wiedererlangt habe. Mein Hinterkopf wummert, als würde jemand darauf einschlagen wie auf eine Trommel.

Ich befinde mich in einer Gefängniszelle in Ravis' Schloss.

Wir haben Serutha durch das Portal geholt.

Und Kellyn …

»Dies ist das zweite Mal, dass du mich ins Gefängnis gebracht hast«, sagt eine Stimme.

Und Kellyn ist hier bei mir im Kerker.

Stöhnend setze ich mich auf. »Ja, und dies ist das zweite Mal, dass ich in einem Gefängnis aufwache, nachdem ich niedergeschlagen wurde.«

»Was ist passiert? Wo sind Petrik und die Heilerin?«

»Sie sind durchs Portal entkommen.« Vorsichtig taste ich meine Gliedmaßen ab, um herauszufinden, ob sie gewillt sind, mir weiterhin gute Dienste zu leisten. Meine Arme tun wirklich weh. Zwischen meinen Fingern klebt getrocknetes Blut.

»Und warum bist *du* noch hier?« In seiner Stimme liegt ein Hauch von Frustration.

»Die Wachen haben uns erwischt. Sie haben den Schrank entdeckt. Ich bin hiergeblieben, um ihnen den Weg zu Skiro und Serutha zu versperren.« Und zu Temra, was am wichtigsten ist.

Kellyn wechselt seine Position. Endlich kann ich ihn sehen, an der gegenüberliegenden Wand. Wir befinden uns im selben Raum. Eine Holztür mit einem vergitterten Fenster ist der einzige Ausgang der Zelle.

»Du hättest das Porträt auch von der anderen Seite aus zerstören können.«

Seine Worte jagen mir einen Schauer über den Rücken. »Daran habe ich nicht gedacht«, sage ich lahm.

»Du bist so eine schlechte Lügnerin. Warum bist du hiergeblieben?«

Ich antworte ihm nicht. Fummle an meinen Fingern herum und versuche, das getrocknete Blut abzukratzen. Versuche, nicht an den Knoten in meinem Magen zu denken. An das wirre Knäuel von Würmern, die sich in meinen Eingeweiden winden.

Ich höre, wie er aufsteht, und das macht mich gleich noch viel nervöser. Ich habe schreckliche Angst vor diesem Gespräch. Vor dieser Konfrontation. Davor, dass er die Wahrheit herausfindet.

Kellyn geht vor mir in die Hocke, ergreift meine Hände, obwohl sie schmutzig sind, und hindert mich daran, weiter an meinen Fingern zu zupfen.

»Ziva«, sagt er. »Warum?«

Ich entziehe ihm meine Hände. Wut schießt in mir hoch. »Du hättest zum Portal kommen sollen! Dass du dich erwischen lässt, war nicht vorgesehen!«

»Ich wusste, dass ich geschnappt werden würde. Ich habe nie das Gegenteil behauptet.«

»Niemand hat gesagt, dass du dich opfern sollst, du Idiot.«

»Nein? Ist es nicht das, was du wolltest? Du machst mich

für die Verletzungen deiner Schwester verantwortlich. Ist es da nicht folgerichtig, dass ich mich opfere, damit sie wieder gesund wird?«

Endlich sehe ich in sein Gesicht. Öffne meinen Mund. Schließe ihn wieder. »Nein«, stoße ich schließlich hervor.

»Worauf genau bezieht sich dieses Nein?«

»Nicht *du* hättest ein Opfer bringen sollen, damit sie geheilt wird. Es wäre *meine* Aufgabe gewesen! Ich wusste nicht, was du da tust. Warum hast du es mir nicht gesagt? Ich hätte sie abgelenkt, damit du und Petrik mit der Heilerin entkommen könnt.«

Ein schwaches Lächeln umspielt seine Lippen. »Ich war der Einzige, der sie lange genug aufhalten konnte. Wir waren alle unbewaffnet. Es war *meine* Aufgabe, sonst hättet ihr nicht genug Zeit gehabt, Serutha rauszuholen.«

»Und«, fährt er fort, »wenn du auch nur eine Sekunde lang glaubst, dass ich dir jemals erlauben würde, dein Leben so wegzuwerfen, kennst du mich schlecht.«

»Oh, *du* darfst also dein Leben wegwerfen, *ich* aber nicht?«

»Du bist etwas Besonderes. Du kannst die Welt mit deiner Gabe verändern. Ghadra braucht dich.«

Aber du bist auch etwas Besonderes, möchte ich einwenden. Er ist so talentiert und freundlich und lustig …

Aber jetzt, in diesem Moment, hasse ich ihn.

»Deine Familie hängt von dir ab!«, schreie ich ihn an. »Dein ganzes Leben lang hast du sie an die erste Stelle gesetzt, und das schiebst du einfach beiseite, um einen Fehler wiedergutzumachen?«

Kellyn zuckt mit den Schultern. »Du würdest dich um sie kümmern, wenn mir etwas zustoßen sollte.«

Natürlich würde ich das. Aber es ist trotzdem furchtbar anmaßend von ihm. Und warum glaubt er, mir diese Verantwortung aufbürden zu können?

Ich liebe seine Familie. Sie ist wundervoll, alle sind so freundlich zu mir gewesen, sie haben es nicht verdient, diesen dummen Trottel von Mann als Sohn und Bruder zu haben. Ich bin immer noch so wütend auf ihn. Meine Haut wird ganz heiß davon, trotz der sinkenden Temperatur in der Zelle.

Es gibt so viele Dinge, die ich sagen möchte, aber die richtigen Worte zu finden, war schon immer schwierig.

Vielleicht platze ich deshalb heraus: »Du hast mich geküsst!«

Falls Kellyn von der Richtung überrascht ist, die das Gespräch nimmt, zeigt er es nicht. »Und?«

»Warum hast du das getan?« *Obwohl ich unsere Beziehung abgebrochen habe.* Ich habe es ihm nicht direkt gesagt, aber er *weiß*, dass ich wegen meiner Schwester nie mehr mit ihm zusammen sein können werde. Die Schuldgefühle, weil ich mich immer noch nach ihm sehne, sind schon mehr, als ich ertragen kann.

»Es gibt viele Gründe«, antwortet er.

»Nenn sie mir.«

»Ich wollte es. Ich dachte nicht, dass ich dich wiedersehen würde. Ich dachte, man würde mich einsperren oder töten. Ich wollte etwas Gutes haben, an das ich mich klammern kann, falls sie mich foltern, um an Informationen zu gelangen. Ich wollte, dass die letzte Erinnerung, die ich mit dir teile, etwas Schönes ist und nicht ein Streit oder ein verlegenes Schweigen.«

Verlegenes Schweigen legt sich über den Raum, als Kellyn zu Ende gesprochen hat.

Er setzt sich neben mich auf den schmutzigen Boden. »Warum sagst du mir nicht einfach, warum du so wütend bist? Ist es, weil ich dich geküsst habe? Es tut mir nicht leid. Es tut mir nur leid, dass du danach noch hiergeblieben bist. Bist du immer noch wütend über das, was mit Temra passiert ist? Ich habe versucht, es in Ordnung zu bringen. Ich bin sicher, Serutha ist noch rechtzeitig gekommen. Oder gibt es einen anderen Grund, Ziva? Sag es mir einfach. Sag mir, wofür ich mich dieses Mal entschuldigen muss.«

»Du bist ein Idiot«, antworte ich und gehe nicht auf seine Frage ein, weil ich meine Gefühle nicht in Worte fassen kann.

»Du willst, dass ich mich dafür entschuldige, ein Idiot zu sein?«

»Ich will, dass du aufhörst zu reden. Ich bin gerade wütend und muss nachdenken!«

»Willst du etwa ausbrechen? Es gibt hier keine Fackeln. Ich habe nachgesehen. Und selbst wenn, die Tür ist größtenteils aus Holz, die Wände sind aus Stein. Wenn wir hier rauskommen wollen, dann jedenfalls nicht durch deine Magie.«

Mir ist zum Weinen zumute. Ich wische mir über die Augen, bevor mir einfällt, dass meine Hände immer noch blutverschmiert sind. Jetzt ist das Blut auf meinem Gesicht. Ich will einfach nur sauber sein und keine Menschen mehr verletzen.

Warum können mich die anderen nicht alle in Ruhe lassen? Temra und ich haben uns immer nur um unsere eigenen Angelegenheiten gekümmert. Wir haben um all das hier nicht gebeten. Ich wollte die Welt mit meinen Waffen sicherer machen. Temra will als Soldatin für den Schutz der Menschen sorgen. *Wenn sie tot ist ...*

So darf ich nicht denken.

Als die Nacht kälter wird und ich zu frösteln beginne, nehme ich Kellyns Wärme nicht an. Ich will sie nicht. Ich will leiden. Irgendwie fühle ich mich dann innerlich besser.

Ich kann nicht einschlafen, weil mir so kalt ist. Irgendwann dringt Kellyns Schnarchen an mein Ohr.

Meine Zähne klappern. Aber ich rühre mich nicht vom Fleck. Wenn ich schon hier drin sterbe, dann, ohne meine Würde zu verlieren.

Ich bin fast eingenickt, als die Tür aufgeht. Eine Wache kommt mit einem Schlüsselbund herein. Kellyn springt auf. Sie führen uns durch lange Gänge aus dem Zellentrakt nach oben - in eine Welt, in der es warm ist. Zu warm, um genau zu sein.

Im Palast ist es ruhig. Ich höre nirgendwo Höflinge lachen oder Musik spielen. Es ist vollkommen still, und das macht alles irgendwie noch schlimmer.

Wir werden in einen großen Thronsaal geführt, der, nach allem, was ich gesehen habe, wohl der einzige Ort im Schloss ist, der dekorativ ausgestattet wurde. Ravis, der Älteste von Petriks Geschwistern, sitzt auf seinem imposanten Thron. Zu beiden Seiten der Rückenlehne ragen Lanzenspitzen empor, die am Schaft in die hinteren Stuhlbeine des prunkvollen Stücks übergehen. Die Armlehnen haben die Form von riesigen Katzenkrallen, ebenso die vorderen Stuhlbeine.

Prinz Ravis trägt einen weiten scharlachroten Mantel. Die Ärmel reichen ihm bis über die Handgelenke und der Saum streift seine Knöchel. Seine Füße stecken in juwelenbesetzten

Sandalen, an jedem Finger funkelt ein Ring. Die Krone auf seinem Kopf ist schwer und hat gefährlich spitze Zacken. In jede davon ist in der Mitte ein Edelstein eingelassen: in Rot, Blau, Grün, Gelb, Orange und Violett.

Der Prinz sieht gelangweilt aus.

»Wer seid ihr, und was habt ihr mit meiner Heilerin gemacht?«, fragt er, ohne uns auch nur anzuschauen. Seine Aufmerksamkeit gilt dem langen Dolch in seiner rechten Hand.

Weder Kellyn noch ich antworten.

»Skiro hat sie sich zurückgeholt, nicht wahr?«, fragt Ravis unbeeindruckt von unserem Schweigen. »Wer hätte gedacht, dass er den Mumm dazu hat. Oder die richtigen Leute. Aber egal.« Mit einer leichten Drehung des Handgelenks beschreibt Ravis mit der langen Klinge wiederholt einen weiten Bogen. »Die Letzten, die dumm genug waren, Serutha entführen zu wollen, habe ich einen Kopf kürzer gemacht. Was soll ich nun mit denen anstellen, die es geschafft haben?«

Ich kann kaum atmen, weil mit jedem Herzschlag die Angst in mir aufsteigt. Und meine Stimme scheint so weit weg von mir, dass ich fürchte, sie niemals wiederzufinden.

»Schick uns los, damit wir sie für dich zurückholen«, schlägt Kellyn vor.

Ich traue meinen Ohren nicht. Was für ein Spiel treibt der Söldner da?

Ravis fängt an zu lachen. Er setzt sich aufrecht hin und sieht uns schließlich doch noch von seinem Thron herab an. »Warum sollte ich das wohl tun?«

»Wir sind Söldner«, sagt Kellyn. »Euer Bruder hat uns dafür bezahlt, die Heilerin zu holen. Bietet uns eine größere Summe und wir bringen sie Euch zurück.«

Ravis schnaubt, bevor er sich wieder darauf konzentriert, seinen viel zu langen Dolch wirbeln zu lassen. »Erzählt mir, wie ihr hergekommen seid und wie Serutha so schnell verschwinden konnte. Welche neue Magie hat mein Bruder entdeckt?«

»Ich bin mir nicht sicher«, sagt Kellyn. »Ich weiß nur, dass wir durch ein Porträt von Euch getreten sind und plötzlich hier waren.«

»*Hm*. Ein Bild von einem Maler, ja? Nun, ich werde es ausfindig machen müssen, bevor ich die Tore stürme, um Serutha zurückzuholen.«

Kellyn reagiert blitzschnell. »Warum wollt Ihr das tun, wenn dafür ein Befehl an uns ausreicht?«

»Weil ich ohnehin in Skiros armseliges Territorium reisen werde und keine Geduld mit Lügnern habe. Strax, teste die Schärfe meines Dolches für mich, ja? Das Mädchen zuerst, denke ich.«

Ein Soldat seiner Leibwache, der einige Schritte hinter dem Prinzen steht, tritt vor.

»Wir haben nicht gelogen, Prinz. Ein Befehl von Euch genügt. Verschont unser Leben und wir bringen Euch Serutha zurück«, sagt Kellyn.

»Lügner, die behaupten, keine Lügner zu sein. Wer hätte das gedacht.« Ravis seufzt. »Sag mir, warum sollte eine Söldnerin ebenjenes Porträt zerstören wollen, das sie nach Hause gebracht hätte? Wer aus eurer Zunft rettet nicht zuerst seine eigene Haut?«

Ravis richtet seinen Dolch direkt auf mich.

Ich wende den Blick ab. Mir fehlen immer noch die Worte. Alles, was ich wollte, war, Kellyn von hier wegzubringen. Ich kann nichts tun. Keiner von uns kann das. Wir sind von Wachen umstellt. Unsere eigenen Waffen sind wer weiß wo. Ganz zu schweigen davon, dass wir zuerst ein ganzes Königreich durchqueren müssten, um Skiros Palast zu erreichen.

»Eine mit einem guten Herzen«, sagt Kellyn so leise, dass Ravis es nicht hören kann.

»Strax«, knurrt der Prinz und drückt ihm den Dolch in die Hände.

Der Soldat kommt auf mich zu.

Eine seltsame Ruhe legt sich über mich, plötzlich habe ich das Gefühl, nicht im Raum zu sein, sondern diese Szene aus weiter Ferne zu beobachten. Ist es das, was passiert, wenn man weiß, dass man bald sterben wird?

»Nein, bitte, Prinz. Ihr müsst das nicht tun. Ich bin der Drahtzieher hinter alldem. Lasst sie gehen.« Doch Kellyns Worte berühren Ravis nicht. Er dreht sich in seinem Stuhl zur Seite und schwingt lässig seine Beine über die Katzenkrallenlehne. Dann richtet er seine Augen auf mich und wartet darauf, dass sein Soldat mich erledigt.

Ich nehme an, es gibt grausamere Arten zu sterben. Ich habe alles getan, was ich konnte, um Temra zu retten. Ich kann meinen Eltern im nächsten Leben ohne Schuldgefühle entgegentreten. Oder zumindest weitgehend. Sicher gab es viele Dinge, die ich hätte besser machen können. Aber wenigstens habe ich alles getan, was ich konnte, um das Leben meiner Schwester zu retten.

Ich selbst habe ein gutes Leben geführt. Ich habe meine Spuren hinterlassen, ich habe Waffen geschaffen, die der Welt dienen. Ich habe in den letzten Monaten viel von dieser Welt gesehen. Ich hatte meinen ersten Kuss. Eine Zeit lang durfte ich sogar erfahren, was es heißt, mit jemandem zusammen zu sein. Ich habe meine Schwester großgezogen, und wenn sie überlebt, wird es ihr gut gehen. Petrik wird sich um sie kümmern.

Ich bedaure nur, dass ich Kellyn mit in den Tod gerissen habe. Er hat das nicht verdient. Der dumme Mann hätte sich nicht erwischen lassen dürfen.

Ich sehe ihn jetzt an, ohne die geringste Nervosität. Mit dem Sterben kommt auch eine gewisse Klarheit. Wie kann ich ängstlich sein, wenn ich weiß, dass ich nicht mehr da sein werde, um etwas zu bedauern? Ich schaue in seine goldbraunen Augen. Sie sind so schön, wenn sie die meinen erforschen. Ich lasse den Blick über eine Haarsträhne gleiten, bewundere die rote Farbe, erinnere mich daran, wie sie sich zwischen meinen Fingern anfühlt. Seine Lippen sind perfekt. Sie haben die Farbe von hellen Rosen und sind weicher als alles andere auf der Welt. Ich bin froh, dass er mich heute geküsst hat. Ich schließe die Augen und genieße diese Erinnerung ein letztes Mal, als der Dolch sich unaufhaltsam meinem Hals nähert ...

»Das ist Ziva Tellion! Die magisch begabte Klingenschmiedin!«

Meine Augen fliegen auf, als ich die Worte aus Kellyns Mund höre.

Was tut er da?

»Warum sie töten, wenn Ihr sie benutzen könnt, um Skiros Palast zu stürmen?«

Wie um alles in der Welt kann er nur so etwas andeuten? Mein Bewusstsein kehrt mit voller Wucht in meinen Körper zurück und lässt ihn erzittern.

Ravis hebt eine Hand und bedeutet dem Soldaten, stehen zu bleiben. »Beweise es.«

»Unsere Waffen«, sagt Kellyn. »Sie sind voller Magie. Ziva hat sie geschaffen. Eure Männer sollen sie herbeiholen, dann werdet Ihr es sehen. Mein Schwert ist auf dem Dachboden des Palasts hinter einem gerahmten Porträt versteckt.«

Skiros stellt seine Füße laut und vernehmlich wieder auf den Boden. »Wenn du mich diesmal anlügst, werde ich dir die Zunge herausschneiden und sie an dich verfüttern. Strax.«

Der große Soldat verschwindet aus meinem Blickfeld. Ich starre Kellyn an.

»Was machst du da?«, flüstere ich.

»Ich rette dich.«

»Indem du unsere Freunde verrätst?« *Indem du* mich *verrätst?*

»Halt den Mund«, blafft Ravis. »Ich spiele immer noch mit dem Gedanken, dich zu töten, Magie hin oder her.«

Ich möchte Kellyn schlagen, und diesen hochmütigen Prinzen gleich mit dazu, wenn ich schon dabei bin. Ich will meine Schwester sehen, um zu wissen, ob Serutha es rechtzeitig geschafft hat. Und zum millionsten Mal möchte ich allein in meiner Schmiede sein.

Als Strax zurückkommt, hält er meine Hämmer in einer Hand, Kellyns Langschwert in der anderen.

Ravis nimmt Lady Killer und schwingt das Schwert hin und her, so wie zuvor den Dolch. »Was kann es?«

»Befehlt den Wachen, Euch alle auf einmal anzugreifen«, sagt Kellyn.

»Strax.«

Der Anführer von Ravis' Garde gibt einigen der Männer

und Frauen ein Zeichen. Sie machen tatsächlich Anstalten, ihren Prinzen anzugreifen, wenn auch zögernd. Ich sehe zu, wie sie ihre Lanzen umdrehen und statt der Spitze die stumpfen Schäfte auf den Prinzen richten.

Ravis ist ein guter Schwertkämpfer, so viel ist klar. Aber erst Lady Killer macht ihn unbesiegbar. Er wirbelt herum, duckt sich weg und springt mit Leichtigkeit über die auf ihn gerichteten Lanzen. Er führt keine eigenen Schläge aus - er will seine Soldaten nicht verletzen. Aber er stellt seine Geschicklichkeit unter Beweis, indem er jeder Attacke spielerisch ausweicht.

Zufrieden lehnt Ravis schließlich das Langschwert an seinen Thron. »Die Hämmer?«, fragt er Kellyn.

Kellyn erklärt ihm ausführlich die Funktionsweise des linken Hammers, und Ravis probiert es aus, indem er den Hammerschild gegen seine Männer einsetzt. Staunend wehrt er einen Schlag nach dem anderen ab.

Schließlich stellt Ravis meine Hämmer neben das Langschwert und wendet sich an mich. »Du wirst mich und meine Männer für unseren Angriff auf Skiro mit Waffen ausrüsten.« Er nickt selbstgefällig und wendet sich zum Gehen.

»Nein.«

Ich habe während der ganzen Tortur kein Wort gesagt, aber jetzt kommt eines über meine Lippen geflogen, trifft den Herrscher wie ein Rammbock eine Tür.

Ravis bleibt stehen. Er spricht nicht. Rührt sich eine ganze Minute lang nicht.

Dann dreht er sich um.

»Strax, meinen Dolch.«

Der Soldat wirft seinem Prinzen die Waffe zu. Ravis fängt sie geschickt auf.

»Ihr könnt mich töten«, sage ich, als er auf mich zukommt. »Aber mein Entschluss steht fest.« Ich werde nichts tun, was meine Freunde oder meine Schwester verletzen könnte. Nicht noch einmal. Ich habe meine Lektion mit Secret Eater gelernt.

Aber anstatt auch noch den letzten Schritt auf mich zuzugehen, dreht Ravis sich plötzlich in Kellyns Richtung.

»*Nein!*«, schreie ich, als er die Klinge auf Kellyns Kopf zubewegt.

Ein grässliches Geräusch. Ein schmerzgepeinigtes Ächzen. Kellyn sackt in sich zusammen. Der Dolch ist blutig, und Kellyn greift sich mit der Hand an eine Gesichtshälfte.

Ravis hält einen Teil seines Ohrs in der Hand.

Ich spüre, wie sich mein Magen umdreht. Meine Lippen zittern.

Ich wusste nicht, dass ein so kleines Wort so viel Schaden anrichten kann.

Nein.

Vor lauter Entsetzen kann ich mich nicht bewegen.

Ravis hält mir das Ohr hin, als wäre es ein Geschenk, dann lässt er es vor meine Füße fallen. »Du sorgst dich um diesen Mann, sonst wärst du nicht für ihn im Palast geblieben. Mach mir meine Waffen, oder ich werde ihn dir als Geschenk überreichen, Stück für Stück.«

Er geht, ohne auf meine Antwort zu warten.

KAPITEL SECHS

Ich starre auf Kellyn, der immer noch blutend am Boden liegt.

Er gibt keinen Laut von sich. Bestimmt steht er unter Schock. Ich weiß, dass *ich* es tue. Ich kann meine Gliedmaßen nicht bewegen. Ich kann nichts fühlen ... nichts. Ich spüre nicht einmal mehr die erstickende Wärme des Thronsaals.

Aber ich spüre die Hände, die mich schließlich ergreifen.

»Hier entlang, Schmiedin«, sagt Strax. »Du brauchst eine gute Nachtruhe, bevor du morgen mit der Arbeit beginnst.«

»Kellyn«, sage ich und versuche verzweifelt, seine Aufmerksamkeit zu erregen, während ich unerbittlich von ihm weggezogen werde.

Der Söldner bewegt sich nicht. Wenn ich ihn nur dazu bringen könnte, mich anzuschauen, damit ich sein Gesicht sehen kann. Ich muss wissen, wie es um ihn bestellt ist. Natürlich hat er Schmerzen, aber ich will, dass es ihm ansonsten gut geht.

Doch er dreht sich nicht um, bis man mich aus dem Thronsaal gezerrt hat.

»Jemand muss sich um ihn kümmern«, sage ich, als ich mich endlich traue, die Männern anzusprechen, die mich festhalten.

Als ich mich aus ihren Griffen befreien will, packen sie nur noch fester zu.

»Wollt ihr nicht wenigstens jemanden zu ihm schicken, der seine Wunde versorgt?«, flehe ich sie an.

»Das hängt ganz davon ab, wie brav du bist«, antwortet Strax.

Da gebe ich meinen Widerstand auf. Ich setze einen Fuß vor den anderen, folge ihnen bereitwillig, ganz egal was sie mit mir vorhaben.

Erst spät wird mir klar, wohin sie mich bringen.

Sie stecken mich in Seruthas alte Räume. Ihr Gefängnis ist jetzt mein Gefängnis.

Und Kellyn ist schuld daran. Er ist jetzt irgendwo und blutet. Ich will nicht, dass er stirbt, ich will ihn erwürgen, und *könnte er bitte endlich aufhören, so verdammt verwirrend zu sein!*

Die Tür schließt sich und Strax sperrt mich ein.

Es ist schon so lange her, dass ich allein war.

Aber das ist nicht die Art von Alleinsein, die den Geist heilt und erfrischt. Ich bin in Gefahr, an einem fremden Ort. Meine Schwester ist vielleicht schon tot. Kellyn könnte verbluten.

Und ich bin allein.

Verängstigt.

Hungrig.

Erschöpft.

Ich lasse mich auf den Boden fallen und weine. Es dauert nicht lange, bis meine Atemzüge viel zu schnell kommen und die Panik mich völlig übermannt.

Hilflosigkeit erfasst mich. Ich stoße gegen die Wände meines eigenen Geistes und versuche, einen Ausweg zu finden. Die Luft wird mir aus der Lunge gesaugt, mein ganzer Körper steht in Flammen, und ich bin sicher, dass ich sterben werde. Äonen vergehen, während die Mauern immer näher rücken und alles immer schwärzer und düsterer wird.

Dann gewinnt meine Erschöpfung die Oberhand.

Ich habe nicht lange geschlafen. Da bin ich mir sicher.

Ein Sack Ziegelsteine lastet auf meinen Schultern und mein Gehirn ist durch Watte ersetzt worden. Meine Augen sind verkrustet, und jeder Muskel, den ich habe, ist wund und lädiert. Das alles ist bedeutungslos.

Ravis hat Kellyn in seiner Gewalt, und er wird ihn benutzen, um mich zur Mitarbeit zu zwingen.

Es sei denn, er lässt ihn über Nacht im Thronsaal sterben.

Meine Gedanken wollen gerade wieder außer Kontrolle geraten, als jemand mein Zimmer betritt. Ein Dienstmädchen, in einem schlichten, luftigen Kleid, das Waden und Arme frei lässt. Sie spricht nicht. Sagt kein Wort. Aber sie hält einen ziemlich großen Eimer in den Händen und bringt ihn direkt in das Bad, um den dampfenden Inhalt in eine Wanne zu kippen. Es dauert einige Minuten, bis sie mehrere Eimer Wasser hineingeschüttet hat.

Ich versuche, ihren Blick zu erhaschen, versuche sogar, sie anzusprechen. Aber sie bleibt stumm.

Als sie das sechste Mal den Raum betritt, bringt sie Kleidung mit. Und Essen. Sie stellt das Tablett auf dem Diwan neben meinen Füßen ab.

Die Kleidung legt sie vorsichtig auf das Bett, damit sie nicht knittert.

»In einer Stunde hole ich dich ab.« Sie geht, bevor ich etwas erwidern kann.

Wie sich herausstellt, bin ich nicht zu stolz, das Essen, das Bad oder die frischen Kleider abzulehnen.

Wenn ich fliehen will, brauche ich einen vollen Magen, sage ich mir. Ein Bad wird meinen Kopf frei machen und das Blut von meinen Fingern spülen. Ich muss so gut wie möglich auf das vorbereitet sein, was vor mir liegt.

Ich weiß nicht, woraus mein Frühstück besteht, esse es jedoch, um meinen Hunger zu stillen. Da ist zum Beispiel eine rosa Frucht, die ich erst schälen muss, eine Zitrusfrucht mit einem bitteren Nachgeschmack. Nach dem vierten oder fünften Bissen schmeckt sie mir. Das Brot ist weich und frisch, mit Gewürzen, die ich nicht kenne, aber bestrichen mit einer köstlich salzigen Butter. Ich spüle alles mit einem Becher Wasser herunter.

Ich muss noch zehn Minuten warten, bis das Badewasser kühl genug ist, um mich nicht zu verbrühen. Trotzdem ist meine Haut rot, als ich aus der Wanne steige und die Kleidung anziehe, die man mir bereitgelegt hat: eine leichte Hose, ein ärmelloses Hemd und feste Sandalen.

Als die Dienerin mich abholt, folgen uns nicht weniger als zwanzig Wachen durch den Palast hinaus ins Freie und dann zu den Schmieden.

Ja, es sind mehrere.

Eine Viertelmeile von Ravis' Regierungssitz entfernt befindet sich ein riesiges Freigelände mit mehr Öfen, als ich auf die Schnelle zählen kann. Einige Männer und Frauen bearbeiten verschiedene Waffen, andere bedienen die Blasebälge, und wieder andere bringen Stahl zu den Schleifsteinen.

Man muss kein Genie sein, um zu erkennen, dass sich Ravis schon seit geraumer Zeit auf einen Krieg vorbereitet.

»Ist das nicht wunderbar?«, sagt eine Stimme zu meiner Linken.

Der Prinz hat sich zu uns gesellt, seine Leibwache folgt ihm auf dem Fuß.

Fast gegen meinen Willen gebe ich meine Zurückhaltung auf und antworte wahrheitsgemäß: »Eure Schmieden sind beeindruckend.«

»Ich meinte die Waffen. Als jemand, der seinen Lebensunterhalt damit verdient, wirst du einschätzen können, wie viel wir in nur einem halben Jahr herstellen konnten.«

Ich schlucke. »Was habt Ihr vor?«

»Sei nicht naiv.«

»Es ist nicht richtig.«

»Ich habe dich nicht für eine Heuchlerin gehalten.«

Ich drehe mich zu ihm um. »Ich stelle Waffen für Leute her, die sich gegen Banditen verteidigen wollen. Ich schütze die Menschen auf den gefährlichen Straßen von Ghadra. Ihr hingegen wollt sie verletzen.«

Ravis lässt mein Vorwurf kalt. »Ich will den Menschen Sicherheit bringen, Schmiedin. Sie vor den Folgen des Fehlers meines Vaters retten. Meine Geschwister führen ihre Reiche in den Ruin. Man hätte ihnen niemals eine solche Verantwortung anvertrauen dürfen. Ich bin der Älteste«, fährt er fort. »Ich bin der Einzige, der zum Regieren ausgebildet wurde.

Ghadra steht mir zu, das ist mein Geburtsrecht. Ich werde es mir zurückholen. Die Welt wird es mir eines Tages danken.«

Das ist noch schlimmer als befürchtet. Ich dachte, Ravis wollte in Skiros Palast eindringen, um die Heilerin zu holen, weil er sich vielleicht auf eine gefährliche Weise nach Magie und deren Macht sehnt. Aber er will, was Kymora wollte.

Alles.

Die Ironie der Situation ist auch mir nicht entgangen. Nachdem König Arund seinen Bruder wegen eines fehlgeschlagenen Attentats zum Tode verurteilt hatte, wollte er künftige Familienstreitigkeiten um das Land vermeiden, daher teilte er das Reich in sechs Gebiete und vermachte jedem seiner Kinder eines.

Aber Ravis fühlt sich dadurch betrogen.

Ich senke meine Stimme und spreche in einem, wie ich hoffe, vernünftigen Ton. Ich bin nicht sehr gut mit Worten, aber ich versuche es trotzdem. »Ich war in einigen der anderen Reiche. Die Menschen dort sind gerade dabei, sich nach der Spaltung in diesem neuen Zustand einzurichten. Gefährdet das nicht, indem Ihr sofort wieder alles ändern wollt.« *Gefährdet nicht meine Freunde und Liebsten, indem Ihr ihnen einen Krieg aufzwingt.*

Ravis zieht seinen langen Dolch aus der Scheide an seinem Gürtel und zwirbelt die Spitze leicht gegen den Zeigefinger seiner linken Hand. »Du hast mir nichts zu befehlen, Schmiedin. Du verstehst nichts von Politik. Du kennst dich mit Stahl aus. Warum konzentriert sich nicht jeder von uns auf das, was wir gut können, *hm*?«

Ravis blickt zu einem Arbeiter ganz in der Nähe. »Du da! Bring die Waffe her.«

Ein stämmiger Mann nimmt seinen Fuß vom Pedal des Schleifsteins und kommt mit einem Schwert in der Hand zu uns. Es ist ein Bastardschwert, wenn auch etwas klobiger als die Waffen, mit denen die Männer der Kriegsherrin ausgerüstet waren.

Der Schmied kniet sich mit übertriebener Geste nieder und präsentiert seinem Prinzen mit gesenktem Kopf das Schwert auf beiden Händen.

Ravis nimmt es und reicht die Waffe an mich weiter.

Ich nehme das Schwert, reichlich verwirrt. Die Wachen um mich herum richten sich unmerklich auf, bereit, sich auf mich zu stürzen, sollte ich etwas im Schilde führen.

»Wirke deine Magie«, befiehlt der Prinz.

»Das kann ich nicht.«

»Nein? Muss ich dir noch einen weiteren Körperteil dieses grobschlächtigen Söldners schicken, der in meinem Kerker eingesperrt ist?«

Die Furcht kriecht mir den Rücken hinunter, aber wenigstens hat Ravis bestätigt, dass Kellyn noch lebt. »Ich kann nur Magie wirken, wenn das Metall heiß ist. Es muss während der Herstellung geschehen, nur dann kann ich Teil des Schmiedevorgangs sein. Mit einer fertigen Waffe kann ich nichts anfangen.«

Es ist halb Wahrheit, halb Lüge, aber ich zwinge die Worte aus mir heraus. Die Dinge überstürzen sich und ich muss möglichst viel Zeit herausschlagen.

»Dann bringt der Schmiedin eine heiße Waffe!«

»Ihr missversteht mich. *Ich selbst* muss die Waffe anfertigen, Prinz.« Wieder eine Lüge. Darin bin ich nicht besonders gut, aber vielleicht merkt Ravis das nicht.

Er verdreht die Augen. »Und wie lange brauchst du, um eine Waffe herzustellen?«

»Normalerweise ein paar Monate«, antworte ich wahrheitsgemäß.

»Wozu bist du dann gut, verdammt noch mal? Was nützt mir alle zwei Monate eine einzige Waffe? Soll ich etwa Jahre warten, damit ich alle meine Generäle ausrüsten kann?« Ravis spielt wieder mit seinem Dolch, zieht Kreise in die Luft. Eindeutig eine Angewohnheit von ihm.

Der am Boden kniende Schmied erhebt sich, tritt auf den Prinzen zu und flüstert ihm etwas ins Ohr.

»Ah, ein guter Einwand, ja. Sag mir, Schmiedemädchen, wie lange brauchst du für eine Waffe, wenn du dabei Hilfe hast? Ich habe eine ganze Legion von Arbeitern, die dir zur Hand gehen werden. Sie können jede Woche Dutzende Waffen herstellen.«

»Mein Name ist Ziva.«

»Ich kann dich nennen, wie ich will. Und jetzt beantworte meine Frage.«

»Das vermag ich nicht zu sagen. Ich hatte … noch nie Hilfe.«

Außer Temra.

»Nun, es gibt für alles ein erstes Mal. *Elany!*«

Hinter Ravis' Leibwache taucht ein Mädchen in meinem Alter auf und eilt zu uns. Ich hatte sie zuvor gar nicht bemerkt. Sie hat die blasseste Haut, die ich je gesehen habe, ihre Haare sind leuchtend blond und reichen ihr bis zur Taille. Ihre Gesichtszüge sind freundlich und offen, aber da sie offensichtlich Ravis' Vertrauen genießt, werde ich mich davon nicht täuschen lassen.

»Ziva, das ist Elany. Betrachte sie als deine rechte Hand. Wenn du jemanden brauchst, der dir bei der Herstellung meiner Waffen hilft, dann wende dich an sie. Elany wird an jedem Herstellungsschritt beteiligt sein. Ohne sie gehst du nirgendwo hin. Verstanden?«

»Ja.«

»Gut. An die Arbeit.«

»Aber, Prinz, Ihr habt mir nicht gesagt, was Ihr wollt!«

»Was ich will? Ich will Waffen, Mädchen! Bei den Zwillingsgöttinnen, hast du denn gar keinen Verstand?«

Ich ärgere mich über die Abfuhr, lasse mich aber nicht einschüchtern. »Was für eine *Art* von Waffen? Was wollt Ihr mit ihnen machen? Wie sollen sie aussehen? Sollen sie Schmuckgriffe haben?«

Ravis neigt seinen Kopf erst zur einen, dann zur anderen Seite und betrachtet mich, als hätte er mich noch nie zuvor gesehen.

»Ich bin keine gewöhnliche Klingenschmiedin«, erkläre ich und fühle mich unwohl, weil ich so im Zentrum der allgemeinen Aufmerksamkeit stehe. »Die Leute kommen wegen einzigartiger Waffen zu mir. Keine ist wie die andere. Meine Kunden haben meist spezielle Wünsche. Ich möchte Euch nicht verärgern.« *Oder, genauer gesagt, schuld daran sein, dass Kellyn die andere Hälfte seines Ohrs verliert.* »Ich muss nur wissen, was Ihr wollt.«

»Das ist ein Krieg, Schmiedemädchen. Es geht mir nicht um Einzigartigkeit. Sondern um Masse. Es ist mir egal, ob alle Waffen das Gleiche können! Mach mir einfach Schwerter.« Ravis deutet auf seinen ersten Wachoffizier Strax. Erst da fällt mir auf, dass der Mann Kellyns Langschwert auf dem Rücken trägt.

»Mach meine Männer unbesiegbar. Ich brauche Waffen,

mit denen ich Ghadra erobern kann. Es ist mir egal, wie du das anstellst. Tue es einfach. Alles Weitere erfährst du von Elany. Wenn ich mir noch eine einzige weitere Frage anhören muss, könnte ich die Geduld mit dir verlieren und zu dem Schluss kommen, dass du der Mühe nicht wert bist. Wir sind hier fertig.«

Ravis lässt mich stehen und zieht sich, gefolgt von seiner Garde, zurück. Die mir zugeteilten Soldaten bleiben da und verteilen sich auf die einzelnen Schmieden.

Ich drehe mich um und lasse den Blick schweifen. Registriere den Lärm, die Menschen, die lodernden Feuer, die *Menschen.* Ich möchte weglaufen.

Das Mädchen Elany tritt an meine Seite, bevor ich etwas Dummes tun kann.

»Sie beißen nicht«, sagt sie freundlich.

»Ich bin es nicht gewohnt, vor anderen zu arbeiten.«

»Ich hoffe für deinen Freund, dass du deine Abneigung schnell ablegst.«

Da sind wir schon zwei.

»Soll ich dich herumführen?«, fragt sie.

»Habe ich eine Wahl?«

Elany antwortet nicht; sie führt mich in einem weiten Bogen um das Gelände, damit ich mir einen Überblick verschaffen kann. Die mir zugewiesene Wache ist nie weniger als zwanzig Fuß entfernt.

Ich zähle mindestens vier Dutzend Männer und Frauen, bevor ich das Zählen aufgebe. Es sind alles kräftige, gut gebaute Menschen. Elany erklärt, dass es sechzehn Brennöfen, fünfundzwanzig Ambosse und ein Dutzend Schleifsteine gibt. Sie stellt mir einige von Ravis' talentiertesten Schmieden vor, aber ich kann mir keinen einzigen Namen merken. Ich bin zu sehr damit beschäftigt, gegen die Angst anzukämpfen, die sich einschleichen und mich überwältigen will. Ich schaue niemandem in die Augen, wenn ich es irgendwie vermeiden kann. Ich könnte den Namen keine Gesichter zuordnen, selbst wenn ich es wollte.

Kinder fegen den Ruß weg, ölen die Waffen und stapeln sie ordentlich auf hohen Regalen. In den Schmieden herrscht geschäftiges Treiben und lautes Geschnatter. Ich fühle mich, als hätte ich jede Bodenhaftung verloren und als würde jedes neue Geräusch meine Knochen erbeben lassen und mich aus dem Gleichgewicht bringen.

»Hier wirst du arbeiten«, sagt Elany und führt mich zu einer Schmiede im Herzen der Werkstätten. Wo ich von allen beobachtet werden kann. Wo ein Entkommen unmöglich ist.

Hinter den Schmieden führt eine einzelne Straße vom Palast weg, aber auf beiden Seiten gibt es keinerlei Deckung. Mir völlig unbekannte hochgewachsene, stachelige Pflanzen scheinen hier recht verbreitet zu sein. Vereinzelt gibt es auch karge Büsche und Sträucher. In der Ferne, jenseits der Stadt, ist eine Baumreihe zu erkennen. Die Sonne steht links von dem Wald, daher weiß ich, dass er sich nach Süden ausdehnt. In Richtung von Skiros Territorium.

Aber ich würde nie bis zum Waldrand kommen, nicht bei der scharfen Bewachung.

Als sich dann auch noch ein Trupp Soldaten nähert, fühle ich mich erst recht in der Falle – bis ich bemerke, wen sie bei sich haben.

In ihrer Mitte geht Kellyn. Meine Erleichterung, ihn zu sehen, ist überwältigend. Wenn ich seine Gesichtszüge sehe, fühle ich mich gleich ein wenig hoffnungsvoller. Ein bisschen stärker. Als könnten wir alles durchstehen, solange wir es gemeinsam tun.

Ich kämpfe gegen den Teil in mir an, der wütend auf ihn sein will, weil er mich in diesen Schlamassel gebracht hat, weil er Ravis die Idee eingepflanzt hat, mich Waffen herstellen zu lassen. Aber beim Anblick der Mullbinde, die um seinen Kopf gewickelt ist und sein linkes Ohr bedeckt, gewinnt die bessere Ziva.

»Bist du in Ordnung?«, frage ich ihn.

»Nicht reden!«, blafft ein Wärter mich an.

»Ach, verpiss dich«, sagt Elany zu ihm. »Was ist denn schon dabei, wenn sie nach ihm fragt? Geh nur, Ziva.«

»Kellyn?«, wiederhole ich.

Seine Augen treffen die meinen. »Mir geht es gut. Sie haben meine Wunde versorgt. Mein Schlafplatz lässt zwar etwas zu wünschen übrig, aber sie tun mir nichts.«

»Noch nicht«, sagt der Soldat, der zuvor gesprochen hat. »Aber wenn ihr weiter herumtrödelt, kann sich das ganz schnell ändern. An die Arbeit!«

Sie haben Kellyn mitgebracht, damit ich keinen Ärger mache. Und um mich zur Eile anzuspornen. Ich soll eine ganze Armee mit magischen Waffen ausstatten.

Noch vor wenigen Monaten, als wir vor Kymora weg- und um unser Leben rannten, war genau das meine größte Angst.

Jetzt ist sie Wirklichkeit geworden.

Die Verzweiflung schmerzt so scharf wie der Biss einer giftigen Schlange. Aber ich kann nicht zulassen, dass dieses Gift sich ausbreitet. Wenn es einen Weg gibt, uns beide da rauszuholen, dann werde ich ihn finden. Ich habe mir etwas Zeit zum

Nachdenken verschafft. Ich habe Ravis davon überzeugt, dass ich die Waffen, die er bereits hat, nicht einfach mit Magie versehen kann – was natürlich eine glatte Lüge war. Ich könnte sie nacheinander erhitzen und dann Magie wirken.

Aber jetzt darf ich die Prozedur von Grund auf beginnen. Es wird sicher Wochen dauern, bis ich eine einzige Waffe für den Prinzen fertiggestellt habe. Ich werde ihn hinhalten, so sehr ich kann. Aber ich muss stets so tun, als würde ich mein Bestes geben.

Kellyn zuliebe.

»Ich brauche eine Schürze und Handschuhe«, sage ich zu Elany. »Zeig mir eure Eisenvorräte.«

Abgesehen von den Wachen, die sich auf dem ganzen Gelände postiert haben, warten etwa sieben Männer und Frauen bei meiner neuen Schmiede. Schnell wird mir klar, dass sie meine Helfer sind. Und auf Anweisungen warten.

»*Ähm* …«

Temra ist die Einzige, die jemals mit mir in meiner Schmiede sein durfte, und die Erinnerung daran erfüllt mich mit einem unvorstellbaren Schmerz. Es ist zu lange her, dass ich ihre Stimme oder ihr Lachen gehört habe. Was, wenn ich sie nicht wiedersehen werde? Nicht zu wissen, was aus ihr geworden ist, wird mich schneller umbringen, als Ravis' Soldaten es je könnten.

Ich versuche, das Durcheinander in meinem Kopf zu ordnen, und schiebe alle Gedanken an meine Schwester in den Hintergrund. Sich pausenlos Sorgen um sie zu machen, würde mich nur von meiner derzeitigen Aufgabe ablenken.

Und die besteht darin, mit den Menschen zu reden. Ich muss ihnen sagen, wie sie mir in der Schmiede am besten helfen können. Ich schaue zu Kellyn, um mich daran zu erinnern, warum ich das tun muss. Warum ich die Panik und das Unbehagen verdrängen muss. Meine Finger verheddern sich ineinander, und mein Blick ist auf den Boden geheftet, während ich Anweisungen vor mich hin murmle.

Falls die anderen Waffenschmiede mich für seltsam halten, sagen sie nichts. Ravis hat ihnen offensichtlich einiges eingeschärft. Sie schleppen für mich Eisenerz in die Schmiede. Sie zünden den Ofen an. Bedienen den Blasebalg. Beginnen den Prozess der Stahlerzeugung.

Mir wird bald klar, dass ich in Schwierigkeiten stecke. Die Arbeit geht viel zu schnell voran.

»Nein, lass mich das halten«, sage ich zu der Frau, die den Schmelztiegel mit Holzkohle füllt. Ich nehme ihn, mache die Mischung selbst fertig und schiebe sie dann in den Ofen, der bereits von dem Mann am Blasebalg angeheizt wird.

Eine weitere Gruppe ist schon mit dem Füllen des nächsten Tiegels fertig und übergibt ihn mir zur Kontrolle. Danach wird er in den Ofen gestellt. Dann ein dritter und ein vierter. Insgesamt passen fünf auf einmal in den Ofen. Als Nächstes führt mich Elany zu einer anderen Schmiede, wo ich beim Härten von weiterem Eisen mitwirke. Immer und immer wieder.

Mit jedem neuen Tiegel, der im Ofen landet, wird der Stein in meinem Magen schwerer.

Die Schmiede war früher mein sicherer Ort. Dort war ich am glücklichsten, fühlte mich am wohlsten.

Jetzt ist sie mein Gefängnis.

Jetzt ist sie der Ort, an dem ich ausgerechnet die Waffen herstellen werde, die alles gefährden, was ich je gekannt habe.

KAPITEL SIEBEN

Jeden Abend falle ich von den Anstrengungen erschöpft ins Bett. Es ist zu lange her, dass ich ausdauernd mit dem Hammer gearbeitet habe. Doch ich liebe das Brennen in meinen Armen. Es bedeutet, dass ich stärker werde. Aber es laugt mich auch aus, und meine Helfer bestehen darauf, das Hämmern zu übernehmen, wenn ich es nicht mehr selbst schaffe.

Dazu kommt noch der Druck, ständig von Menschen umgeben zu sein. Das führt zu einer ganz eigenen Art von Erschöpfung. Am liebsten würde ich nachts aufbleiben, nur um eine Weile wach und allein zu sein. Nur so habe ich Zeit zum Nachdenken, um meine geistige Stärke wiederzuerlangen.

Sie bringen Kellyn jeden Tag in die Schmiede, aber sie tun ihm nicht weh. Ich gebe ihnen keine Gelegenheit dazu. Ich hämmere, forme, mische und erhitze das Metall für die Schwerter. Wenn Ravis ein Bastardschwert schätzt, dann mache ich ihm eins.

Essenspausen gibt es keine. Küchenhilfen schleppen in regelmäßigen Abständen die Mahlzeiten heran und wir wechseln uns beim Essen ab. In den Schmieden ist es nie still. Irgendjemand tut immer etwas. Es bleibt kaum Zeit zum Durchatmen.

Am sechsten Tag ist mein Muskelkater nur noch ein dumpfes Pochen. Ich habe die Namen aller Männer und Frauen gelernt, und hin und wieder vergesse ich sogar, dass sie da sind. Manchmal, wenn ich mich im Klang des auf Metall schlagenden Hammers verliere oder auf den weiß glühenden Stahl einer Schwertspitze starre, kann ich fast so tun, als wäre ich zu Hause und würde der Arbeit nachgehen, die ich liebe.

Bis mir jemand eine Frage stellt oder eine Wache eine Drohung gegen Kellyn ausstößt – nur so zum Spaß.

Dann weiß ich wieder, wo ich bin, und die Angst kehrt zurück.

Wenn der Druck zu groß wird, schaue ich Kellyn an mit seinem täglich frischen Kopfverband und rufe mir vor Augen, welchen Preis mein Versagen fordern würde. Tag für Tag kämpft meine Angst mit meiner Wut. Ich will nicht, dass Kellyn etwas Schlimmes zustößt, aber ich möchte ihn auch verprügeln, weil ich mich seinetwegen Ravis' Willen unterwerfen muss.

Elany ist immer in meiner Nähe, beobachtet alles, was ich tue, und versucht immer wieder, ein Gespräch mit mir anzufangen.

»*Wie lange wirkst du schon Magie beim Schmieden?*«

»*Wirkst du deine Magie allein mit deinem Willen oder mit deiner Stimme?*«

»*Schwächt es dich, wenn du deine Fähigkeit einsetzt?*«

Ich weiß nicht, ob sie wirklich neugierig ist oder ob sie mich für Ravis aushorchen will. So oder so, ich antworte, damit Kellyns Bewacher nicht auf dumme Gedanken kommen.

»*Seit ich neun bin.*«

»*Beides.*«

»*Nicht direkt.*«

Manchmal hat sie Flickzeug dabei, mit dem sie sich beschäftigt. Sie näht Umhänge, Hemden oder Kleider - aber meistens schaut sie mir zu, als könnte sie dabei etwas lernen. Aber meine Gabe ist nichts, was man lehren kann. Magie ist da oder eben nicht.

»Wer bist du?«, frage ich sie eines Tages. »Warum lässt Ravis mich von dir beobachten?«

Sie zuckt mit den Schultern. »Er hofft, dass ich ein oder zwei Dinge lerne. Und es gibt nicht genug Wachen für alle.«

Fragend blicke ich sie an. »Bist du auch eine Gefangene?«

»So würde ich das nicht nennen. Ravis ist mein Arbeitsherr, aber er traut mir nicht ganz.«

»Aber bei mir vertraut er dir?«

»Ich denke schon.«

»Und was genau ist deine Aufgabe?«

Sie beißt sich auf die Lippe, antwortet jedoch nicht, und mir bleibt nur, das Thema fallen zu lassen.

Während ein ganzer Stapel Klingen abkühlt, machen wir uns daran, die dazugehörigen Schwertgriffe herzustellen. Dieses Mal hämmern wir das erhitzte Metall zu einer Parierstange. Die forme ich dann weiter, während sie noch heiß ist.

»Was machst du da?«, fragt Elany.

»Ich forme.«

»Es hat doch schon die Form eines Griffs.«

»Also gut, dann verschönere ich es«, sage ich und erkenne im selben Moment meinen Fehler. Als ich aufschaue, lächelt mich Elany freundlich an.

»Du bist eine Künstlerin, Ziva, aber Prinz Ravis will keine Kunst. Er will Zweckmäßigkeit. Solange ein Soldat sein Schwert festhalten kann, sind keine zusätzlichen Verzierungen nötig.«

Ich hatte vorgehabt, die Griffe mit einem Muster zu verzieren, das einheimische Früchte darstellt, die ich gekostet habe, und mir bereits überlegt, wie wohl die Blüten der entsprechenden Bäume aussehen.

Aber an diesem Talent ist Ravis nicht interessiert.

Nur an meiner Magie.

Seufzend tausche ich den Meißel gegen einen Hammer ein, um den Griff wieder glatt zu hämmern. Plötzlich ist Pferdegetrappel zu hören und gleich darauf kommt ein schwerer, mit Eisenerz beladener Karren in Sicht.

»Noch eine Ladung?«, frage ich.

»Jeden Dienstag und Samstag«, antwortet Elany. »Der Prinz will, dass immer genug Vorräte vorhanden sind.«

Da die Hauptstadt von Ravis' Territorium am weitesten von den südlichen Bergen entfernt ist, kann ich mir nicht vorstellen, woher er den Nachschub bekommt. Ich frage Elany danach.

Sie sagt: »Prinz Ravis hat Freunde in den südlichen Gebieten. Es gibt viele, denen die Notwendigkeit eines geeinten Ghadra einleuchtet.«

Mit anderen Worten, der Prinz hat gut gefüllte Geldschatullen und kauft das Erz von Männern, die keine

Ahnung haben, wohin es gebracht wird oder was daraus geschaffen wird. Es könnte sein, dass Bergleute in meiner eigenen Heimatstadt Lirasu dem Prinzen helfen, ohne es zu wissen. Der Gedanke macht mich krank.

Trotz der zahllosen Wachen um mich herum suche ich Kellyns Blick. Er ist dort, wo sie ihn immer festhalten, weit genug von den Schmiedewerkzeugen entfernt, damit er nicht auf dumme Gedanken kommen kann. Anstatt mich zu beobachten, wie er es sonst tut, hat Kellyn nur Augen für den neu eingetroffenen Wagen mit Eisenerz.

Jeden Dienstag und Samstag.

Während Elanys Worte noch in meinem Kopf widerhallen, blickt Kellyn auf. Er schaut zu dem Karren und dann zu mir. Ich nicke langsam, verstehe, was er meint.

Zweimal pro Woche kommt ein Pferdegespann auf dem Gelände an, pünktlich wie ein Uhrwerk.

Das ist unsere Möglichkeit zur Flucht.

Aber das beantwortet noch nicht die Frage, wie Kellyn seine Bewacher loswird, bevor sie ihm etwas antun können, oder wie wir hier rauskommen, ohne dass Ravis' Männer uns folgen.

Als ein paar Tage später die Griffe geformt und an die Klingen geschweißt sind, drehen sich alle erwartungsvoll zu mir um.

Es ist Zeit für mich, Ravis' Schwertern Magie einzuhauchen.

Zehn Tage. So lange haben meine Helfer gebraucht, um mehr als fünf Dutzend Schwerter herzustellen. So viele sind es geworden, obwohl ich mich bemüht habe, Zeit zu schinden, indem ich am gesamten Ablauf beteiligt war. Es sind einfache Klingen ohne Schnörkel und Verzierungen, aber mehr braucht es nicht, um einen Menschen zu töten.

Und jetzt soll ich sie sogar noch tödlicher machen.

»Du musst sie wieder in den Brennofen stecken, ja?«, fragt Elany. »Du sagtest, sie müssten heiß sein, damit deine Magie wirkt?«

Ich nicke.

Meine Helfer übernehmen die Aufgabe für mich, was gut ist, denn meine Hände haben angefangen zu schwitzen. Dabei stehe ich schon genug unter Druck angesichts von Kellyns Kopfwunde und der großen Zahl an Wächtern, die jeden meiner Schritte beobachten.

Ich mag es nicht, vor den Augen anderer Magie zu wirken. Manchmal schicke ich sogar Temra aus der Schmiede, wenn es Zeit für diesen Teil der Prozedur ist. Die Magie muss aus meinem Inneren kommen und Ablenkungen von außen können das verhindern.

Oder sie bewirken gar, dass meine Magie Unvorhergesehenes hervorbringt.

Auf diese Weise ist Secret Eater entstanden, jenes Schwert, das Kriegsherrin Kymora beauftragt hatte und für das sie mich durch ganz Ghadra gejagt hat. Ich war von Kellyn abgelenkt worden, als ich meine Magie in das Schwert einfließen lassen wollte. Damals habe ich den Söldner zum ersten Mal erblickt – und im selben Moment das gefährlichste Schwert erschaffen, das die Welt je gesehen hat. Zum Glück ist es in der kleinen Stadt Amanor versteckt, eingeschlossen in einem Eisenfelsen, aus dem es nur jemand befreien kann, der eines solchen Schwerts würdig ist.

Als der Stahl ausreichend erhitzt worden ist, geht Elany

zum Ofen, zieht eines der Schwerter mit einer Zange heraus und hält es mir hin.

Ich nehme die Zange und zum ersten Mal in meinem Leben fühlt sich das mir so vertraute Werkzeug in meinen Händen falsch an. Heute setze ich meine Fähigkeiten nicht zum Schutz anderer ein. Diese Klingen haben nur einen Zweck - den, zu töten.

Mir wird das Herz schwer bei dem Gedanken, aber die Vorstellung, Kellyn könnte weiter gefoltert werden, ist mehr, als ich ertragen kann.

Ich habe keine andere Wahl, ich muss versuchen, den Schaden so gering wie möglich zu halten.

Als ich noch eine Werkstatt in Lirasu hatte, stellte ich kleinere Gegenstände in großen Mengen her: Dolche, Schnallen, Pfeile, Nägel und dergleichen. Sie waren mit einfacher Magie durchtränkt. Sie würden nie stumpf werden, nie rosten oder brechen.

Pfeile würden immer ihr Ziel treffen. Alltägliche Gegenstände, die sich auch gewöhnliche Leute leisten konnten.

Vielleicht war das ja die Lösung. Ich könnte Ravis' Schwerter mit einfacher Magie versehen. Er hat keine näheren Angaben gemacht. Es geht ihm um die schiere Menge.

Na gut.

Diesen Wunsch kann ich erfüllen.

Während ich die Waffe inspiziere, wird es an den Schmiedeöfen still. Alle um mich herum hören auf zu arbeiten. Das ständige Hämmern und Schaben und die lauten Rufe verstummen. Überall wird der Atem angehalten, Köpfe recken sich vor.

Um mich zu beobachten.

Ich schließe die Augen und tue so, als ob niemand da wäre. Ich stelle mir vor, dass nur ich in der Schmiede bin. Ich allein, an meinem sicheren Zufluchtsort.

Und ich denke an Temra.

Wir sind Blutsschwestern und durch jahrelanges Beisammensein miteinander verbunden. Unsere Liebe füreinander ist warm und respektvoll und unzerstörbar. Ich halte dieses Gefühl fest, während ich meine liebevollen Erinnerungen an sie zulasse. Temra, die in den Theaterstücken der Stadt die Hauptrolle spielt. Ihr strahlendes Gesicht, wenn sie tanzt. Wie sie sich über ihre Schularbeiten beugt oder von Jungs erzählt. Es sind Kleinigkeiten, aber ich würde alles dafür geben, mehr solcher Momente mit ihr erleben zu dürfen.

Ich spüre das leichte Pulsieren der Magie, die von der Waffe vor mir ausgeht. Zufrieden tauche ich die Klinge ins Wasser und übergebe sie einem Arbeiter in der Nähe, bevor ich den Vorgang mit einem anderen Schwert wiederhole.

Elany mischt sich ein, nachdem ich das zweite Schwert mit Magie versehen habe.

»Was hast du mit ihnen gemacht?«

»Ich habe ihre Lebensspanne verlängert – und die von Ravis' Soldaten.«

Als sie nichts mehr sagt, schaue ich auf. Sie und alle anderen um mich herum machen erwartungsvolle Gesichter.

Sie erwarten einen sichtbaren Beweis.

Ich suche mir den größten Mann aus. »Komm her. Bring einen Hammer mit.«

Er folgt meiner Aufforderung. Ich lege das Schwert auf den nächstbesten Amboss, so, dass die Spitze eine Handbreit darüber hinausragt, und halte es am Griff fest.

»Zerbrich es«, befehle ich ihm.

Der Mann blickt zu Elany, als ob er um Erlaubnis bitten würde. Sie nickt.

Mit einem Achselzucken hebt er seinen Hammer und lässt ihn auf das obere Ende des Schwerts sausen. Ein dumpfes Geräusch ist zu hören, und der Arm des Mannes fliegt nach hinten, als er auf den Widerstand der gehärteten Klinge trifft.

Die Klinge ist völlig intakt.

»Hier«, sage ich und halte ihm das Schwert hin.

»Nicht der kleinste Kratzer«, stellt er verwundert fest. »Es hätte brechen müssen, so fest, wie ich zugeschlagen habe. Moment.« Er streckt die Hand aus und streicht über die Schwertspitze. Im selben Moment zieht er scharf die Luft ein und steckt den Finger in den Mund. »Die Klinge ist scharf, obwohl wir sie noch nicht geschliffen haben.«

»Das ist auch nicht nötig«, sage ich. Ravis wird sich über die gewonnene Zeit freuen.

Elany nimmt das Schwert und begutachtet es selbst. »Beeindruckend, aber ich glaube nicht, dass es das ist, was der Prinz im Sinn hatte …«

»Wenn der Prinz etwas anderes wollte, hätte er darum bitten müssen.«

Mit diesen Worten wende ich mich wieder dem Amboss zu.

Am Abend sind alle fünf Dutzend Schwerter magisch, und meine Helfer haben bereits eine neue Eisen-Kohle-Mischung vorbereitet, um weiteren Stahl herzustellen. Mir graut vor der bevorstehenden Arbeit und dem Resultat. Ich denke daran, wie jeder kommende Schlag meines Hammers auch meine Seele treffen wird.

Da taucht der Prinz mit seiner Leibwache auf, vorneweg Strax mit Kellyns Langschwert.

Ravis sagt kein Wort, als er eine fertige Waffe ergreift. Er zieht Kreise in der Luft, wie er es so gerne mit seinem Dolch macht. Strax nimmt ebenfalls eine Waffe und führt eine Reihe von Übungen durch, bei denen er einen unsichtbaren Feind attackiert.

Als er fertig ist, hält Strax das Schwert vor sich und balanciert die Klinge auf zwei Fingern. »Das ist ein besseres Stück als alles, was unsere Schmiede bisher gemacht haben. Die Balance ist perfekt. Die Klinge ist leicht, aber von hoher Schlagkraft.«

Der Prinz hört sich Strax' Urteil an, bevor er sich mir zuwendet.

»Was ist die Besonderheit?«

Ich schaue zu Boden, kann seinen prüfenden Blick nicht ertragen. »Sie halten ewig, Prinz.« Ich versuche, mir etwas anderes zu überlegen, was ich sagen könnte. Irgendetwas, das ihn vom Wert der Waffen überzeugt, aber mir fällt nichts ein.

Elany räuspert sich. »In dem Moment, in dem Ziva ihre Magie in die Klingen fließen lässt, sind sie sofort so scharf, dass ein Schleifstein unnötig ist. Sie werden nie stumpf, rosten nie und brechen nie. Die Klingen deiner Krieger werden im Kampf nie versagen.«

Meine Finger verschränken sich wie von selbst. Dumpf höre ich die Gelenke knacken. Ich glaube, ich halte sogar den Atem an, während ich auf das Urteil des Prinzen warte.

»Ich weiß, dass du es besser kannst, Schmiedemädchen. Strax' neue Waffe ist der Beweis dafür. Ich erwarte, dass du die nächsten Klingen mit deiner mächtigen Magie noch gefährlicher machst, sonst wird dein Söldnerfreund die Konsequenzen tragen.«

Ich hebe ruckartig den Kopf. »Prinz, ich kann meine mächtigere Magie nicht kontrollieren. Manchmal funktioniert sie, manchmal nicht. Größeres zu schaffen, ist eine unberechenbare Angelegenheit. Wenn Ihr, wie Ihr sagt, Waffen in großer Zahl wünscht, dann ist eine einfachere Magie der richtige Weg.«

Ich rede vor mich hin, ohne genau zu wissen, was ich sage. Sind es Wahrheiten oder Unwahrheiten? Ich weiß nur, dass ich ihm nicht Dutzende von unschlagbaren Waffen machen kann, sonst ist die Welt dem Untergang geweiht.

»Mach es besser«, wiederholt Ravis nur. »Ich habe dich gewarnt.«

In dieser Nacht finde ich keinen Schlaf. Mein Gehirn spielt alle möglichen Dinge durch, die schiefgehen könnten. Visionen von Petrik und Skiro, die dank meiner magischen Waffen niedergestreckt werden. Kellyns Familie, die um ihr Leben rennt. Meine Heimatstadt in Flammen. Die Bilder verfolgen mich bis in die frühen Morgenstunden.

Mit geschwollenen Augen nehme ich meine Arbeit wieder auf.

»Ziva«, sagt Kellyn aus der Ecke der Schmiede. »Tu das nicht mir zuliebe.«

»Halt die Klappe!«, schnauzt ihn eine Wache an.

»Ich bin es nicht wert«, sagt Kellyn. »Ich kann es nicht ertragen, dich so zu sehen.«

»Kein Wort mehr!«

Oh, *er* kann es nicht ertragen? *Und was ist mit mir?* Ich könnte aus der Haut fahren. Hat er etwa schon vergessen, dass ich bereit war, in Ravis' Thronsaal zu sterben, er mir aber in den Rücken gefallen ist? Wieder einmal hat er nur daran gedacht, wie *er* sich fühlen würde, wenn ich sterben würde, nicht daran, wie *ich* mich fühlen würde, wenn –«

»Ziva, bitte –«

Ich blicke erst hoch, als ein Bewacher Kellyn einen Schlag gegen den Kopf versetzt, ausgerechnet gegen die verletzte Seite. Kellyn verzieht sein Gesicht vor Schmerz und ich will ihm spontan zu Hilfe eilen.

»Bleib, wo du bist, Schmiedin«, knurrt der Wächter, »oder ich verpasse ihm noch eine.«

Mit Tränen in den Augen wende ich mich wieder meiner Arbeit zu. Ich werde nicht zulassen, dass Kellyn meinetwegen leidet. Ich werde nicht zulassen, dass *die Welt* meinetwegen leidet. Ich werde für uns einen Ausweg finden.

Der mangelnde Schlaf macht sich als Hämmern in meinen Schläfen bemerkbar und jeder Schlag auf den Amboss verstärkt den Schmerz noch. So kann ich nicht denken. Nicht, wenn ich mir Sorgen darüber mache, was diese neuen Schwerter anrichten werden oder ob Temra noch lebt oder Kellyn klug genug ist, sein dummes Maul zu halten.

Elany legt ihre Näharbeit weg und stellt sich neben mich. »Was hast du dir für die nächsten Klingen überlegt?«

»Ich habe mir noch keinen Plan ausgedacht.«

»Und dein Plan für die Flucht?«

Ich werfe ihr einen bösen Blick zu. Ich bringe es nicht über mich, unschuldig oder überrascht oder sonst wie zu schauen. »Wenn ich einen hätte, würde ich ihn doch nicht ausgerechnet Ravis' Lakaiin verraten, oder?«

Elany zwirbelt eine Locke ihres goldenen Haares um ihren Finger. »Verständlich.« Sie hält inne. »Ich weiß, dass es nichts nützt, aber ich versichere dir, dass ich die Art und Weise, wie du behandelt wirst, nicht gut finde. Wir brauchen ein geeintes Ghadra, aber das ist nicht der richtige Weg dahin. Man kann Loyalität nicht erzwingen. Man muss sie sich verdienen.«

Ich wische mir mit der Unterseite meines Arms den Schweiß von der Stirn. »Ein geeintes Ghadra schafft nur noch mehr Probleme. Und wenn meine derzeitige Situation ein Hinweis darauf ist, wie Ravis ein vereinigtes Königreich zu führen gedenkt, dann habe ich keine Hoffnung für die Zukunft. Sieh dir doch nur mal Kellyn an.«

Elany sagt einen Moment lang nichts und ich konzentriere mich auf meine Hammerschwünge.

»Es gab da jemanden, der mir etwas bedeutet hat«, sagt sie schließlich. »So wie dir dein Söldner.«

Ich höre nicht auf zu hämmern und korrigiere ihre Vermutung über Kellyn und mich nicht. Vielleicht waren wir uns einmal so nahe. Jetzt aber habe ich keinen Namen mehr für das, was zwischen uns ist.

»Räuber aus dem Westen kamen übers Meer und plünderten mein Dorf in Orenas Territorium. Sie schlachteten Verryn vor meinen Augen ab.«

»Das tut mir leid«, sage ich leise.

»Niemand hat etwas dagegen unternommen. Prinzessin Orena hat nicht vor, einen Krieg gegen die westlichen Inseln zu führen oder Gerechtigkeit an den Angreifern zu üben.

Sie hat weder die Kraft noch die Absicht. Sie ist zu sehr damit beschäftigt, herauszufinden, wie man regiert. Verstehst du denn nicht?«, fährt sie fort. »Wir müssen uns einig sein. Keines der anderen Geschwister ist zum Regieren bestimmt. Wir brauchen eine vereinte Armee. *Eine* Streitmacht, die sich für das Volk einsetzt und die sich darum kümmert, dass es allen gut geht.«

Bei diesen Worten halte ich in meinem Hämmern inne. »Wer kümmert sich im Moment um mich, Elany? Wer kümmert sich um Kellyn?«

»Ich, verdammt noch mal!«, entgegnet sie. »Ich helfe dir, wo ich kann. Aber du musst das für Ravis tun. Für all jene Menschen, die im Augenblick vernachlässigt werden.«

Wir starren uns an. Keine von uns ist bereit, klein beizugeben.

»Es ist nicht richtig, was mit deinem Dorf passiert ist«, sage ich. »Die Prinzessin muss vieles besser machen, aber das« – ich deute auf die Schmiedeöfen – »ist auch nicht richtig.«

»Das ist alles, was ich noch habe«, sagt sie.

»Und du hilfst dabei, alles zu zerstören, was *ich* noch habe.«

Elany wendet sich ab, schafft Abstand zwischen uns beiden.

Und ich hämmere weiter.

KAPITEL ACHT

Die nächste Fuhre Waffen erfordert etwas mehr Zeit.

Neben den Schwertern verlangt Ravis auch Speere und Kriegshämmer für ranghöhere Mitglieder seiner Armee, die sich eigens spezielle Waffen gewünscht haben. Auch wenn ich es mir nicht eingestehen will, die Abwechslung hebt meine Stimmung.

Als es so weit ist, den Waffen Magie zu verleihen, habe ich immer noch keinen Fluchtplan. Allerdings habe ich mir Gedanken über die Magie gemacht. Ravis sagte, sie solle besser werden, und ich habe beschlossen, dass die beste Strategie in diesem Fall eine defensive Magie ist. Ich kann es nicht ertragen, etwas zu erschaffen, das einer Armee, die ein ganzes Königreich unterjochen möchte, das Töten einfacher macht.

Was, wenn ich es erschwere, Ravis' Truppen zu töten?

Das ist besser, oder? In gewisser Weise beschütze ich auch so Menschen.

Selbst wenn sie auf der falschen Seite stehen.

Ich nehme die Schwerter nacheinander in die Hand und überlege, was ich mit ihnen machen will. Meine Gedanken kreisen wieder um meine Schwester. Sie ist ganz anders als ich. Sie ist stark und klug, und wenn ihr etwas Schlimmes zustößt, ist sie sofort wieder auf den Beinen.

Ich erinnere mich, wie der Sohn des Gouverneurs sie an ihrer Schule zu einer Ausgestoßenen machte. Wie er sie schikanierte und ihre Freunde dazu brachte, sich von ihr abzuwenden. Anfangs war sie verärgert, aber dann war sie entschlossener denn je, ihr Leben so zu leben, wie sie es für richtig hielt.

Als der Glanz der Erinnerung verblasst, spüre ich, wie die Magie meine Finger an den Stellen heiß werden lässt, wo ich das Metall berühre. Ich gebe Elany mit einer Geste zu verstehen, dass sie die Waffe nehmen soll. Ich halte das Schwert an der Klingenspitze und reiche es ihr. Sie ergreift es und wartet auf Anweisungen.

Ich gebe ihr keine. Stattdessen nehme ich ein nicht magisches Schwert und schlage ihr die Waffe aus der Hand. Elany weicht zurück, als hätte sie Angst, ich würde sie durchbohren, jetzt, da sie unbewaffnet ist und ich nicht. Die Wachen in unserer Nähe sind sofort zur Stelle.

Aber in dem Moment, als ihr Schwert den Boden berührt, schnellt es mit dem Griff voran in ihre Hand zurück, obwohl sie inzwischen schon nicht mehr an der Stelle steht, an der sie es fallen ließ. Die Wachen erstarren, und Elany blickt das Schwert an, als wüsste sie nicht, woher es kommt.

Ich schlage ihr die Waffe ein zweites Mal aus der Hand und wieder passiert das Gleiche. Das Schwert fällt herunter, schnellt wieder hoch und saust zurück in ihre ausgestreckten Finger.

Ich warte gar nicht erst irgendwelche Reaktionen ab, sondern nehme mir sofort das nächste Schwert vor. Und das nächste. Und das nächste. Elany raunt einer Wache hinter mir etwas zu, aber ich zwinge mich, alle Gedanken aus meinem Kopf zu verbannen. Ich kann nicht arbeiten, wenn ich all den Leuten um mich herum Aufmerksamkeit schenke. Es gibt nur mich und das Schwert, mich und das nächste Schwert.

Aus den Augenwinkeln sehe ich, wie Kellyn sich bewegt, und wundere mich, dass ich ihn immer noch so bewusst wahrnehme, selbst wenn mein Blick auf etwas anderes gerichtet ist.

Um für Abwechslung zu sorgen, greife ich nach einem Kriegshammer, wiege die schwere Waffe in den Händen und überlege, was ich mit dem erhitzten Stahl anstellen will.

»Zeig es mir«, fordert eine Stimme.

In meiner Konzentration habe ich den Prinzen nicht kommen hören. Ich erschrecke so sehr, dass ich einen Satz mache und nach Luft schnappe. Meine Gefasstheit ist dahin.

Ravis verdreht die Augen. »Nicht so nervös, Schmiedin. Sonst verletzt du dich womöglich noch.« Er wendet seine Aufmerksamkeit wieder Elany zu, die ihm die neuen Schwerter zeigt. Sie gibt ihm eine Klinge, sagt ihm, er solle sie locker in der Hand halten, und lässt sie ihm dann von Strax aus den Fingern schlagen. Ravis grinst, als die Waffe zurück in seine Hand springt.

Der Prinz hat allerdings nur die Hälfte meiner Aufmerksamkeit, denn ich bin viel zu entsetzt über den Kriegshammer in meiner Hand.

Er ist voller Magie.

Dabei hat Ravis mich unterbrochen, als ich versuchte, dem Hammer Magie zu verleihen.

»Und was ist mit dem Hammer?«, höre ich ihn wie aus weiter Ferne fragen. »Bewegt er sich auch von selbst?«

Ich blinzle kurz, dann schaue ich dem Prinzen in die Augen.

»Und?«, fragt er.

»Ich weiß es nicht«, murmle ich.

»Du weißt es nicht?«, fragt er, und in seinem Tonfall schwingt leichte Verärgerung mit.

»Ihr habt mich erschreckt und jetzt hat der Hammer seine eigene Magie.«

Ravis seufzt. »Schmiedemädchen, meine Geduld zu strapazieren ist ein Spiel, von dem du besser die Finger lässt. Izan, nimm den Hammer und schau, was er kann.«

Einer der größten Männer, die ich je gesehen habe, löst sich aus den Reihen der Leibwache und stapft zu mir herüber. Eine muskulöse Hand greift nach dem Hammer, und ich lasse die Waffe einfach hineinfallen, statt sie ihm zu reichen. Izan wendet den Hammer und begutachtet ihn. Er entfernt sich etwa zwanzig Yard von der Schmiede, bevor er versuchsweise einen Schlag in die Luft ausführt.

Als nichts passiert, sieht er den Prinzen schulterzuckend an und geht zu einer dieser baumhohen, stacheligen Pflanzen. Izan holt weit aus und zielt mit dem Hammerkopf auf das Gewächs. Der Hammer trifft, und der Stamm zersplittert in eine Million Teile, die wie Staub zu Boden rieseln.

Mir kribbelt es in den Fingern und mein Kopf wird mit einem Mal ganz leer.

In der Schmiede herrscht völlige Stille, bis Ravis befiehlt: »Noch einmal.«

Sein Mann nimmt sich eine andere Pflanze vor, schlägt mit dem Hammer auf sie ein, mit gleichem Ergebnis. Der Stamm zerbirst und wird, man kann es nicht anders sagen, pulverisiert.

Das Gesicht des Prinzen verzieht sich zu einem breiten Grinsen. »Ich glaube, die Kakteen haben genug. Wir haben einige Verräter im Kerker sitzen. Mal sehen, ob der Hammer auch bei ihnen funktioniert.«

Der Prinz und sein Gefolge wenden sich zum Gehen, ohne auch nur einen weiteren Blick für mich zu erübrigen. Ich betrachte die Überreste der Pflanzen, die von hier aus wie grüne Asche aussehen. Eine Brise erfasst sie, wirbelt die oberste Schicht auf und trägt sie in einer Wolke davon.

Meine Knie berühren den harten Boden, während ich starre und starre und starre, in der Hoffnung, dass sich die Asche wieder zu dem zusammenfügt, was sie einst war. Ich warte darauf, dass dieser neue Albtraum ein Ende hat.

»Wach auf, wach auf, wach auf«, flüstere ich mir zu.

Aber das hier ist sehr, sehr real.

Ich habe etwas erschaffen, das Menschen mit einem einzigen Schlag *pulverisiert.* Die Gesichter der Menschen, die ich liebe, kreisen durch meinen Kopf, zerbersten in Tausende Partikel, bevor sie wie Asche zu Boden regnen.

Ich bin eine Gefahr.

Ich blicke auf meine Hände, auf die frischen Schwielen.

Diese Hände wurden benutzt. Gezwungen, Waffen herzustellen, die zum Töten bestimmt sind.

War ich schon immer dazu geschaffen, den Tod zu bringen? Ich wollte immer nur Menschen helfen. Ich wollte den Schaffensprozess genießen. Mich meiner Mutter näher fühlen, indem ich die Fähigkeit ausübe, die uns beiden gegeben wurde.

Aber ich scheine immer nur anderen zu schaden.

Ich habe unser Leben in Lirasu zerstört, dann habe ich die Welt in Gefahr gebracht, indem ich Secret Eater erschaffen habe. Und jetzt stelle ich Waffen her, mit denen man ein Königreich an sich reißen kann.

Ich verliere endgültig die Fassung, lache hysterisch auf und schluchze in der nächsten Sekunde. Ich schlinge meine Arme um den Oberkörper, als könnte ich mich kleiner machen, mich zusammenpressen, bis ich gar nichts mehr bin.

Warum existiere ich? Welchen Sinn hat es, etwas zu erschaffen, wenn es nur dazu benutzt wird, zu zerstören?

Wie aus weiter Ferne höre ich jemanden schreien: »Lasst mich los«, dann die Geräusche eines Handgemenges.

»Lasst ihn los«, sagt jemand. *Elany.* »Nur dieses eine Mal.«

Warme Arme umschlingen mich, und ich lasse sie gewähren, weil ich denke, dass sie mich vielleicht besser vor der Welt verstecken können als ich mich.

Lippen an meinem Ohr. »Ziva, es ist gut. Es ist nicht deine Schuld. Nichts davon ist deine Schuld – hörst du?« Kellyns Stimme ist wie Balsam für meine Nerven, und ich wünschte, es wäre nicht so, denn ich sollte nicht von ihm getröstet werden wollen. Ich sollte ihn aus Millionen von Gründen loslassen. Weil er mich Temra vorzog. Er wollte sich selbst opfern. Er hat mein Vertrauen missbraucht, indem er Ravis meine Fähigkeiten verraten hat. Er brachte mich dazu, mich um ihn zu sorgen, und es endete damit, dass ich einen machtgierigen Herrscher mit Waffen versorge.

Kellyn ist vielleicht alles, was ich im Moment habe, aber das bedeutet nicht, dass ich mich von ihm stützen lassen sollte. Wir sind nicht mehr zusammen. Ich muss auch allein stark sein können.

Ich schiebe Kellyn von mir weg, klopfe den Staub aus meiner Kleidung und gehe in die Mitte der Schmiede. Ich nehme eine erhitzte Waffe aus dem Ofen und mache mich daran, weitere Schwerter mit Verteidigungsmagie auszustatten.

Ich bin mit den Gedanken bei der Sache. Ich bin konzentriert. Ich beherrsche meine Magie.

Die Worte klingen wie eine Lüge, aber sie sind im Moment alles, woran ich mich festhalten kann.

Ein paar Tage später endet unsere Arbeitszeit früher. Elany holt mich ab, die Wachen folgen uns.

»Was ist los?«, will ich von ihr wissen.

»Du hast heute Abend Pause.«

»Wirklich?«, frage ich und genieße die Vorstellung, mehr Zeit allein zu verbringen.

»Ja, wir gehen auf ein Fest! Ist das nicht aufregend?«

Ich spüre, wie mein Gesicht in sich zusammenfällt. »Warum will der Prinz, dass ich auf ein Fest gehe?« Und was noch wichtiger ist: Wie komme ich da wieder weg?

»Du wirst einige der einflussreichsten Adligen des Landes kennenlernen. Sie sind fabelhaft. Warte nur ab.«

Mir ist schlecht. Als ob es nicht schon schlimm genug wäre, Waffen für Ravis herzustellen. Jetzt erwartet er auch noch, dass ich mich unters Volk mische.

Das letzte Mal, als ich auf einem Fest war, habe ich den Sohn des Gastgebers beleidigt und uns in große Schwierigkeiten gebracht. Ich wurde öffentlich beschämt und gedemütigt und von da an wurde alles in meinem Leben nur immer schlimmer.

»Das ist keine gute Idee«, erwidere ich.

»Unsinn«, antwortet Elany.

In meinem Zimmer erwartet mich ein Heer von Damen mit Foltern, wie ich sie mir nie hätte vorstellen können. Sie waschen mich, kleiden mich an, schminken mich, glätten meine Haare mit einem heißen Eisen. Sie zupfen meine Augenbrauen, kneifen mich in die Wangen und zwängen meine Brüste in ein monströses Kleid. Es ist eng. Zu eng, um sich zu bewegen, obwohl der Rock einen Schlitz hat, der viel zu viel von meinem rechten Bein zeigt. Das Oberteil ist ärmellos, trägerlos, damit man meine Arme sieht, und ich weiß nicht, welche Magie verhindert, dass das grässliche Ding von meinen Brüsten rutscht und allen noch mehr von mir zeigt. Es glitzert silbrig, die Farbe ist so grell, dass sie meinen Augen wehtut, wenn ich das Kleid zu lange anstarre. Dienstmädchen malen wirbelnde Muster auf meine nackten Schultern und um meine Augen. Die feinen Glitzerkörnchen, die sie auf meine Haut auftragen, lösen einen Niesanfall bei mir aus.

Ich wäre jetzt am liebsten in der Schmiede oder im Kerker oder irgendwo anders.

Als Elany kommt, um mich abzuholen, lächelt sie strahlend. »Du bist so schön!«

Sie ist rot gekleidet, mit kurzen Ärmeln und einem Rock, der nicht lang genug ist, um als solcher bezeichnet zu werden.

Ich mag es nicht, wie entblößt die Menschen in dieser Gegend herumlaufen. Man sieht zu viel Haut. Ich weiß, dass die Kleidung den klimatischen Gegebenheiten angepasst ist, aber ich fühle mich damit unwohl.

Wachen geleiten uns in den Thronsaal, der mit einem Prunk geschmückt ist, den ich vorher hier noch nie gesehen habe. Jede freie Fläche ist mit kleinen Steinen bedeckt, sie glitzern und sind anders als jedes Gestein, das ich kenne. Fast alle haben eine rundliche Form und eine raue Außenseite, meist grau oder braun, aber in der Mitte sind sie aufgebrochen, sodass ihre wunderschöne funkelnde Innenwelt zum Vorschein kommt.

»Man nennt sie *Drusensteine*«, erklärt Elany. »Sie kommen in unserem Land sehr häufig vor und die schönsten Exemplare sind hier versammelt.«

Einige Steine funkeln in einer Farbkombination aus Violett, Weiß und Creme, andere schimmern rot und schwarz und wirken fast wie Glas.

»Obsidian«, erklärt Elany in der Annahme, dass dieser Begriff mir etwas sagt.

Die Menschen auf dem Fest sehen fast noch prachtvoller aus als die Steine. Adlige flanieren durch den Saal, in feinste Stoffe gewandet und kostbar geschmückt. Viele der Mädchen sind in einem ähnlichen Stil gekleidet wie ich, es scheint also die allerneueste Mode zu sein.

Ich versuche, niemandem in die Augen zu sehen, während ich mich mit meiner Umgebung vertraut mache.

In einer Ecke spielen Musiker eine leise, getragene Melodie und viele der Höflinge wiegen sich zu den Klängen. Ravis sitzt auf einem erhöhten Podest, mit einer juwelenbesetzten

Krone, den Dolch in der Scheide am Gürtel. Er ist ganz ähnlich gekleidet wie bei unserem ersten Treffen, in einen Mantel, von dem ich annehme, dass auch der verstorbene König ihn schon getragen hat, aus feinster Seide und mit edelsteinbesetzten Epauletten verziert. Die Adligen paradieren vor ihm in einer langen Reihe, bevor sie sich unter die Tanzenden mischen.

Wachen führen mich zu den Stufen des Podiums, wo zwei Holzstühle neben dem Thron des Prinzen aufgestellt wurden. Elany sitzt zu seiner Rechten, daher nehme ich auf dem linken Platz.

Hier oben fühlt sich alles falsch an. Ich mag es nicht, über andere erhaben zu sein. Es ist eine Zurschaustellung und lädt die Leute zum Starren ein. Wie soll ich so tun, als wäre ich in einem leeren Raum, wenn mich *so viele* Menschen anschauen?

Bevor ich mich in einer Panik verlieren kann, beugt sich Prinz Ravis zu mir. »Südtür.«

Mit Himmelsrichtungen kann ich in einem fremden Palast nichts anfangen, aber ich lasse den Blick über die verschiedenen Türen schweifen, bis mir klar wird, worauf Ravis meine Aufmerksamkeit lenken will.

Kellyn.

Ich brauche einen Moment, um ihn zu erkennen, denn er trägt einen Dreispitz aus schwarzem Leder, der wohl den Kopfverband verdecken soll. Kellyn ist fein herausgeputzt wie alle anderen auch. Rote Seidentunika. Schimmernde, leichte Hosen. Stiefel mit silbernen Schnallen. Und als Krönung eine Kapitänsjacke mit passenden Silberknöpfen. Ravis will offensichtlich, dass er als ausländischer Würdenträger durchgeht.

Kellyn muss sich unter all den Kleiderschichten wie in einem Bratofen vorkommen.

Er wird von zwei Damen eskortiert, eine an jedem Arm, und beide sind sogar noch spärlicher bekleidet als ich.

Bei der Flut von Eindrücken und Gerüchen, die auf mich einströmten, rumorte es schon in meinem Magen, aber beim Anblick von Kellyn und den Frauen macht sich ein ganz neues Gefühl breit.

Etwas Heißes, Wütendes.

Kellyn scheint meinen Blick zu spüren, denn er hebt den Kopf und schaut mich an. Aus der Entfernung kann ich es nicht mit Sicherheit sagen, aber ich glaube, seine Augen heften sich auf mein Kleid, während er zugleich registriert, wie nah ich bei Ravis sitze.

Ich starre ihn an. Er starrt mich an.

»Solange du einen guten Eindruck bei mir hinterlässt, wird ihm nichts passieren«, sagt Ravis.

Da wird mir klar, dass diese Frauen keine Hofdamen sind. Natürlich nicht. Sie sind Wächterinnen und tragen Schwerter an der Hüfte. Mir fällt auf, wie gerade sie sich halten, wie sie ihre Köpfe drehen, um ständig den ganzen Raum im Blick zu behalten.

Sie sind nicht die einzigen Bewacher, an allen Wänden sind Gardisten postiert, bereit, jederzeit einzugreifen.

Kellyn ist hier als beständige Mahnung, die mein Wohlverhalten garantieren soll.

Eine weitere Gruppe von Adligen erscheint vor dem Thron und wird von Ravis herzlich begrüßt. »Lork und Vanya! Meine Freunde, willkommen auf meinem Fest.«

»Prinz Ravis.« Der Mann, Lork, nickt.

»Mein Prinz«, erwidert seine Frau.

Mir läuft ein Schauer über den Rücken angesichts so vieler Leute so dicht um mich herum, und ich wünschte, der Stuhl würde mich verschlingen.

»Amüsiert euch gut heute Abend!«, sagt Ravis. »Als zwei meiner treuesten Anhänger dürft ihr die heutigen Feierlichkeiten als eine Veranstaltung zu euren Ehren betrachten.«

Lork verlagert sein Gewicht von einem Bein aufs andere. »Was das angeht, Prinz, so fürchte ich, dass wir Eure Unternehmungen nicht mehr finanziell unterstützen können. Ihr werdet das gewiss verstehen, denn wir haben mehr gespendet als alle anderen und noch keine Früchte unseres Einsatzes geerntet.«

Vanya nimmt den Arm ihres Mannes, um ihm wortlos den Rücken zu stärken. Sie sehen den Prinzen an, ohne Angst vor seiner Antwort.

Ravis ist still geworden. So still, dass ich mich einen Moment lang frage, ob er noch atmet.

»Das ist eine höchst beunruhigende Nachricht«, erwidert er schließlich. »Wo wir doch so kurz davorstehen, ganz Ghadra zu erobern.«

»Eine Wagenladung Schwerter ist nicht gleichbedeutend mit mehr Landbesitz, Prinz«, sagt Lork. »Ganz zu schweigen von Sklaven, die das Land bestellen. Ich habe mich mit anderen Geldgebern des hohen Adels unterhalten. Sie sind ebenfalls geneigt, ihre Zusagen zurückzuziehen. Wir werden nicht mehr lange in der Lage sein, unser eigenes Personal und unseren eigenen Hausstand zu unterhalten, wenn Ihr uns bis auf den letzten Ockel auspresst.«

»Und«, fügt Vanya hinzu, »wenn Ihr so opulente Feste gebt, die uns unserem Ziel nicht näher bringen.«

»Das Fest, Herzogin, wurde allein aus dem Vermögen der Krone finanziert«, entgegnet Ravis mit zusammengebissenen Zähnen. »Das Gold meiner Unterstützer geht direkt an die Armee. Die Männer müssen essen. Schwerter müssen geschärft werden. Ihr versteht das sicher.«

»Ich fürchte, ich habe bisher zu viel Gerede gehört und zu wenig Taten gesehen.«

»Zu wenig Taten? Dann lasst mich das neueste Mitglied meines Hofs vorstellen. Ziva, erzähl dem Herzog und der Herzogin, was du tust.«

Mein Mund wird trocken. Eine unsichtbare Hand drückt mein Herz zusammen. Ich kann mich kaum auf das konzentrieren, was der Prinz gesagt hat, so heftig kämpfe ich gegen die Panik an.

Die beiden Adligen drehen sich zu mir, und das macht es nur noch schlimmer.

»Ziva«, fordert Ravis mich mit unverkennbar drohendem Unterton auf.

»Ich ... ich stelle Waffen her.« Meine Stimme ist kaum mehr als ein Quieken.

»Ihr habt eine weitere Schmiedin eingestellt«, stellt Vanya unbeeindruckt fest. »Also wirklich, Prinz. Euer Versprechen, etwas zu unternehmen, ist bisher nicht mehr als ein Versprechen geblieben. Das macht die Sache nicht besser.«

Ravis starrt mich an, und mir wird klar, dass ich eine wichtige Information ausgelassen habe.

»Magie!«, platze ich ein wenig zu laut heraus. *Reiß dich zusammen, Ziva.* »Ich stelle magische Waffen her.«

Der Herzog und die Herzogin sagen einen Moment lang nichts. Lorks Blick gleitet zu Elany, bevor er zu mir zurückkehrt.

»*Magische Waffen?*«, wiederholt er.

»Ja.«

»Was können sie?«

Unter meinen Achseln bricht der Schweiß aus. Hier ist es viel zu heiß, und doch hätte ich gern mehr Stoff, um mich zu bedecken.

»Ähm, alles Mögliche«, sage ich. »Für den Prinzen habe ich Schwerter hergestellt, die nie zerbrechen und nie geschärft werden müssen. Außerdem habe ich Klingen geschmiedet, die sofort in die Hand des Trägers zurückkehren, falls der Feind ihn entwaffnet hat.« Ich zermartere mir das Hirn nach weiteren Details, die ich gefahrlos preisgeben kann. Ravis weiß von meinen Hämmern und Kellyns Schwert, also erwähne ich auch diese.

Die Adligen beäugen mich misstrauisch, als hielten sie mich für eine Komplizin von Ravis, die Dummköpfen mehr Geld aus den Taschen leiern soll.

Ich spüre Ravis' bohrenden Blick von der Seite, und ich weiß, dass er Kellyn wehtun wird, wenn mir nicht schnell etwas einfällt.

Ich platze mit dem Einzigen heraus, was mir einfällt. »Strax!«

Der Anführer der Garde tritt hinter dem Thronpodest hervor.

»Zeig ihnen, was dein Schwert kann.«

Strax blickt zum Prinzen. Als Ravis zustimmend nickt, unterbricht Strax die Musik, verschafft sich genügend

Platz und ruft einige Wachen für die Demonstration zu sich.

Während er mit etwa sieben Männern gleichzeitig kämpft, liefere ich die Erklärungen dazu. »Achtet darauf, wie die Waffe fast unmerklich die Richtung anzeigt, in die Strax sich wenden soll. Sie bugsiert ihn aus der Gefahrenzone.«

Früher war ich so stolz, wenn ich Kellyn sein Schwert benutzen sah. Aber es in den Händen unseres Feindes zu sehen, löst tiefe Reue in mir aus.

Ich ertrage das nicht länger.

Als die Vorführung beendet ist, sagt Ravis stolz: »Gewiss versteht Ihr jetzt, warum sich eine Verzögerung im Zeitplan ergeben hat. Ich werde dafür sorgen, dass unsere Männer im Kampf unbesiegbar sind, bevor wir nacheinander in die anderen Territorien eindringen. Inzwischen verfügen wir über zahlreiche magische Waffen und viele weitere werden noch folgen. Da der Sieg nun so gut wie sicher ist, gibt es für Euch keinen Grund mehr, mir Eure Unterstützung zu versagen.«

»*Hmm*«, brummt der Herzog.

»Wann marschieren wir los?«, fragt Vanya.

»In drei Monaten«, antwortet Ravis.

»Verzeiht, dass wir jemals an Euch gezweifelt haben«, sagt Lork. »Diese Entwicklung ist sehr aufregend.«

»Vielleicht lasse ich in der Schmiede eine Waffe speziell für Euch anfertigen.«

»Das wäre sehr großzügig.«

»Mach das Königreich stolz«, sagt Vanya zu mir, bevor die beiden gehen.

Aber da warten bereits die nächsten Höflinge, und Ravis zwingt mich, die ganze Tortur zu wiederholen.

Nach dem fünften Mal fällt es mir allmählich etwas leichter, aber ich spüre auch, wie meine Kraft schwindet, denn jeder Adlige, dem ich Rede und Antwort stehe, scheint etwas davon mitzunehmen.

Ich überzeuge buchstäblich den Adel von Ravis' Plänen. Ich beschaffe ihm finanzielle Hilfen und werbe für weitere Unterstützung. Außerdem stelle ich die Waffen her, mit denen er ganz Ghadra erobern will.

Ich erledige die Drecksarbeit für ihn.

Ich führe Ghadra ins Verderben, ich ganz allein.

Mir war bisher nicht klar, dass ich die Macht dazu habe.

Ein alberner Dreispitz schiebt sich in mein Blickfeld. Kellyn hat ein Glas mit irgendeiner Flüssigkeit in der Hand und scheint sein Bestes zu geben, um die Bewacherinnen an seiner Seite zu bezirzen. Sie lachen über seine Bemerkungen, lockern aber nicht den Griff um seine Arme. Er schafft es mühelos, Leute für sich zu gewinnen. Wahrscheinlich sucht er dabei sogar nebenbei noch nach Fluchtmöglichkeiten. Wie macht er das nur? Ich kann kaum einen klaren Gedanken fassen, während ich versuche, alle Reize um mich herum auszublenden.

Als ein neues Lied erklingt, verlässt Ravis mich und führt eine seiner Hofdamen auf die Tanzfläche. Jemand fordert Elany auf, und auch sie geht. Ich gerate leicht in Panik, als Höflinge sich mir nähern wollen, aber die Wachen versperren ihnen sofort den Weg.

Wie es scheint, darf niemand mit mir sprechen, ohne dass Ravis anwesend ist.

Den Zwillingsschwestern sei Dank.

Ich schließe die Augen und massiere meine Schläfen.

Ich habe schier endlose Wochen mit dem Schmieden von Klingen und dem Wirken von Magie verbracht. Ich spüre, wie meine Seele jeden Tag ein wenig mehr schrumpft, und wünsche mir nur, das alles möge endlich aufhören.

Aber ich weiß nicht, wie wir entkommen könnten. Die einzige Möglichkeit ist eine unbemerkte Flucht. Wir müssen uns davonschleichen, in der Hoffnung, nicht entdeckt zu werden. Ravis hat so viele Männer zur Verfügung, und wenn sie uns erwischen, sind wir ihnen ausgeliefert.

Vielleicht könnte ich eine Waffe herstellen, die uns unsichtbar macht?

Aber wie soll ich das anstellen unter ständiger Bewachung? Jede Waffe, die ich mit neuen Fähigkeiten ausstatte, wird unverzüglich Ravis überbracht. Wenn ich mithilfe einer neuen Waffe fliehen wollte, würden Kellyns Bewacher ihm die Kehle durchschneiden, noch bevor ich zu ihm gelangen könnte.

Ich muss etwas schaffen, das nicht tötet. Etwas, das für Kellyn keine Gefahr darstellt.

Die Rädchen in meinem Kopf beginnen sich zu drehen.

Ravis wollte, dass ich Eindruck auf seine Adligen mache. Ich frage mich, was passieren würde, wenn sie erfahren würden, dass ich plötzlich weg bin …

KAPITEL NEUN

Falls Elany merkt, dass ich nervöser bin als sonst, sagt sie nichts.

Zwei verschiedene Bedürfnisse streiten in mir. Auf der einen Seite geht es ums Überleben. Wenn ich bei einem Fluchtversuch erwischt werde, weiß ich nicht, was Ravis mit mir oder Kellyn anstellt. Allein der Gedanke an einen Fehlschlag lässt mich vor Angst erstarren. Es gibt tausend Dinge, die schiefgehen könnten.

Dem gegenüber steht der verzweifelte Wunsch nach Freiheit. Das Bedürfnis, zu sehen, was aus meiner Schwester geworden ist. Kellyn und ich *müssen* unsere Freunde warnen, dass ein Krieg bevorsteht.

Ich werde meinen Plan heute in die Tat umsetzen.

Meine Hände zittern, als ich die Waffen aus dem Brennofen hole und ihnen nacheinander Magie verleihe. Jedes Mal, wenn Elany den Mund aufmacht, rechne ich voller Schrecken damit, dass sie mich wegen meines Plans zur Rede stellen wird – und versuche gleichzeitig, den Mut aufzubringen, eine weitere übermächtige Waffe zu schmieden.

»Woran denkst du, wenn du deine Magie einsetzt?«, will sie dieses Mal wissen.

Ich beruhige meinen Atem, bevor ich antworte: »Meistens an die Menschen, die mir etwas bedeuten. Das hilft mir, mich zu konzentrieren. Ich muss das Metall sanft überreden. Mich gewissermaßen selbst hingeben. Aber es ist jedes Mal ein bisschen anders.«

Ergibt irgendetwas davon einen Sinn?

»Sich hingeben? Wie meinst du das?«

»Manchmal ist es etwas Körperliches. Das Metall braucht den Lufthauch meines Atems oder eine Berührung mit meiner Haut.« Mein Blut und mein Schweiß sind schon mehr als einmal auf Waffen getropft. »Manchmal teile ich der Waffe einfach meine Gedanken und Gefühle mit, ob ich sie nun in Worte fasse oder nicht.«

Und je mehr ich gebe, desto mächtiger wird die Waffe – das ist mir jedoch erst klar geworden, als Petrik mich für sein Buch befragte und auf eine entsprechende Beobachtung hinwies, die er gemacht hatte.

Wieder verspüre ich ein schmerzhaftes Ziehen in meiner Brust. Ich vermisse meinen Freund. Seinen scharfen Verstand und seine offene Art, die Welt zu betrachten. Er hätte einen viel klügeren Fluchtplan ersonnen und ihn auch schneller ausgeführt.

Als sich Selbstzweifel einstellen, lässt auch meine Entschlossenheit nach, was dazu führt, dass die Waffe in meiner Hand nur die gleiche Magie wie alle anderen erhält. Das

Schwert wird zu seinem Besitzer zurückkehren, falls sein Gegner es ihm aus der Hand schlägt. Ich übergebe es einem wartenden Schmied, der es zu den vielen anderen legt, bevor er das nächste Bastardschwert aus dem Brennofen zieht.

Kellyn sieht schon viel besser aus. In den vergangenen Wochen hatte sein verletztes Ohr Zeit zu heilen und sein Gesicht hat wieder Farbe bekommen. Aber seine Unruhe wächst sichtlich, und ich frage mich, ob das gut oder schlecht ist. Als Söldner ist Kellyn daran gewöhnt, sich zu bewegen. Er reist von Ort zu Ort und schwingt sein Schwert. Er besitzt einen großen Tatendrang und leidet zwangsläufig darunter, tagein, tagaus in der Schmiede herumzustehen. Die Gefangenschaft ist für ihn schlimmer als für mich.

Gut, denkt der egoistische Teil von mir. *Wenn er seine große Klappe gehalten hätte, dann würde er jetzt nicht so leiden.*

Entweder reden oder sterben, eine andere Wahl hatte er nicht, meldet sich die gnädige Ziva zu Wort, die vielleicht nur an der Hoffnung auf Flucht festhalten will. *Er hat dich gerettet, indem er deine Fähigkeiten offenbarte.*

Zu welchem Preis? Er hat sich selbst gerettet. Und, ja, auch mich. Aber im Austausch für das ganze Königreich, wenn Ravis seinen Krieg gewinnt.

Als ob meine Gedanken seine Aufmerksamkeit erregt hätten, sucht Kellyn plötzlich meinen Blick. Seine Augen verengen sich, als wüsste er, dass ich einen Plan habe. Als müsste er mich nur lange genug anstarren, um dahinterzukommen.

Ich wünschte, ich könnte mit meiner Schwester reden, sie nach ihren Gedanken fragen. Über Kellyn und mich. Über das, was ich jetzt tun werde. Würde sie mich für unverbesserlich halten, wenn ich absichtlich ein weiteres mächtiges

Schwert herstelle? Wird meine Mutter beschämt von einem der Himmel der Zwillingsschwestern auf mich herabblicken?

»Du bist bemerkenswert, Ziva«, sagt Elany. »Ungeachtet unserer Meinungsverschiedenheiten hoffe ich, dass du das weißt.«

Ich glaube ihr nicht. »Ich muss mich konzentrieren«, entgegne ich leise.

»Natürlich«, sagt sie, enttäuscht von meiner Antwort. Einen Moment lang frage ich mich, ob sie gehofft hat, wir beide könnten Freundinnen werden. Der Gedanke ist so lächerlich, dass ich ihn sofort wieder verwerfe.

Also gut, das ist sie. Das ist die Waffe, deren Magie ganz anders sein wird.

Eine dunkle, beinahe greifbare Angst durchströmt mich, als hätte jemand sie von außen in meine Adern eingeflößt. Ich spüre, wie mein Herz sie in alle Gliedmaßen pumpt. Mein Körper fühlt sich heißer an als das Feuer vor mir, aus dem ich ein weiteres Schwert ziehen werde.

Ich muss mich erden, sonst schaffe ich das nie. *Sammle dich. Konzentriere dich auf das, was direkt vor dir liegt, Ziva.* Das Bastardschwert, auch bekannt als Anderthalbhänder, schimmert weiß. Es ist eine Armspanne lang und die Klinge ist so breit wie vier meiner Finger. Der Griff ist länger als bei einem gewöhnlichen Schwert und kann mit einer oder zwei Händen gehalten werden, daher auch der Name.

Ich spüre das glatte Metall der Zange unter meinen Fingern und rieche den erhitzten Stahl, dessen scharfen und doch erdigen Duft, der mich normalerweise so beruhigt.

Es ist Zeit, Ziva. Kein Hinauszögern mehr. Du musst es tun. Niemand außer dir selbst kann dich retten.

Das Schwert und ich taxieren uns gegenseitig. Ich rede oft mit meinen Waffen, während ich arbeite. Sie sind viel nachsichtiger als Menschen im Gespräch.

Ich fahre mit dem Finger die Parierstange entlang, lasse ihn so lange wie möglich über der erhitzten Klinge schweben, ohne mich zu verbrennen.

Ich bin so, so müde. Zu viele Nächte mit zu wenig Schlaf. Und es ist anstrengend, mit beständiger Angst zu leben. Müdigkeit und Angst kämpfen in meinem Körper um die Vorherrschaft.

Kellyn schenkt mir ein ermutigendes Lächeln. Seine goldbraunen Augen schauen mich viel zu vertrauensvoll an. Ich werde es wahrscheinlich für uns beide vermasseln.

»Wir sind müde, nicht wahr?«, flüstere ich der Klinge zu. »Du wurdest gehämmert und ich bin von der Arbeit erschöpft. Vielleicht können wir das gegen unsere Feinde anwenden, *hm*?«

Ich widerstehe dem Drang, mich umzudrehen, um zu sehen, ob jemand Verdacht schöpft. Manchmal braucht eine Waffe länger, um die Magie in sich aufzunehmen. Es ist nicht ungewöhnlich, dass ich mir mit einer störrischen Klinge mehr Zeit lasse.

Mach weiter.

»Ich möchte, dass du meine Müdigkeit in etwas umwandelst. Kannst du das für mich tun?«

Ich versuche, mich so genau wie möglich auszudrücken. Immer wieder erkläre ich der Klinge, was ich will. Flehe sie mit Worten und schierer Willenskraft an, meine Rettung zu sein.

Als die Magie sich in der Waffe festsetzt, fühle ich mich mit einem Mal außerordentlich erfrischt. Ich fühle mich stark. Als hätte die Waffe die Müdigkeit aus mir herausgeholt und sie in die Klinge geleitet.

Ein kleines Lächeln schleicht sich auf mein Gesicht.

»Wie ich höre, wartet heute ein weiterer Schwung Waffen auf seine magische Vollendung«, sagt eine Stimme.

Mein ganzer Körper fröstelt, als ich mich umdrehe und sehe, dass der Prinz mit seinen Gardisten, die alle schon ihre magischen Waffen tragen, die Schmiede betritt.

»Ziva hat bereits begonnen«, erklärt ihm Elany.

»Irgendwelche Überraschungen bisher?«

»Bislang keine Besonderheiten.«

»Schade. Vielleicht sollte jemand die Schmiedin in Angst und Schrecken versetzen. Die Resultate scheinen besser zu werden, wenn sie unter Druck steht.«

Die Männer hinter ihm lachen, und ich spüre, wie ich mich innerlich krümme.

»Macht Euch nicht über sie lustig«, sagt Elany. »Sie hilft Euch, ein Königreich zu erobern. Sie hat Respekt verdient.«

Ravis hört auf zu lachen und wendet sich an meine Aufpasserin. »Du scheinst vergessen zu haben, wo dein Platz ist. Du hast dem König keine Befehle zu erteilen.«

»Ihr seid noch kein König, und wenn es mich und Ziva nicht gäbe, würdet Ihr auch nie einer werden. Ich bin zu Euch gekommen, Prinz, vergesst das nicht. Wir stehen auf derselben Seite.«

Ravis schnaubt. »Nicht dass du eine große Hilfe gewesen wärst.«

Ich merke erst, dass ich langsam zurückgewichen bin, als Ravis' dunkle Augen mich fixieren und ich vor Schreck erstarre.

»Was hast du da, Schmiedin?«, fragt er.

Meine Hände umklammern den Griff. »Ein Schwert, das ich gerade bearbeite.«

»Gib her.«

Mir dreht sich der Magen um. *Ich darf es nicht aus der Hand geben.*

Das hier ist der erneute Beweis, dass ich ohne meine magische Gabe besser dran wäre.

Ich werfe einen Blick in Kellyns Richtung. Seine Bewacher haben ihren Griff etwas gelockert, denn er hat bisher keinen einzigen Fluchtversuch unternommen.

»Eigentlich«, sage ich, »wollte ich nur mal kurz abtauchen. Eine Pause machen. Ich habe noch nicht zu Mittag gegessen.«

»Ich bin nicht hier, um zu plaudern. Ich habe dir befohlen, die Waffe zu mir zu bringen.«

Ein weiterer Blick von mir zu Kellyn. »Wirklich, ich will nur kurz *abtauchen*. Bin gleich wieder da.«

Kellyn legt den Kopf schief.

»Also, ich *tauche jetzt ab*«, sage ich zu ihm.

Und schlau, wie der Mann ist, reißt er die Augen auf und lässt sich gleichzeitig nach vorn fallen.

Genau in dem Moment, als ich das Schwert in seine Richtung schwinge.

Ich ziele auf die Schultern seiner Bewacher und greife sie aus einer Entfernung von etwa einem Dutzend Fuß mit dem Schwert an. Sie stürzen reihenweise zu Boden, Kettenhemden klirren, Waffen entgleiten ihnen.

Gleich darauf ist ein leichtes Schnarchen zu hören. Es kommt von den Männern, die ich gerade in Schlaf versetzt habe.

In der Schmiede herrscht plötzlich Stille, als alle, in deren Richtung ich das Schwert *nicht* geschwungen habe, von ihrer Arbeit aufschauen. Kellyn richtet sich aus seiner geduckten Haltung auf, endlich befreit vom Griff der Wachen.

»Lauf«, sage ich zu ihm, während ich herumwirble und mein neues Schwert wieder bereithalte.

Ravis hat seinen Dolch gezogen und richtet ihn mit blitzenden Augen auf mich. »Überleg dir sehr genau, was du tust, Schmiedin. Es könnte eine Entscheidung sein, die du nicht mehr zurücknehmen kannst.«

»Ich wähle die Freiheit«, sage ich und schwinge das Schwert.

Ravis fängt es mit seinem Dolch ab, bevor ich den Schwung zu Ende führen kann, und verhindert, dass die Magie sich entfaltet. Ich weiche zur Seite, hole erneut aus, aber auch diesen Schlag fängt er ab.

Der Prinz wurde zum Herrscher ausgebildet. Dazu gehört auch der Umgang mit dem Schwert. Er ist kein Amateur. Die Männer hinter ihm treten vor und ziehen ihre eigenen Waffen. Die Schmiedeleute um uns herum werden unruhig, und ich nehme an, dass sie sich die Waffen in Reichweite schnappen, um gegebenenfalls eingreifen zu können.

So sollte das nicht ablaufen. Ich hatte einen Plan. Ich habe bis zu einem Dienstag gewartet, da heute die nächste Eisenlieferung eintrifft, sodass wir einen Fluchtwagen haben. Die Mittagszeit ist vorbei. In der Schmiede liegen überall Essensreste, genug, um unterwegs ein paar Tage durchzuhalten.

Eigentlich sollten alle in der Schmiede längst schlafen. Der Prinz ist zu früh gekommen. Kellyn ist irgendwohin gerannt, Ravis hat seine Waffe auf mich gerichtet, und etwa fünfzig Personen sind bereit, sich auf mich zu stürzen.

Sie werden Kellyn fangen. Sie werden uns beide töten, und dann ist Ghadra dem Untergang geweiht.

Der Prinz wartet nicht, bis ich ihn erneut attackiere. Er greift mich an und ich kann den Schlag gerade noch abwehren.

Genau das wollte Ravis. Mit einer schnellen und kraftvollen Bewegung erwischt er mit der Längsseite seiner Klinge die Parierstange meines Schwerts und schleudert mit einer Drehung aus seinem Handgelenk die Waffe nach rechts.

Wir stürzen uns beide darauf und verheddern uns am Boden. Ich zucke zusammen, als der Dolch des Prinzen sich in meinen Arm bohrt. Ravis lässt ihn sofort fallen, wahrscheinlich aus Angst, seine Schmiedin zu töten. Er legt beide Hände auf den Griff des neuen Schwerts, um es zu schwingen, aber ich packe ihn von hinten, um ihn daran zu hindern.

»Bleibt zurück«, befiehlt Ravis den Wachen. Er will tatsächlich nicht, dass ich bei dem Handgemenge verletzt werde.

»Schnappt euch den Söldner!«, höre ich Strax schreien. Seine Männer nehmen die Verfolgung auf. Strax führt sie nicht an, sondern bleibt in der Nähe des Prinzen, falls dieser ihm befehlen sollte, in unseren Zweikampf einzugreifen.

Ravis ist kleiner und schwächer als ich, aber er hält die Waffe mit tödlicher Entschlossenheit fest. Er schafft es, sich auf den Bauch zu drehen. Ich greife um ihn herum, packe seine Arme, ziehe ihn am Oberkörper hoch, bis er kniet, und zwinge ihn, die Waffe zu schwingen.

Strax und die Männer, die bei ihm geblieben sind, sinken in tiefen Schlaf.

»Ziva, hör auf damit!«, schreit Elany. Ich drehe Ravis' Arme in Richtung der Schmiedeöfen und zwinge ihn erneut, das

Schwert zu schwingen. Sie und die Waffenschmiede gehen zu Boden.

Von irgendwoher läuten Glocken, um alle Palastbewohner zu alarmieren. Hektische Schritte sind zu hören. Wachen eilen herbei.

»Lass mich los!«, kreischt der Prinz und rappelt sich auf. Er zerrt mich mit sich hoch, tritt mir auf den Fuß und versucht, mich wegzuschubsen.

Ich springe auf seinen Rücken, schlinge meine Beine um ihn, hake meine Knöchel vorne zusammen und lege meine Hände über seine.

Er dreht den Kopf zur Seite und beißt mir in den Oberarm.

Instinktiv lasse ich rechts los, um den Schmerz aus dem Arm zu schütteln, und lasse dabei die Beine sinken. Ich versuche eine neue Taktik und stoße ihn mit all meiner Kraft nach vorn.

Ravis landet der Länge nach auf dem Bauch. Ich warte, bis er sich umgedreht hat, bevor ich mich erneut auf ihn stürze und ihn daran hindere, einen Schlag auszuführen.

Ich hocke mich rittlings auf den Prinzen und drücke ihm die Arme über seinen Kopf.

»Es reicht«, knurrt Ravis, gedemütigt von der peinlichen Situation. »Schnappt sie euch!«

Es ist eine Frage von Sekunden, bis die Wachen mich überwältigt haben werden. Ich muss ihm das Schwert abnehmen!

»Dafür wirst du hängen!«, stößt er hervor. »Ich hätte dich töten sollen, als ich die Gelegenheit dazu hatte.«

»Lasst das Schwert los!«, fordere ich.

»*Nein!*«

Da dringt ein neues Geräusch an meine Ohren. Lautes Hufgetrappel und Räder, die über Felsen und Pflanzen rattern. Ich lasse Ravis nur kurz aus den Augen und sehe, wie Kellyn mit einem Eisenerzkarren auf uns zurast. Wachen, Waffenschmiede und andere Bedienstete springen hastig zur Seite.

Die Räder holpern so schnell über die Unebenheiten, dass Kellyn ein paarmal fast von der Sitzbank rutscht. Er bremst das Pferdegespann ab, wendet den Karren und fährt noch einmal zurück, um alle, die sich nähern wollen, beiseitezudrängen.

Währenddessen geht mein Gerangel mit Ravis weiter. Mit Kampftricks versucht er, mich wegzustoßen, aber ich stemme ihm alle meine Kraft entgegen. Mit genügend Ausdauer kann ich ihn vermutlich besiegen, aber wie lange wird das dauern?

Ravis lässt meinen Arm los und holt zum Schlag aus. Ich ducke mich weg, aber das hat er vorausgeahnt und rollt sich blitzschnell mit mir auf die Seite. Diesmal ist er obenauf. Er drückt gegen meine Brust, presst die Luft aus meiner Lunge und stößt mit dem Ellbogen zu, damit ich meinen Klammergriff löse.

Aus den Augenwinkeln sehe ich Juwelen in der Sonne blitzen und taste nach dem Dolch, den Ravis fallen gelassen hat.

Mit einer Hand drücke ich ihm die Klinge an den Hals, mit der anderen umklammere ich seine Hand und das Schwert.

»Lasst es fallen oder ich schlitze Euch mit Eurer eigenen Waffe die Kehle auf«, zische ich.

Das Schwert fällt klirrend zu Boden.

»Und jetzt runter von mir.«

Ravis erhebt sich und lässt mich im Staub liegen. Sein Blick fällt auf etwas hinter mir. Er lacht laut auf. »Du hast verloren, denn jetzt …«

Bevor er den Satz zu Ende sprechen kann, fällt er um. Sein Brustkorb hebt und senkt sich in tiefen, gleichmäßigen Atemzügen. Ich stehe langsam auf, in der Hand mein neues magisches Schwert, mit dem ich im letzten Moment auf Ravis gezielt habe.

Schwer atmend drehe ich mich um, Schweiß und Blut rinnen mir den Arm hinunter. Von allen Seiten höre ich Schnarchgeräusche.

»Keinen Schritt weiter«, sagt eine Wache. Sie und ein halbes Dutzend anderer haben ihre Schwerter auf Kellyns Brust gerichtet. Vom Gefühl her müssen es wohl Hunderte von Menschen sein, die, den Alarmglocken folgend, aus dem Palast strömen. Diejenigen, die schon da sind, konnten mit eigenen Augen sehen, was das Schwert anrichtet, und haben offensichtlich keine Lust, mir in die Quere zu kommen. Um ihrem Herrscher zu helfen, nutzen sie nun meine eine große Schwäche aus.

Den Söldner!

»Ich habe mein Bestes getan«, sagt Kellyn. »Du bist frei. Geh. Niemand wird es wagen, dich aufzuhalten, solange du dieses Ding trägst.« Er deutet mit dem Kinn auf mein neues Schwert.

Die Soldatin, die Kellyn am nächsten steht, wendet sich mir zu. »Ich sage dir jetzt, was passieren wird.« Anscheinend ist sie die nächste Verantwortliche nach Strax. »Du lässt das Schwert fallen oder ich nehme ihn aus wie einen Fisch.«

Es Angst zu nennen, was ich gerade empfinde, würde meine Gefühle nicht mal ansatzweise beschreiben. Adrenalin pumpt durch meine Adern. Aber die Magie des Schwertes gibt mir Energie und hält mich bei Kräften.

Es gibt nur eine Entscheidung.

»Tut mir leid, Kellyn«, sage ich.

Ich schwinge das Schwert schneller, als die Wachen reagieren können.

Kellyn geht mit allen anderen zu Boden, die Waffen entgleiten ihren Händen. Soldaten, die sich außerhalb der Reichweite des Schwertes befinden, wollen auf mich zustürmen, aber ich schwinge es erneut, bis überall nur noch schlafenden Menschen liegen.

Ich warte ein paar Minuten, um zu sehen, ob Verstärkung kommt, aber da die Anführer alle schlafen, gibt es niemanden, der Befehle erteilen könnte. Die wenigen Diener und Wachen, die noch auf den Beinen sind, wagen es nicht, sich mir zu nähern. Die Alarmglocken haben schon lange aufgehört zu läuten.

Meine Gegner sind außer Gefecht gesetzt. Ich bräuchte nur hinzugehen und ihnen die Kehle durchzuschneiden. Wenn Ravis dieses Schwert in die Hände gefallen wäre, hätte er es an vorderster Front eingesetzt und damit seine Feinde in Scharen in den Schlaf geschickt. Danach hätten seine Soldaten sie für immer zum Schweigen gebracht.

Mein Blick gleitet nach unten zum Prinzen und mich überkommt gewaltiger Zorn. *Er hat versucht, mich zu seiner Sklavin zu machen.* Vielleicht hat er mir sogar meine Schwester genommen, indem er Serutha entführt hat. Er ist der Grund, warum ich mich von meinen Freunden trennen musste.

Und er hat Kellyn bedroht.

Vielleicht ist es töricht von mir, aber ich nehme die Scheide vom Gürtel des Prinzen und schiebe den Dolch hinein. Ravis hat Wochen meines Lebens für sich beansprucht, also nehme ich ihm auch etwas.

Von einer Wache stehle ich zudem eine Scheide für das Bastardschwert. So ausgerüstet, mache ich mich zwischen all den Schlafenden auf die Suche nach Kellyn.

Er schnarcht lauter als alle anderen. Bei seinem Anblick muss ich ein Lächeln unterdrücken.

Es bedarf einigen Manövrierens, aber ich schaffe es, den Pferdekarren so nah wie möglich an Kellyn heranzulenken, ohne jemanden zu überfahren. Dann zerre ich den schlafenden Söldner auf die Ladefläche des Wagens. Da fällt mir Lady Killer ein. Ich suche nach Strax und nehme Kellyns Langschwert an mich. Ich habe keine Ahnung, wo meine Hämmer geblieben sind (oder der magische Kriegshammer, den ich erst vor Kurzem in Ravis' Schmiede hergestellt habe), aber mir bleibt keine Zeit, sie zu suchen. Ich werde mich mit dem, was ich habe, begnügen müssen.

Ich sammle so viel Essen ein wie möglich, halte Ausschau nach allem, was sich eine Weile hält. Brot, Trockenfleisch. Ich nehme auch etwas Obst und Gemüse mit. Davon können wir uns in den ersten Tagen ernähren.

Ich rolle ein Fass mit Wasser in den Wagen. Dann werfe ich mir einen gestohlenen Umhang über, verberge mein Gesicht unter seiner Kapuze, springe auf den Kutschbock und gebe den Zügeln einen kräftigen Ruck.

Los geht's.

KAPITEL
ZEHN

Ich habe keine Ahnung, wohin ich fahre.

Der Palast ragt als imposanter Schemen hinter mir auf. Meine einzige Sorge war es, von Prinz Ravis *wegzukommen*, aber jetzt muss ich herausfinden, wie ich zu Skiro gelange. In meinem Karren habe ich einen schlafenden Hünen. Es liegt an mir, den richtigen Weg einzuschlagen.

Ich nehme an, solange Kellyn schläft, tun das auch Ravis und seine Wachen.

Aber das bedeutet zugleich, dass der Söldner mir derweil keine Hilfe ist.

Es dauert eine Minute, bis ich auf dem Stadtplatz die am wenigsten einschüchternde Person gefunden habe, ein junges Mädchen in meinem Alter. Ich frage sie nach dem schnellsten Weg gen Süden.

»Die einzige Straße, die in diese Richtung führt, ist die nach Briska. Von dort aus geht es einfach weiter südwärts.«

Ich unterdrücke eine Grimasse. Das letzte Mal, als wir in Briska waren, lief es für uns nicht so gut. Wir wurden geprügelt und ins Gefängnis geworfen.

»Es ist eine lange Reise«, warnt sie. »Nimm es mir nicht übel, aber es sieht nicht so aus, als hättest du genug Vorräte für unterwegs. Das meiste von dem Essen wird verderben.«

Ich vergeude kostbare Augenblicke damit, frische Lebensmittel gegen haltbare zu tauschen. Ich verkaufe Ravis' Dolch und erwerbe Sättel, Satteltaschen, Wasserschläuche, Schlafunterlagen und andere Vorräte.

Wir werden nicht weit kommen, wenn wir nicht alles haben, was wir brauchen. Das letzte Mal war es nur eine Wochenreise bis zum Hof von Kellyns Familie, und er kannte das Land gut genug, um uns immer ausreichend Nahrung zu besorgen.

Diese Vorteile haben wir jetzt nicht mehr.

Ich lenke den vollgepackten Wagen auf die Straße und treibe die Pferde an. Kellyns Langschwert ruht auf meinem Rücken und das schlafbringende Schwert ist an meiner Seite. Trotzdem zweifle ich an meinen eigenen Fähigkeiten, uns verteidigen zu können, sollten wir in Schwierigkeiten geraten.

Als wir die Stadt hinter uns gelassen haben, entspanne ich mich ein wenig. Statt großer Häuser säumen jetzt Hütten den Weg und nach einer Weile nicht einmal mehr die. Die Kakteen und spärlichen Sträucher weichen Bäumen. Es sind meist Kiefern und Tannen. Daneben Laubbäume mit gelben Blättern und weißer Rinde. Trockenes Laub knistert unter den Rädern des Wagens; der leichte Wind weht weitere Blätter von den Ästen.

Hin und wieder kommen Leute an mir vorbei, aber sie sagen nichts. Kein Horn ertönt. Nirgendwo bellen Hunde.

Kein Anzeichen deutet darauf hin, dass wir verfolgt werden. Und Kellyn schläft immer noch fest.

Ich schaue ein paarmal nach ihm, nur um sicherzustellen, dass er atmet. Ich versuche sogar, ihn zu wecken. Ich rüttle an seiner Schulter. Rufe seinen Namen.

Aber er rührt sich nicht.

Magie ist in der Tat eine mächtige Sache.

Der Nachmittag weicht dem Abend. Trotzdem lasse ich die Pferde nicht rasten. Ich verlangsame ihren Trab zum Schritt. Das ist die einzige Erleichterung, die ich ihnen zugestehen kann. Wir müssen möglichst viel Abstand zwischen uns und Ravis bringen, zumal ich gezwungen bin, die Straße zu benutzen. Ich kann nicht einfach einen Karren abseits der ausgetretenen Pfade lenken.

Ich erinnere mich an das letzte Mal, als ich mit einem bewusstlosen Kellyn reiste. Temra und ich haben es kaum geschafft, ihn auf ein Pferd zu schnallen. Wir haben ihn sozusagen entführt. Er hatte sich bereit erklärt, uns auf dem Weg nach Thersa zu beschützen, sich dann aber bei dem Besäufnis zur Feier seines zwanzigsten Geburtstags zu sehr verausgabt, sodass er am Tag danach noch bewusstlos war. Er ist zwei Jahre älter als ich.

Ich erinnere mich an den Streit, den Temra und ich an diesem Tag hatten. Sie bestand darauf, dass wir Kellyn zu unserem Schutz bräuchten, egal ob er gerade nüchtern sei oder nicht. Ich wollte auf keinen Fall, dass ein Fremder mit uns unterwegs war, schon gar nicht einer, zu dem ich mich hingezogen fühlte.

Ich würde alles dafür geben, mich noch ein wenig mit meiner Schwester streiten zu können.

Ich weiß nicht, was ich tun werde, wenn ich bei Skiro ankomme und erfahre, dass sie tot ist. Dass ich nicht schnell genug war. Dass Serutha nichts mehr für sie tun konnte.

Bei dem Gedanken, meine Schwester zu verlieren, steigen mir die Tränen in die Augen.

»Hör auf«, schimpfe ich mit mir selbst und zwinge meine Gedanken in eine andere Richtung.

Aber das Einzige, woran ich noch denken kann, ist der dunkle Wald, der mich inzwischen umgibt. Bei Tageslicht war das Laub eine atemberaubende Mischung aus Goldgelb, Bronzeorange und feurigem Rot. Jetzt ist alles grau und schwarz. Schatten und Geflüster.

Ich habe seit mindestens einer Stunde keinen anderen Reisenden mehr gesehen. Die meisten haben wohl längst ihr Nachtlager aufgeschlagen.

Aber diesen Luxus kann ich mir nicht leisten.

Jedes Geräusch veranlasst mich, den Kopf zu drehen. Die Pferde werden nervös, erschrecken beim Knacken von Zweigen, beim Rascheln der Blätter.

Ich wünschte, ich hätte auch hinten Augen im Kopf. Ich stelle mir dunkle Gestalten vor, die mir nachschleichen und nur darauf warten, mich zu überfallen. Meine Haut ist kühl, aber ich bringe es nicht über mich, nach einer Decke zu greifen. Es scheint sicherer zu sein, sich nicht zu bewegen.

Ich weiß nicht, wie viel Zeit vergangen ist. Die Erschöpfung, die mir das Schwert abgenommen hatte, ist längst neuer gewichen, und ich bin kurz davor, bei der geringsten Kleinigkeit die Nerven zu verlieren.

»Was ist hier los?«

Ich mache vor Schreck fast einen Satz, bis mir klar wird, dass es Kellyns Stimme ist.

Ich muss wohl aufgeschrien haben, denn er sagt: »Tut mir leid.«

Als mein Herz sich nicht mehr so anfühlt, als würde es jeden Moment aus meiner Brust hüpfen, sage ich: »Wir fliehen um unser Leben.«

»Also alles beim Alten.«

Er klettert neben mir auf den Kutschbock, und ich spüre, wie ich mich durch und durch entspanne, weil ich einen anderen Körper an meiner Seite spüre. Die Dunkelheit hat mir noch nie Angst eingejagt, aber die Sorge, wieder gefangen zu werden, birgt ihren ganz besonderen Schrecken.

Kellyns Körper ist unglaublich warm, und ich hoffe, er merkt nicht, wie ich mich leicht an ihn lehne. Ich bin so froh, dass es ihm gut geht, und es ist ein großer Trost für mich, ihn hier bei mir zu haben. In dieser ungeheuerlichen Situation.

Ich darf nicht seine körperliche Nähe suchen. Ich sollte ihn aus dem Wagen schubsen, weil er Ravis meine Gabe offenbart hat, und auch für das, was danach kam. Die vielen magischen Waffen, die sich jetzt in den Händen von Ravis' Armee befinden.

Später. Ich werde später wütend auf ihn sein. Im Moment konzentriere ich mich ganz auf die Tatsache, dass es uns beiden einigermaßen gut geht.

»Ich kann mich nicht erinnern«, fängt Kellyn an und bricht dann ab. »Warte, du hattest Ravis besiegt und dir das Schwert zurückgeholt. Seine Wachen hielten mich fest.«

»Ich hatte keine andere Wahl, als das Schwert zu schwingen. Du bist mit den anderen der Macht der magischen Klinge erlegen.«

»Ich beklage mich nicht.« Kellyn schlingt beide Arme um mich und drückt mich fest an sich. Ich spüre seine Lippen kurz an meiner Schläfe.

Es fühlt sich so schön an, abgesehen von den Schuldgefühlen, die damit einhergehen.

»Ich wusste, dass du uns beide befreien würdest«, sagt er. »Ich habe keinen Augenblick daran gezweifelt.«

Da ist er von uns beiden der Einzige.

»Wenn du wach bist, dann sind es auch alle anderen im Schloss«, sage ich. »Wir müssen die Pferde satteln und von der Straße verschwinden. Sie führt nach Briska, aber wenn wir auf direktem Weg nach Süden reiten, erreichen wir Skiros Hauptstadt viel schneller als Ravis' Soldaten.«

Kellyn lässt mich los. »Du bist todmüde. Lass mich für eine Weile die Zügel nehmen. Ruh dich eine Stunde oder so im Wagen aus. Danach satteln wir die Pferde.«

»Dafür haben wir keine Zeit. Wir müssen sofort los. Unsere Verfolger sind ohne Karren viel schneller unterwegs als wir.«

»Eine Stunde«, beharrt er.

»Ich will nicht noch einmal geschnappt zu werden!«, blaffe ich ihn an. Ich hoffe, ein *wegen dir* schwingt mit, auch wenn ich es nicht ausspreche.

»Wie wäre es, wenn wir uns gemeinsam auf ein Pferd setzen und du dich an mich lehnst und schläfst?« Mein Ausbruch scheint ihn nicht beeindruckt zu haben. Ohne auf eine Antwort zu warten, bringt er die Pferde zum Stehen. Wir halten uns nicht unnötig auf, sondern satteln die beiden Pferde und laden die Vorräte um.

»Woher hast du das alles?«

»Ich habe Ravis' Dolch verkauft.«

Meine Antwort entlockt ihm ein Lächeln.

Wir verstecken den Wagen, so gut es geht, indem wir ihn von der Straße wegschieben und ihn mit Ästen und Ähnlichem abdecken. Danach steigt Kellyn auf sein Pferd und hält mir eine Hand hin.

»Ich kann selbst reiten«, sage ich.

»Ich weiß, dass du es kannst, aber du musst es nicht. Komm schon, Ziva. Lass mich eine Weile für uns beide Wache halten. Dank dir bin ich völlig ausgeruht.«

Nur weil ich so hundemüde bin, nehme ich seine Hand. Ich ignoriere die Wärme, die schockartig meinen Arm hinaufwandert. Meine Haut kribbelt, als mein Rücken sich gegen seine Brust drückt, in einer seltsamen Mischung aus Furcht, Hochgefühl und Frustration. Es gab eine Zeit, in der ich mich in seiner Nähe gehen lassen konnte. Aber jetzt ist alles anders. Ravis drohte Kellyn mit dem Tod, und ich habe Tag für Tag geschuftet, um ihn am Leben zu erhalten. Natürlich ist er mir immer noch wichtig, aber das ändert nichts an der Tatsache, dass er mich verletzt und mein Vertrauen missbraucht hat. Ich weiß nicht, wie wir jetzt zueinander stehen. Ich weiß nicht, wie ich das alles in meinem Kopf je ordnen soll.

Ich muss noch müder sein, als mir bewusst ist, denn als Nächstes wache ich aus dem Schlaf auf und es ist helllichter Tag.

Kellyn hat einen Arm locker um meine Taille gelegt, damit ich nicht herunterfalle. Mit dem anderen lenkt er das Pferd. Mein Wallach trottet am Sattelhorn festgebunden hinter uns her.

Mir ist ganz warm und wohl, was verwunderlich ist, weil ich ja nur im Sitzen geschlafen habe. Aber ich fühle mich sicher und dieses Gefühl hatte ich schon sehr lange nicht mehr. Es ist so angenehm, Kellyn hinter mir zu haben und zu spüren, wie er meinen ganzen Körper umarmt. Ich möchte mich strecken, meinen Kopf an seine Schulter lehnen. Mich umdrehen und seinen Duft einatmen.

»Ich bin wach«, verkünde ich stattdessen.

»Schlaf noch ein bisschen. Es ist erst Mittagszeit. Du brauchst mehr Ruhe.«

»Sag mir nicht, was ich tun soll.« Ich nehme ihm die Zügel ab und bringe das Pferd zum Stehen. Ich lasse mich aus dem Sattel gleiten, binde meinen nachtschwarzen Wallach los und steige auf.

Jetzt kann ich wieder klarer denken. Denn ich spüre Kellyns Berührung nicht mehr.

Er sagt kein Wort, während wir unseren Weg fortsetzen. Das Schweigen ist so unangenehm, dass es mich wütend macht. Ich weigere mich, als Erste zu sprechen - bis es nicht mehr geht.

»Weißt du, ob wir noch richtig sind?«, frage ich schließlich.

»Die Sonne ist dort drüben aufgegangen. Wir reiten nach Süden. Mach dir keine Sorgen. Du weißt ja, als Söldner bin ich oft auf unbekannten Straßen unterwegs gewesen.«

Wieder tritt Stille ein, und das ist so falsch. Wir waren wochenlang zusammen in der Schmiede und wurden daran gehindert, miteinander zu sprechen, aber jetzt, wo wir es könnten, hat er mir nichts zu sagen?

Sicherlich weiß er, dass ich aufgewühlt bin. Warum spricht er mich nicht darauf an?

»Was machst du da?«, frage ich.

»Ich bringe uns zu Skiro.«

»Du bist so still. Normalerweise bist du nicht still.«

»Wenn du reden willst, nur zu. Ich habe mir gedacht, dass alles, was ich äußere, dich nur noch wütender machen würde. Liege ich da falsch?«

Dass er recht hat, macht mich noch wütender.

»Kellyn«, sage ich zu seinem Rücken und zügle mein Pferd.

Er wendet seine rostrote Stute und sieht mich mit hochgezogener Augenbraue an.

»Erzähl *nie wieder* jemandem von meiner Gabe, ohne dass ich einverstanden bin.« Ich schaffe es, ihm dabei in die Augen zu sehen, und lege so viel Ernsthaftigkeit in meine Stimme wie möglich.

»Er wollte dich umbringen«, erwidert er.

»Ich würde lieber sterben, als schuld daran zu sein, dass die von mir hergestellten Waffen Ghadra zerstören.«

»Dann hättest du dich weigern sollen.«

»Er hat nicht mein Leben bedroht, sondern *deines*!«

Er wendet sein Pferd wieder und treibt es an. »Dann weiß ich nicht, wo das Problem liegt.«

Ich sporne meinen Wallach zum Trab an und versperre Kellyn den Weg. »Das Problem ist, dass ich nicht die Ursache dafür sein will, dass jemand stirbt. Und du hast mich in genau diese Lage gebracht!«

»Du hättest durch das Portal gehen sollen. Du hast mich dazu gezwungen, so zu handeln.«

»Und du hättest mich nicht verlassen dürfen!«

Seine Augen weiten sich, aber er sagt kein Wort.

Ich komme mir vor, als würde mein Inneres zusammengepresst, sodass die Organe nicht mehr genug Platz zu haben scheinen. Meine Augenlider sind schwer, Tränen laufen mir über die Wangen.

»Meine Schwester lag im Sterben. Sie könnte jetzt schon tot sein. Aber du hast beschlossen, dich zu opfern. Dass ich dabei auch noch dich hätte verlieren können, war dir anscheinend völlig egal.«

Ich senke den Blick, wische mir die Tränen weg und unternehme einen ziemlich kläglichen Versuch, mich zu sammeln. Dann treibe ich mein Pferd in die Richtung, in die wir bis vor einigen Minuten geritten sind.

Als Kellyn das nächste Mal spricht, ist seine Stimme tiefer als sonst. »Ich dachte, du wolltest mich nicht mehr. Ich dachte, es wäre dir egal, was mit mir passiert, solange es deiner Schwester gut geht. Ich habe nur versucht, dir zu geben, was du wolltest. Was du verdienst.«

Die nächsten Worte schaffen es nur über meine Lippen, weil ich nicht in seine Augen blicke, sondern angestrengt auf den Boden starre. »Nur weil ich nicht mit dir zusammen sein kann, heißt das nicht, du bist mir nicht mehr wichtig. Es bedeutet nicht, ich wäre jemals damit einverstanden, dass du getötet oder eingesperrt wirst oder irgendetwas anderes als ein glückliches Leben führst.«

»Woher sollte ich das wissen? Nach dem Kampf gegen Kymora hast du mir die kalte Schulter gezeigt. Wir haben nicht einmal darüber gesprochen, was passiert ist. Temra war verletzt, und sie brauchte deine volle Aufmerksamkeit, das verstehe ich. Aber es gibt nichts, was jetzt deine sofortige Aufmerksamkeit benötigt, also werde ich mich verteidigen: Es war in der Hitze des Gefechts, Ziva. Ich habe es damals nicht sofort begriffen, als du mir sagtest, ich solle Temra retten. Ich sah, wie du weggezerrt wurdest, und ich habe gehandelt. Gib mir dafür meinetwegen die Schuld, aber *Kymora* hat deine Schwester verwundet, nicht ich. Alles, was ich seither getan habe, diente nur dazu, Temra zu helfen.«

»Ach ja? Wie hilft es Temra, wenn du meine Gabe offenbarst und Ravis vorschlägst, ich solle Waffen herstellen, um unsere Heimat zu zerstören? Wie hilft es Petrik? Oder all den Menschen, die in einem von Ravis angezettelten Krieg abgeschlachtet werden?«

»Erstens«, schnauzt er mich an, »hatte ich nicht die Zeit, dich erst lang und breit um Erlaubnis zu bitten, was ich Ravis sagen darf und was nicht. Jemand ging mit einem Messer auf dich los! Ich musste schnell handeln und stand unter Druck. Es war das Einzige, was mir einfiel, um dein Leben zu retten. Zweitens wusste ich, dass du uns da rausholen würdest, bevor etwas Schreckliches passiert.«

»Das konntest du gar nicht wissen! Und es ist auch nicht geschehen. Dafür ist Ravis jetzt im Besitz von zahlreichen magischen Waffen.«

»Die meisten sind nicht übermäßig wirkungsvoll. Und du hast Lady Killer für mich zurückgeholt.«

»Jemand hat meinen Schildhammer, und dann ist da noch dieser Kriegshammer …«

»Ziva, es ist gut.«

»Es ist *nicht* gut! Wir sind die Einzigen, die Prinz Skiro warnen können, dass ein Krieg bevorsteht. Wenn wir nicht rechtzeitig ankommen, wird es ein Gemetzel geben. Menschen, die mir etwas bedeuten, werden mit Waffen getötet, die *ich* hergestellt habe! Glaubst du ernsthaft, Ravis hört auf, wenn er Skiros Territorium erobert hat? Das wird er nicht. Er will sein sogenanntes Geburtsrecht zurück. Er wird alle sechs Territorien für sich beanspruchen und Ghadra vereinen. Ich habe nicht nur meine Familie und meine Freunde dem Untergang geweiht, sondern das gesamte Königreich. Wie soll ich damit leben? Es tut alles so weh, Kellyn. Genau hier, in meiner Brust. Ich kann kaum atmen.«

Tatsächlich beschleunigt sich meine Atmung gefährlich, allein bei dem Gedanken.

»Ganz ruhig«, sagt Kellyn. Er ergreift meine Zügel und bringt beide Pferde zum Stehen, dann nimmt er meine Hand in seine. Viel mehr kann er in der Position nicht tun. Er drückt sie sanft. »Weißt du noch, was ich dir gesagt habe, als du wegen Kymora und Secret Eater in Panik geraten bist?«

»Ich gerate oft in Panik. Da musst du schon etwas genauer werden.«

Er unterdrückt ein Lächeln. »So wichtig bist du nicht.«

»Wie bitte?«

»Das habe ich dir gesagt. *So wichtig bist du nicht.* Du darfst nicht die ganze Welt auf deine Schulter laden. Das ist nicht fair und es ist nicht deine Schuld. Kymora ist schuld. Ravis ist schuld. Die, die ihm ihre Loyalität schenken, sind schuld. Solange du noch für das kämpfst, was richtig ist, darfst du dir nicht die Schuld geben.«

Ich schniefe. »Es spielt keine Rolle, welche Absichten ich habe, wenn Unschuldige dabei sterben.«

»Wir können nicht wissen, was passieren wird, aber wir werden unser Bestes tun, um alles in Ordnung zu bringen, wenn es so weit ist. Im Moment solltest du dich vielleicht auf das Gute konzentrieren, was du getan hast. Du hast Secret Eater vor der Welt verborgen. Du hast Temra gerettet. Du hast Petrik gerettet. Du hast *mich* gerettet. Aber am wichtigsten ist, dass du dich selbst gerettet hast. Du hast *so viel* Gutes getan.«

»Ich kann das Gute aber nicht sehen. Es ist unter all dem Schlechten begraben, das ich getan habe.« All den Dingen, zu denen er mich getrieben hat.

Er drückt noch einmal meine Hand, bevor er sie loslässt. Wir setzen uns wieder in Bewegung.

»Ich finde nicht immer die richtigen Worte«, sagt Kellyn. »Aber vergiss nicht, ich bin hier. Du bist nicht allein.«

»Danke.«

»Danke, dass du mich gerettet hast«, sagt er. »Auch wenn du es wahrscheinlich gar nicht mehr wolltest.«

Wie kann er so etwas nur denken? »Ich würde dich nie im Stich lassen. Ich hätte es nicht ertragen, ohne dich durch das Portal zu gehen. Ich könnte nicht zu Skiro zurückkehren und dort in Sicherheit sein, während ich nicht weiß, was mit dir passiert ist. Ich werde ja schon wahnsinnig bei dem Gedanken, was mit Temra passiert ist.«

»Das wusste ich nicht.«

»Hältst du mich für so wankelmütig, dass es mir plötzlich völlig egal ist, was mit dir geschieht, nur weil du ein paar Dinge getan hast, die mir nicht gefallen haben?«

»Das einzige Beständige in meinem Leben ist meine Familie«, sagt er. »Ich bin so viel unterwegs. Ich kann mich mit den Leuten anfreunden, in deren Auftrag ich stehe, und wenn ich sie an ihr Ziel gebracht habe, war's das. Ich sehe sie nie wieder. Ich ziehe ständig weiter, andernfalls wäre es zu deprimierend. Ich hätte nicht davon ausgehen dürfen, dass es dir auch so geht.«

Heißt das, er hatte sich innerlich schon wieder auf den Weg gemacht? Weil er es so gewohnt ist? Das wäre doch ... gut, oder? Wir haben zu viel gestritten und uns gegenseitig zu sehr verletzt, um einfach weiterzumachen, oder? Ich bin mir nicht sicher. Ich habe noch nie mit jemandem Schluss gemacht.

Und doch fühlt sich mein Herz ganz ausgehöhlt an bei dem Gedanken, dass er schon den nächsten Schritt in seinem Leben geplant hatte.

Nach einer Weile prustet Kellyn laut. Ich drehe mich ruckartig in seine Richtung, überzeugt, dass er meine Gedanken gehört hat und mich aus irgendeinem Grund auslacht.

»Tut mir leid«, sagt er, »ich habe gerade darüber nachgedacht, dass du mich nun schon zum zweiten Mal schlafend verschleppt hast.«

»Du solltest mir dankbar sein.«

»Oh, das bin ich.« Er lacht wieder.

»Wenn du dich über mich lustig machen willst, während ich mich gräme, kannst du dich auch gleich aus dem Staub machen.« Ich will wirklich nicht, dass er geht, aber ich habe meinen Stolz. Trotzig füge ich hinzu: »Aber das ganze Essen und die Vorräte gehören mir. Ich habe sie gekauft.«

»Mit dem gestohlenen Dolch des Prinzen.«

»Das ändert nichts. Und vergiss nicht, es ist deine Schuld, dass du in diesem Schlamassel steckst.«

»Wie alles andere auch.«

»Natürlich.«

Er lächelt breit, als er nach vorne auf die Straße blickt. »Ich werde mein Glück mit dir versuchen, egal wie gemein du zu mir bist.«

Danach herrscht kameradschaftliches Schweigen.

KAPITEL
ELF

Bevor es zu dunkel wird, bringe ich meinen Wallach vor einer Art Ahornbaum mit roten Blättern und bodennahen Ästen zum Stehen. Dann fange ich an zu klettern.

Kellyn fragt nicht, was ich vorhabe. Er folgt mir wortlos.

Als ich klein war, kletterte ich ständig auf Bäume. Es war eine einfache Flucht vor allem. Hundert Fuß hoch in der Luft kann dich niemand finden oder mit dir reden. Da unser Haus in Lirasu am Rande der Stadt liegt, war ich in Windeseile im Wald.

Meine Hände sind voller Harz, und meine Knie sind zerschrammt, aber ich könnte mich nicht besser fühlen. Die Bäume riechen köstlich. Ganz anders als der Wald zu Hause, aber immer noch frisch und grün und frei. Der Wind bringt den Baum zum Schwanken, als ich mich der Spitze nähere, und ich muss unwillkürlich kichern.

Und dann habe ich die Baumkrone erreicht.

Vor mir erstreckt sich ein Meer aus Grün, dazwischen immer wieder Gold-, Orange- und Rottöne, die den Herbst widerspiegeln. Es ist wunderschön. Friedlich. Warum kann Ravis nicht mit dem zufrieden sein, was er hat? Sein Land ist herrlich.

Ich zeige in die Ferne, als Kellyn zu mir kommt. »Da.«

Er ist ein bisschen außer Atem, aber sein Blick verharrt auf der Rauchsäule. Nur ein paar Meilen hinter uns.

»Sie sind näher, als ich dachte«, sagt er.

»Aber sie scheinen ein Nachtlager aufgeschlagen zu haben. Treiben wir die Pferde noch ein wenig an, bevor wir das Gleiche tun.«

»Ich glaube, sie sind noch auf der Hauptstraße. Sie haben den Wagen nicht bemerkt. Sie gehen davon aus, dass wir nach Südosten Richtung Briska wollen. Wir sollten jetzt unser Lager aufschlagen. Wir haben die Pferde lange genug gescheucht. Die armen Dinger brauchen eine Pause.«

Wir riskieren es nicht, Feuer zu machen, damit die Verfolger uns nicht ebenso leicht entdecken wie wir sie. Aber Kellyn schlägt das Zelt auf, während ich die Schlafunterlagen und das Abendessen hervorhole.

Erst als ich schon wieder auf dem Rückweg bin, lassen mich von einem Moment auf den anderen meine Nerven im Stich.

Manchmal passiert das. Es kommt aus dem Nichts, und ich kann nicht einmal sagen, warum das so ist. Manchmal gibt es auch gar keinen Grund. Aber meistens hat es etwas mit den Menschen um mich herum zu tun.

Und mir ist gerade klar geworden, dass es nur eine Person um mich herum gibt.

Hier sind nur ich und Kellyn und ein Zelt.

Der Söldner und ich sind schon einmal durch Ghadra gereist, aber da waren meine Schwester und Petrik dabei. Wir beide waren noch nie *ganz allein,* dabei haben wir eine gemeinsame Geschichte, es gab Küsse und Berührungen und Gefühle, aber dann wurde Temra verwundet und die Dinge standen schlecht und –

»Ziva.«

Ich schaue hoch in diese goldbraunen Augen und die Angst wird nur noch schlimmer.

»Hey, atme einfach. Es ist alles in Ordnung. Was kann ich tun?«

»Könntest du einfach, *ähm,* für einen Moment weggehen?«

Einige Sekunden lang herrscht Schweigen. Dann antwortet er: »Ja. Das kann ich.«

Ich fühle mich dumm, weil ich gefragt habe, aber ich nehme die Worte nicht zurück. Ich warte, während er in die Richtung geht, aus der wir unsere Verfolger erwarten, sich also sozusagen zwischen sie und mich stellt. Ich sehe ihm hinterher, bis er ganz verschwunden ist.

Dann kann ich wieder atmen.

Ich konzentriere mich darauf, unsere Schlafunterlagen auszurollen, die flachen Kissen aufzuschütteln und zusätzliche Decken hinzulegen. Ich sattle die Pferde ab. Ich lasse sie an der langen Leine, damit sie sich ausruhen und herumlaufen können. Dann kehre ich zum Lager zurück und setze mich auf meine Seite des Zeltes.

Da es nichts mehr zu tun gibt, bin ich gezwungen, mich mit meinen Gedanken zu beschäftigen.

Kellyn wird dir nicht wehtun. Es wird nichts Schreckliches passieren.

Er wird nichts sagen, um dich zu beschämen oder zu demütigen. So ist er nicht.

Na ja, normalerweise ist er nicht so. Manchmal kann er es nicht lassen, mich zu necken.

Und du magst es, wenn er dich aufzieht. Du magst es, ihn zu ärgern. Es ist ein gegenseitiges Geben und Nehmen.

Ich konzentriere mich auf meine Atmung und versuche, das unangenehme Kribbeln in meinen Armen zu vertreiben. Ich fühle mich etwas besser, wenn ich allein bin, mache mir aber bereits Gedanken wegen des Augenblicks, in dem Kellyn zurückkommt. Was, wenn ich etwas Demütigendes sage? Was, wenn ich etwas Peinliches tue? Nur die Göttinnen wissen, wie lange ich mit ihm festsitze, bis wir es zurück zu Skiro schaffen.

Ich wiege mich auf der Stelle und versuche, mich zu beruhigen und meine außer Kontrolle geratenen Gedanken zu besänftigen.

Kellyn findet mich so, zusammengekauert im Zelt. Ich bin mir sicher, dass er mindestens eine Stunde weg war, trotzdem bin ich noch völlig durcheinander.

»Ich hasse es, dass ich so bin, und ich hasse es, dass du mich in diesem Zustand siehst«, murmle ich leise. Ich schlinge die Decke so um meine Schultern, dass sie meine untere Gesichtshälfte verdeckt und ich eine kleine Barriere zwischen mir und Kellyn habe. Er setzt sich auf seine Unterdecke. Ich blicke stur geradeaus, damit er meine Miene nicht sehen kann.

»Wir haben uns heute doch gut unterhalten. Was hat sich geändert? Habe ich etwas getan?«, fragt er.

»Es war, *ähm,* die Erkenntnis, dass wir allein sind und im selben Zelt schlafen.«

»Du weißt, ich würde nie …«

»Ich weiß«, unterbreche ich ihn. »Das ist es nicht. Es geht nicht um dich. So funktioniert das nicht. Es hat keinen … *Sinn.* Ich fühle mich nur manchmal so. Und das ist quälend und macht es mir schwer, klar zu denken.«

Er faltet seine Hände im Schoß. Ich sehe die Bewegung aus den Augenwinkeln. »Willst du darüber reden? Es durchsprechen? Würde das helfen?«

»Ich weiß nicht.«

»Okay.«

Ich rede die ganze Zeit mit Temra darüber. Sie ist nachsichtig. Sie akzeptiert mich. Sie liebt mich bedingungslos, weil sie meine Schwester ist.

Kellyn ist nicht gezwungen, mich zu akzeptieren. Er kann mich jederzeit zurückweisen, und das macht die Sache so viel schwieriger. Er tut das hier gerade nur aus Höflichkeit. Und ich will nicht bemitleidet werden.

Aber wir müssen zusammenhalten, wenn wir das durchstehen wollen. Wenn ich irgendetwas tun kann, um meine Angst zu dämpfen, dann muss ich es versuchen.

Kellyn wartet und ich suche in meinem vernebelten Kopf nach Worten. Jeder Nerv in mir schreit, dass ich fliehen soll. Um allein zu sein. An einem sicheren Ort.

Aber die Feinde sind uns auf der Spur und hier bin ich am sichersten.

»Denk an den peinlichsten Moment deines Lebens«, fordere ich ihn auf.

Nach ein paar Sekunden sagt er: »In Ordnung. Ich hab's.«

»Denk daran, wie du dich dabei gefühlt hast. Jetzt multipliziere das Gefühl mit hundert, und stell dir vor, du fühlst dich jedes Mal so, wenn eine andere Person in deiner Nähe ist. Oder einfach nicht mal das. Etwas in dir zwingt dich dazu, über jede Dummheit nachzudenken, die du jemals in Gegenwart eines anderen Menschen begangen hast. Jeder Moment, an den du dich erinnerst, macht es noch schlimmer, und irgendwann verlierst du die Kontrolle.«

Kellyn holt tief Luft. »*So* fühlst du dich jeden Tag?«

»Ja. Und manchmal fühle ich mich ungeheuer müde, obwohl ich nichts getan habe. Es ist, als hätten mein Kopf und mein Herz einen Marathonlauf hinter sich, und nur die Einsamkeit hilft ihnen, wieder zu Kräften zu kommen.«

Ich merke, wie Kellyn sich erhebt, spüre das Einsacken meiner Schlafunterlage, als er sich neben mich legt. Dann seine Wärme, als er mich in seine Arme schließt.

»Hilft das oder macht es alles schlimmer?«, fragt er.

»Beides.«

»Und wenn ich dich fester drücke?«

»Könnte sein, dass es mehr hilft.«

Er lehnt seinen Kopf an meinen. Ich weiß nicht genau, wieso, aber wenn jemand versucht, mich zu verstehen, fühle ich mich gleich ein bisschen besser.

»Du sollst wissen, wie froh ich bin, dass ich nicht allein fliehen muss«, sage ich. »Ich bin froh, dass du bei mir bist. Wirklich. Dadurch fühle ich mich sicherer. Aber es gibt einfach Zeiten, in denen ich allein sein muss, damit es mir gut geht. Ergibt das einen Sinn?«

»Ich denke schon. Danke, dass du es mir gesagt hast. Dass du mir hilfst zu verstehen. Ich werde nie genau wissen, was du durchmachst, aber ich hoffe, du weißt, dass du mir immer anvertrauen kannst, wie du dich fühlst oder was du brauchst.«

»Danke.«

Nach einer Weile fragt er: »Soll ich dir von meinem peinlichsten Moment erzählen?«

»Natürlich.«

Während er mich festhält, erzählt er mir von einem seiner ersten Aufträge als Söldner. »Er kam aus dem Nichts. Stahl die Geldbörse aus dem Sattel meines Schützlings. Ich verfolgte ihn mitten durch die belebte Straße. Dabei habe ich die Pfütze übersehen, in der sich das Wasser vom nächtlichen Regen gesammelt hatte. Ich platschte mit vollem Tempo hinein, rutschte aus und fiel rückwärts in den dreckigen Schlamm. Der Dieb entkam.«

»Das hört sich nicht so schlimm an«, sage ich.

»Tja, damals schwärmte ich sehr für meine Auftraggeberin. Ich rutschte also aus, landete atemlos auf dem Hosenboden und schaffte es nicht, das Geld zurückzuholen. Und das vor den Augen einer schönen Frau. Als wäre das nicht schon schlimm genug, erzählte man sich seit diesem Abend in allen Wirtshäusern der Stadt, die ich auf der Suche nach einem neuen Auftrag abklapperte, Geschichten über mich. Ständig sprach mich jemand darauf an und ich musste die Demütigung noch einmal erleben. Mir blieb nichts anderes übrig, als in die nächste Stadt zu ziehen, um Arbeit zu finden.«

Jetzt kichere ich, die Spannung und das Unbehagen lassen allmählich nach.

Stattdessen spielen meine Gedanken verrückt. Ich versuche, mir das schöne Mädchen vorzustellen. Hatten sie während der Reise etwas miteinander? Haben sie sich geküsst? Haben sie mehr getan als nur geküsst? Denkt er immer noch an sie?

Ich kneife meine Augen ganz fest zu, als könnte ich damit die Gedanken vertreiben.

Da reibt Kellyn mit der Hand über meinen Arm, auf und ab, und gibt mir etwas, auf das ich mich konzentrieren kann. Angenehme Wärme und Reibung. Ich zähle mit, während meine Atemzüge immer tiefer werden und mein Geist endlich zur Ruhe kommt.

Ein paar Tage später klettere ich wieder in die Baumkronen, um unsere Verfolger auszuspähen. Was ich entdecke, ist schlimmer, als ich es mir je hätte vorstellen können.

Halb kriechend, halb rutschend turne ich den Baum hinunter und schramme mir dabei die Handflächen auf.

»Wir müssen gehen«, sage ich und packe die Reste unseres Mittagessens ein.

»Was ist denn?«

»Staub. Der Himmel ist voll davon. Ich konnte mir zuerst keinen Reim darauf machen, aber ...«

»Ravis' Armee hat sich in Bewegung gesetzt«, ergänzt Kellyn.

»Sie dürften noch gar nicht abmarschbereit sein! Was hat Ravis vor?«

Wir steigen auf unsere Pferde und treiben sie an.

»Er setzt ganz auf die Überraschung«, überlegt Kellyn laut. »Er marschiert, ob er nun bereit ist oder nicht. Wenn sie nicht genug Nahrung für ihre Soldaten haben, werden sie zuerst Briska plündern. Dort gibt es nur eine nicht sehr schlagkräftige Stadtwache. Die hat keine Chance.«

»Wir müssen sofort zu Skiro. Dank der Portale kann er die anderen Regenten noch rechtzeitig warnen. Das ist die einzige Möglichkeit, wie wir helfen können.«

In dem dichten Wald ist es unmöglich zu galoppieren. Wir treiben unsere Pferde an, so schnell wir es uns zutrauen, ohne zu riskieren, dass sie stolpern oder straucheln. Ein gebrochenes Bein ist das Todesurteil für ein Pferd.

Wir sind im Vorteil, überlege ich. *Wir sind zu Pferd, während Ravis' Männer zu Fuß unterwegs sind. Wir nehmen den direkten Weg, während sie auf die Straßen beschränkt sind.*

Wir werden zuerst dort sein. Um Skiro zu warnen.

Ich werde Temra lachend mit Petrik vorfinden, wie sie auf meine Ankunft wartet.

Es wird alles in Ordnung sein.

Die Pferde schneller anzutreiben, würde nur bewirken, dass sie sich mehr ausruhen müssen. Ich habe das Bedürfnis, etwas zu *tun*. Reisen ist da nicht besonders hilfreich. Und obwohl jeder Schritt mich näher zu meiner Schwester bringt, werde ich immer nervöser.

»Du verwirrst dein Pferd«, sagt Kellyn eines Tages, etwa eine Woche nach Beginn der Reise.

Ich höre auf, meine Finger zu kneten, und sofort werden die Schritte des Wallachs gleichmäßiger. Der arme Kerl wusste nicht, ob er weitergehen oder stehen bleiben soll, so, wie ich mit den Händen herumgefuchtelt habe.

Im Laufe der nächsten zehn Minuten merke ich, dass ich nach links abdrifte.

»Dein Bein«, sagt Kellyn.

Es wippt im Steigbügel leicht auf und ab. Mein Pferd

weicht der Berührung aus, weil es denkt, ich würde es nach links lenken.

»Mach dir nicht so viele Sorgen. Die Armee des Prinzen ist in der Ferne kaum zu erkennen. Unser Vorsprung wird größer.«

»Manchmal möchte ich Skiro nicht erreichen.« In der Tat scheine ich heute nur *daran* denken zu können.

»Warum?«

»Weil ich dort erfahren werde, ob Temra tot ist. Es nicht zu wissen, ist sicherer, als zu wissen, dass sie tot ist. Das Nichtwissen bringt mich um. Aber wenn sie tot ist, würde ich lieber noch ein bisschen länger im Ungewissen bleiben.«

Kellyns Stimme wird leiser. »Es ist besser, Gewissheit zu haben. Es ist besser für dich, zu wissen, ob du trauern musst oder feiern darfst. Nicht zu wissen, zerreißt dich innerlich.«

»Ich will nicht noch einmal trauern. Das habe ich schon hinter mir. Wenn Temra stirbt, habe ich auch das letzte Mitglied meiner Familie verloren.«

»Nein«, sagt Kellyn fest. »Du hast mich und Petrik. Wir werden deine Familie sein. Nach allem, was wir zusammen durchgemacht haben, sind wir es bereits.«

Wie kann er das sagen, nach allem, was passiert ist? Ich habe ihn in den ganzen Schlamassel mit Kymora hineingezogen. Ich habe das, was zwischen uns war, beendet. Er hat es hinter sich gelassen. Wie kann er behaupten, meine Familie zu sein?

Ich fühle mich innerlich schwer. Allein der Gedanke daran, dass Temra tot sein könnte, lässt mich wieder leise weinen. Ich weiß, dass ihre Chancen nicht gut standen. Ihr Leben hing am seidenen Faden, und wir haben Stunden gebraucht, um Serutha zu befreien ...

»Ich glaube nicht, dass ich weiterleben kann, wenn sie es nicht geschafft hat«, flüstere ich.

»Das wirst du.«

»Ich kann ohne sie nicht leben.«

»Das kannst du.«

Ich kneife die Augen zusammen. »Ich weiß, du versuchst nur, mir zu helfen, aber es macht mich wütend, wenn du so redest. Du verstehst es nicht. Temra ist nicht nur meine ganze Welt. Mein ganzes Herz. Sie ist mein Fels. Sie beschützt mich vor all den Dingen, die mir Angst machen. Ich meine es ernst, wenn ich sage, dass ich ohne sie nicht überleben würde.«

Kellyn schweigt für volle fünf Sekunden, bevor er sagt: »Nimm es mir nicht übel, Ziva, aber das ist ein Haufen Scheiße.«

Bei seinen Worten stockt mir der Atem. Kellyn flucht nicht oft, und wenn er es tut, hat es immer eine große Wirkung.

»Ich weiß nicht, wie du darauf kommst, dass du ein hilfloses Ding bist«, sagt er. »Du hast für dich und deine Schwester gesorgt, als deine Eltern starben. Du bist einer Kriegsherrin entkommen. Du hast die Welt vor einem übermächtigen Schwert gerettet.«

Ich öffne den Mund, um zu widersprechen.

»Und bevor du jetzt sagst, dass Temra bei alldem an deiner Seite war, lass mich hinzufügen, dass du ein magisches Portal zerstört hast, damit die Retter deiner Schwester entkommen konnten. Du hast einen Prinzen, seinen gesamten Hofstaat und seine Armee überlistet. Du hast mich aus der Stadt geschmuggelt. Das hast du alles ohne deine Schwester geschafft. Du kannst auch ohne sie stark sein.«

»Das war etwas anderes.«

»Das war *nichts* anderes. Das warst du! Unter Druck. Zu Tode verängstigt. Alleine. Und du hast es trotzdem geschafft.«

»Ich war nicht allein. Du warst da.«

»Ich habe nichts getan. *Ich* habe mir keinen Plan für die Flucht ausgedacht. Ich habe kein magisches Schwert geschmiedet, um uns da rauszuholen. Ich habe nicht gegen Ravis gekämpft und gewonnen.«

»Du hast seine Männer von mir ferngehalten, mit den Pferden und dem Karren.«

Kellyn wirft die Hände in die Luft. »Warum tust du das?«

»Was?«

»Du suchst nach Möglichkeiten, dich kleinzumachen. Warum kannst du nicht akzeptieren, dass du aus *eigener* Kraft Erstaunliches vollbracht hast? Dass du stark, ausdauernd und mitfühlend bist? Du bist eine Beschützerin, Ziva. Du hast so viele gute Dinge getan.«

»So *fühle* ich mich nicht. Im Innern bin ich nichts von alledem. Ich bin schwach. Ängstlich. Verunsichert. Die ganze Zeit über. Das ist alles, woran ich denken kann. Meine Versäumnisse und Unzulänglichkeiten. Sie schreien lauter, als jeder Triumph es je könnte.«

Kellyn seufzt. »Ich wünschte, du könntest dich so sehen, wie andere es tun. So wie Temra es tut. Oder Petrik. So wie *ich* dich sehe.«

Ich weiß, dass er meine Ängste nicht auch noch befeuern will, aber er schafft es trotzdem mit diesem letzten Satz. Ich will nicht darüber reden, wie er mich sieht. Wie ist es überhaupt zu diesem Gespräch gekommen?

Ich bringe uns wieder auf den richtigen Weg. »Selbst wenn ich von Zeit zu Zeit allein stark sein könnte, möchte ich nicht ohne meine Schwester leben.«

»Keiner will das. Die Welt ist ein besserer Ort, weil sie da ist. Aber, Ziva, du hast der Welt auch viel zu geben. Du bist erwachsen. Deine Schwester im Grunde ebenfalls. Hast du jemals daran gedacht, dass es an der Zeit ist, ein eigenes Leben zu führen?«

Er reitet ein Stück voraus und gibt mir so zu verstehen, dass er keine Antwort erwartet. Ich weiß nicht, ob ich ihm eine geben könnte, selbst wenn ich es wollte.

Seine Worte gehen mir durch den Kopf, als wir kurz darauf unser Lager aufschlagen.

Ein eigenes Leben.

Mein schwarzer Wallach macht zufriedene Geräusche, als ich ihn bürste.

Ich lebe für dich.

Das getrocknete Elchfleisch beim Abendessen schmeckt nach gar nichts.

Ein eigenes Leben.

Es beginnt zu regnen und Kellyn und ich kuscheln uns ins Zelt. Wir geben unsere zusätzlichen Decken an die Pferde ab, damit sie trocken bleiben. Die Bäume halten zwar den größten Teil des Regens ab, aber nicht alles.

»Kellyn«, sage ich unvermittelt. »Du bist ein ältestes Kind.«

»Der Älteste von elf.«

»Wie hast du es gerechtfertigt, deine Familie zu verlassen, um Söldner zu werden?«

Kellyn zieht seine Stiefel aus und setzt sich auf sein Lager. »Ich habe die ersten Jahre meines Lebens ganz meiner Familie gewidmet. Ich schicke ihnen immer noch regelmäßig Geld, um sie zu unterstützen. Aber ich wollte die Welt sehen. Es gab keinen Grund, warum ich das nicht tun sollte. Dafür muss ich mich nicht rechtfertigen. Ich bin ein Mensch, und ich verdiene es, glücklich zu sein.«

»Mit deiner Familie zusammen zu sein, macht dich nicht glücklich?«

»Doch, das tut es. Aber nach einer gewissen Zeit werde ich unruhig. Meine Familie zu besuchen, ist etwas ganz Besonderes, wenn ich eine Zeit lang weg war. Ergibt das einen Sinn?«

»Irgendwie schon. Temra war schon immer ein Teil meiner Zukunftspläne. Ich möchte an einem abgelegenen Ort Waffen herstellen. Einem Ort, wo mich niemand aufspürt. Einem sicheren Ort, nur für Temra und mich.«

Kellyn streicht sich ein paar Regentropfen aus dem Haar. »Ich habe viel Zeit mit deiner Schwester verbracht, und ich kann dir versichern, dass ihre Pläne für die Zukunft andere sind.«

»Ganz sicher nicht! Sie kann Soldatin in einer kleinen, abgelegenen Stadt irgendwo werden ...«

»Nein, Temra will *gesehen* werden. Sie möchte unter anderen Menschen sein. Sie will lachen und mehr Freunde und Erinnerungen sammeln. Sie mag Aufmerksamkeit und Kameradschaft. Sie liebt dich und das Zusammensein mit dir. Aber sie liebt auch noch andere Dinge im Leben.«

Seine Worte klingen wahr und brennen mir ein Loch in die Brust. Denn natürlich will Temra mehr als nur mich. Sie war immer genug für *mich,* aber ich allein bin nicht genug für *sie.*

Und auch wenn Temra nicht tot ist, habe ich sie vielleicht in einem anderen Sinne ohnehin verloren. Sie hat dank unserer ersten Reise einen Vorgeschmack davon bekommen, was Abenteuer sind. Davon wird sie nie wieder lassen. Sie hat Petrik, mit dem sie ein Leben aufbauen kann, wenn sie endlich ihre Sturheit aufgibt und erkennt, dass sie ihn ebenfalls liebt.

Und sie liebt mich, natürlich. Aber sie wird ihr eigenes Leben leben. Weil sie das immer getan hat. Sie musste nie allein für mich leben, so wie ich allein für sie gelebt habe. Vielleicht wäre es anders gewesen, wenn sie zuerst geboren worden wäre. Wenn sie sich hätte aufopfern und härter arbeiten müssen, um mich zu beschützen. Aber sie hat sich immer nur um sich selbst und ihre eigenen Interessen gekümmert. Ich meine, sie ist für mich da gewesen, wenn sie gemerkt hat, dass ich sie brauche, aber sie musste nie etwas für mich opfern. Ich liebe sie deswegen nicht weniger. Es ist einfach die Rolle, die das Leben für sie bereitgehalten hat.

Ich möchte, dass Temra glücklich ist. Ist das nicht wichtiger, als sie immer in meiner Nähe zu haben? Natürlich ist es das. Ich kann sie gehen und das tun lassen, was sie am glücklichsten macht, auch wenn es sie von mir wegführt.

Mein Selbstmitleid ist stärker als je zuvor, als ich versuche, mir ein Leben ohne meine Schwester vorzustellen, aber ich habe sie lieber lebend und glücklich als tot. Egal, was passiert, ich werde meine Schwester so oder so verlieren. Und wenn ich die erste Alternative überleben kann, warum kann ich dann nicht auch die zweite überleben, wie Kellyn es vorhin angedeutet hat?

Und wenn er damit recht hat, hat er dann auch mit allem anderen, was er gesagt hat, recht? Dass ich stark, ausdauernd und mitfühlend bin?

Auch wenn ich mich selbst nicht so sehe?

Wie kann ich mich selbst klarer sehen? Ich möchte nicht ständig Angst haben und unsicher sein.

»Woran denkst du gerade?«, fragt Kellyn.

»Ich versuche zu entscheiden, ob du recht hast oder nicht.«

Er lächelt. »Womit?«

»Mit allem.«

»Lass es mich wissen, wenn du erkennst, dass es so ist. So was höre ich gerne.«

Ich werfe mein Kissen nach ihm. Er fängt es im Flug auf. Dann wirft er es sanft zurück auf meinen Schlafsack.

»Gute Nacht, Ziva.«

Kapitel Zwölf

Als wir am nächsten Tag wieder unterwegs sind, versuche ich etwas ganz Neues. Kellyn meint, dass ich mich immer selbst heruntermache, und er hat vorgeschlagen, dass ich meine Gedanken zur Abwechslung mal auf das richten soll, was ich erreicht habe. Also zwinge ich mich, jedes Mal, wenn ich beginne, schlecht über mich zu denken, zum Ausgleich etwas Gutes über mich zu denken. Und immer, wenn sich düstere Gedanken einschleichen, versuche ich, meine Aufmerksamkeit stattdessen auf etwas Positives zu lenken.

Mein erster Gedanke beim Aufwachen (jedenfalls der erste, nachdem ich Kellyns lautes Schnarchen wahrgenommen hatte) war, dass ich mehr für Temra hätte tun sollen, um sie vor Kymora zu schützen.

Dann hielt ich inne und sagte mir: *Du hast Temra ein richtiges Zuhause gegeben und sie aus dem Waisenhaus geholt. Du hast sie zu der wunderbaren Person erzogen, die sie ist, und hast gearbeitet, damit sie sich ganz ihrem Unterricht widmen konnte.*

Und obwohl meine Angst davon nicht verschwindet, fühle ich mich so zumindest ein wenig besser, wenn ich meinen Tag beginne.

Als meine Gedanken unterwegs wieder darum kreisen, wie sehr ich es vermisse, mit Kellyn zusammen zu sein, und dass er inzwischen andere Pläne gemacht hat und ich das zugelassen habe, halte ich mit aller Macht dagegen: *Die Zeit, die wir miteinander verbracht haben, war kostbar. Ich würde sie gegen nichts eintauschen wollen. Aber manchmal funktionieren Beziehungen nicht. Ich konnte nicht allen Ernstes erwarten, dass meine erste Beziehung gleich für die Ewigkeit sein würde.*

Mein Blick wandert zu Kellyn hinüber, der gedankenversunken auf die vor uns liegende Straße schaut. Und ich vergesse völlig, was ich mir eben noch vorgebetet habe.

Irgendwann erscheinen mir meine angestrengten Versuche, positiv zu denken, albern - aber ich nehme mir fest vor, es morgen wieder zu tun.

Nach einer weiteren Woche stoßen wir mitten im Wald auf einen Weg. Er ist offensichtlich nicht viel befahren, denn zwischen den Spurrillen ist der Boden mit Pflanzen überwuchert. Ich suche mir wieder einen Baum, um die Gegend auszuspähen.

Was ich oben sehe, überrascht mich: Zwischen den Wipfeln blitzen Dächer und Schornsteine hervor.

»Da ist ein Dorf«, sage ich zu Kellyn, als ich wieder festen Boden unter den Füßen habe.

»Ich wusste gar nicht, dass es hier draußen Siedlungen gibt.

Ich bin in dieser Gegend noch nie so weit von der Hauptstraße entfernt gewesen, und auf der Landkarte ist mir hier auch nichts untergekommen. Sollen wir einen Bogen darum machen?«

»Das würde die Reise nur verlängern. Es ist ein ziemlich großes Dorf.« Der Beutel mit dem Rest des Geldes, das uns Ravis' Dolch eingebracht hat, ist an meinen Satteltaschen befestigt. Mir gefällt der Gedanke nicht, mit Menschen sprechen zu müssen, aber wenn Kellyn das Reden übernehmen würde ... »Vielleicht könnten wir uns für heute Nacht eine Unterkunft suchen? Zur Abwechslung mal in einem richtigen Bett schlafen?«

»Klingt gut.«

Ich halte mein Pferd dicht neben Kellyn, als wir das Dorf erreichen. Auf dem Weg nach Süden ist es merklich kühler geworden und die Menschen hier tragen deutlich mehr Kleidung als die Leute in der Hauptstadt. Niemand starrt uns an, was mich vermuten lässt, dass man hier an Reisende gewöhnt ist. Was auch immer das für ein Ort ist, er ist viel größer als Amanor.

Es gibt sogar ein Gasthaus.

Wir lassen die Pferde bei einer Stallmagd und behalten nur unsere Waffen und das Geld bei uns. Als wir die Gaststube betreten, spüre ich, wie meine Nerven zu vibrieren beginnen. Während ich mich umschaue, versuche ich, die Menschen vor meinen Augen auszublenden. Ich will keine Gesichter oder irgendetwas anderes sehen. Das würde mich nur noch unruhiger machen.

Ich folge Kellyn bis zum Tresen, wo er den Wirt anspricht, der uns begrüßt.

»Das hier ist Vinder. Wir sind eine Gemeinschaft von Jägern und Bauern. Wir haben viel mit Händlern zu tun, die Felle in die umliegenden Gebiete verkaufen. Manche Leute schlagen hier ihr Lager auf, bevor sie sich auf die Suche nach Nahrung für ihre Familien machen. Wir sind so weit von der Hauptstadt entfernt, dass der Prinz uns nicht wegen Wilderei erwischt.« Der Wirt zwinkert.

Kellyn bezahlt den Mann für Essen, ein Bad und ein Zimmer mit zwei Betten.

Als er nach *zwei Betten* verlangt, schaut der Wirt fragend zwischen uns hin und her.

»Meine Schwester«, sagt Kellyn.

Der Mann nickt und fragt nicht weiter, bevor er unsere Bestellung in die Küche weitergibt.

Kellyn wendet sich an mich. »Würde es dich sehr stören, wenn wir hier essen?«

»Zwischen all den Leuten?«, frage ich.

»Ich will nur ... zur Abwechslung mal etwas Normales machen. Mich normal fühlen.«

Seine Worte rufen mir wieder in Erinnerung, wie unterschiedlich wir sind. Aber ich mache ihm keinen Vorwurf. Unter Menschen zu sein, die ihm nicht wehtun wollen, muss eine schöne Abwechslung sein. Er trägt keinen Verband mehr um den Kopf, und sein Haar verdeckt die Wunde. Aber sie ist immer noch da, und als ich daran denke, dass ich es war, die ihm diese Verletzung eingebracht hat, wird mir klar, dass ich nicht Nein sagen kann.

»Einverstanden. Such dir einen Tisch aus«, sage ich.

Kellyn sieht mich überrascht an, als hätte er damit gerechnet, dass ich mich weigere.

»Sicher?«, fragt er.

»Ja.«

Wir lassen uns auf den Stühlen an einem kleinen Tisch für zwei Personen nieder. Ich verstecke meine Hände sofort in meinem Schoß, verschränke die Finger ineinander und verknote sie, bevor ich dazu übergehe, an meiner Nagelhaut zu zupfen. Kellyn sieht ganz entspannt aus, aber ich spüre ein Kribbeln in meinem Rücken. Der halbe Raum ist hinter mir, alle dort können mich beobachten, ohne dass ich davon etwas mitbekomme. Ich hasse das.

Ich kann Temras Stimme fast in meinem Kopf hören.

Keiner sieht dich an. Keiner verschwendet auch nur einen Gedanken an dich. Die Leute sind mit ihrem eigenen Kram beschäftigt. Hör auf zu grübeln und fang an, den Moment zu genießen. Denk an das warme Essen, das bald kommt.

Ich schaue hinauf zu den Balken der Decke, zwei Stockwerke über meinem Kopf.

Ich hefte den Blick auf die Maserung des Tisches, dann auf meinen Schoß. Alles, um die Leute ringsum oder den Mann mir gegenüber auszublenden.

Denn er starrt geradewegs *mich* an.

»Was?«, frage ich schließlich und hebe den Kopf. Ich schaue auf sein Schlüsselbein, um zu vermeiden, dass ein Blick in seine Augen meinen Verstand vernebelt. Das passiert immer noch manchmal.

»Ich frage mich nur, wie es dir gerade geht.«

»Mir geht's gut. Du musst nicht auf mich aufpassen.«

»Ich weiß, dass ich es nicht muss, aber ich mache es trotzdem gerne.«

»Warum?«, frage ich, aber er kommt nicht zum Antworten, denn im selben Moment kommt unser Essen mit den Getränken.

Uns wird eine Schüssel cremiger Kartoffelsuppe mit Mais und irgendeine Art Fleisch serviert.

»Danke«, murmle ich, aber die Schankmagd antwortet nicht. Tatsächlich würdigt sie mich keines Blickes.

Ich schaue von meinem Essen auf und sehe, wie das Mädchen Kellyn anlächelt. Sie stellt zwei Gläser mit Bier auf den Tisch. Sie ist hübsch, mit cremefarbener, glatter Haut, kurzen Locken und einer bildschönen Figur.

Aus unerfindlichen Gründen kann ich sie nicht ausstehen.

»Könnten wir auch etwas Wasser bekommen? Meine Schwester mag kein Ale.«

»Deine Schwester? Gut zu wissen.«

»Ach ja?«, fragt er.

»Ja. Dann kann ich dir nämlich sagen, dass meine Schicht um zehn zu Ende ist.«

Kellyn grinst sie an und zeigt dabei alle seine Zähne. Wann hat er mir das letzte Mal so ein Lächeln geschenkt? Bedeutet das, er will sie nach ihrer Schicht treffen? Wird er mich heute Abend in unserem Zimmer allein lassen?

»Ich fühle mich geschmeichelt, aber ich kann nicht«, sagt er.

»Und wie wär's morgen?«

»Tut mir leid, ich meinte nicht, dass ich keine Zeit habe. Ich meinte, dass ich bereits in festen Händen bin.«

Sie blickt Richtung Decke. »Die Hübschen sind immer vergeben. Ich bin gleich wieder da mit dem Wasser.« Sie schwebt in Richtung Küche, als hätte das Gespräch ihrem Selbstbewusstsein nicht das Geringste anhaben können.

Mir schwirren so viele Gedanken durch den Kopf, dass ich sie kaum einzeln zu fassen kriege.

Warum erzählt er allen, dass ich seine Schwester bin?

Warum hat er dem Mädchen gesagt, er sei nicht zu haben?

Und wieso ist er schon vergeben? Hat er in Ravis' Kerker ein Mädchen kennengelernt?

Das ist lächerlich, Ziva, das weißt du selbst.

Hatte er in den kurzen Momenten, während wir in Skiros Schloss nicht zusammen waren, eine heimliche Romanze?

Das ist genauso weit hergeholt.

Dann muss er gelogen haben.

Aber warum sollte er sich die Mühe machen? Findet er das Schankmädchen nicht anziehend? Und wenn ja, wie konnte er dann jemals *mich* anziehend finden? Denn ich bin längst nicht so umwerfend wie sie.

Irgendetwas stimmt offensichtlich nicht mit ihm.

Ich schiebe mir das Essen in den Mund, während ich weiter darüber nachgrüble. Als die Bedienung mit meinem Wasser zurückkommt, hat Kellyn nicht einmal einen Blick für sie übrig. Er genießt sein Essen und schaut sich in der Schankstube um.

»Wenn dies ein normaler Tag wäre, würde ich versuchen, Arbeit zu finden«, sagt er. »Jemanden suchen, der auf der Straße Schutz braucht.«

»Du vermisst es«, sage ich.

»Ein bisschen«, gibt er zu.

»Das tut mir leid.«

»Ich wollte keine Entschuldigung hören, ich wollte mich nur unterhalten.«

»Warum unterhältst du dich dann nicht heute Abend? Um

zehn Uhr? Mit ihr?« Ich blicke vielsagend zu dem Schankmädchen, das gerade an uns vorbeigeht. Noch im selben Moment verfluche ich mich dafür, dass ich überhaupt den Mund aufgemacht habe.

Warum sage ich ihm nicht einfach geradeheraus, dass ich eine eifersüchtige Kuh bin, die ihre Gefühle nicht in den Griff bekommt?

Der Wirt enthebt Kellyn einer Antwort und mich weiterer Demütigungen, denn er steht plötzlich vor uns und sagt: »Euer Bad ist fertig.«

Ich reiße ihm den Schlüssel aus der Hand, lasse meinen halb vollen Teller stehen und stürme die Treppe hinauf, als hinge mein Leben davon ab.

Das Zimmer ist viel kleiner, als ich erwartet hatte. Die Badewanne passt kaum an das Fußende der beiden Betten, die genauso gut ein Bett sein könnten, wenn man bedenkt, dass zwischen ihnen gerade mal ein Fuß Platz ist. Ich muss mich zwischen die Wanne und die Wand quetschen, um die Tür schließen zu können.

Ich schließe ab, ziehe ich mich aus und steige in das warme Wasser – und versuche, nicht an meinen peinlichen Aussetzer von eben zu denken.

Das gelingt mir etwa zwei Sekunden lang.

Warum hat Kellyn die Einladung des hübschen Mädchens ausgeschlagen? Vielleicht will er einfach allein sein. Aber wenn das der Fall ist, warum wollte er dann so gern inmitten all dieser fremden Menschen zu Abend essen? Ich tauche meinen Kopf unter die Wasseroberfläche und halte den Atem an.

Warum musste ich ihn darauf ansprechen? Jetzt weiß er, dass ich über ihn und seine Romanzen nachdenke.

Meine Lunge brennt, also tauche ich wieder auf. Als ich fertig bin, schrubbe ich meine Kleider sauber und hänge sie zum Trocknen an das Fußende meines Betts. Ich schlüpfe in ein frisches Nachthemd, das für Gäste bereitliegt. Während ich mit den Fingern durch mein Haar fahre, überlege ich, wie lange Kellyn sich wohl mit dem Abendessen Zeit lässt.

Zwei schwere Schläge an der Tür lassen mich zusammenzucken.

Aber ich gebe keinen Laut von mir, in der Hoffnung, dass, wer auch immer vor dem Zimmer steht, einfach wieder verschwindet.

»Ziva, du hast den einzigen Schlüssel genommen.«

Oh, stimmt.

Ich schließe die Tür auf und setze mich sofort wieder ins Bett.

Wenn ich nicht immer noch so kopflos wegen meiner Bemerkung von vorhin wäre, würde ich es wahrscheinlich lustig finden, Kellyn dabei zuzusehen, wie er versucht, sich ins Zimmer zu quetschen. Er braucht ein paar Versuche, um die Tür zu schließen, und fällt fast um, als er seine Stiefel auszieht.

»Möchtest du lieber hier oben bleiben oder unten warten, während ich bade?«, fragt er. Seine Stimme hat einen selt samen Unterton. Ich kann seine Gefühlslage nicht einordnen.

Noch schlimmer ist jedoch, dass ich die Antwort auf seine Frage nicht weiß. Unten sind Menschen. Hier oben ist ein nackter Kellyn.

»Ich habe ein Nachthemd an«, sage ich, als wäre das eine Antwort.

»Warum drehst du dich dann nicht einfach um?«

Im Sitzen drehe ich mich herum, sodass ich nun auf die Wand mit dem kleinen Fenster blicke.

Wo ich Kellyns Spiegelbild sehe.

Ich schließe die Augen, als ich höre, wie seine Kleidung zu Boden fällt. Wasser plätschert. Vielleicht höre ich einfach auf zu atmen.

Wenn ich das Gespräch vorhin schon schlimm fand, dann ist das hier noch viel, viel schlimmer. Ich hätte nach unten gehen sollen, ganz egal was ich anhabe. Vielleicht steht mein Essen noch auf dem Tisch – nicht dass ich jetzt noch Appetit hätte.

»Was ist los, Ziva?«, fragt er, als ich die Seife über seine Haut gleiten höre.

»Können wir jetzt bitte nicht reden?«

»Warum?«

»Weil du nackt bist.«

»Na und? Mein Mund funktioniert trotzdem.«

»Tja, meiner aber nicht.«

Meine Augen öffnen sich für einen kurzen Moment und treffen auf die von Kellyn im Spiegelbild des Fensters.

Ich habe das Gefühl, in Flammen aufzugehen, als ich die Augen schnell wieder zukneife.

»Ich habe mich schon gefragt, ob du heimlich gucken wirst. Wie schamlos von dir!«

»Ich kann nichts Wichtiges sehen. Du ... du sitzt in einer Wanne!«

Er lacht, und ich weiß nicht, warum, aber damit bringt er mich nur noch mehr in Rage.

Aber dann steht er auf, und ich höre, wie das Wasser über seine Haut rinnt, höre, wie das Handtuch über sein Haar rubbelt, höre seine schweren Schritte auf dem Boden. Ich spüre die Wärme seines Körpers, als er das Nachthemd von seinem Bett nimmt.

Als das gegenüberliegende Bett unter seinem Gewicht knarrt, entspanne ich endlich meine Augenlider.

»Können wir jetzt reden?«, fragt er.

Ich schüttle den Kopf. »Ganz bestimmt nicht.«

»Ziva, ich bin's. Du brauchst keine Angst zu haben.«

»Du bist das Beängstigendste, was es gibt.«

»Das ist lächerlich.«

Ist es das? Ist es so lächerlich, wenn seine Worte mir Angst machen, mich verletzen, mich zurückweisen können? Selbst jetzt noch. Warum hat er nur immer noch so viel Macht über mich?

»Warum sagst du allen, dass ich deine Schwester bin?«, frage ich in einem Versuch, wieder die Oberhand zu erlangen.

»Ich dachte, das wäre einfacher, als dich allen als die ehemalige Frau an meiner Seite vorzustellen.«

Warum versetzen mir diese Worte einen Stich? »Du hättest auch sagen können, dass wir Freunde sind!«

»Freunde, die sich ein Zimmer teilen?«

»Es ist sicherer, wenn wir zusammenbleiben!«

»Das weiß ich, aber ich hatte nicht vor, jeden in die Details einzuweihen.«

Ich schlinge die Arme um meine angewinkelten Knie, den Blick immer noch zum Fenster gerichtet. »Gibt es keinen anderen Grund?«

»Nein. Welche geheime Absicht sollte ich denn haben?«

Sich von mir abzugrenzen. Andere Frauen wissen zu lassen, dass er zu haben ist.

»Gut, dann antworte eben nicht«, sagt er. »Sag mir lieber, warum du dich so über die Schankmagd aufregst.«

Oh nein, würde ich am liebsten aufstöhnen. »Ich rege mich nicht auf. Es ist mir egal, wie viele Frauen sich dir an den Hals werfen.«

»Es würde dich also nicht stören, wenn ich runtergehen und mich an sie heranmachen würde?«

»Nö.«

»Und wenn ich die Nacht mit ihr verbringen würde?«

Eine Pause. »Nö.«

»Und wenn ich im Dorf bleiben und Jäger werden wollte, um meine neu gefundene wahre Liebe jeden Tag sehen zu können?«

Bei diesen unverschämten Worten wirble ich schließlich im Bett herum und schwinge meine Füße auf den Boden. Ich bin drauf und dran, Kellyn gehörig die Meinung zu sagen, aber ich halte inne, als ich das Lachen sehe, das er gerade noch unterdrücken kann.

»Was soll das?«, frage ich ihn.

»Ich beobachte nur, wie du dich *nicht* aufregst.«

Ich beuge mich vor. »Hör auf, Spielchen mit mir zu spielen, Kellyn. Ich mag diese Unterhaltungen nicht. Sag mir die Wahrheit. Warum hast du ihre Einladung abgelehnt?«

Er stützt sich mit den Ellbogen auf die Knie. »Wie kann es sein, dass du es immer noch nicht weißt? Wie kannst du immer noch zweifeln?«

»Wie wäre es, wenn du dir deine Bemerkungen von oben herab sparst und mir sagst, was ich angeblich nicht weiß? Spuck's einfach aus, statt ständig darum herumzutanzen!«

»Das sagt gerade die Richtige.«

Ich springe auf und will hinausstürmen, da fällt mir ein, dass die Wanne immer noch im Weg ist und die Tür blockiert. Und wo sollte ich überhaupt hin?

Ich gebe ein Ächzen von mir, bevor ich mich wieder auf mein Bett fallen lasse. Mein Herz rast, mein Atem geht stoßweise, und ich will einfach nur allein sein. Irgendwo, wo er mich nicht sehen, beobachten oder sich über mich lustig machen kann.

Stattdessen ergreift Kellyn meine Hände, um das nervöse Spiel meiner Finger zu beenden, das ich unbewusst wieder aufgenommen habe.

Unsere Knie berühren sich in dem schmalen Zwischenraum zwischen beiden Betten. Er blickt hinab auf die Stelle, wo wir uns ganz nah sind, dann auf meine Hände, wo sich seine warmen Finger um meine Handflächen legen. Sein Blick bleibt an mir haften.

Unvermittelt beugt er sich vor – und fängt sich im letzten Moment, nur einen Hauch von mir entfernt. »Ich werde dich küssen«, sagt er. »Wenn du das nicht willst, dann zieh dich jetzt zurück.«

Ich bin noch mit seinen Worten beschäftigt, da legen sich seine Lippen schon auf meine. Es ist nicht seine Schuld, er hat mindestens drei Sekunden gewartet. Ich konnte ihm anmerken, wie viel Selbstbeherrschung ihn das gekostet hat. Es lag an mir und meiner Unfähigkeit zu denken, wenn er so nah ist.

Ganz zu schweigen von dem, was mit meinem Gehirn passiert, sobald er mich berührt. Mich küsst. Seine Lippen versuchen, meinen eine Antwort zu entlocken.

Währenddessen dreht sich alles in meinem Kopf und meine Brust zieht sich zusammen. Warum kann ich nichts anderes tun, als einfach nur dazusitzen?

Nach ein paar Sekunden ohne eine Erwiderung zieht er sich zurück, aber nicht weit.

»Ziva, ich will dich immer noch. Ich habe nicht aufgehört, dich zu wollen, seit ich dich das erste Mal in deiner Schmiede getroffen habe. Du warst so still und ... hinreißend.« Er lacht bei der Erinnerung daran. »Ich will keine andere. Ich treffe mich nicht einmal mit einer anderen, weil ich wie besessen von dir bin. Wenn ich manchmal abweisend oder gefühllos wirke, dann nur, weil ich mein Bestes gebe, um mit der Tatsache klarzukommen, dass du Schluss gemacht hast. Aber es geht mir nicht gut damit. Ich frage mich ständig, was du wohl gerade denkst. Ich versuche zu erraten, wie du dich fühlst. Manchmal kann ich in dir lesen wie in einem offenen Buch, dann wieder bist du ein unergründliches Rätsel, das ich nur zu gerne lösen würde. Aber ich will dich, Ziva. Mir ist wichtig, dass ganz klar ist, wo ich stehe, wenn es um uns beide geht.«

Ich senke den Blick, damit ich nachdenken kann, aber ich spüre das Brennen - oder Glühen? - meiner Wangen.

Er sagt: »Du musst nichts darauf erwidern. Mir ist bewusst, dass du dich dabei unwohl fühlst. Ich wollte nur, dass du es weißt. Denn in deinem Kopf scheint sich ja irgendwie die Idee festgesetzt zu haben, dass ich dich nicht mehr wollen könnte.«

Der nächste Atemzug tut weh, als er meine Brust verlässt.

KAPITEL DREIZEHN

Er will mich?

Weiß er denn nicht, dass er der einzige Mensch ist, den ich *je* wollte?

Aber ich kann ihn nicht haben.

Weil ...

Warum nur?

Ich vergesse die Gründe, während sich seine Atemzüge mit meinen vermischen.

Ich habe es so satt, nachzudenken. Die ganze Zeit zu grübeln. Manchmal kann ich meine Gedanken nicht zähmen. Manchmal bin ich nur ein Bündel unbeherrschbarer Nerven.

Ich will ihn.

Dieser Gedanke ist so klar und hell wie ein Sonnenstrahl, der durch die Wolken bricht. Wenn ich ihn haben könnte, und sei es auch nur für einen kurzen Moment, dann würde alles besser sein. Aber ich habe schreckliche Angst. Ihn nur zu berühren, fühlt sich an, als würde ich von innen heraus verbrennen. Ich habe ihn bereits einmal verloren. Ich will das nicht noch einmal durchleiden. Ich darf ihn nicht wiederhaben, aus … Gründen.

Aber ich vermisse ihn so sehr. Ich vermisse die Art und Weise, wie ich mich fühlte, wenn ich mit ihm zusammen war. Ich vermisse es, bei ihm zu sein, und vor allem vermisse ich es, ihn zu küssen.

Schau hoch.

Meine Hände schließen sich fester um seine. Wir werden die Nacht in diesem Zimmer verbringen, so oder so. Warum nicht einfach genießen, solange ich ihn bei mir habe? Ich bin nicht mutig genug, mich der Situation zu stellen. Mit ihm zu diskutieren. Aber ich kann ihn einfach ansehen und darauf vertrauen, dass er den Rest übernehmen wird.

Mein Blick wandert zu Kellyns Lippen, und das ist die einzige Ermutigung, die mein Söldner braucht.

Als er mich dieses Mal küsst, bin ich bereit. Diesmal küsse ich ihn zurück. Ich klammere mich an seine Arme und halte mich fest, während er mich hemmungslos küsst.

Ihn jetzt zu küssen, ist wie das erste Mal. So neu und aufregend. So wunderbar und lebensverändernd.

Meine Hände erkunden jeden Winkel seines Gesichts, kosten die Rauheit seiner Bartstoppeln aus. Seinen starken Nacken. Die Rundung seines Kiefers. Sein feuchtes Haar in meinem Gesicht.

Ich liebe alles daran, und mein Geist ist so wundervoll ruhig, dass ich mir wünsche, dieser Moment würde niemals enden.

Ein tiefer Laut kommt aus seiner Kehle, als ich an seiner Unterlippe sauge, bevor ich das Innere seines Mundes mit meiner Zunge erforsche. Vielleicht drücke ich aber auch zu grob gegen ihn, denn er kippt nach hinten und fällt mit mir im Arm auf das Bett.

Wir haben uns noch nie im Liegen geküsst.

Unsere Beine verschränken sich, und ich habe Angst, ihn zu erdrücken. Ich versuche, mein Gewicht auf meine Arme zu stützen.

»Nicht«, flüstert er, bevor er mich wieder an sich zieht.

Na gut, dann eben nicht.

Ich höre auf, über mein Gewicht nachzudenken, und konzentriere mich stattdessen auf jeden Berührungspunkt zwischen uns, denn jeder von ihnen macht den Kuss noch besser. Nach einiger Zeit - ich könnte nicht sagen, wie viel - dreht Kellyn uns um. Rollt sich auf mich.

Und ich erkenne, was er vorher gemeint hat.

Ich liebe es, sein Gewicht auf mir zu spüren. Ich liebe es, seine Kraft und seinen ganzen Körper zu spüren, der sich auf mir ausbreitet.

Ich war noch nie jemandem so nahe. Ich hatte keine Ahnung, was ich da verpasse.

»Hör nie auf, mich zu küssen«, sage ich. Meine ersten Worte seit gefühlten Stunden.

»Du entscheidest, wann wir aufhören.«

Ich höre nicht auf, bis ich kaum noch die Augen offen halten kann.

Und wir gemeinsam in den Schlaf fallen.

Am nächsten Morgen behandelt mich Kellyn nicht anders als sonst.

Er holt das Frühstück aus der Küche, reicht mir mein Essen und fragt: »Wie hast du geschlafen?«

»Tiefer als sonst.«

»Ich auch.«

Er sieht mich auch nicht an, während wir später die Pferde satteln. Ich weiß das, weil ich ihn bei jeder Gelegenheit anstarre.

Als wir losreiten und das Dorf weit hinter uns lassen, summt er vor sich hin.

Ist das ein fröhliches Summen? Oder ein lässiges Summen? Oder ein Ich-brauche-etwas-um-die-Zeit-zu-vertreiben-Summen?

Vielleicht mache ich mir zu viele Gedanken über ihn und das, was er tut. Warum sollte er sich anders verhalten, nur weil wir uns geküsst haben? Auch wenn er für gewöhnlich nicht vor sich hin summt. Wie auch immer. Der Punkt ist, dass es ihm gut geht, also sollte es mir auch gut gehen.

Verhalte dich einfach normal. Dann fühlt sich auch alles andere normal an.

Irgendwann.

Vielleicht.

Als es mir endlich gelingt, Kellyn aus meinem Kopf zu vertreiben, ist das nur möglich, weil mein Verstand etwas anderes findet, worüber er sich Sorgen machen kann. Mein Blick fällt auf das schlafbringende Schwert, das an meinem Sattelknauf befestigt ist, und ich denke daran, wie unschlüssig ich war, ob ich es überhaupt herstellen sollte. Vor allem aus Sorge, dass es Ravis in die Hände fallen könnte.

Jetzt folgen uns seine Männer, und wahrscheinlich werden es mit jedem Tag mehr.

Nach einer Weile sage ich: »Ich habe über das Schwert nachgedacht.«

»Welches?«

»Das Bastardschwert, das ich für unsere Flucht gemacht habe. Ich denke, wir sollten es loswerden.«

»Warum?«

Ich tätschle mein Pferd, weil es sich sofort wieder gefangen hat, als es über einen Stein stolperte. »Es ist zu mächtig. So etwas dürfte es gar nicht geben. Wenn Ravis es bei einem Eroberungsversuch in die Hände bekommt, kann er ganze Legionen auf einen Schlag außer Gefecht setzen und sie danach im Schlaf ermorden. Das Schwert hat seinen Zweck erfüllt«, fahre ich fort. »Ich denke, es ist an der Zeit, es der Erde zurückzugeben.«

Kellyn schweigt einen Moment, dann sagt er: »Das leuchtet mir ein. Wir wollen unseren Freunden helfen, aber wir können nicht riskieren, dass etwas so Mächtiges in die falschen Hände gerät. Was schlägst du vor, wie wir es loswerden können? Brauchst du wieder einen Eisenstein?«

»Ich glaube, das ist nicht nötig. Das Schwert ist nicht auf die gleiche Weise unzerstörbar wie Secret Eater. Ich habe es für einen ganz bestimmten Zweck und mit einer ganz bestimmten Fähigkeit erschaffen. Wenn die Klinge zerbricht, dann zerbricht mit ihr auch die Magie.«

Kellyn nickt. »Dann sollten wir nicht länger warten, meinst du nicht?«

»Das ist wohl das Beste. Bevor noch etwas Unvorhergesehenes passiert.«

»Einverstanden.«

Wir steigen ab und Kellyn geht zu einem umgestürzten Baum. »Darf ich?«, fragt er.

Ich reiche ihm die Waffe.

Er klemmt die Klingenspitze unter einen auf dem Waldboden liegenden Baumstamm, sodass der Griff in einem Winkel von fünfundvierzig Grad hervorragt. Dann legt er einen Stein von der Größe seines Kopfes darunter. Schließlich steigt er auf den umgestürzten Baum.

»Bleib zurück«, mahnt er. Ich führe beide Pferde weg.

Kellyn springt und die Waffe zerbirst. Das Klirren hallt durch den ganzen Wald.

Ich spüre es, als die Magie das Schwert verlässt, wie bei einem von der Sonne erwärmten Stein, der plötzlich seine Hitze verliert, wenn Regen ihn trifft. Wir lassen die Stücke auf dem Boden liegen und Kellyn steigt wieder in den Sattel.

»Wäre es bei Secret Eater doch nur auch so einfach gewesen. Vielleicht hätte mich Kymora dann in Ruhe gelassen«, überlege ich.

»Das bezweifle ich«, sagt Kellyn.

Er hat vermutlich recht. »Was glaubst du, was Skiro mit ihr gemacht hat?«

»Wenn er bei Verstand ist, hat er sie einen Kopf kürzer gemacht. So ein Mensch ist zu gefährlich, um ihn am Leben zu lassen.« Er schaudert, und ich glaube, ich weiß genau, was ihm gerade durch den Kopf geht. Der Kampf vor der Schmiede von Amanor. Er gegen sie, Schwert an Schwert – und er bei Weitem unterlegen.

Er wäre gestorben, wenn Petrik und ich nicht mit unseren magischen Waffen eingegriffen hätten.

Kymora ist die größte Schwertkämpferin, die je gelebt hat.

»Was Petrik wohl gerade macht?«, frage ich. »Wenn …« Wenn Temra es nicht geschafft hat. Wartet er auf uns? Berät er seinen Bruder? Bleibt er in der Nähe seiner Mutter, vorausgesetzt, sie lebt noch?

»Sofern er glaubt, dass wir noch leben, wartet er dort und versucht, seinen Bruder davon zu überzeugen, eine Rettungsmission auszusenden. Sollte er uns für tot halten, ist er vielleicht in die Bibliothek zurückgekehrt.«

Ich denke einen Moment darüber nach, dann stelle ich jene Frage, die ich auf keinen Fall stellen sollte.

»Und Temra, was glaubst du, was sie gerade macht?«, frage ich mit dünner Stimme.

»Ich wette, eine Schar von Heilkundigen besteht darauf, dass sie sich ausruht, um schneller zu genesen, während sie versucht, ihnen zu entwischen und stattdessen zu dir zu gelangen.«

Seine Worte zaubern ein sanftes Lächeln auf meine Lippen. Bei dem Gedanken, dass Temra zu meiner Rettung herbeieilt, wird es mir warm ums Herz, aber ich würde nicht wollen, dass sie es tatsächlich versucht. Wir haben uns nur deshalb in Ravis' Schloss gewagt, um sie zu retten. Wenn ihre Heilung dazu führen würde, dass sie sich sofort wieder in Gefahr begibt …

Kellyn sagt nichts mehr, während wir unseren Weg fortsetzen, und er fängt auch unterwegs kein Gespräch an. Ich weiß nicht, ob er schweigt, weil er denkt, dass ich mich dann wohler fühle, oder ob er ganz andere Gründe hat. Aber es gefällt mir, dass er mich nicht zwingt, über das zu sprechen, was zwischen uns passiert ist. Er schafft es, dass keine Peinlichkeit aufkommt. Und obwohl er stiller ist als sonst, spreche ich ihn nicht darauf an.

Ich habe das Bedürfnis, über normale Dinge zu reden, damit ich nicht darüber nachdenke, was gestern Abend passiert ist, und über die Millionen Fragen, die sich jetzt stellen. Habe ich ihm alles verziehen? Verzeiht er mir alles? Können wir einfach zur Normalität zurückkehren - was auch immer das für uns ist? Er hat gesagt, dass er mich will, aber vielleicht hat er damit nicht *sofort* gemeint, denn seit dem Kuss hat er nichts mehr unternommen.

»Ich hätte gern meine Hämmer wieder«, platze ich heraus.

»Es hat mir immer gefallen, wie geschickt du mit ihnen umgehst«, sagt er. »Ich bin sicher, wir bekommen sie irgendwie zurück. Ich denke, Ravis wird sie bei sich haben, wenn er einmarschiert. Vielleicht könntest du neue machen, bevor er da ist? Skiro wird dir ohne Zweifel alles Nötige zur Verfügung stellen. Er scheint von Magie genauso fasziniert zu sein wie Petrik. Das muss in der Familie liegen.«

»Gott sei Dank besitzt keiner von ihnen auch nur einen Hauch davon. Nicht auszudenken, wenn Träger der Macht auch noch Träger von Magie wären.«

»Das wäre schrecklich«, stimmt er zu. Er dreht sich zu mir um, als wolle er noch etwas hinzufügen.

Als ich das Sirren eines fliegenden Pfeils höre, ist es schon zu spät.

Kellyn stößt vor Schmerz ein dumpfes Stöhnen aus. Seine Stute erschrickt bei dem Geräusch und auch, weil Kellyn unwillkürlich an den Zügeln zerrt. Sie steigt - und wirft ihn ab. Er fällt zu Boden und rührt sich nicht mehr.

»*Nein!*«

Noch im Ritt springe ich aus dem Sattel und sinke neben ihm auf die Knie.

»Kellyn, sag etwas!«

Der Pfeil hat seinen Arm durchbohrt. Meine Hände schweben einen Moment lang über der blutigen Austrittsstelle.

Ein Schuss in den Oberarm, aber warum ist er ...

Blut rinnt über Kellyns Schläfe.

Er hat sich beim Sturz den Kopf an einem Stein angeschlagen. Er ist bewusstlos, aber er atmet noch.

Das alles registriere ich innerhalb einer Sekunde. Dann stehe ich auf. Der Griff von Lady Killer ragt unter Kellyns Rücken hervor. Ich ziehe das Langschwert, halte es in beiden Händen und drehe mich um.

Ich zähle fünf von ihnen, gekleidet in Ravis' Farben.

Die Soldaten, die er uns nachgeschickt hat, haben also nicht die Straße gewählt. Sie waren schlau und haben unsere Spur aufgenommen.

Und uns eingeholt.

»Klingenschmiedin«, sagt einer von ihnen, ein Mann mit Vollbart und buschigen Augenbrauen. »König Ravis möchte mit dir sprechen. Leg das Schwert nieder und folge uns.«

Als wäre es nicht schlimm genug, dass ich gegen eine Überzahl kämpfen muss, jetzt wollen sie auch noch *reden.*

»Ravis ist kein König und hat mir keine Befehle zu erteilen.« Na, das klang doch schon mal ganz gut, oder? Hätte es vielleicht, wenn meine Stimme fest gewesen wäre und nicht so piepsig.

»Er hat eine Armee, die größer ist als jede andere in Ghadra, und er hat das Geburtsrecht. Als Erstgeborener des verstorbenen Königs Arund. Er hat alle Autorität, die er braucht.«

Ich möchte etwas Bedrohliches sagen. *Wenn ihr mich wollt, dann kommt und holt mich.* Aber das würde die Soldaten nur dazu verleiten, vorzurücken, und ich will, dass sie möglichst weit weg bleiben.

»Er wird nicht unbehelligt durch Ghadra ziehen«, sage ich.

Der Soldat lacht. »Wer will ihn aufhalten? Du etwa?«

Wenn es sein muss. Das würde sie vielleicht einschüchtern. Aber ich habe nicht die Absicht, dergleichen zu tun. Ich will nur meine Schwester wiedersehen und nach Norden ziehen. Weg von Ghadra und all dem Ärger, den es mir bereitet hat.

»Dreht euch um und hört nicht auf zu laufen«, sage ich.

»Wenn wir mit leeren Händen zurückkehren, lässt der König uns köpfen.«

»Wenn ihr einen Schritt weitergeht, hole ich mir eure Köpfe. Ich schlage vor, ihr macht euch schleunigst aus dem Staub.« Ich versuche imposant auszusehen. Richte mich zu meiner vollen Größe auf, spreize die Ellbogen ab und packe den Griff des Schwerts etwas fester. Die Waffe fühlt sich in meinen Händen sehr ungewohnt an. Ich habe tatsächlich noch nie ein Langschwert führen müssen.

Bitte zwingt mich nicht, euch zu töten, möchte ich sie anflehen. Ich habe genug davon.

Die Soldaten rücken vor, um mich einzukreisen.

»Hat Ravis euch nicht gesagt, was ich kann? Wisst ihr nicht, welche Fähigkeiten dieses Schwert besitzt?«, frage ich.

Sie zögern keine Sekunde. Aber meine Hände zittern und mit ihnen das Schwert. Ich habe nur drei Soldaten in meinem Blickfeld. Die anderen beiden müssen hinter mir sein.

Plötzlich bewegt sich das Schwert nach links und zieht mich mit sich. Auf Zehenspitzen wirble ich in diese Richtung und reiße das Schwert gerade rechtzeitig hoch, um einen Knauf abzuschmettern, der eine Sekunde später meinen Kopf getroffen hätte.

Aber der Schlag ließ sich nur abfangen, indem ich mit dem Schwert beide Arme des Angreifers aufschlitzte.

Er kreischt, lässt seine Waffe fallen und taumelt zurück.

Ich werde ruhiger, sage mir, dass sie mich nicht töten können. Ravis will mich unversehrt zurückhaben, damit er mich höchstpersönlich richten kann. Die Soldaten werden also versuchen, mich zu entwaffnen, zu betäuben, zu fesseln und mitzunehmen.

Aber dann bleibt Kellyn ganz allein hier zurück und verblutet auf diesem steinigen Stück Erde.

Das kann ich nicht zulassen.

Das Langschwert warnt mich so rechtzeitig, dass ich die Schwertspitze auf mich zukommen sehe. Ich weiche aus, springe zur Seite. Aber meine Bewegungen sind unbeholfen.

Das Schwert ist schwer und furchtbar *lang*. Ein Hammer in der Hand ist etwas ganz anderes. Ich sehne mich nach meinen geliebten Waffen.

Ich stoße mit dem Schwert nach dem Mann vor mir. Drehe mich um und blocke den Schlag der Soldatin hinter mir ab. Als sich unsere Waffen berühren, fliegt mir Kellyns Schwert durch die Wucht des Aufpralls fast aus den Händen. Ich packe es fester, aber mit einer schnellen Bewegung aus dem Handgelenk schiebt die Soldatin meine Waffe zur Seite und macht einen Ausfallschritt auf mich zu. Wenn sie mich umbringen wollte, wäre ich längst tot. Stattdessen verharrt sie mit ihrer Klingenspitze nur einen Fingerbreit vor meiner Nase.

»Ergib dich«, sagt sie.

Ich weiche ein Stück zurück, versuche, mein ganzes Gewicht in den nächsten Schlag zu legen, und fühle mich wie eine Versagerin.

Dieses Schwert besitzt machtvolle Magie, und doch könnte ich diesen Kampf verlieren.

Es kann mich lenken, wie es will, aber mir fehlt der Instinkt, um mich selbst zu schützen. Vielleicht sollte ich irgendwann ein selbstkämpfendes Schwert herstellen. Dass ich es brauchen könnte, ist offensichtlich.

Lady Killer wippt nach oben, ich gehe bei der Bewegung mit und blocke das Bastardschwert, das auf mich zielt. Wie aus dem Nichts saust ein Messer auf mich zu. Mein Schwert reagiert nicht darauf, denn es pariert einen weit gefährlicheren Schwerthieb, der mich mitten ins Gesicht getroffen hätte. Ich muss aufhören, nur in die Defensive zu gehen. Ich habe ein Langschwert. Die anderen haben Bastardschwerter. Meines hat die größere Reichweite.

Das Messer trifft mich am Arm, und sofort quillt Blut hervor, aber das eigentliche Ziel ist mein Hals. Sie wollen mit aller Gewalt erzwingen, dass ich mich ergebe.

Aber sie werden dich nicht töten, denke ich beschwörend.

Erneut trete ich einen Schritt zurück und schwinge das Schwert über meinem Kopf, dann noch einmal und noch einmal. Vier Gegner, alle direkt vor mir. Ich schaffe das.

Ich haue und stoße, aber die geschulten Soldaten wehren meine Schläge ab. Zwei Waffen zielen gleichzeitig auf meinen Kopf und Lady Killer zwingt mich in die Hocke.

Von unten steche ich in den Stiefel des einen Soldaten. Der zweite will mit einem Sprung in die Höhe meinem Streich ausweichen.

Zwei erledigt.

Noch drei übrig.

In gebückter Haltung greife ich nach einer Handvoll Dreck, schnelle in die Höhe und schleudere der Soldatin die Erde ins Gesicht. Sie kneift die Augen zusammen, will die Staubkörner loswerden, und in diesem Moment lande ich einen Treffer zwischen ihre Rippen.

Noch zwei.

Blut tropft an meinem Ellbogen herab und vermischt sich in der Wunde mit brennendem Schweiß, der entweder von der körperlichen Anstrengung kommt oder vielleicht auch nur von meinen strapazierten Nerven.

Die Schwertspitze senkt sich nach unten und ich folge ihr. Der Mann, dem ich in den Fuß gestochen habe, will nach mir greifen, aber Lady Killer bohrt sich in seine flache Hand und nagelt sie auf den Boden fest.

Blut sammelt sich an der Schwertklinge, als ich sie aus der Hand des Soldaten ziehe und die beiden noch verbleibenden Männer taxiere.

Jetzt gibt es kein Zurück mehr. Ich muss es zu Ende bringen.

Ich lasse das Langschwert herabsausen, und als es sich an der Klinge des Soldaten verfängt, der direkt vor mir steht, löse ich meine linke Hand und verpasse ihm mit der geschlossenen Faust einen Schlag an den Kopf.

Sie haben nicht damit gerechnet, dass ich so verbissen kämpfe. Ich überrumple sie jedes Mals aufs Neue.

Die Verblüffung meiner Gegner, meine magische Waffe und die Tatsache, dass sie bemüht sind, mich nicht ernsthaft zu verletzen, sind der Grund, warum ich überhaupt etwas gegen sie ausrichten kann.

Als der Soldat, von meiner Faust getroffen, taumelt, stoße ich mit dem Schwert nach. Die Klinge bohrt sich in seine Seite. Er schreit auf, und gleich darauf noch einmal etwas lauter, als ich das Schwert wieder herausziehe.

Der Mann, dessen beide Arme ich verletzt habe, kommt von hinten auf mich zu. Er lässt seine Waffe fallen und will mich packen. Ich zögere nicht lange und stoße ihm das Schwert in den Bauch.

Einer bleibt übrig. Derjenige, der das Sagen hat.

Ich baue mich vor ihm auf und hebe mein Schwert.

Da taucht eine Gestalt hinter ihm auf. Ich höre ein Geräusch, dann geht der Soldat wie ein gefällter Baum zu Boden. Hinter ihm steht Kellyn mit einem Stein in der Hand.

»Gut gemacht«, sagt er, bevor er zusammenbricht.

KAPITEL VIERZEHN

Ich versuche, ihn aufzufangen, aber ich halte immer noch Lady Killer in der Hand und schaffe es nicht, das Schwert rechtzeitig fallen zu lassen.

Kellyn stöhnt bei jedem Atemzug. Mit der einen Hand fasst er an seinen Kopf, mit der anderen an seinen Arm.

»Es wird wieder gut«, sage ich zu ihm. »Du wirst wieder gesund. Bleib einfach liegen.«

Als ob er irgendwohin gehen könnte.

Ich schaue mich nach den Pferden um. Sie sind keine trainierten Kriegspferde und haben beim ersten Anzeichen des Kampfes gescheut. Kellyns Stute ist nirgends zu sehen, aber mein Wallach grast etwa hundert Yard entfernt in einer grünen Wiese.

Ich führe ihn auf die Lichtung zurück, dann nehme ich einen Wasserschlauch aus den Satteltaschen und eile damit zu Kellyn. Ich wische das Blut von seinem Kopf und verbinde ihn mit dem unbeschmutzten Hemd eines der Soldaten.

Kellyn schnarcht leise und ich schnippe an seine Nase.

»*Was?*«, schreit er. Dann fängt er wieder an zu stöhnen.

»Bleib wach.«

»Warum?«

»Du hast dir den Kopf gestoßen.«

»Und?«

»Wenn man sich den Kopf anstößt, soll man wach bleiben.«

»Warum?«

»Ich weiß es nicht! Das sagt man so.«

»Irgendwann muss ich schlafen.«

»Sei nicht so störrisch. Ich muss überlegen, was ich mit dem Pfeil machen soll.«

Die Wunde ist tief, aber die Spitze ragt nicht ganz auf der anderen Seite des Arms heraus. Soll ich ihn ganz hindurchstoßen? Herausziehen geht nicht. Die Wunde blutet nicht sehr stark, *aber es steckt ein Pfeil drin, und das ist nicht gut.*

»*Wach auf!*«, blaffe ich ihn an.

Kellyn schreckt hoch. »Ziva, ich bin müde.«

»Nein. Bleib wach. Hilf mir, herauszufinden, was ich mit diesem Pfeil machen soll.«

»Lass ihn, wo er ist«, keucht er. »Wir haben nichts, um ihn herauszuholen oder die Wunde zu nähen oder …«

»*Kellyn!*«

»Ich bin wach!«

»Kannst du auf das Pferd steigen?«

»Ich weiß nicht, ob ich mich aufsetzen kann.«

Er driftet wieder ab, und mir wird klar, dass der Pfeilschaft

Probleme macht. Er ist so lang, dass er gegen alles Mögliche stoßen und Kellyn schlimme Schmerzen bereiten wird.

Wenn die Wunde an seinem Kopf ihn nicht schon vorher umbringt.

So darfst du nicht denken!

Ich lege beide Hände um den Pfeilschaft, direkt an der Eintrittsstelle.

Dann breche ich ihn ab.

»BEI DEN HÖLLISCHEN ZWILLINGEN! AAAH!« Kellyn sitzt plötzlich aufrecht und stößt mich weg. Ich weiß, dass er nicht ganz bei Sinnen ist und außerdem grässliche Schmerzen hat, also nehme ich es nicht persönlich.

Ich werfe das Pfeilstück weg, decke die Wunde, so gut es geht, vorn und hinten ab und ziehe Kellyn dann auf die Beine. »Komm schon. Steig aufs Pferd. Dann kannst du dich ausruhen.«

Nur mithilfe eines Felsbrockens, auf den Kellyn klettern kann, kriege ich ihn in den Sattel. Ich steige hinter ihm auf und er sackt gegen mich. Er ist viel schwerer, wenn sein ganzes Gewicht gegen mich drückt.

»Kellyn, sprich mit mir.«

»Du hast gesagt, ich kann mich ausruhen«, murmelt er undeutlich.

»Kannst du auch. Du musst dich nicht bewegen, aber du musst trotzdem mit mir reden.«

»Ich will nicht mit dir reden. Ich will, dass du mit mir redest.«

Das Pferd springt über einen kleineren Baumstamm, und Kellyn stöhnt erneut.

»Was soll das heißen?«, frage ich.

»Ich bin immer derjenige, der den Anfang macht. Wenn wir uns unterhalten. Wenn wir uns küssen. Das Flirten. Alles. Zuerst habe ich es getan, weil du schüchtern bist, weil ich dachte, dass du das vielleicht brauchst ...« Seine Stimme wird undeutlich.

»*Kellyn!*«

»Aber das ist nicht fair!«, schreit er und richtet sich mit einem Ruck auf. »Ich will jemanden, der auch *mich* will. Ich will jemanden, der sich bemüht, mit mir zusammen zu sein. Zu einer Beziehung gehören zwei, und sie müssen gleichwertige Partner sein. Und egal, wie sehr ich dich will, ich kann dich nicht zwingen, mich zu wollen. Also ziehe ich mich zurück, und wenn du mich willst, musst du dich mehr anstrengen ...«

Er dämmert wieder weg, und ich bin so verblüfft von seinen Worten, dass ich ihn einen Moment lang in Ruhe lasse.

Bei den Zwillingsschwestern, das ist es also. Er verhält sich normal. Er macht keine große Sache aus dem Kuss. Unternimmt keine besonderen Flirtversuche. Er will, dass ich mich anstrenge. Er will eine gleichberechtigte Partnerin in einer Beziehung, und ich weiß nicht, ob ich das für ihn sein kann. Ich verbringe so viel Zeit allein und ziehe das sogar allem anderen vor. Ich weiß nicht, wie ich das sein kann, was er braucht. Was er will.

Er verlangt nicht von dir, dass du dich änderst. Er bittet dich nur, dich zu bemühen.

Aber was, wenn ich mich dabei unwohl fühle? Was, wenn ich etwas Schreckliches sage oder tue und ihn damit endgültig vertreibe? Merkt er nicht, dass ich ihm einen Gefallen tue, indem ich ihn entscheiden lasse? Ich will nichts anfangen, was er nicht will.

Ich sage mir, dass ich jetzt keine Entscheidungen treffen muss. Im Moment muss ich Kellyn in die Hauptstadt bringen, damit Serutha ihn behandeln kann. Wie weit ist es noch? Brauchen wir drei Wochen? Einen Monat?

Wie lange kann der Pfeil stecken bleiben, bevor es wirklich gefährlich wird?

»Kellyn«, sage ich.

»*Hmm?*«, fragt er schläfrig.

»Ich wollte nur was überprüfen.« Aber um ehrlich zu sein, habe ich keine Ahnung, was ich überprüfen sollte. Aber solange er jedes Mal, wenn ich ihn aufwecke, bei klarem Verstand ist, ist alles in Ordnung, oder?

Bei den Zwillingsgöttinnen, ich hoffe nur, er vergisst alles, was er heute zu mir gesagt hat.

Wir reiten durch die Nacht. Als wir die Lichtung verließen, waren unsere Verfolger zwar alle außer Gefecht gesetzt, aber wie viele von ihnen tot sind, weiß ich nicht. Ich hoffe nur, dass ihre Verletzungen schwer genug sind, dass sie Hilfe suchen müssen und uns nicht verfolgen können.

Kellyn macht in den darauffolgenden Tagen wieder einen wacheren Eindruck, und er versucht, sich den Schmerz in seinem Arm nicht anmerken zu lassen.

»Hier«, sage ich und reiche ihm eine behelfsmäßige Schlinge.

»Danke.«

Falls er sich an etwas erinnert, was er mir in den ersten Stunden nach seiner Kopfverletzung gesagt hat, geht er schweigend darüber hinweg.

Da Kellyns Pferd nicht mehr wiedergekommen ist, müssen wir uns weiterhin meinen Wallach teilen. Wir verbringen jedoch mehr Zeit mit Gehen als mit Reiten, denn das arme Tier kann zwei Reiter nicht allzu lange tragen.

»Ich kann die Zügel halten«, sagt Kellyn eines Morgens, nachdem wir gut geschlafen haben. Er steigt hinter dem Sattel aufs Pferd und erwartet offensichtlich, dass ich den Platz vor ihm einnehme.

»Du bist verletzt. Ich werde weiterhin die Zügel nehmen.«

Er zieht die Augenbrauen zusammen.

»Wenn jemand uns verfolgt, ist es besser, wenn ich das Pferd führe. Dass ich die Zügel in die Hand nehme, macht dich nicht weniger männlich.«

»Das ist nicht …«

»Ach nein?«

Als er nicht antwortet, sage ich: »Rutsch nach vorn.«

Er tut es.

Jeden Tag wechseln wir den Verband an Kellyns Arm. Ich koche Wasser aus einem Bach ab, um die blutigen Stoffstreifen zu reinigen und sie durch frische zu ersetzen. Er muss die offene Wunde bedeckt halten, damit sie sich nicht entzündet.

Aber nach einer weiteren Woche auf der Straße spüre ich, dass sein Arm heißer ist als sonst. Als ich am Abend den Verband abnehme, riecht die Wunde und es sickert eine weiße Flüssigkeit heraus.

Ich atme durch die Zähne ein. »Wir müssen die Wunde ausdrücken.«

Er schweigt einen Moment. »In Ordnung.« Mit seinem gesunden Arm tastet er über den Boden, greift sich ein abgebrochenes Stück Holz und steckt es sich zwischen die Zähne.

»Fang an«, sagt er undeutlich.

Ich habe Angst, dass ich ihn nur noch mehr verletze. Ich habe so etwas noch nie gemacht, aber ich habe es schon einmal gesehen. In Lirasu habe ich mich oft an Metall geschnitten und musste zu unserem Heiler gehen.

Behutsam beuge ich seinen Arm, sodass er möglichst im rechten Winkel ist. »Du musst deinen Arm so halten.«

Er zieht sein Knie hoch, damit er seinen Ellbogen darauf abstützen kann.

»Willst du wegschauen?«, frage ich.

»Nein.«

»Na gut.« Ich lege meine Finger auf die verletzte Stelle und drücke die Wundränder nach unten und leicht zusammen. Ein Wimmern, nur viel lauter, kommt aus Kellyns Mund.

»Es tut mir so leid«, sage ich, während ich beobachte, wie das gelbliche Sekret auf den Boden tropft.

Ich spüle die Wunde mit Wasser aus und drücke erneut auf die Stelle um den Pfeilschaft.

Kellyns Schrei wird durch den Stock kaum gedämpft und seine freie Hand tastet reflexartig nach mir. Er packt meine Schulter, seine Finger graben sich ein.

»Das war's. Nur noch ein einziges Mal.«

»Ich glaube nicht, dass ich das kann«, keucht er und lässt den Stock aus seinem Mund fallen.

»Du kannst. Wir müssen so viel wie möglich herausholen.«

»Ich glaube, ich würde lieber sterben.«

»Sag das nicht!«

Sein Atem geht schwer, und ich weiß, dass er eine Ablenkung braucht.

Die naheliegende Lösung trifft mich wie ein Hammer.

Küss ihn.

Na los. Ergreif die Initiative. Jetzt gleich.

Nein, nein, nein. Das kann ich nicht. Ich bin noch nicht so weit.

Du wirst nie bereit sein. Das ist etwas, das du einfach tun musst. Es ist ein wichtiger Schritt für dich. Zu warten, macht es nicht leichter. Du wirst nur noch mehr darüber nachdenken.

Was, wenn ich es falsch mache? Oder er es nicht will? Oder –

»Ich kann dir versprechen, dass ich einen Kuss von dir immer erwidern werde.«

Hat er das nicht einmal zu mir gesagt? Aber was, wenn er seine Meinung geändert hat? So vieles ist jetzt anders und ...

Bei den Zwillingsschwestern, Ziva, er hat unvorstellbare Schmerzen, und du sitzt da und diskutierst mit dir selbst wie eine Idiotin.

Er wurde von einem Pfeil getroffen. Das Mindeste, was du tun kannst, ist, den Mann abzulenken. Den unglaublich schönen und freundlichen und wunderbaren Mann, an den du immerzu denkst.

Na schön!

Bevor ich es mir anders überlegen kann, umfasse ich mit beiden Händen Kellyns Gesicht, drehe es zu mir und beuge mich vor.

Meine Nase stößt gegen seine Wange, bevor meine Lippen die seinen berühren, und ich überlege, ob ich vielleicht etwas falsch gemacht habe, als ich merke, wie sich sein Körper unter mir anspannt.

Oh, ihr Göttinnen, zurück. Zurück. Aber ich habe das Gleichgewicht verloren, außerdem bin ich jetzt schon mal hier. Und ich kann es nicht einfach als Versehen abtun. Wie sollte ich es erklären? Am besten, ich mache das, was ich mir vorgenommen habe, oder?

Meine Lippen gleiten über seine, so wie sie es schon Dutzende Male getan haben. Es ist schwer zu sagen, ob ich es richtig mache, wenn er einfach nur dasitzt wie ein Stein.

Vielleicht sollte ich aufstehen und weggehen. So tun, als wäre es nie passiert. Vielleicht stolpere ich über einen Stein, falle in einen Graben und sterbe vor Verlegenheit, damit ich ihm danach nicht mehr begegnen muss.

Ich drücke die Hände fester gegen seinen Kiefer und will mich gerade von ihm lösen, als er sich plötzlich bewegt.

Zuerst denke ich, dass er mich vielleicht wegstoßen will, aber die Hand auf meiner Schulter zieht mich näher heran und seine Lippen bewegen sich im Einklang mit meinen. Es dauert viel zu lange, bis ich merke, *dass er meinen Kuss erwidert.*

Es hat etwas von einem Sieg, wenn ein Kuss erwidert wird. Zu wissen, dass er erwünscht war. Dass er akzeptiert wurde. Dass *ich* akzeptiert werde.

Es sei denn natürlich, er gibt einfach nur nach. Oh, ich hoffe wirklich, dass er das nicht tut.

Aber er ist derjenige, der den Kuss vertieft, nicht ich.

Er schiebt seine Zunge zwischen meine Lippen und zieht mich dicht an sich heran. Ich beiße auf seine Lippen, schmecke so viel von ihm, wie ich kann, fahre mit den Fingern durch sein Haar, versuche unsere Münder zusammenzuschweißen.

Ich dachte immer, nach dem ersten Kuss gehöre ich zu den Auserwählten, die Bescheid wissen. Und dass man, wenn man einmal diese Erfahrung gemacht hat, weiß, was einen beim nächsten Mal erwartet. Ein bisschen so wie beim Haareschneiden.

Aber es gibt verschiedene Arten von Küssen. Manche sind schmerzhaft sanft. Manche sind tief und forschend. Und manche sind so überwältigend, dass sie mich fast in die Knie zwingen.

Kellyn fährt mit seiner Zunge über meine Oberlippe, bevor er die Unterlippe in seinen Mund nimmt. Seine Lippen wandern meine Kehle hinunter, jeder Kuss ist leidenschaftlicher als der vorherige. Wenn er eine Stelle gefunden hat, die mir gefällt, verweilt er dort und ruft einen ziehenden Schmerz in mir hervor, den ich tief in meinem Bauch spüre.

Bald bin ich diejenige, deren Atem schneller geht, und das erinnert mich daran, warum ich ihn überhaupt geküsst habe. Langsam löse ich meine Hände aus seinem Haar, neige den Kopf so, dass ich den Pfeilschaft sehen kann, und greife entschlossen an die Wunde.

Er stöhnt laut auf, will mich von sich stoßen und beißt mir versehentlich in den Hals, aber ich lasse nicht locker, bis keine gelbliche Flüssigkeit, sondern nur Blut aus der Wunde kommt.

»Geschafft!«, rufe ich triumphierend.

Kellyn sackt zur Seite und verliert das Bewusstsein.

Ich verbinde die Wunde, während er ohnmächtig ist, und tröste mich mit der Gewissheit, dass er wenigstens keine Schmerzen verspürt.

Wir haben uns so oft geküsst, als wir noch bei seinen Eltern wohnten und bevor Temra verletzt wurde. So viele Küsse, dass ich mich nicht mehr an die Details jedes einzelnen Kusses erinnere. Aber diesen einen werde ich nie vergessen.

Die Tage vergehen und Kellyn geht es nicht besser. Sein Arm entzündet sich immer mehr, je länger wir unterwegs sind, und bald hilft auch das Ausdrücken der Wunde nicht mehr. Er bekommt Fieber, und als der Waldpfad Richtung Süden auf die Landstraße trifft, ist Kellyn zu schwach, um noch irgendetwas ausrichten zu können. Auf mein Drängen hin sitzt er die meiste Zeit auf dem Pferd, aber bald ist er zu erschöpft, um sich aufrecht im Sattel zu halten.

Es ist wie bei Temra, und jetzt sind wir sogar auf demselben Weg, um uns Hilfe zu suchen. Nur diesmal weiß ich wenigstens, dass Serutha helfen kann. Es sei denn, Skiro hat sie inzwischen irgendwo anders hingeschickt.

Das würde er nicht tun. Er hat sie gerade erst zurückbekommen.

Das kann er nicht getan haben.

Kellyn stöhnt und murmelt unzusammenhängende Worte vor sich hin. Ich vermisse meine Schwester unendlich. Sie würde meine überreizten Sinne beruhigen können. Sie würde mir helfen, mich auf das Positive zu konzentrieren und meine Gedanken nicht außer Kontrolle geraten zu lassen. Sie würde mich auf all die guten Dinge hinweisen. Ich versuche mein Bestes ohne sie.

An diesem Abend schöpfe ich kaltes Wasser aus dem Bach, um einen Lappen anzufeuchten, und betupfe damit Kellyns Stirn. So habe ich ihn noch nie gesehen.

Hilflos. Völlig entkräftet durch einen mickrigen Pfeil.

»Du wirst nicht sterben«, erkläre ich ihm. »Nicht solange du in meiner Obhut bist. Wir müssen an die guten Dinge denken. Zum Beispiel, dass wir nicht tot sind. Petrik hat es zurück zu Skiro geschafft. Also ist zumindest er in Sicherheit. Und Serutha ist frei.«

Aber Temra könnte trotzdem tot sein.

Denk an das Gute, Ziva!

»Weil wir entkommen sind, können wir Skiro vor der anrückenden Armee warnen. Wir haben dein Schwert zurück. Ich bin weitgehend unverletzt, also kann ich uns in die Hauptstadt bringen. Nur noch wenige Tage, dann sind wir da.«

Hätte uns der Wald doch nur an dem Weg nach Amanor ausgespuckt. Ich hätte Kellyn zum Dorfheiler bringen können. Das wäre näher gewesen. Und dann hätte ich ihn bei seiner Familie zurückgelassen.

Aber Serutha wird ihn besser verarzten können. Er muss es nur bis dorthin schaffen.

Was, wenn er nicht noch ein paar Tage durchhält?

Noch mal: Denk an das Gute, Ziva!

»Wir haben genug zu essen und ausreichend Wasser. Wir haben ein Pferd. Stelle dir vor, ich müsste dich den ganzen Weg auf meinem Rücken schleppen?«

Ich bin stark, aber so stark nun auch wieder nicht.

»Wir werden es schaffen«, sage ich erneut. Aber Kellyn nimmt nichts wahr von dem, was ich sage.

Als wir uns der Brücke über den Fluss nähern, weiß ich sofort, wo wir uns befinden.

Vor allem, weil der umgestürzte Baum den Weg versperrt. Eine Horde Banditen kommt die Flussböschung herauf.

»Guten Abend, Freunde«, sagt der Anführer – wie hieß er doch gleich? Er hat neue Mitstreiter gefunden als Ersatz für jene, die wir getötet haben, denn er ist mit einer ganzen Bande unterwegs.

»Devran«, sage ich, als mir der Name einfällt, mit einem warnenden Unterton in der Stimme.

»Wie kannst du ...«, beginnt er, dann werden seine Augen groß. »*Du*!«, ruft er und weicht ein paar Schritte zurück. »Seid ihr nicht gerade erst vorbeigekommen? Was machst du hier?«

»Ich habe wirklich keine Zeit für so etwas.« Nicht dass ich Zeit gehabt hätte, als wir uns das erste Mal trafen. »Schaff diesen Baum weg oder ich werde deine Männer ein zweites Mal töten!« Dann wird mir klar, wie das klingt. »Nicht dieselben Männer, natürlich. Ich werde die neuen Männer töten. Ich werde viele verschiedene Männer töten, wie ich es schon einmal getan habe!«

Manchmal denke ich, dass ich schon etwas mutiger geworden bin, wenn ich losrede, aber dann schaffe ich es sofort wieder, mich lächerlich zu machen.

»Natürlich!«, sagt Devran und fuchtelt mit der Hand. »Weg mit dem Baum, Jungs!«

»Aber sie hat noch nicht bezahlt«, beschwert sich einer der Diebe, der ziemlich klein und schmächtig ist.

»Die hier hat schon bezahlt, als sie das letzte Mal hier war.«

»Du lässt sie nur einmal zahlen?«, fragt ein anderer. »Das lohnt sich doch gar nicht, Devran.«

»Haltet einfach die Klappe und tut, was ich euch sage.«

»Ich finde, sie sieht nicht sehr furchterregend aus«, sagt ein Dritter.

»Jeder, der nicht schleunigst mithilft, den Baum fortzuschaffen, fliegt raus aus der Bande, verstanden?«, schnauzt Devran ihn an.

Widerstrebend steigen die Männer auf die Brücke und machen sich an die Arbeit. Ich seufze erleichtert. Ich glaube nicht, dass mein Pferd einen Sprung ans andre Ufer schaffen würde, nicht mit mir und Kellyn im Sattel.

Als sie fertig sind, warte ich, bis sie sich entfernt haben, bevor ich über die Brücke reite. Fast schon am anderen Ende angekommen, halte ich noch einmal an.

»Devran?«

»Ja, Misstress?«

»Lass dich nicht ein drittes Mal auf dieser Brücke erwischen.«

»Nein, Misstress. Ich meine, ja, Mistress. Garantiert nicht.«

»Gut.«

»Aber bestimmt hast du ein *viertes* Mal gemeint?«, ruft er mir hinterher, während ich weiterreite.

Er braucht wirklich ein neues Betätigungsfeld, aber ich weiß nicht, wie er jemals etwas Vernünftiges finden soll, wenn er nicht mal richtig zählen kann.

KAPITEL FÜNFZEHN

Endlich kommt das Schloss in Sicht, keinen Augenblick zu früh. Kellyn verliert immer wieder das Gleichgewicht und kippt aus dem Sattel. Ich muss ihn festhalten, während ich gleichzeitig die Zügel führe, Leute auf der Straße anschreie, damit sie Platz machen, und unser Pferd antreibe.

Als wir vor dem Haupteingang halten, rutscht Kellyn schon wieder runter, aber ich erwische ihn gerade noch und muss meine ganze Kraft aufbieten, damit er mir nicht entgleitet. Ich rufe den diensthabenden Wachen zu: »Er braucht die Heilerin Serutha. *Sofort!* Und ich muss Petrik sprechen.«

Erst danach wird mir bewusst, dass ich hier keinerlei Befehle erteilen kann. Sie wissen wahrscheinlich nicht einmal, wer ich bin. Ich war nur so kurz hier.

»Sofort, Mistress Ziva«, sagt eine der Wachen.

Andererseits habe ich mich schon einmal geirrt. Vielleicht

waren die Männer bereits damals hier und haben ein sehr gutes Gedächtnis?

Oder, was wahrscheinlicher ist, Petrik hat ihnen aufgetragen, nach mir Ausschau zu halten.

Mehrere Diener erscheinen mit einer Trage an der Tür. Sie helfen Kellyn vom Pferd, legen ihn auf die Trage und eilen mit ihm davon. Ich folge ihnen und hasse das beklommene Gefühl, das mir vom letzten Mal vertraut ist.

»Ziva?«, ertönt eine Stimme hinter mir.

»Petrik!«, schreie ich und werfe mich auf ihn.

Er weicht einen Schritt zurück, legt dann aber zögernd seine Arme um mich und tätschelt mich zweimal. »Was ist denn los?«, fragt er. Da fällt sein Blick auf Kellyn. »Was ist passiert?«

»Wir wurden auf der Rückreise angegriffen. Kellyn hat einen Pfeil im Arm. Ich konnte ihn nicht entfernen, also, den Pfeil, nicht Kellyn, und jetzt hat sie sich entzündet. Die Wunde, meine ich natürlich.«

Kurz mustert er meine schmutzige Reisekleidung. »Was meinst du mit *Rückreise*?«

Die Diener sind mit der Trage bereits um die Ecke gebogen, und ich ergreife Petriks Arm, damit wir ihnen folgen, während wir reden.

»Was ich mit *Rückreise* meine?«, wiederhole ich ungläubig. »Also wirklich, Petrik, hast du nicht gemerkt, dass wir weg waren?«

»Na ja, du hast mir nicht gesagt, dass ihr irgendwohin geht. Wer hat Kellyn verwundet?«

»Ravis' Soldaten.«

»Ravis' Soldaten sind hier?«

»Noch nicht, aber seine Armee ist auf dem Weg. Ich muss mit Skiro sprechen! Aber zuerst: Was ist mit Temra? Ich muss es wissen. Sag es mir!«

Ich packe Petrik an den Schultern und zwinge ihn, mir seine volle Aufmerksamkeit zu schenken.

Petrik verzieht das Gesicht, ein schmerzvoller Ausdruck tritt in seine Augen.

Ich spüre, wie alle Luft aus mir entweicht.

Meine Füße verlieren den Halt und ich falle kraftlos zu Boden. »Nein.«

Ich vergrabe mein Gesicht in den Händen und weine.

Ich höre ein Schlurfen und denke, dass Petrik vielleicht mit seinen Schuhen über den Boden scharrt. Ich möchte wütend auf ihn sein, weil er nicht mehr Emotionen zeigt, aber er hatte ja über einen Monat Zeit, Temras Tod zu verarbeiten. Ich höre erst jetzt davon.

Mein Schluchzen wird immer lauter. Ausnahmsweise ist es mir egal, wer mich sieht und wer mich hört. In meinem Kopf ist kein Platz für irgendwelche Gedanken darüber, was andere wohl von mir denken. Da, wo mein Herz war, ist ein abgrundtiefer Schmerz, der nichts anderes zulässt.

»Ziva?«

Ich schniefe, richte mich dann jedoch mit einem Ruck auf, weil ich die Stimme wiedererkenne.

Es ist meine Schwester. Es ist Temra. Es sei denn, ich bin so hysterisch geworden, dass ich Erscheinungen habe.

Sie sieht anders aus. In ihrem Blick liegt eine gewisse Vorsicht. Fast Zurückhaltung.

Ich werfe mich auf sie, drücke sie an mich, zerquetsche ihren Körper mit meinem. Ich würde am liebsten mit ihr verschmelzen, damit sie nie wieder von mir getrennt werden kann. Temra hebt die Arme und schlingt sie ebenso leidenschaftlich um mich.

»Ich habe dich vermisst«, sagt sie.

Mir fehlen die Worte, um zu erklären, wie ich mich gefühlt habe, als wir getrennt waren, also bleibe ich still.

Bis mir einfällt, was geschehen ist, bevor sie auftauchte.

»*Zum Teufel, Petrik!*«, schreie ich.

Ich drehe mich um und schlage ihm mit der Faust mitten ins Gesicht.

»Ahhh!«, stöhnen wir gleichzeitig. Er fasst sich an die Nase, während ich meine pochenden Finger ausschüttle. Ich bin nicht besser darin geworden, Leute zu schlagen. Es tut immer noch jedes Mal weh.

»Wofür war das?«, fragt er zwischen seinen Finger hindurch. Blut rinnt auf seine Oberlippe.

»Du hast mich glauben lassen, sie sei tot!«

»Wovon redest du?«

»Warum hast du ihn geschlagen?«, fragt Temra.

»Dein Gesicht!«, sage ich zu Petrik. »Du hast ausgesehen, als hättest du eine schlechte Nachricht für mich.«

Petrik mustert mich von oben bis unten, wie ich da zerzaust vor ihm stehe. Er scheint völlig verwirrt zu sein.

»Verdammt«, sagt er plötzlich und zieht Temra von mir weg.

»Was zum Teufel ist hier los?«, frage ich ihn.

Petrik stellt sich schützend vor meine Schwester, um sie vor mir abzuschirmen, und ich würde ihm am liebsten gleich noch einen Faustschlag verpassen.

»Lass mich los!«, sagt Temra und versucht, ihn abzuschütteln.

»Warte«, sagt Petrik beschwörend. »Ziva, was war die erste magische Waffe, die du hergestellt hast?«

»*Was ist hier los?*«, frage ich.

Temra versucht, Petrik beiseitezuschieben, aber er hindert sie daran. Sie sieht ihn böse an, als würde sie es verabscheuen, auch nur in seiner Nähe zu sein.

»Beantworte die Frage, Ziva«, sagt er.

»Warum?«, frage ich.

»Weil ich dich gestern Abend gesehen habe, als du im Palast ankamst, also laufen offensichtlich zwei von euch herum, und ich muss wissen, wer die Falsche ist.«

Bei seinen Worten horcht Temra auf. »Ziva ist gestern zurückgekommen und du hast es mir nicht gesagt?«

»Wie sollte ich ahnen, dass sie es anscheinend nicht für nötig befunden hat, sofort zu dir zu gehen?«, fragt Petrik zurück.

Ihr Streit wird immer heftiger, die Worte fliegen nur so hin und her, dass ich kaum noch mitkomme, aber vor allem rutscht mir vor Angst der Magen nach unten. *Jemand mit meinem Gesicht läuft hier im Palast herum!*

»*Midnight!*«, unterbreche ich die beiden. »Meine erste Waffe. Temras Kurzschwert. Also wirklich, Petrik, die falsche Ziva ist nach ihrer Ankunft nicht sofort zu Temra geeilt, und du hast dich nicht gewundert?«

»Du warst anders, aber ich dachte, das läge an dem, was Ravis dir angetan hat. Wie hätte ich auf Anhieb erraten sollen, dass Magie im Spiel ist?«

»Ravis?«, fragt Temra. »Was hat Ravis denn damit zu tun?«

»Die Baumwollspinnerin steht also in seinen Diensten«, sagt Petrik.

»Erst der Tarnstoff vor Seruthas Tür, und jetzt das. Er muss sie sich geschnappt haben, nachdem Kymora gefangen genommen wurde.«

»War Kellyn gestern auch hier?«, frage ich.

Petrik nickt.

»Warum reden wir über Ravis und Serutha und verdeckte Türen?«, fragt Temra. »Ist mir irgendetwas entgangen?«

Petrik reagiert auf ihre Frage mit einem schuldbewussten Blick, wie ich ihn von ihm nicht kenne. Er sieht verlegen aus, als er sich mir zuwendet. »Wir müssen unter vier Augen reden, aber erst nachdem wir die Betrüger aufgespürt haben.«

»Wann hast du mich das letzte Mal gesehen?«, frage ich ihn.

»Gestern Abend. Wir haben über« - sein Blick huscht zu Temra - »Dinge gesprochen, und dann bist du zu Bett gegangen. Aber zuvor hat dich Skiro gebeten, heute mit ihm zu Mittag zu essen. Ich fand es seltsam, dass du so bereitwillig zugesagt hast.«

»Wie viel Uhr ist es?«, frage ich.

»Mittagszeit«, antwortet Temra.

»Und wo ist der Prinz?«

»Oh nein«, stöhnt Petrik.

Temra und ich rennen Seite an Seite, direkt hinter Petrik.

»Nur damit du es weißt«, keucht sie. »Du stinkst.«

»Ich habe eine lange Reise hinter mir!«

Petriks saphirblaues Gelehrtengewand flattert um die nächste Ecke und Temra und ich schlittern hinterher.

»Ja, aber was hast du bei Ravis gemacht?«, fragt sie.

»Hört auf zu reden und konzentriert euch aufs Laufen!«,

ruft Petrik über seine Schulter. »Mitkommen!«, befiehlt er einigen Wachen, an denen wir vorbeirennen, und sie eilen mit uns weiter.

Petrik reißt eine Tür auf, und wir platzen mitten hinein in einen gemütlichen Privatraum, wo Skiro an einem Tisch sitzt. Er hat sich grade über etwas amüsiert, aber sein Lachen verstummt, als er uns sieht.

»Petrik, was ist los?«, fragt er.

Ich spüre, wie sich meine Augenbrauen heben angesichts des Anblicks, der sich uns bietet. Skiro hat seine Hand auf den Arm des Mädchens gelegt, das neben ihm sitzt, und beugt sich vertraulich zu ihr.

Zu einem Mädchen mit meinem Gesicht.

Sie springt auf, stellt sich hinter Skiros Stuhl und drückt ihm ein Buttermesser an den Hals. Nicht die tödlichste aller Waffen, aber wirkungsvoll, wenn es genau die richtige Stelle trifft.

»Das ist nicht Ziva Tellion«, sagt Petrik. »Wir haben Hochstapler im Palast.«

»Ja, das scheint mir auch so.« Skiro seufzt. »Dabei hatten wir so viel Spaß.«

Meine Wangen brennen bei dem Gedanken, wie nahe sie sich gekommen sind, aber das ist wohl kaum meine Schuld. Ich war nicht diejenige, die den Prinzen verführt hat. Ich könnte niemanden verführen, selbst wenn mein Leben davon abhinge.

»Waffen weg«, sagt das Mädchen mit meinem Gesicht.

»Sie klingt gar nicht wie ich!«, sage ich.

»Ich dachte, du hättest dir eine Erkältung eingefangen«, verteidigt sich Petrik.

»Waffen«, sagt die Betrügerin noch einmal. »Runter. Sofort.«

Skiro knurrt. »Tut, was sie sagt.«

Ich höre ein Scheppern, als die Wachen hinter uns ihre Lanzen fallen lassen. Temra senkt ihr Schwert Midnight, das jetzt schwarz wie die Nacht ist. Es warnt uns, dass jemand in der Nähe ist, der uns schaden will.

Das Mädchen geht mit dem Prinzen rückwärts bis zur Wand; dann gleitet sie an ihr entlang bis zur Tür. »Wenn uns einer folgt, ist der Prinz tot.«

»Geht es auch ein bisschen weniger grob?«, fragt Skiro. »*Aua!*«

Sie hat ihn noch fester gepackt. Wir stehen da und müssen machtlos zuschauen, wie sie in den Gang zurückweichen. Es ist ein langsamer Marsch nach unten, eine Stufe nach der anderen. Kurz bevor sie aus unserem Blickfeld verschwinden, gibt die Betrügerin Skiro einen Schubs in unsere Richtung und rennt los.

»Ihr nach!«, schreit Petrik, jetzt, da Skiro frei ist.

Die Wachen haben sich bereits in Bewegung gesetzt, einige scharen sich um den Prinzen, während die anderen die Verfolgung aufnehmen.

Temra, Petrik und ich eilen zu Skiro.

»Bist du verletzt?«, fragt Petrik.

»Nur mein Stolz«, antwortet Skiro.

»Sie war nicht hier, um dich zu ermorden«, stellt Temra fest. »Sie hätte genug Zeit gehabt, dich zu töten.«

»Worüber habt ihr gesprochen?«, fragt Petrik.

Skiro richtet sein Gewand und scheucht die Wachen weg, damit sie uns Raum geben. Sie kommen seiner Aufforderung nach, halten aber nach weiteren Eindringlingen Ausschau.

»Ich habe sie umworben«, seufzt Skiro. »Ich hatte schon immer eine Schwäche für große Frauen. Das weißt du doch.«

Ich spüre, wie mein Gesicht heiß wird, und schlage die Augen nieder.

»Aber was hast du gesagt? Hat sie dich etwas gefragt?«, bedrängt Petrik seinen Bruder.

Skiro stöhnt auf. »Ich dachte, sie wäre die Schmiedin. Sie wollte wissen, für wie viele Männer sie Waffen herstellen soll und welche Befestigungen wir haben, damit sie diese mit ihrer Magie verstärken kann. Wer immer sie geschickt hat, wollte etwas über unsere Verteidigungsanlagen erfahren.«

»Es war Ravis«, sage ich und schaue auf. »Kellyn und ich haben seine Armee hinter uns anrücken gesehen. Er muss Spione vorausgeschickt haben.«

Bei seinen Worten horcht Skiro auf. »Ravis marschiert mit einer Armee hierher? Wie weit ist er weg?«

»Kann ich nicht sagen, wir haben eine andere Strecke genommen. Aber es dauert sicher nicht länger als drei bis vier Wochen.«

»Weniger als einen Monat.« Skiro schluckt hörbar. Er tritt einen Schritt zurück, um sich an der Wand abzustützen. »Wir haben hier keine Armee. Es gibt Stadtwachen. Burgwächter. Eine Handvoll Männer und Frauen.«

Niemand sagt ein Wort. Skiros Leibwächter tritt von einem Bein aufs andere.

Es ist Skiro anzusehen, als ihm klar wird, dass es besser gewesen wäre, diese Gedanken nicht laut auszusprechen. Das Letzte, was er gebrauchen kann, sind Gerüchte, die sich verbreiten, noch ehe er die Lage richtig einschätzen kann. Er richtet sich auf. »Das müssen wir morgen klären. Ein Problem nach dem anderen. Kümmern wir uns zuerst um diese Hochstapler.«

Einige Minuten später kommt ein Wachsoldat den Gang entlanggerannt. Er verbeugt sich vor seinem Prinzen und wedelt mit etwas in seiner Hand. »Keine Spur von ihr, Sire, aber wir haben *das* gefunden.«

Ich erkenne es sofort. Es ist die Art von Maske, die Kellyn einem Soldaten in Lisadys Hauptstadt abgenommen hat, der ihm zum Verwechseln ähnlich sah. Der Stoff schimmert in vielen Blautönen, von hell bis dunkel. Es ist eine Maske meines Gesichts. Jeder, der sie aufsetzt, sieht so aus wie ich.

»Sie waren zu zweit«, sagt Petrik. »Ergreift den Söldner und nehmt ihn fest. Der echte Kellyn liegt auf der Krankenstation.«

Wie schon beim letzten Mal muss ich mich erst waschen, bevor ich die Krankenstation betreten darf. Temra bietet mir dazu ihr Zimmer an, aber Petrik stellt sich vor mich und versperrt mir den Weg.

»Ziva, ein Wort unter vier Augen, bitte?«

»Auf keinen Fall«, sagt Temra und stützt ihre Hand in die Hüfte. »Ihr führt keine privaten Gespräche. Du verheimlichst etwas.«

»Ziva, bitte«, versucht er es erneut.

Temra lässt ihn nicht weiterreden. »Ich muss wissen, was passiert ist. Warum warst du in Ravis' Territorium, und wie kommt es, dass Kellyn verwundet wurde?«

Ich rufe mir das Gespräch von vorhin ins Gedächtnis. Ich war in Panik wegen Kellyns Verletzungen und entsetzt darüber, dass wir von Betrügern umgeben waren. An viel mehr kann ich mich nicht erinnern.

Was für ein Spiel treibt Petrik? Warum hat er meine Schwester angelogen?

»Als wir bei Skiro ankamen, war Serutha nicht da«, erkläre ich ihr. »Ravis hatte sie entführen lassen.«

Petrik stöhnt auf und vergräbt seinen Kopf in den Händen. Ich fühle mich ein wenig schuldig, aber meine oberste Loyalität gilt meiner Schwester, nicht meinem Freund.

»Wir drei haben ein Portal benutzt, um in Ravis' Palast zu gelangen«, fahre ich fort. »Wir haben es geschafft, und Serutha und Petrik sind durch das Portal zurückgekehrt. Kellyn und ich wurden gefangen genommen. Es war furchtbar«, füge ich hinzu. »Ich wusste nicht, ob du in Sicherheit bist. Ob ihr überlebt habt. Ich war in einem anderen Territorium und wollte nur zu dir zurück. Es tut mir leid, dass es so lange gedauert hat.«

Zum zweiten Mal heute bekommt Petrik einen Schlag ins Gesicht.

Aber Temra belässt es nicht dabei. Mit fliegenden Fäusten wirft sie sich auf ihn. Petrik hebt schützend die Arme.

Ich packe meine Schwester und ziehe sie von ihm herunter. Sie strampelt und schlägt um sich, will sich erneut auf ihn stürzen.

»*Sie war in Gefahr! Sie wurde gefangen genommen!*«, schreit Temra den Gelehrten an. »Dabei war ich gerade dabei, dir zu verzeihen, dass du mir nicht die Wahrheit über Kymora gesagt hast! Und jetzt stellt sich heraus, dass du, was meine *eigene*

Schwester angeht, *wieder gelogen* hast. Wie konntest du nur? Lass mich runter, Ziva!«

»Erst, wenn du dich beruhigt hast«, sage ich.

»Ich werde mich beruhigen, wenn ich ein paar Antworten bekomme!«, schreit sie.

Petrik reibt seinen Kiefer; ich glaube, Temras Faust hat ihn hart getroffen. Seine Knochen knacken.

»Ich wollte dich schonen«, sagt Petrik lahm.

»*Was?*«, zischt Temra. Ich glaube nicht, dass sie ihn überhaupt gehört hat, weil sie so herumzappelt und -zetert. Aber schließlich kommt sie zur Ruhe, und ich setze sie ab, bereit, notfalls erneut einzugreifen.

»Du warst schwer verwundet«, erklärt er. »Du hättest es fast nicht überlebt. Ich hatte Angst, du würdest es nicht verkraften, wenn du erfährst, dass Ziva in Gefahr ist.«

»Oh, jetzt bin ich also ein zartes Pflänzchen!«, faucht Temra.

»Nein, niemand würde das jemals von dir behaupten!«, sagt Petrik. »Ziva hatte ein hohes Risiko auf sich genommen, um dich zu retten. Ich wollte nicht, dass ihr Einsatz vergebens war, weil du dich sofort wieder in Gefahr begibst, um ihr zu folgen. Ziva hätte das nicht gewollt.«

»Du meinst, *du* wolltest es nicht«, stößt sie hervor. »Was ist mit dem, was *ich* will? Ich habe die Wahrheit verdient!«

»Ich kenne dich. Du hättest dich von niemandem zurückhalten lassen. Du wärst durchs ganze Land marschiert und hättest im Alleingang Ravis' Tore gestürmt. Aber du kannst es nicht allein mit einer Armee aufnehmen. Du kannst nicht ...«

Sie schlägt ihn erneut, bevor ich reagieren kann.

»Ich hasse dich«, sagt sie und stapft davon.

Petriks Nase blutet wieder. Leicht gekrümmt steht er da.

»Petrik«, sage ich. »Ich danke dir. Von ganzem Herzen. Du hast sie mehr als einmal gerettet.« Dann folge ich Temra.

Ich habe nicht viel von Skiros Palast gesehen, als ich das erste Mal hier war. Ich war nur darauf bedacht, Temra zu retten, und sonst nichts.

Aber als ich jetzt meiner Schwester hinterherlaufe, führt der Weg durch unbekannte Gänge. Anders als die leeren Hallen in Ravis' Schloss sind die von Skiro opulent ausgestattet. Draperien und Wandteppiche sorgen auf dem nackten Stein für Wärme. Große Porträts zieren die Wände, und ich frage mich beklommen, ob einige von ihnen magische Portale zu anderen Orten der Welt sind. Die Signatur des Künstlers ist immer gleich, ein wirres Durcheinander von Buchstaben, das ich nicht entziffern kann. Und jede freie Stelle wurde direkt bemalt. Tiere, Landschaften, alles, was kreucht und fleucht.

Skiro liebt die schönen Künste, das sieht man in jeder Ecke seines Palasts. Er hat eine Vorliebe für das Erschaffen, nicht für die Zerstörung. Auf den Kampf, den Ravis ihm liefern wird, ist er auf keinen Fall vorbereitet.

Temra betritt eine Zimmerflucht und lässt die Tür offen, damit ich ihr folgen kann.

Bei unserer Flucht aus Lirasu haben wir nur das Nötigste mitgenommen. Keinen persönlichen Schmuck oder Erinnerungsstücke, daher hat Temra auch nichts aus unserem alten Leben, was ihre Zimmer im Palast schmücken könnte. Aber ihre Wände sind mit Büchern vollgestellt – Geschenke von Petrik, würde ich wetten –, und in einer Ecke wurde kürzlich ein Waffenständer angebracht.

Sie ist zu wütend, um sofort über das, was vorgefallen ist, zu sprechen, also bade ich schweigend, während sie in ihrem Zimmer auf und ab geht und in ihrer Wut vor sich hin murmelt.

Als ich sauber bin und die bereitgelegte Kleidung angezogen habe, sage ich Temra, dass ich nach Kellyn sehen werde. So gern ich auch bleiben würde, aber das geht nicht. Immerhin weiß ich jetzt, dass sie wieder gesund ist.

Jetzt muss ich wissen, wie es um Kellyn steht.

Er ist bewusstlos, aber gewaschen, als ich an sein Krankenlager trete. Das Pfeilstück ist weg, das ist bestimmt ein gutes Zeichen. Serutha steht neben ihm und hält ihre Finger über die Wunde.

Ich sage kein Wort, um ihre Konzentration nicht zu stören.

Stattdessen gehe ich auf die andere Seite von Kellyns Bett und nehme die Hand seines unverletzten Arms.

»Er wird wieder gesund«, sagt die Heilerin mit geschlossenen Augen. »Ich habe die Entzündung eingedämmt. Jetzt müssen nur noch der Muskel und die Haut zusammenwachsen.«

»Danke«, sage ich.

»Nein, *ich* muss mich bedanken«, sagt sie. »Du hast mich gerettet. Das ist das Mindeste, was ich tun kann.«

»Du hast auch meine Schwester geheilt. Ich glaube, ich stehe immer noch in deiner Schuld.«

Sie schüttelt den Kopf, ihre Lider flattern und sie schaut mich aus ihren dunklen Augen an. »Das hier ist meine Aufgabe. Und ich liebe sie. Das kannst du doch sicher nachvollziehen? Ich habe schon viel von dir gehört, seit ich zurück bin. Du arbeitest mit Metall, so wie ich mit Körpern aus Fleisch und Blut. Ich hoffe, du hast nichts dagegen, dass Petrik mich eingeweiht hat. Als er anfing zu reden, besser gesagt, sich zu entschuldigen, dafür, dass er dir verraten hatte, wer ich bin, hatte er wohl das Bedürfnis, mir im Gegenzug etwas von dir zu erzählen.«

Ich zucke mit den Schultern. »Es ist mir egal, ob du es weißt.« Ich sehe zu, wie Kellyns Wunde sich durch Seruthas behutsame Behandlung wieder schließt. »Deine Fähigkeiten sind viel beeindruckender als meine.«

»Das ist kein Wettbewerb.«

»Nein, aber du rettest Leben, während ich nur dazu tauge, das Leben anderer zu gefährden.«

Serutha massiert ihre linke Hand mit der rechten, als sie fertig ist. »Ich bin sicher, da draußen gibt es Hunderte, die das Gegenteil bezeugen können. Deine Waffen haben sie auf eine Weise gerettet, von der du nie erfahren wirst. Der einzige Unterschied zwischen dir und mir ist, dass ich die Ergebnisse meiner Arbeit sofort sehen kann.«

Das sind freundliche Worte und ich nehme sie an. Für den Moment. »Wie funktioniert deine Gabe?«, frage ich sie. »Du bist der einzige andere Mensch mit Magie, den ich je getroffen habe.«

Sie lächelt und nimmt mir gegenüber Platz. Und obwohl sie nicht viel älter sein kann als ich, wirkt sie deutlich reifer. Als hätte sie schon deutlich mehr vom Leben gesehen als ich. Ich nehme an, sie hat viele sterben sehen, während sie ihr Handwerk vervollkommnete und dazulernte.

»Das bezweifle ich. Hast du bei Ravis denn nicht auch Elany kennengelernt?«

»Elany. Ja, sie folgte mir praktisch auf Schritt und Tritt, egal wohin Ravis mich schickte. Sie ist mit Magie begabt?«

»Ja. Die raffinierte Tarnung vor meiner Gefängnistür? Das war ihr Werk.«

Es dauert eine Weile, bis mir klar wird, was das bedeutet.

»Elany ist die Baumwollspinnerin!« Eigentlich sollte ich schockiert sein. Stattdessen bin ich wütend. »Wie konnte sie jemanden ihresgleichen verraten!«

»Sie ist loyal, genau wie wir, nur dass wir auf verschiedenen Seiten stehen.«

»Aber Ravis ist ein schrecklicher Mensch.«

»Das brauchst du mir nicht zu sagen. Elany ist diejenige, die es herausfinden muss. Und das hoffentlich eher früher als später.«

Stille tritt ein, während ich mir die Neuigkeit durch den Kopf gehen lasse. Die unsichtbaren Attentäter auf der Straße. Der Soldat mit Kellyns Gesicht. Die getarnte Gefängnistür. Das war alles Elanys Werk. Sie hat mir unvorstellbaren Kummer bereitet, und ich ahnte wochenlang nicht, wen ich da vor mir hatte.

Was hättest du getan, wenn du es gewusst hättest?

Nichts, gestehe ich mir ein. Als Ravis' Gefangene konnte ich nichts tun. Ich nehme an, die Dinge wären trotzdem so gelaufen, wie sie es sind.

Ich seufze, während ich mich bemühe, meine Anspannung loszuwerden.

»Willst du immer noch wissen, wie meine Gabe funktioniert?«, fragt Serutha, vielleicht um mich vom Kummer der Vergangenheit abzulenken.

So oder so, ich bin froh darüber. »Ja.«

»Ich kann alle Teile des Körpers erspüren, und ich fühle, was beschädigt ist oder abstirbt. Dann leite ich den Körper an. Ich ermutige Knochen, gerade zu werden, und sage den Muskeln, dass sie sich wieder zusammenfügen sollen. Ich fordere die Entzündung auf zu verschwinden. Ich spreche mit dem Körper, wenn auch nicht laut, und er hört zu.«

»Ich spreche mit Metall auf die gleiche Weise«, sage ich. »Manchmal auch laut.«

»Faszinierend, wie so unterschiedliche Gaben doch so ähnlich sein können.«

»Glaubst du, wir sind gesegnet? Dass unsere Fähigkeiten ein Geschenk der Schwesterngöttinnen sind?« *Oder sind wir verflucht?* Gezwungen, Spielfiguren in den Händen der Mächtigen zu sein?

»Die Göttinnen schufen die erste Frau nach ihrem Ebenbild, die dann die Menschen in die Welt setzte. Ich glaube, die Zwillingsschwestern haben einige wenige noch mehr beschenkt, mit der Fähigkeit, wie sie etwas zu erschaffen. Nicht in einem kosmischen Sinne, aber in einem beschränkteren.«

»Zu welchem Zweck?«, frage ich.

»Um zu sehen, was wir mit dieser Art von Macht anstellen. Einige vermuten, dass wir Ebanarras Geschöpfe sind, aber ich glaube, wir wurden von Tasminya geschaffen.«

»Die chaotische Göttin. Warum?«

»Ist es nicht einfach passend? Als wollte sie der Welt etwas mehr Würze verleihen. Mit Magie. Nur um zu sehen, was passiert.«

Mein Leben lang wollte ich immer nur die Kontrolle über alles haben. Was ich sage und tue. Wie die Leute auf das reagieren, was ich sage und tue.

Ich dachte immer, ich müsste Ebanarra nacheifern. Aber Seruthas Erklärung ergibt viel mehr Sinn.

Vielleicht hat das alles keinen anderen Zweck, als mit der Zeit und den Gaben, die uns geschenkt sind, unser Bestes zu geben.

»Sind hier am Hof noch andere wie wir?«, frage ich. Ich möchte mehr kennenlernen. Ich möchte wissen, was die Magieträger dieser Welt sonst noch so können.

»Ja, aber sie sollen sich dir offenbaren, wenn sie dazu bereit sind. Genauso wie ich deine Identität geheim halten werde und hoffe, dass du das Gleiche mit meiner tust.«

»Natürlich.«

»Gut. Ich werde dich jetzt mit deinem Gefährten allein lassen. Ich habe meinen Teil getan. Ich weiß nicht, wann er aufwachen wird. Heilung ist anstrengend, und der Körper braucht Zeit, um sich zu erholen. Zwing ihn nicht aufzuwachen, bevor er bereit dazu ist.«

»Ich verstehe. Nochmals vielen Dank.«

Sie nickt und verlässt den Raum.

Der Rest der Krankenstation ist größtenteils leer. Auf einer Liege an der Wand schläft eine Frau, aber sie scheint eine Pflegerin zu sein, die ein dringend benötigtes Nickerchen macht. Offenbar wird Serutha mit jedem, der hierherkommt, in Windeseile fertig.

Ich möchte nicht riskieren, Kellyn zu wecken, da Serutha davor gewarnt hat, also sage ich nichts. Ich halte seine Hand, streichle seine Finger, streiche seine Haare zurück.

Ich habe diesen Kerl wirklich gern.

KAPITEL
SECHZEHN

Es ist schon spät, als ich in das Zimmer meiner Schwester zurückkehre.

Temra ist nicht bettfertig, sondern steht in der Mitte des Raums, in der linken Hand ein Kurzschwert, allerdings ist es nicht Midnight. Vorsichtig gehe ich um sie herum, lasse mich auf dem Bett nieder und beobachte sie dabei, wie sie ihre Kampfhaltung einnimmt.

»Es ist gut ausbalanciert«, sagt sie, bevor ich fragen kann. »Ich lerne, mit meiner weniger dominanten Hand zu kämpfen, und verbessere gleichzeitig meine Ausdauer.«

»Schlau von dir«, sage ich.

Sie wirbelt herum und stößt zu, übt Schwertschläge, die ihr jemand heimlich beigebracht hat. Sie wusste, dass ich es nie gutheißen würde, wenn sie sich zur Soldatin ausbilden lässt, also hat sie es ohne mein Wissen und meine Erlaubnis getan. Ich habe mich damit abgefunden - mehr oder weniger.

Nach ein paar Minuten haben sich Schweißperlen auf ihrer Stirn gebildet. Sie ist so entschlossen. So kämpferisch. Obwohl ich mir sicher bin, dass sie jeden Tag übt, merke ich ihr an, dass sie sich heute noch mehr abverlangt als sonst – woran, wie ich vermute, ein junger Mann und seine Lügen schuld sind.

Als sie sich etwas verausgabt hat, sage ich: »Du solltest ihm verzeihen.«

»Das werde ich nicht.«

»Temra, er hat dich gerettet, als ich es nicht konnte.«

»Er hat mich daran gehindert, *dich* zu retten, als ich es hätte tun können.«

»Das ist in Ordnung. Ich bin rausgekommen. Ich habe mich selbst gerettet.«

Ich habe mich selbst gerettet.

Die Worte kommen mir mühelos über die Lippen, und doch erschrecken sie mich. Kellyn hatte recht, *verdammt!*

Ich bin nicht hilflos. Ich kann Dinge ohne meine Schwester tun.

Eine wohlige Wärme durchflutet mich, als ich tief in mir eine Wahrheit über mich selbst erkenne.

»Es hätte gar nicht so weit kommen dürfen, dass dir keine andere Wahl bleibt«, sagt Temra. »Ich hätte da sein sollen.«

»Du musstest gesund werden.«

Ihre Worte gehen fast in ihrem angestrengten Keuchen unter. »Es ist nicht in Ordnung, Ziva. Immer bist du die Retterin! Du hast uns vor Kymora gerettet. Du hast mich vor einer Sekte in Thersa gerettet. Du hast Ghadra vor dem Secret Eater gerettet. Du hast mich vor dem Tod gerettet. Immer bist du es, die alle rettet, während ich hilflos zurückbleibe.

Ich möchte selbst eine Retterin sein. Dafür habe ich trainiert. Das habe ich mir immer gewünscht. Und doch bin ich diejenige, die bewusstlos daliegt, während du in das nächste Abenteuer ziehst!«

Sie vollführt eine Bewegung und das Schwert rutscht ihr aus der Hand. Mit einem Stöhnen hebt sie es wieder auf.

»Glaubst du, mir hat das Spaß gemacht?«, frage ich. »Glaubst du, ich hätte mir nichts Schöneres vorstellen können, als um mein Leben zu rennen und dich vor Gefahren zu schützen? Glaubst du, es hat mir gefallen, ständig um dich zu bangen - und zu wissen, dass es meine Schuld wäre, wenn du stirbst?«

»Ich habe es genossen«, sagt sie, während sie ihre Schwertübungen wieder aufnimmt. »Ich habe es geliebt. Auf der Flucht zu sein. Um mein Leben zu kämpfen. Ich habe mich noch nie so lebendig gefühlt.«

»Und als du im Sterben lagst? Als du einen Schwertstoß durch den Arm und in die Lunge bekommen hast? Wie hat sich das angefühlt?« Die Worte klingen schneidend, aber ich entschuldige mich nicht.

»Der Teil war natürlich nicht so toll, aber der Rest!«

Meine Schwester zeigt mir immer wieder, wie unterschiedlich wir sind.

»Du bist also wütend auf Petrik, weil er dir ein Abenteuer verwehrt hat?«, frage ich.

Sie dreht sich zu mir um und stößt die Klinge senkrecht in die Luft. »Ich bin *wütend*, weil er mich *belogen* hat. Ich bin untröstlich, weil du in Gefahr warst und ich nichts davon wusste. Wir sind Schwestern. Das bedeutet, dass wir uns gegenseitig beschützen. Nicht, dass immer nur *du* auf mich aufpasst. Wann soll ich jemals etwas zurückgeben, wenn du immer alles übernimmst?«

»Temra, du bist mir gar nichts schuldig.«

»Doch, das bin ich. Ich schulde dir alles. Mein Leben. Alles, was ich zu Hause besitze. Alles, was ich bin, habe ich dir zu verdanken. Und Petrik ist ein nichtsnutziger Lügner. Wenn er nicht der Bruder des Prinzen wäre - ein weiteres Detail, das er uns verschwiegen hat, wie ich hinzufügen möchte -, würde ich ihn aufschlitzen.«

Temra stellt das Schwert in den Ständer zurück und setzt sich auf den Boden, um sich zu dehnen. Sie beugt sich mit durchgestreckten Beinen vor und berührt mit den Händen ihre Zehenspitzen.

»Das meinst du nicht ernst«, sage ich.

»Doch, das tue ich. Wenn ihm sein Leben lieb ist, sollte er mir besser nicht unter die Augen kommen. Wer weiß, wozu ich fähig wäre, wenn er mich provoziert.«

»Er ist mit uns durch ganz Ghadra gereist. Er stellte sich an unserer Seite gegen seine eigene Mutter. Er hat für dich gekämpft und getötet. Er ist mit mir gekommen, um Serutha zu retten.« *Er liebt dich*, würde ich am liebsten hinzufügen. »Du hast ihn nicht erlebt, als du verwundet wurdest. Er war genauso untröstlich wie ich. Für dich hat er sein Versprechen gegenüber Serutha gebrochen, indem er ihr Geheimnis preisgab, und er hat uns zu der einzigen Person geführt, die dich retten konnte.«

»Er hat dich zurückgelassen. Wie kann ich ihm das je verzeihen? Er hat mich dir vorgezogen.«

Ich öffne den Mund, dann schließe ich ihn wieder, weil mir klar wird, was für eine Heuchlerin ich wäre, wenn ich dagegen etwas einwende. Kellyn hat zugelassen, dass Temra verletzt wurde, und das habe ich ihm so übel genommen, dass ich ihm nie verzeihen wollte.

Inzwischen habe ich ihm vergeben, aber Temras Gedanken laut ausgesprochen zu hören, macht mir noch einmal bewusst, wie ungerecht ich ihm gegenüber war.

Ich möchte Temra sagen, wie leicht sie es hatte. Sie wusste nicht, wo ich war oder was ich tat. Sie hatte keine Ahnung, dass ich in Gefahr war. Sie hat es erst herausgefunden, als ich bereits wohlbehalten zurück war. *Worüber regt sie sich also überhaupt auf?*

»Erzählst du mir die Geschichte?«, fragt sie. »Wie wurdest du gefasst und wie bist du entkommen?«

»Das war eigentlich Kellyns Schuld.« Ich erzähle ihr, wie der Idiot sich für sie geopfert hat, damit wir anderen fliehen konnten, und wie ich dann zurückblieb, um ihm zu helfen.

»Du bist geblieben. Absichtlich?«

»Er wäre ohne mich gestorben.«

Sie scheint in sich hineinzublicken, und ich habe nicht die leiseste Ahnung, wohin ihre Gedanken schweifen, also fahre ich fort. Ich erzähle ihr, wie Kellyn Ravis von meiner Gabe erzählt hat. Wie ich uns rausgeholt habe. Wie wir auf der Flucht waren. Wie er verletzt wurde.

»Klingt, als hätte ich dem Söldner viel zu verdanken«, sagt Temra schließlich und nimmt mich in den Arm.

»Es ist wirklich unglaublich«, sage ich und genieße das Gefühl ihrer Arme um mich. »Er ist so ein Idiot.«

»Er schafft es, dir unter die Haut zu gehen.«

»Nein, tut er nicht.«

»Oh doch, das tut er. Und er kann nie gewinnen. Er hat zugelassen, dass mir etwas zustößt, und du hasst ihn dafür. Er hat mich gerettet, und du hasst ihn dafür.«

»Ich hasse ihn nicht.«

»Ich weiß, dass du das nicht tust. Ich hoffe nur, *er* weiß das auch.«

»Er soll ruhig ein bisschen schmoren«, sage ich scherzhaft.

Sie lacht, und ich spüre, wie ihr Kopf an meiner Schulter bebt. »Ich glaube, er ist perfekt für dich. Wenn ihr beide über euren Schatten springen könntet, würdet ihr sehr glücklich werden.«

»Das Gleiche gilt für dich und Petrik.«

Ihre Muskeln spannen sich an. »Nein. Er ist ein langweiliger Schwachkopf, der sich mehr für Bücher als für Menschen interessiert.«

»Langweilig?«, frage ich.

»Ja.«

»Du findest seine Geschichten faszinierend. Ihr beide habt stundenlang miteinander geredet, wenn wir unterwegs waren.«

»Gut, er ist nicht langweilig, aber ihm sind andere Menschen nicht wichtig. Jedenfalls nicht genug, um sie nicht zu belügen.«

Ich stoße einen Seufzer aus. »Ich würde eher sagen, sie sind ihm wichtig genug, um zu lügen. Sogar so wichtig, dass er deinen Hass in Kauf nimmt, um dich zu schützen. Alles nur, weil er sich mehr um dich sorgt als um sich selbst.«

»Ich –« Sie bricht ab. Sie versucht, sich aus meinen Armen zu lösen, aber ich ziehe sie noch fester an mich.

Ich wechsle das Thema, damit sie sich besser fühlt. »Du bist verschwitzt.«

»Dann solltest du mich vielleicht loslassen.«

»Niemals.« Ich grinse.

Am liebsten würde ich die ganze Nacht aufbleiben und mit meiner Schwester reden, aber ich bin so müde von der Reise und den Sorgen um sie und Kellyn und allem anderen. Aber jetzt geht es allen gut und ich kann in Temras warmem, bequemem Bett einschlafen.

Meine Augen sind verkrustet, als ich wieder auftauche. Meine Glieder schmerzen und ich muss dringend auf die Toilette.

Der beste Beweis dafür, wie lange ich geschlafen habe, ist Kellyn, der auf dem Stuhl in der Ecke des Zimmers sitzt. Er hat ein Buch vor sich liegen und blättert müßig eine Seite um. Er hat seine langen Beine ausgestreckt und über den Knöcheln gekreuzt.

»Du kannst ja *lesen*«, sage ich. Meine Stimme klingt heiser vom Nichtgebrauch.

Kellyn blickt hoch, schenkt mir ein Lächeln, das mich innerlich erwärmt, und legt das Buch zur Seite. »Es ist von Petrik. Die Geschichte, die er über unsere Reise geschrieben hat, als wir aus Kymora geflohen sind.«

»Ist sie gut?«

»Sie ist außergewöhnlich. Er kann wunderbar mit Worten umgehen. Wir wirken viel heldenhafter, als wir sind.«

»Was dich angeht, glaube ich nicht, dass das möglich ist.«

Kellyn steht auf, streckt seine ganzen sechseinhalb Fuß und setzt sich dann zu mir auf die Bettkante. »Wie fühlst du dich?«

»Es geht mir gut. Ich bin nicht diejenige, die einen Pfeil abbekommen hat. Was macht dein Arm?«

Er krempelt seinen Ärmel hoch und zeigt eine dünne weiße Narbe. »Es ist fast so, als wäre nichts gewesen. Der Arm ist ein bisschen steif, aber Serutha sagt, das wird nach einer Weile verschwinden.«

»Da bin ich froh. Und dein Ohr?«

Kellyn wird blass und streicht sich zögernd die Haare aus der linken Gesichtshälfte.

»Es sieht gut aus«, sage ich.

»Es sieht scheußlich aus«, sagt er und lässt seine roten Locken sofort wieder darüberfallen.

»Mach dich nicht lächerlich.«

»Was heißt hier lächerlich? Mir fehlt ein halbes Ohr. Es sieht so falsch aus. Und ich höre auf dieser Seite nicht mehr ganz so gut.«

»Aber die Haut ist perfekt verheilt. Es ist alles in Ordnung.«

Kellyn sagt nichts, sondern starrt die Wand hinter mir an.

»Bist du ... verärgert, weil ich der Grund bin, warum er dir das angetan hat?«, frage ich zögernd.

»Bei den Zwillingsschwestern, *nein!* Ziva, ich mache dir überhaupt keine Vorwürfe. Wie hättest du wissen können, dass er so etwas tun würde? Du hast mich gerettet! Du hast mich da rausgeholt. Du hast mich hierhergebracht.«

»Was ist es dann?«

Er seufzt. »Ich habe Angst, dass die Leute mich jetzt anders ansehen könnten. Dass es in ihren Augen ein Makel –«

»Das ist dumm. Niemand käme auf so eine Idee. Wenn überhaupt, ist es ein Beweis dafür, dass du etwas Besonderes bist. Dass du Schreckliches erlebt hast und deswegen stärker geworden bist. Du darfst ruhig traurig sein über das, was passiert ist, aber sei nicht so hart zu dir selbst. Und wenn dich jemand anders behandelt, sag es mir. Denen werde ich es schon zeigen.«

Kellyn lächelt, aber nur flüchtig, als er auf mich herabschaut. »Und was ist mit dir?«

»Was ist mit mir?«

»Was ist, wenn *du* mich anders behandelst?«

Er denkt doch nicht ernsthaft, dass ich ihn deswegen nicht mehr haben will?

»Kellyn«, sage ich, »für wie oberflächlich hältst du mich eigentlich? Und wie oberflächlich bist *du*?«

»Ich mache mich also lächerlich?«

»Ja!«

Er nickt kurz, als wäre er jetzt zufrieden, und schenkt mir ein echtes Lächeln.

Mittlerweile ist der Drang meines Körpers so groß, dass ich ihn nicht mehr ignorieren kann.

»Entschuldige mich für einen Moment.« Ich stehe auf und gehe in den Waschraum, wo ich mich einschließe, um endlich meinen Toilettengang nachzuholen. Als ich fertig bin, entdecke ich eine Bürste auf dem Waschtisch und nehme mir die Zeit, damit durch mein Haar zu fahren. Dann werfe ich einen Blick in den Spiegel über dem Waschbecken.

Es mag albern sein, aber ich hatte in den letzten Monaten nicht viel Zeit, mich selbst zu betrachten. Es ist ja nicht so, dass wir auf der Straße oder im Gefängnis irgendwelche Spiegel gehabt hätten. Kellyns Mutter besaß einen, aber der hing in ihrem Schlafzimmer an der Wand, und ich fand es unhöflich, in ihren persönlichen Raum einzudringen.

Mein Gesicht ist voller Sommersprossen, mehr als je zuvor. Die vielen Reisen, bei denen ich der Sonne ausgesetzt war, haben dazu geführt, dass sie sich vervielfacht haben. Auf meinen Wangen sind sie dunkler, auf meinem Kiefer heller. Mein kurzes Haar ist länger geworden. Es wächst immer schnell nach. Vor unserer Flucht hat Temra mein glattes braunes Haar bis zum Kinn abgeschnitten. Jetzt reicht es mir bis auf die Schultern, wobei die Enden leicht nach außen gebogen sind. Früher habe ich mein Haar zu einem Pferdeschwanz hochgebunden, aber das ist schon lange her. Ich besitze noch nicht einmal ein Haarband. Vielleicht lässt sich irgendwo eines auftreiben, Temra hat hier jedenfalls keines.

Ich schinde Zeit, ich weiß es. Ich schaue in meine eigenen blauen Augen. *Es ist alles in Ordnung. Es gibt nichts, wovor man sich fürchten müsste. Es ist nur Kellyn.*

Aber er wäre nicht zu mir gekommen, wenn er nicht reden wollte. Und reden ist beängstigend.

Wovor fürchte ich mich eigentlich? Ich kann mich vor diesem Mann nicht noch mehr blamieren, als ich es schon getan habe. Wir sind zusammen durch die Hölle gegangen.

Ich atme tief durch, bevor ich wieder ins Zimmer trete.

Kellyn ist nicht da.

Statt erleichtert zu sein, bin ich verärgert.

Ich eile zur Tür und sehe Kellyn in etwa fünfzig Fuß Entfernung den Gang entlangschlendern.

»Hey!«, rufe ich. Er bleibt stehen und dreht sich um.

Ich will dieses Gespräch nicht schreiend hinter mich bringen, also renne ich zu ihm. Ich hasse es, wie er mich dabei die ganze Zeit beobachtet.

»Warum bist du gegangen?«, frage ich.

»Du hast das Zimmer zuerst verlassen. Ich dachte, du wolltest mich höflich abwimmeln.«

»Nein! Ich musste wirklich mal auf die Toilette.«

»Das hat aber lange gedauert.«

»Na ja, ich musste mich erst darauf vorbereiten, mit dir zu reden, und dann kam ich raus und du warst nicht da.« Mir ist klar, wie dumm das klingt, aber jetzt kann ich die Worte nicht mehr zurücknehmen.

»Du musstest dich vorbereiten?«

»Ja. Manchmal muss ich mich vor einem Gespräch erst einmal beruhigen.«

»Hatten wir vor, ein ernstes Gespräch zu führen?«

Ich kann ihm nicht ins Gesicht sehen, also begnüge ich mich mit dem Blick auf seinen muskulösen Hals. »Ich weiß es nicht. Aber du kennst mich. Ich rege mich auf und muss mich dann erst einmal selbst überreden.«

»Hättest du dann nicht froh sein müssen, dass ich weg bin? Kein lästiges Gespräch und so?«

Mein Blick huscht zu Boden. »Ja. Aber ich war es nicht.«

»Nein?«

Ich zwinge mich, ihn anzuschauen. »Nein.«

»Warum ist es jetzt so anders, mit mir zu reden, als damals, als wir zusammen auf der Straße unterwegs waren?«

»Weil es da notwendig war, immer zusammen zu sein. Die Stille zwischen uns war nicht unangenehm« – jedenfalls nicht immer – »denn man kann ja nicht den ganzen Tag reden. Aber wenn jetzt Stille herrscht, liegt das daran, dass ich bei einem Gespräch versage.« Ich stöhne auf. »Ergibt das überhaupt einen Sinn?«

»Ja.« Seine Finger zucken, als wolle er die Hand nach mir ausstrecken, aber er hält sich zurück.

Will er mich berühren?

Ich erinnere mich an seine Worte im Wald, als er wahrscheinlich eine Gehirnerschütterung hatte. Er will eine gleichberechtigte Partnerin. Er will nicht derjenige sein, der alles macht. Von dem jede Initiative ausgeht.

Und ich möchte gern seine Hand halten.

Obwohl ich ein bisschen Angst vor meinem eigenen Mut habe, strecke ich die Hand aus und streiche über seine Finger, bevor ich seine Hand in meine nehme. Kellyn Augenbrauen schießen in die Höhe, aber im nächsten Moment glätten sich seine Gesichtszüge.

»Du hast mich wirklich erschreckt«, sage ich. »Du hast auf der Straße im Fieberwahn gelegen. Ich war mir nicht sicher, ob du es schaffen würdest.«

Ich trete an seine Seite und gemeinsam gehen wir weiter. Mein Herz schlägt schneller als sonst, weil wir uns so nahe sind. Ich versuche, locker zu bleiben.

»Bei deiner guten Pflege?«, sagt er. »Da blieb mir ja gar nichts anderes übrig, als es zu schaffen.« Er drückt sanft meine Hand, bevor er unsere Finger ineinander verschränkt. Irgendwie fühlt sich das noch intensiver an, als nur die Handflächen aneinanderzudrücken.

Ich mag es wirklich, ihn zu berühren.

Kellyn scheint genau zu wissen, wo er hinwill, also überlasse ich ihm die Führung.

»Wie lange habe ich geschlafen?«, frage ich.

»Ungefähr sechsundzwanzig Stunden. Ich bin auch erst gestern mitten in der Nacht aufgewacht. Temra hat mich gefragt, ob ich auf dich aufpasse, während sie aufs Trainingsgelände geht. Sie übt noch härter als zuvor, seit sie weiß, dass Ravis auf dem Weg hierher ist.«

Sie kann üben, so viel sie will, aber ich habe nicht die Absicht, sie in die Nähe von Ravis oder seiner Armee zu lassen.

»Wohin gehen wir?«, frage ich.

»Wir besorgen dir ein Frühstück«, lautet seine Antwort.

»Oh.«

»Du klingst überrascht.«

»Ich bin es nicht gewohnt, dass sich jemand um mich kümmert oder daran denkt, was ich brauchen könnte.« Ich schließe die Augen und mache sofort einen Rückzieher. »Nicht dass Temra nicht an mich denkt. Ich meinte, jemand anders, außer meiner Schwester.«

»Gewöhn dich nicht daran«, sagt er. »Ich bin dir etwas schuldig, weil du mich vor Ravis gerettet hast, aber jetzt sind wir quitt.«

Ich lache und spüre, wie etwas von der Spannung in mir nachlässt. »Mir ein Frühstück zu besorgen, ist nicht das Gleiche, wie dich aus einem schwer bewachten Schloss zu befreien.«

»Na gut. Du bekommst zwei Frühstücke, und jetzt hör auf, so gierig zu sein.«

Kellyn stößt eine breite Doppeltür auf und ich rieche frisches Brot und schmelzende Butter. Mir läuft das Wasser im Mund zusammen.

»Ich habe die Küche gleich nach dem Aufwachen erschnüffelt«, sagt Kellyn. »Die Köchin hat eine Schwäche für uns, also können wir hier frei aus und ein gehen, wann immer wir wollen.«

Eine schlanke Frau, die ihr Haar zu einem Zopf geflochten hat, zieht einen Tiegel aus dem Ofen. Sie ist jung, vielleicht Mitte zwanzig, und ziemlich hübsch.

Kellyn führt uns direkt zu ihr hin. »Paulia, hallo noch mal!«

»Kellyn!« Ohne mich zu beachten, wirft sie ihre Arme um ihn, und Kellyn lässt meine Hand los, um die Geste zu erwidern.

Ich merke, wie ich die Stirn runzle und mir der Appetit vergeht.

Sie erkundigt sich nach Kellyns verletztem Arm und er zeigt ihn ihr. *Wenn Kellyn erst letzte Nacht aufgewacht ist, wie lange ist es dann her, dass sie ihn zuletzt gesehen hat?* Und warum sind sie schon so vertraut miteinander?

Kellyn fragt, wie ihr Morgen war, und sie plaudern miteinander, als wäre niemand sonst im Raum. Normalerweise mag ich es, wenn man mich bei Gesprächen außen vor lässt, denn mir fällt meistens nichts ein, was ich sagen könnte. Aber jetzt nicht. Im Moment würde ich am liebsten mit allem Möglichen herausplatzen, nur um diese Paulia davon abzuhalten, ihn anzuschauen. Ihn zu berühren.

»Ich habe dir jemanden mitgebracht, von dem ich weiß, dass du ihn kennenlernen willst«, sagt Kellyn schließlich. Er ist einen Moment verblüfft, als er meinen Gesichtsausdruck sieht, dann fährt er fort. »Das ist Ziva.«

Paulias Gesicht erhellt sich. Sie lässt Kellyn sofort los und eilt zu mir. Ihr Kopf reicht mir nur bis zur Brust, sodass die Umarmung ein wenig seltsam ist, aber als sie sich von mir löst, sprudelt sie über vor Begeisterung. »Ich kann dir nicht genug danken. Du hast mir meine ganze Welt zurückgegeben. Komm vorbei, wann immer du willst, und ich mache dir, was immer du willst. Was möchtest du zum Frühstück?«

Ich bin überwältigt von ihrer Großzügigkeit und Aufrichtigkeit, kämpfe aber immer noch gegen die Eifersucht an.

Ich schaue Kellyn Hilfe suchend an.

»Paulia ist mit Serutha zusammen«, erklärt er. »Sie sind verlobt.«

»Oh ... *oh!*«, sage ich und wende mich wieder der warmherzigen Frau vor mir zu. Ich habe Serutha vor Ravis gerettet. Deshalb ist Paulia mir dankbar. Mein Verstand braucht viel zu lange, um das alles zu begreifen. »Schon gut. Ich bin froh, dass sie wieder da ist, und sehr dankbar, dass sie meine Schwester und meinen - und Kellyn geheilt hat.«

Kellyn sieht so aus, als würde er sich ein Grinsen verkneifen.

»Ich stehe trotzdem in deiner Schuld, also, was willst du essen?«, fragt Paulia.

»Rieche ich da frisches Brot?«, frage ich.

Sie präsentiert mir den Tiegel, den sie gerade aus dem Ofen geholt hat. »Brötchen. Möchtest du welche?« Sie stellt mir einen Teller mit Besteck, ein Stück Butter und einen Topf mit Honig hin.

Jetzt mag ich sie noch mehr.

Paulias munteres Geplapper ist wie ein stetiger Strom, der Leben in die Küche bringt, und ich genieße es, nur gelegentlich zu nicken oder hin und wieder eine Frage zu beantworten. Ihre natürliche Art bewirkt, dass man sich in ihrer Gegenwart wohlfühlt. Kellyn nimmt sich ein Brötchen, bestreicht es mit Butter und beträufelt es mit Honig. Ich beobachte, wie er einen Bissen nimmt und mit der Zunge über einen verirrten Honigtropfen auf seiner Lippe fährt. Mir läuft wieder das Wasser im Mund zusammen.

Als er mich beim Anstarren erwischt, senke ich verlegen den Blick.

Meinem Körper wird unangenehm heiß, und ich habe das Gefühl, die muntere Unterhaltung keinen Augenblick länger auszuhalten. Kellyn scheint Abschiedsworte zu sagen, dann zieht er mich plötzlich hoch und verschränkt unsere Hände wieder ineinander.

Seine Schritte sind so lang, dass ich fast rennen muss, um mitzuhalten. Er stößt eine Tür auf, steckt seinen Kopf hinein und zieht mich hinter sich her.

Wir sind in einem abgelegenen Raum - ein unbenutztes Schlafzimmer. Die Möbel sind mit weißen Laken abgedeckt. Die Luft ist etwas abgestanden und eine dünne Staubschicht überzieht alles.

»Geht es dir gut?«, fragt Kellyn. »War das zu viel? Ich weiß, dass sie viel redet, aber -«

Ich stürze mich förmlich auf ihn, als ich merke, dass niemand sonst da ist. Wir sind allein und sicher und es besteht ausnahmsweise keine unmittelbare Gefahr.

Sein Rücken prallt gegen die Wand, und dann senken sich auch schon meine Lippen auf seine und ersticken sein überraschtes Keuchen. Er schmeckt nach Butter und Honig, und als ob das nicht schon süß genug wäre, ist es nichts im Vergleich dazu, wie er mein Haar mit sanften Fingern zurückstreicht, meine Wangen mit seinen Händen umfasst und meinen Kopf so hält, dass auch er mich liebkosen und schmecken kann.

Meine Hände gleiten an seiner Brust hinunter, ich genieße die Festigkeit seiner Muskeln durch seine Kleidung hindurch. Als ich am Bauch angekommen bin, erschreckt mich eine sanfte Wärme.

Sein Hemd ist hochgerutscht und meine Finger ertasten nackte Haut.

Entweder hat er es nicht bemerkt oder es ist ihm egal, denn an den Bewegungen seiner Lippen ändert sich nichts. Also drücke ich zaghaft meine flache Handfläche gegen seinen nackten Bauch.

Er keucht, und ich ziehe mich zurück, als hätte ich mich verbrannt.

»Es tut mir leid!« *Oh nein, ich habe es ruiniert.* Das war zu viel. Ich hätte …

Kellyn reißt mich an sich. Seine Lippen finden erneut meine, während er meine Hand wieder auf seinen Bauch drückt.

Aber seine erste Reaktion hat mich verunsichert. Was, wenn ich etwas tue, das ihm nicht gefällt? Will er mir nur einen Gefallen tun? Ich bin so eingeschüchtert, dass ich mich statt auf meine Hand an seinem Bauch lieber auf seine Lippen konzentriere.

Kellyn fährt mit dem Mund die Kontur meines Kiefers nach, beißt in mein Ohrläppchen, bevor er mir kühlen Atem auf die Haut bläst. »Du hast mich nur überrascht«, flüstert er, und seine Stimme ist aufregend heiser. »Ich liebe es, wenn du mich berührst.«

Ich spüre, wie seine Arme sich auf meinem Rücken auf und ab bewegen, und ich denke an das Gefühl, wenn seine Finger über meine Wangen streichen. Wenn er mich berührt, fühle ich mich lebendig. Empfindet er es auch so?

Ich lasse meine zweite Hand zu der ersten wandern, und dann treffen sie sich auf seinem nackten Rücken, um dagegenzudrücken, damit der Kontakt noch enger wird.

Kellyn gibt ein summendes Geräusch von sich und ich liebe den Klang. Ich glaube, ich könnte Jahre damit verbringen, diesen Mann zu küssen, die Geräusche zu hören, die er macht, und die Stellen zu erforschen, an denen er am liebsten berührt werden möchte.

Kellyns Hand gleitet an meiner Seite hinunter bis zu meinem Oberschenkel. Er packt ihn, zieht ihn hoch.

Und dann versucht er das Gleiche mit dem anderen Bein. Nur dass ich dann nicht mehr das Gleichgewicht halten kann. Will er, dass ich ...?

Ich stoße mich ab und er fängt mich mühelos auf. Er wirbelt uns herum, stützt mich mit dem Rücken an die Wand und hält mich mit seinen starken Armen fest. Sein Hemd ist zwischen uns eingeklemmt, und ich fahre mit meinen Fingernägeln über seinen Rücken und genieße es, wie sich seine Muskeln unter der Berührung anspannen.

Ich verstehe das nicht. Temra ist schnell gelangweilt von den Männern und wechselt von einem zum nächsten. Sie scheint Abwechslung zu brauchen. Aber ich empfinde das nicht so. Ich möchte all die verschiedenen Stellungen lernen, in denen ich diesen einen Mann küssen kann. Ich glaube, ich könnte das den ganzen Tag lang machen, ohne müde zu werden.

Nach einer Stunde oder fünf lässt mich Kellyn wieder auf den Boden gleiten. Ich schaffe es fast nicht, mich rechtzeitig zu fangen, aber er hält mich fest, unsere Köpfe ruhen aneinander, während wir die gleiche Luft einatmen.

»Ich dachte, *ich* entscheide, wann wir aufhören, uns zu küssen«, sage ich.

Er lacht, küsst mich auf die Nasenspitze und nimmt meine Hand. »Wenn wir nicht bald zu deiner Schwester gehen, macht sie sich auf die Suche nach dir.«

»Hier drin würde sie uns nie finden.«

»Da hast du wahrscheinlich recht. Aber wir müssen zu einem Treffen.«

»*Einem Treffen?*«

»Mit Skiro und Petrik. Wegen Ravis und seiner anrückenden Armee.«

»Warum hast du das nicht gleich gesagt?«

»Du hast mich abgelenkt.«

»Also ist es meine Schuld?«

Kellyn führt uns auf den Flur hinaus und eine Treppe hinauf. »Auf jeden Fall, aber ich habe jede einzelne Sekunde genossen.«

»Ich auch«, sage ich lächelnd. »Ein Treffen macht leider viel weniger Spaß.«

»Wenn du willst, können wir weiterküssen, wenn es vorbei ist.«

»Nein!«, sage ich.

»Eine eindeutige Antwort.«

»Ich meine, wir können nicht vorausplanen, wann wir uns küssen werden.«

»Können wir nicht?«

»Nein. Wenn ich es im Voraus weiß, muss ich zu viel darüber nachdenken. Ich werde nervös und gerate in Panik, bis es so weit ist. Ich werde mich auf nichts anderes mehr konzentrieren können.«

»Warum?«

»Ich überlege dann, was ich alles falsch machen könnte.«

»Du kannst nichts falsch machen«, sagt er voller Überzeugung.

»Aber mein Verstand wird sich trotzdem alles Mögliche ausdenken. Ich kann nichts dagegen tun. Es ist einfach so.«

»Gut, dann küssen wir uns nach dem Treffen nicht mehr. Ist das besser?«

»... Nein.«

Er lacht so laut, dass wir mitten im Gang stehen bleiben müssen. Als er sich wieder beruhigt hat, öffnet er den Mund, um etwas zu sagen. Dann überlegt er es sich anders und zieht mich einfach hinter sich her.

KAPITEL
SIEBZEHN

Der Besprechungsraum besteht vor allem aus einem großen Eichentisch mit kunstvollen Schnitzereien, die Landschaften in Ghadra darstellen. Die Stühle sind mit handgenähten Kissen ausgestattet, die jeweils eine einheimische Blüte in exquisiter Detailarbeit ziert.

Als wir den Raum betreten, erhebt sich Petrik von seinem Platz. »Wurde auch Zeit! Kellyn, ich habe dir doch gesagt, du sollst sie wecken, wenn sie um vier Uhr noch nicht wach ist.«

»Sie war wach.«

Petrik zischt missbilligend. »Warum seid ihr dann beide so spät dran? Ich denke, wir sind uns einig über den Ernst der Situation. Da kann man ja wohl eine gewisse Verlässlichkeit verlangen.« Petrik legt den Kopf schräg. »Wieso sind deine Arme staubig?«

Kellyn bemerkt die grauen Schmutzspuren und versucht sie wegzuwischen.

»Ziva, du bist ebenfalls voller Staub. Was hast du gemacht?«

Ich schlucke und spüre, wie meine Wangen heiß werden.

Wie immer rettet mich Temra. Sie ist plötzlich neben mir. »Wie wär's, wenn du aufhörst, sie in Verlegenheit zu bringen, und stattdessen mit der Sitzung fortfährst?«

»Ich dachte, du sprichst nicht mit mir«, erwidert Petrik. »Und ich bringe sie nicht in Verlegenheit. Ich stelle eine völlig berechtigte Frage.«

»Sie sind beide mit Staub bedeckt, Petrik. Was, glaubst du, haben sie an einem abgelegenen, verlassenen Ort gemacht?«

Petriks Augen weiten sich, und er stammelt etwas, bevor er sich wieder hinsetzt.

»Idiot«, murmelt Temra.

»Was haben wir verpasst?«, fragt Kellyn.

»Sie haben den Spion gefangen, der so aussah wie du«, sagt sie. »Leider hat er sich das Leben genommen, bevor wir ihn verhören konnten. Er führte irgendeine Art von Gift mit sich.«

»Wir wissen also nichts?«, frage ich.

»Nur was ihr uns erzählen konntet. Kommt, setzt euch. Wir reden gerade über eine mögliche Belagerung.«

Es gibt reichlich freie Stühle, aber ich nehme den neben Temra, während Kellyn den Stuhl auf meiner anderen Seite wählt.

Erst als ich sitze, bemerke ich Skiros Blick auf mir. Er grinst, zwinkert mir zu, und mir wird wieder ganz heiß. Hat er das kurze Gespräch zwischen meinen Freunden angehört? Oder hat es etwas damit zu tun, wie sehr er sich von meiner Doppelgängerin angezogen fühlte?

Von dir, Ziva. Wenn er sich zu jemandem hingezogen fühlte, der dein Gesicht trägt, dann fühlt er sich zu dir *hingezogen.*

»Ziva«, sagt der Prinz, und ich zucke prompt zusammen, weil er mich persönlich anspricht. »Ich hatte noch keine Gelegenheit, dir dafür zu danken, dass du Serutha zu uns zurückgebracht hast. Du hast mir einen großen Dienst erwiesen, und das werde ich dir nie vergessen.«

Ich nicke, unfähig, ein Wort herauszubringen.

»Wie gesagt«, erklärt eine Frau, die ich noch nicht kenne, »es gibt etwas mehr als dreitausend Menschen in der Stadt. Wir könnten sie zur Not innerhalb der Palastmauern unterbringen, aber es wird eng.«

»Lasst sie herein«, sagt Skiro. »Wir müssen tun, was uns möglich ist. Nur so können wir sicherstellen, dass Ravis auf seinem Weg zum Schloss keine Unschuldigen abschlachtet.«

»Und wenn er dann vor den Palasttoren steht?«, fragt ein Mann, den ich ebenfalls nicht kenne.

»Dann verhandeln wir«, sagt Skiro. »Es muss eine friedliche Lösung geben. Wenn Ravis etwas will und dafür mein Volk verschont, müssen wir es ihm geben.«

Temra beugt sich zu mir und sagt leise: »Der Mann heißt Saydan und ist für alle Wachen im Palast und in der Stadt zuständig. Die Frau ist Bida. Sie ist eine Art Statthalterin für die Einwohner der Stadt. Nach der Teilung hat sie Skiro beim Aufbau des Landes unterstützt. Sie kennt sich aus mit Zahlen, Nahrung, Handel - mit allem.«

»Und die andere Frau dort?«, frage ich.

»Isulay. Sie hält das Schloss am Laufen. Sie weiß zu jeder Zeit, wer sich gerade im Palast aufhält, kennt alle Diener und so weiter. Sie wird eng mit Bida zusammenarbeiten, um uns auf die Belagerung vorzubereiten.«

Als ich wieder aufschaue, hat gerade Kellyn das Wort

ergriffen. »Ravis will nicht verhandeln, Prinz Skiro. Er ist fest entschlossen, ganz Ghadra für sich zu beanspruchen. Ziva und ich waren bei ihm. Wir haben seine Schmieden und Waffenkammern gesehen. Seine Armee. Ich glaube nicht, dass er mit einem so großen Heer anrücken würde, wenn er die Absicht hätte, zu reden.«

»Schon möglich«, sagt Skiro, »aber ich kenne meinen Bruder. Er ist vernünftig, egal wie groß sein Ehrgeiz auch sein mag. Und wenn es eine Chance gibt, dass wir uns irgendwie arrangieren, dann müssen wir es versuchen.«

Saydan nickt zustimmend. »In der ganzen Stadt gibt es nur etwa hundert an den Waffen ausgebildete Männer. Wir sind nicht stark genug, um in einer Schlacht standzuhalten. Wir müssen ihn dazu bringen zu verhandeln.«

»Und wenn nicht«, sagt Skiro, »dann warten wir ab. Einer Belagerung können wir unbegrenzt standhalten.«

Dank der Portale, wird mir klar. Auf diesem Weg lässt sich bei Bedarf Nachschub auf das Palastgelände schaffen.

Allerdings werden dessen Mauern nicht lange intakt bleiben.

Ich zähle bis fünf, bevor ich mich dazu durchringe, etwas zu sagen. »Ich glaube nicht, dass es zu einer Belagerung kommen wird.«

»Und warum nicht?«, fragt Saydan, der ältere Mann mit dem ergrauten Haar und dem faltigen Gesicht.

Ich greife unter dem Tisch nach Kellyns Hand und schließe die Augen.

»Einer von Ravis' Männern hat einen Kriegshammer, der alles, was er berührt, pulverisiert. Er wird das Tor mit einem einzigen Schlag zu Staub verwandeln.«

»Tatsächlich?«, fragt Skiro, wobei in seiner Stimme eher Faszination als Entsetzen mitschwingt. »Wie hast du ...«

Petrik räuspert sich, woraufhin sein Bruder seine Begeisterung zügelt. Er findet wieder zum eigentlichen Thema zurück und sagt: »Wir haben Scharfschützen. Wir werden sie auf der Mauer postieren. Jeder, der versucht, sich mit dem Hammer zu nähern, wird niedergestreckt.«

Er klingt so gelassen. Als hätte nicht ausgerechnet ich dafür gesorgt, dass der Feind über solche Waffen verfügt. Ist wirklich niemand wütend auf mich, obwohl ich so etwas Schreckliches getan habe?

»Gibt es jemanden, den Ihr um Hilfe bitten könnt?«, fragt Kellyn.

Der Prinz erwidert: »Niemand sonst hat ein stehendes Heer. Nach der Spaltung von Ghadra war nicht genug Zeit, um neue Soldaten zu rekrutieren. Ich weiß nicht, wie Ravis das geschafft hat. Ich stehe meinen anderen Geschwistern nahe, aber sie sind nicht stark genug, um uns im Falle einer Belagerung von außen zu helfen, und wir haben keinen Platz, um ihre Leute innerhalb der Palastmauern unterzubringen.«

Verzweifelt frage ich: »Könnt Ihr Euch nicht einfach zurückziehen?«

»Und Ravis das Gebiet überlassen?«, fragt Saydan.

»Land ist Land. Es kann zurückerobert werden. Menschen sind schwerer zu ersetzen«, antworte ich, während mein Herz mit einer Million Schlägen pro Minute hämmert.

»Ziva, ich weiß deinen Vorschlag zu schätzen«, sagt Skiro. »Ja, tatsächlich. Aber mein Ziel muss sein, das zu behalten, was mir gehört. Außerdem gehört es nicht nur mir. Es gehört allen Menschen, die hier leben. Ravis wird sie nicht in

Frieden lassen. Er wird ihnen Steuern auferlegen. Sie zwingen, seine Truppen zu ernähren, bevor er weiterzieht. Er wird sich nehmen, was er will, während alle anderen hungern.«

Was er sagt, deckt sich mit allem, was ich bis jetzt über Ravis weiß. Ich nicke verständnisvoll.

Und dann fällt mir die Absurdität der ganzen Situation auf. *Bin ich in einer Ratssitzung? Habe* ich *soeben versucht, einen Rat zu geben?*

Ich beneide Skiro und seine Leute nicht. Sie haben eine schwere Zeit vor sich. Ich schweige für den Rest der Sitzung und komme mir lächerlich vor, weil ich überhaupt etwas gesagt habe.

Danach gehen Temra und ich zurück in ihre Privaträume. Kellyn hat meinen Blick gesucht, aber ich bin ihm ausgewichen.

Ich weiß, was er will. Er denkt an das, was wir in dem leer stehenden Raum getan haben, und möchte es wiederholen.

Und obwohl ein Teil von mir das auch will, möchte ein anderer Teil lieber noch etwas Zeit mit meiner Schwester verbringen.

Als wir bei ihrer Tür angelangt sind, frage ich: »Hat Skiro unsere Namen reingewaschen? Bei all dem, was passiert ist, hatte ich nie die Gelegenheit zu fragen. Und bei unserer Besprechung gerade eben schien es mir nicht angebracht zu sein, danach zu fragen.«

»Das war sehr taktvoll von dir. Ja, Petrik hat Skiro alles erklärt. Der Prinz hat uns von allen Anschuldigungen freigesprochen und Mitteilungen an alle größeren Städte und deren Herrscher geschickt. Wir werden nicht mehr gesucht, und da Kymora im Gefängnis sitzt, ist niemand mehr hinter uns her.«

»Die Kriegsherrin ist also noch am Leben?«

»Skiro hält sie im Kerker fest. Er sammelt möglichst viele Beweise gegen sie, bevor der Prozess stattfindet. Ich habe keinen Zweifel daran, dass sie zu gegebener Zeit hingerichtet wird.«

Ich seufze erleichtert. »Gut. Dann lass uns gehen. Packen wir deine Sachen.«

Temra blinzelt. »Was meinst du mit *gehen*?«

»Wir müssen so weit wie möglich von Ravis weg. Wir werden auf den nördlichen Kontinent gehen, wie wir es immer geplant haben.«

»Wir können Skiro und sein Volk doch nicht sich selbst überlassen!«

Aber da öffne ich bereits die Kommode, hole ihre Kleidung heraus und lege sie ordentlich gestapelt auf das Bett. »Das müssen wir, Temra. Wir haben nicht genug Kräfte, um Ravis zu trotzen. Seine Soldaten haben zu viele meiner Waffen. Das wird ein furchtbares Gemetzel.«

»Der Prinz glaubt, dass er verhandeln kann, und ich denke, er kennt seinen Bruder besser als du.«

»Vielleicht war das so, als sie noch klein waren und unter demselben Dach lebten. Menschen ändern sich. Ravis ist gierig und machthungrig. Du weißt nur zu gut, wozu ein solcher Mensch fähig ist. Wir haben es bei Kymora erlebt. Wir müssen weg, und zwar sofort. Sprich mit Petrik, ich werde mit Kellyn reden. Wir können alle zusammen gehen.«

Ihre Augen werden schmal. »Du willst wie ein Feigling wegrennen und unsere Freunde auch noch überreden mitzukommen?«

»Das ist keine Feigheit, das ist Vernunft! Du warst nicht dort, Temra. Du wurdest nicht von Ravis gefangen genommen und dazu gezwungen, ihm zu gehorchen, du hast nicht gebetet, es auch schnell und gut genug zu tun, damit er einem Menschen, der dir wichtig ist, nichts antut.«

Ich wünschte, ich könnte ihr verständlich machen, wie gefährlich Ravis ist. Ich wünschte, ich könnte mir mein pochendes Herz aus der Brust reißen und es ihr in die Hände legen, damit sie meine eigene Angst zu spüren bekommt und den Ernst der Lage versteht.

Temras Miene wird sanft. »Du hast recht. Ich kann mir nicht vorstellen, was du durchgemacht hast, Ziva, aber wir *können* jetzt nicht weggehen. Wir müssen Ravis zur Vernunft bringen oder, falls uns das nicht gelingt, eine Belagerung überstehen. Was ist mit denen, die zu arm oder zu schwach sind, um zu fliehen? Was ist mit Amanor?«

Plötzlich ist da ein riesiger Stein in meinem Magen.

»Was ist mit Kellyns Mutter und Vater?«, fährt sie fort. »Seinen Geschwistern. Den Kleinen? Sie werden nicht gehen. Sie können nicht einfach auf den nördlichen Kontinent fliehen. Würdest du sie auf Gedeih und Verderb Ravis überlassen?«

Allein bei dem Gedanken steigen mir Tränen in die Augen. »Sie leben abseits der Hauptstraße. Ravis wird auf seinem Marsch an ihrem Dorf vorbeiziehen!«

»Und danach? Wenn andere Menschen sich hier niederlassen und das Gebiet für sich einnehmen? Für den Moment mag Kellyns Familie sicher sein, aber was ist, wenn das ganze Land von feindlichen Soldaten besetzt ist?«

»Temra, wir können nichts tun.« Ich bettle sie geradezu

an. »Komm mit mir. Wir holen unser Geld aus der Bank in Lirasu, und dann gehen wir irgendwohin, wo es sicher ist.«

»Ich kann nicht. Ich habe dem Prinzen Treue geschworen. Er hat mich in die Reihen seiner Garde aufgenommen. Ich bin eine Soldatin und gehöre jetzt hierher. Selbst wenn ich wollte, könnte ich nicht weg.«

»Sag mir, dass du das nicht getan hast!«

»Doch, das habe ich.«

Tränen der Wut schießen mir in die Augen, mein Plan, zu packen, ist vergessen. »Was kannst du denn schon gegen Ravis ausrichten! Er hat eine Armee, Temra, schon vergessen?«

»Wir kämpfen nicht gegen sie. Wir verhandeln, und wenn es sein muss, verschanzen wir uns hinter den Palastmauern, bis Ravis das Essen und das Geld ausgeht. Dann wird er nach Hause zurückkehren. So können wir alle retten. Ich werde die Mauern bewachen. Nachts Wache halten, damit sich niemand hereinschleichen kann.«

Jetzt fehlen mir die Worte. Was sie sagt, ist zu absurd. Es ist töricht und dumm, und meine Eltern würden sich im Grabe umdrehen, wenn sie wüssten, wie schlecht ich auf meine Schwester aufgepasst habe.

»Auch du kannst helfen«, fügt Temra hinzu. »Nutze deine Gabe.«

»*Nein!*«, schreie ich. Ich bin über meinen Zornesausbruch fast so überrascht wie Temra. »Meine Gabe ist gefährlich. Was, wenn ich für Skiros Soldaten magische Waffen schmiede und Skiro dann gierig wird und beschließt, selbst auf einen Eroberungsfeldzug zu gehen? Waffen für mächtige Leute herzustellen, hat noch nie zu etwas Gutem geführt. Ich kann das nicht machen. Ich habe schon einmal fast die Welt zerstört. Ich kann es nicht noch einmal so weit kommen lassen. Schlimm genug, dass einige von Ravis' Männern meine Waffen tragen.«

»Dann schmiede keine Waffen, die so zerstörerisch sind. Mach uns lediglich Klingen, die uns einen Vorteil verschaffen, so wie du es getan hast, als du Ravis besänftigen wolltest. Wenn sich herumspricht, dass die magische Schmiedin Skiro hilft, werden mehr Menschen zu uns kommen wollen. Wir werden eine echte Verteidigung aufbauen, um uns in Zukunft gegen Ravis wehren zu können. Wir würden hier wirklich etwas Gutes bewirken.«

»Und wenn Ravis mich wieder gefangen nimmt? Wenn er dich entführt und dir wehtut, um mich zu zwingen, mehr Waffen für ihn herzustellen, die ihn unbesiegbar machen?«

»Eher bringe ich mich um, als dass ich mich von ihm benutzen lasse.«

»Temra!«, sage ich entgeistert. »Das kannst du nicht ernst meinen.«

»Doch, aber das wäre der schlimmstmögliche Fall. So weit wird es nicht kommen, Ziva. Wenn die Lage verzweifelt ist, bringen wir dich von hier weg.«

»Du willst die Welt retten. Du bist süchtig nach Nervenkitzel und Abenteuer, und das wird eines Tages dein Tod sein.«

»Dann sterbe ich wenigstens lebendig. Ich sterbe, um etwas zu schützen, an das ich glaube.«

»Was hast du nur für eine verquere Fantasie? Du denkst an den Ruhm im Tod. Wie bist du nur so geworden?«

Sie schaut mich mit festem Blick an. »Meine Schwester hat mich dazu erzogen, ein eigenständiger Mensch zu sein. Sie hat mir beigebracht, mich so zu lieben, wie ich bin, und für die Dinge zu kämpfen, die mir wichtig sind. Ich bin stolz darauf, was aus mir geworden ist.«

Ohne ein weiteres Wort verlasse ich den Raum, denn was soll ich dazu schon sagen?

Ein Diener zeigt mir meine eigenen Zimmer und ich schließe mich sofort darin ein.

Aber aus irgendeinem Grund fühle ich mich nicht besser.

Ich habe mich danach gesehnt. Ein Raum, in dem ich allein sein kann. Ein Ort, an dem ich mich wie ich selbst fühlen kann und mir keine Sorgen um andere machen muss.

Stattdessen fühle ich mich krank.

Selbstsüchtig.

Einsam statt allein.

Ist mein Wunsch, mich von Ravis fernzuhalten, egoistisch? Ist mein Bedürfnis, die Welt vor meiner Gabe zu schützen, nur eine Ausrede, die über meine Feigheit hinwegtäuschen soll, wie Temra meint?

Ich bin nicht so mutig wie sie. Ich laufe vor Problemen davon. Ich verstecke mich. Ich sehne mich danach, mich sicher zu fühlen.

Was soll ich tun, wenn meine kleine Schwester sich mit Absicht in Gefahr begibt? Ich kann sie nicht davon abhalten. Ich kann sie nicht zur Vernunft bringen.

»Aber ich werde sie nicht im Stich lassen«, sage ich laut. »Ich verspreche es, Mutter und Vater. Ich werde sie nie verlassen.«

Selbst wenn ich ihretwegen wieder im Gefängnis lande.

Beim Abendessen sitzen Petrik und Kellyn zusammen und reden wie früher, als wir auf der Straße unterwegs waren.

»Du bist ein ganz anderer geworden«, sagt Kellyn. »Sieh dich an, du berätst Prinzen und arrangierst Ratstreffen.«

»Ich kann nicht zurück in die Bibliothek gehen, wenn sich hier die Ereignisse überstürzen«, sagt Petrik. »Außerdem, schau doch *dich* an! Du stürzt dich mitten in die Gefahr, obwohl es keinen Sold zu verdienen gibt. Sei vorsichtig, sonst denken alle, dir sei ein Herz gewachsen.«

Ich stelle mein Tablett mit cremiger Tomatensuppe und Sauerteigbrot ab und setze mich den beiden gegenüber.

»Was ist los?«, fragt Kellyn.

»Temra.«

»Was ist mit ihr?«, fragt Petrik.

»Sie hat sich Skiros Leibwache angeschlossen und will bis zu Ravis' Ankunft im Palast ausharren. Sie wird in den Tod gehen!«

»Sie ist der Wache beigetreten?«, fragt Petrik und sieht mit einem Mal genauso blass drein wie ich. Er starrt über meine Schulter. Ich drehe mich um und sehe, dass Temra inmitten einer Gruppe von Männern und Frauen in Uniform Platz genommen hat. Wahrscheinlich ihre neuen Freunde. Sie war schon immer so gut darin, Leute um sich zu scharen.

»Wie überzeuge ich sie, von hier wegzugehen?«, frage ich.

»Moment, was meinst du mit *weggehen*?«, fragt Kellyn. »Warum willst du weg?«

»Damit Ravis mich nicht wieder gefangen nimmt!« Erinnert sich denn niemand mehr daran, was beim letzten Mal passiert ist? »Die Waffen, die ich gemacht habe, sind gerade auf dem Weg hierher!«

»Ravis wollte dich nicht gefangen nehmen«, entgegnet Kellyn. »Er wollte dich tot sehen. Nicht dass das besser wäre.«

»Ich darf ihm nicht in die Hände fallen, das wäre für alle zu gefährlich. Ist es da nicht klüger, wenn ich gehe?«

»*Nein!*«, schreien beide gleichzeitig.

»Ich glaube euch nicht, aber das ist ohnehin egal«, sage ich seufzend. »Ich würde Temra niemals zurücklassen.«

Kellyn sieht erleichtert aus. »Gut. Wir können diese Leute nicht im Stich lassen.«

Und doch werde ich das Gefühl nicht los, dass ich diejenige bin, die sie in noch größere Gefahr bringt. Petrik und Kellyn schauen mich an, als versuchten sie, meine Gedanken zu lesen.

Um die Aufmerksamkeit von mir abzulenken, greife ich Kellyns Kommentar auf und frage: »Seit wann kümmerst du dich um andere Menschen?«

Kellyn geht sofort darauf ein. »Warum reden alle über mich, als wäre ich ein Monster?«

»Du bist kein Monster. Du bist nur manchmal eigennützig«, sagt Petrik.

»Ich bin auch jetzt eigennützig! Wenn wir Ravis nicht aufhalten, wird er ungehindert in Ghadra wüten, und zufällig lebe auch ich hier.«

»Ziva«, sagt Petrik, als wäre ihm gerade eine Idee gekommen, »meinst du, du könntest –«

Ohne eine Spur von Humor unterbreche ich ihn sofort. »Wenn du mich bittest, Waffen herzustellen, kriegst du wieder meine Faust zu spüren, das sag ich dir.«

Petrik klappt den Mund zu.

»Ich werde mich nie wieder zum Spielball von irgendjemandem machen lassen. Ich werde nie wieder Waffen für jemanden herstellen. Ich lasse mich nicht in eine Falle locken oder gegen meinen Willen zu etwas zwingen.«

Am Tisch wird es still, und alle, die sich in der Nähe befinden, sind klug genug, das Weite zu suchen.

»Niemand zwingt dich zu irgendetwas«, sagt Kellyn ruhig. »Das lasse ich nicht zu.«

Ich löffle etwas Suppe und fühle mich kein bisschen besser.

Ich hatte gehofft, dass Petrik ein paar weise Worte parat hätte oder dass Kellyn die Dinge aus meiner Sicht sehen würde.

Vergeblich.

Die beiden wenden sich einem anderen Thema zu, aber ich halte mich raus. Ich bin mit der Frage beschäftigt, was ich tun werde, wenn Ravis mich wieder gefangen nimmt. Er wird nicht zulassen, dass ich noch einmal eine magische Waffe gegen ihn richte. Er wird nicht den Fehler begehen, einen Menschen, der mir etwas bedeutet, nah genug bei mir zu lassen, dass ich ihn befreien kann. Ich stelle mir vor, wie er Temra in einen Turm sperrt und seine Männer meine Arbeit in der Schmiede mit einem Fernrohr beobachten, bereit, meiner Schwester die Kehle durchzuschneiden, sobald ich eine falsche Bewegung mache.

Meine Gedanken werden immer düsterer, und ich sehe hoffnungslos von meinem Essen auf, in dem ich ohnehin nur rumgestochert habe.

Petrik starrt gerade sehnsüchtig etwas an, das sich hinter mir befindet, und ich bin froh über die Ablenkung.

»Gib ihr etwas Zeit«, sage ich zu ihm. »Du weißt, wie stur Temra sein kann. Sie wird dir wahrscheinlich irgendwann verzeihen.«

»Ich habe es vermasselt«, sagt er. »Ich hätte sie nicht anlügen dürfen.«

»Doch, das hättest du. Du hast alles richtig gemacht.«

»Ich habe ihr keine Wahl gelassen. Das war nicht fair.«

»Aber du hast sie gerettet.«

»Ich habe sie von dem ferngehalten, was ihr am wichtigsten ist. Von dir«, fügt er hinzu, als er meinen verwirrten Blick sieht. »Ich glaube nicht, dass sie mir das verzeihen kann.«

Verlegen sehe ich zu Kellyn hinüber. »Du würdest dich wundern.«

Am nächsten Morgen schlendere ich durch die Palasthallen, unsicher, wonach ich eigentlich suche. Antworten vielleicht? Der Lösung für ein Problem, das nicht gelöst werden kann?

Schließlich finde ich mich in der Küche wieder, denn sie ist einer der wenigen Orte im Schloss, deren Lage ich kenne. Paulia und Serutha sind da. Serutha rührt in einer Schüssel einen Teig an, während Paulia etwas in den Öfen überprüft.

»Hallo«, sage ich leise.

Beide unterbrechen sofort ihre Arbeit und kommen zu mir. Paulia schiebt mir etwas zu essen unter die Nase, während Serutha mich fragt, wie es mit Kellyn läuft, jetzt, wo er wieder gesund ist. Ich schätze, sie sind beide Romantikerinnen.

»Ihm geht es gut. Uns geht es gut, aber – wisst ihr denn gar nicht, was auf uns zukommt?«

»Die Armee«, sagt Serutha.

Ich seufze. »Bin ich die Einzige, die Angst hat? Die Einzige, die weglaufen will?«

»Keineswegs«, sagt Paulia. »Ich habe Angst, aber ich werde tun, was ich kann. Ich mache Essen für alle, die bald vor den Toren des Palastes stehen werden. Wir müssen zuerst alle leicht verderblichen Lebensmittel aufbrauchen, bevor wir Trockenfleisch und Hartkekse verteilen. Serutha hilft mir, sie körbeweise zu backen.«

»Aber du bleibst hier? Du hast nicht den Wunsch zu fliehen? Ihr seid gerade dabei, euch ein gemeinsames Leben aufzubauen, und Ravis ist eine Bedrohung für eure Zukunft. Er hat Serutha schon einmal entführt. Was passiert, wenn er sie wieder in die Finger bekommt?«

Deshalb bin ich wirklich hier. Serutha ist die Einzige, die meine Angst versteht. Ravis hat sie gefangen gehalten, das kann sie doch nicht so einfach vergessen haben.

Serutha steht auf, trommelt einmal, zweimal mit den Fingern auf den Tisch. »Ich kann nicht mit der ständigen Angst leben, was vielleicht alles passieren könnte. Das Einzige, was ich tun kann, ist leben.«

»Aber ich habe diese Angst«, sage ich. »Was, wenn Ravis mich wieder erwischt? Warum soll ich bleiben, wenn ich fliehen kann?«

Seruthas Miene verhärtet sich. »Ravis hat uns etwas weggenommen. Er hat uns gezwungen, unsere Gabe auf eine Weise zu nutzen, die wir verabscheut haben. Jetzt zweifelst du an etwas, das dir sehr wichtig ist. Jetzt fürchtest du, dass deine Gabe missbraucht werden kann und schadet, statt zu helfen. Lass nicht zu, dass er diese Macht über dich gewinnt.«

»Aber deine Gabe bringt Gutes hervor!«, wende ich ein.

»Selbst wenn du böse Menschen heilst, tust du nie etwas Falsches.« Warum begreift keiner, wie viel gefährlicher ich bin, wenn ich in die falschen Hände gerate?

Serutha versteift sich, und Paulia streicht ihr mit der Hand über den Rücken, als die Heilerin fragt: »Ziva, hast du schon einmal überlegt, dass ich, wenn ich Verletzungen heilen kann, sie auch verursachen kann?«

Meine Lippen formen ein kleines O.

»Ravis hat mich nicht nur Schrammen und Prellungen heilen lassen. Er ließ mich auch Männer und Frauen foltern, die er des Verrats verdächtigte. Denkst du, das lastet nicht schwer auf meiner Seele?«

Leise sage ich: »Es tut mir so leid. Ich wusste das nicht. Bitte verzeih mir …«

»Du bist es nicht, die mich um Verzeihung bitten muss. Es braucht Zeit, aber ich versuche, meine eigenen Wunden zu heilen, indem ich meine Gabe auch auf mich selbst anwende. Indem ich sie mit dem Guten verbinde statt mit dem Schlechten. Ich schlage vor, du findest einen Weg, das Glei che zu tun.«

»Ich weiß nicht, ob ich das kann.«

»Du kannst. Es gibt hier eine Burgschmiede.«

»Nein, ich meine, ich kann keine Waffen für Skiro herstellen.« Nicht bei den Risiken, die damit verbunden sind. Nicht nach all dem Schaden, den ich bereits angerichtet habe.«

»Dann stell keine Waffen für Skiro her. Stell Waffen für dich selbst her.«

Das wünsche ich mir so sehr. Ich möchte wieder nach meinen eigenen Vorstellungen schmieden.

Aber jede Waffe, die ich mache, würde im bevorstehenden Krieg von jemandem benutzt werden. Ich kann sie nicht alle verstecken.

Es sei denn ...

... ich schmiede nur eine Waffe - für mich.

Hatte Kellyn nicht vorgeschlagen, dass ich neue Hämmer herstellen soll? Würde ich mich nicht sicherer fühlen, wenn ich etwas hätte, womit ich mich schützen kann?

Ein Bild formt sich in meinem Kopf. Zwei schöne Hämmer mit glatten Griffen und schweren Köpfen. Eine Kombination aus Schmiedehammer und Kriegshammer. Ich spiele die Möglichkeiten für die Detailarbeit durch, etwas, das Ravis mir nie erlaubt hat.

»Serutha«, sage ich. »Ich danke dir. Und jetzt entschuldigt mich bitte.«

KAPITEL ACHTZEHN

Als ich Petrik aufsuche, unterhält er sich gerade mit Isulay.

»Der Graf will mehr Platz für seine schwangere Frau. Seine Männer scheuchen auf seinen Befehl hin unsere Dienerschaft aus ihren Zimmern. Ich habe ihm bereits zu verstehen gegeben, dass er und seine Familie im Palast nicht mehr willkommen sind, wenn er so weitermacht.«

»Wo liegt dann das Problem?«, fragt Petrik.

»Wenn er geht, nimmt er auch seine Wache mit. Das sind zwanzig Kämpfer, die uns bei der Belagerung beistehen können.«

»Wie weit ist die Schwangerschaft seiner Frau fortgeschritten?«

»Achteinhalb Monate.«

»Erinnere den Grafen daran, dass wir alle Hebammen im Umkreis von fünfzehn Meilen hier in diesem Palast haben. Wenn er die bestmögliche Betreuung für seine Frau wünscht, tut er gut daran, sich zu benehmen. Vielleicht könnten wir ein größeres Zimmer herrichten, in dem auch eine Hebamme wohnen kann.«

»Ich werde es veranlassen.«

»Mal sehen, ob das hilft.«

Isulay geht, und ich trete näher. Petrik reibt sich die Schläfen.

»Und ich dachte, körperliche Arbeit sei anstrengend«, sage ich.

»Jeden Tag gibt es Dutzende von kleinlichen Streitereien, die ich schlichten muss. Das ist ermüdend.« Er kneift sich mit den Fingern in den Nasenrücken.

»Du scheinst gut darin zu sein.«

»Ich weiß. Es ist seltsam.«

»Überhaupt nicht. Du bist der klügste Mensch, den ich kenne.«

»Wenn ich wirklich so klug wäre, würde ich Temra überzeugen können, mir zu verzeihen.«

»Hast du es mal mit Kuchen versucht?«

Seine dunklen Augen verengen sich. »*Kuchen?*«

»Schokoladenkuchen ist ihre Lieblingsspeise. Ich wette, wenn du Paulia fragst, kann sie dir zeigen, wie man ihn macht. Sag ihr, dass ich dich geschickt habe.«

Ein kleines Lächeln umspielt seine Lippen. »Danke, Ziva. Das werde ich gleich ausprobieren.« Er wendet sich zum Gehen.

»Warte. Ich brauche zuerst auch deine Hilfe.«

Er hält inne. »Was gibt's?«

»Kannst du mich zu deinem Bruder bringen?«

»Ja, natürlich. Darf ich fragen, warum?«

»Ich brauche Zugang zu einer Schmiede.«

»Ich bin sicher, er hat nur darauf gewartet, dass du das fragst. Komm mit.« Petrik gähnt, als wir um eine Ecke biegen.

»Bekommst du genug Schlaf?«, frage ich ihn.

»Nein. Ich lese gerade etwas über Belagerungen und Schlachten in vergangenen Zeiten.«

Ich habe gesehen, wie Petrik Armladungen von Büchern zum Palast geschleppt hat - wahrscheinlich hat er sich Bände aus der Großen Bibliothek ausgeliehen. Sie ist nur wenige Gehminuten vom Schloss entfernt.

»Hast du schon etwas gefunden, das uns weiterhilft?«

»Ich weiß es nicht. Das wird sich zeigen, wenn die Zeit gekommen ist.«

Petrik führt mich zu den Gemächern des Prinzen und nickt den beiden Wachen vor der Tür zu. Sie melden uns an.

»Euer Bruder möchte Euch sehen, mein Prinz«, ruft einer.

»Er soll reinkommen.«

Wir treten ein.

»Soll ich bleiben ...?«, fragt Petrik.

»Würdest du?«, frage ich.

»Natürlich.«

Wenn ich das, was ich bisher vom Palast gesehen habe, für schön hielt, so ist es doch nichts im Vergleich zu der Pracht von Skiros Räumen. Helle Grün-, Blau- und Rottöne wetteifern um die Aufmerksamkeit der Besucher in diesem Empfangsraum. Statuen, Gemälde, Wandteppiche und vieles mehr schmücken den Raum. Skiro liebt das Schöne, und er hat diesen Raum entsprechend ausgestattet.

Der Prinz blickt von einem kunstvoll verzierten Tisch auf, an dem er gerade sein Mittagessen beendet. Es ist derselbe Karotten-Kartoffel-Eintopf, den auch wir gegessen haben.

»Ziva«, sagt er aufgeregt. »Möchtest du dich nicht setzen?«

»Ich will nicht lange bleiben. Ich wollte nur fragen, ob ich Eure Schmiede benutzen darf.«

»Du kannst alles haben, was du brauchst! Ruf einen Diener und lass dir den Weg zeigen.«

»Ich danke Euch.« Ich wende mich zum Gehen, drehe mich aber noch einmal um. »Warum?«

»*Hm?*«, fragt er, während er einen Schluck Tee trinkt.

»Warum bekomme ich alles, was ich brauche?«

»Weil du gefragt hast.«

»Ja, aber warum wollt Ihr es mir geben?«

»Weil ich möchte, dass du bleibst. Hier bei deiner Schwester im Palast. Wenn die Sache mit meinem Bruder geklärt ist, wirst du auf Dauer eigene Räume erhalten, wenn du das möchtest.«

»Erwartet Ihr, dass ich Waffen für Euch herstelle?«

Er runzelt die Stirn. »Nein, willst du das denn?«

»Nein.«

»Na gut, dann eben nicht.«

Ich bin immer noch verwirrt.

Skiro fährt fort: »Du stellst wunderbare Kunstwerke her, Ziva, und wenn ich sie nur ab und zu betrachten darf, ist das Belohnung genug. Außerdem hast du mir die Verräterin Kymora gebracht, nicht nur eine, sondern zwei Verschwörungen aufgedeckt und die Haut meines Bruders gerettet, als er dumm genug war, sich euch auf der Flucht anzuschließen. Soweit es mich betrifft, verdienst du alles, was du willst, bis ans Ende der Zeit.«

Ich beiße mir auf die Innenseite meiner Wange. »Würdet Ihr meine Schwester entlassen?«

»Sie entlassen?«

»Sie von ihrem Treueschwur entbinden. Dem Schwur der Leibwache?«

Skiro führt eine Serviette an seine Lippen. »Sie hat mich angefleht, sie aufzunehmen, aber sie kann jederzeit gehen. Treueeide sind nur eine Tradition aus der Vergangenheit. Ich möchte nicht, dass jemand mir und diesem Land dient, der das nicht will. Warum? Hat sie darum gebeten, gehen zu dürfen?«

Ich wünschte, ich könnte lügen, aber das würde keinem von uns etwas nützen. »Nein, sie hat nicht den Wunsch zu gehen.«

»Ich bin froh, das zu hören. Bitte richte dir in der Schmiede alles nach deinen Wünschen ein. Sag mir Bescheid, wenn du noch etwas brauchst.«

»Danke. Dann ... auf Wiedersehen.«

Warum ist das Verabschieden immer so eine peinliche Angelegenheit? Mit brennenden Wangen laufe ich so schnell hinaus, wie ich gekommen bin.

Während Ravis Dutzende von Öfen und Hunderte von Arbeitern zur Verfügung stehen, hat Skiro nur eine Schmiede auf dem Palastgelände. Sie ist nicht ganz so groß wie meine zu Hause, aber fast. Bei ihrem Anblick erfüllt mich Angst und Schrecken und ich verfluche die Reaktion meines Körpers.

Du betrittst sie aus freien Stücken und kannst gehen, wann du willst.

Ich beschwöre gute Erinnerungen an meine Arbeit herauf. Stelle mir Hellebarden und Wurfsterne, Schwerter und Speere vor. Gegenstände, die ich selbst hergestellt habe. Waffen, die ich sorgfältig entworfen und liebevoll zum Leben erweckt habe. Ich denke an Temra, wie sie auf einem der Arbeitstische sitzt und mit mir plaudert, während ich hämmere. An das eine Mal, als ich Kellyn an meinem Fenster vorbeigehen sah.

Es gibt viel mehr Gutes als Schlechtes in meinen Erinnerungen. Daran muss ich festhalten und mehr davon schaffen.

Entschlossen setze ich einen Fuß vor den anderen und trete über die Schwelle.

Drinnen treffe ich auf eine griesgrämige alte Frau mit wirrem Haar und Armen, die zu lang für ihren Körper wirken.

»Was willst du?«, fragt sie.

Ihr Ton ist nicht gerade ermutigend, aber ich verdränge meine Nervosität und denke an Seruthas Worte. Ich muss die Schmiede für mich zurückgewinnen. Sie wieder zu einem sicheren Ort für mich machen.

»Helfen«, sage ich. »Woran arbeitest du?«

»Frag lieber, woran ich *nicht* arbeite. Ich repariere verbogene Schilde. Eingedellte Rüstungen. Zerbrochene Speere!«

»Hast du eine Arbeitsschürze für mich?«, frage ich.

»Sehe ich so aus, als hätte ich die Zeit, dir etwas beizubringen? Skiro erwartet, dass ich ein Wunder vollbringe, und denkt ...«

Ich kremple die Ärmel hoch und entblöße meine Armmuskeln. Dann gehe ich zu einem Amboss, schaue kurz, woran die Schmiedin gerade arbeitet, und greife nach der Zange, die sie beiseitegelegt hat, als ich eintrat.

»Ich halte, du hämmerst?«, frage ich.

Als sie nichts sagt, schaue ich auf. Sie hat misstrauisch die Augen verengt, sodass ich kaum ihre Pupillen sehen kann.

Mein Herzschlag beschleunigt sich, bestimmt wird sie mich gleich wegschicken.

»Wer bist du?«, fragt sie.

»Mein Name ist Ziva. Und wie heißt du?«

»Abelyn.«

Die darauf folgende Stille dauert nur ein paar Sekunden. Abelyn kommt zu mir, aber ich merke, dass ich sie noch nicht für mich gewonnen habe. Während ich den Brustpanzer festhalte, beginnt sie zu hämmern. Bevor sie mich bitten kann, das Metallstück zu drehen, bin ich schon dabei, es zu tun.

Nach ein paar Minuten hält sie inne. »Du kannst bleiben.«

Auch wenn es an Arbeitskräften mangelt (es gibt nur Abelyn), die Schmiede ist gut ausgestattet. Die Hauptstadt liegt praktisch auf dem Gipfel der Südlichen Berge, an Eisenerz mangelt es daher nicht. Ich stelle außerdem erfreut fest, dass Abelyn sich mit der Herstellung von Stahl auskennt.

Während sie eine Pause vom Hämmern macht, um einen Schluck aus ihrem Wasserschlauch zu nehmen, sehe ich mir ihre Arbeitstische an. Meißel, Gussformen, Ziehplatten, Schmiedegesenke, Walzen, Stanzen, Stollen, Stifte und Hämmer. So viele Hämmer in so vielen Größen. Jedes Werkzeug ist fein ausgearbeitet und wird häufig benutzt.

»Nichts anfassen«, sagt die alte Schmiedin, als sie meinen Blick bemerkt.

»Meine letzten Schmiedehämmer hat jetzt Prinz Ravis«, sage ich.

»Und warum sollte sich der Prinz für deine Hämmer interessieren?«

Ich überlege einen Moment, bevor ich antworte. Ich kann hier drin nicht einfach Magie wirken, ohne dass sie es merkt. Entweder ich lasse mich auf sie ein oder ich gehe wieder.

»Weil sie magisch sind«, sage ich. »Ich bin keine Kämpferin, aber mit meinen zwei Hämmern war ich unaufhaltsam.«

Abelyn kneift erneut ihre Augen zusammen, aber ich vermute, der Blick, den sie mir zuwirft, ist gar nicht misstrauisch, sondern ihre ganz normale Miene.

»Magie? In Waffen?«, fragt sie. »Unsinn. So etwas habe ich noch nie gesehen.«

Ich lächle. Ich kann nicht anders. »Soll ich es dir zeigen?«

Ihre Augen verengen sich wieder. »Willst du mir etwa weismachen, du könntest so was?«

Ich neige meinen Kopf zur Seite. »Du hast wirklich noch nie von mir gehört? Von Ziva, der magisch begabten Klingenschmiedin?«

Abelyn spuckt auf den Boden. »Ich mache mir nichts aus Klatsch und Tratsch und ich hasse unnützes Gerede.«

Ich mag sie wirklich, trotz ihrer schroffen Art. An Abelyn ist nichts unecht. Sie gibt sich so, wie sie ist.

»Und was hältst du von Magie?«, frage ich.

»Hab noch keine gesehen.«

»Darf ich sie hier benutzen?«

»Wenn du dich nicht so gut mit der Schmiedearbeit auskennen würdest, würde ich dich spätestens jetzt rausschmeißen, weil du eindeutig verrückt bist.«

»Kann ich meine eigenen Hämmer herstellen? Ich zeige dir aus erster Hand, wie die Magie funktioniert.«

Ich deute ihr Grunzen als Zustimmung.

Da wir jetzt zu zweit in der Schmiede sind, können wir Abelyns Aufgabenliste viel schneller abarbeiten. Ich helfe ihr bei allen Vorbereitungen, damit unsere mickrigen hundert Soldaten so gut wie möglich für die bevorstehende Schlacht ausgerüstet sind.

Und wir stellen auch meine Hämmer gemeinsam her.

Das geht schneller als bei den meisten anderen Waffen. Es ist nicht so viel nötig, um einen weiß glühenden Klumpen in die Form eines Hammerkopfes zu bringen.

Deshalb nehme ich mir die Zeit, um meine eigenen Verzierungen hinzuzufügen.

An den Seiten windet sich Efeu, eine wunderschöne Pflanze, die im regenreichen Lirasu gedeiht. In vielen Gegenden gilt er als Unkraut, weil er auch dort wächst, wo er nicht hingehört.

Ich fühle mich ihm irgendwie verbunden. Ich scheine nie dazuzugehören, aber selbst, wenn die Dinge schwierig werden, überlebe ich irgendwie.

Die Hammerstiele werden etwa so lang wie mein Unterarm, mit abgerundeten Enden und einer dicken Lederumwicklung an den Griffen.

Den Hammer, der für meine linke Hand bestimmt ist, statte ich mit der gleichen Magie aus wie meinen alten – ich verleihe ihm die Eigenschaften eines unsichtbaren Schildes, das den Gegner zurückprallen lässt.

Aber das ist noch nicht alles.

In den dazugehörigen Zwillingshammer wird nämlich jene Kraft übergehen, die vom Gegner auf meinen unsichtbaren Schild ausgeübt wird. Hinter jedem Schlag mit dem rechten Hammer steht somit im Kampf nicht nur meine Kraft, sondern auch die Kraft der Angreifer.

Ich nenne sie *Echo* und *Agony*.

Echo ist der Schildhammer. Meine Feinde werden mehr als nur ein Echo zu hören bekommen, wenn sie mit ihren Waffen zuschlagen, aber ich mag die Sanftheit des Wortes. Der Brutalität eines Kampfes soll zumindest dieser Name etwas entgegensetzen.

Und Agony ist der richtige Hammer. Weil er nicht nur denjenigen körperliche Schmerzen bereiten wird, die meine Schläge zu spüren bekommen, sondern auch meiner Seele. Ich mag das Kämpfen nicht. Ich hasse es, wie es mich verändert und mir Erinnerungen beschert, die ich nicht vergessen kann.

Aber ich werde für den bevorstehenden Kampf gerüstet sein. Allein diese neuen Hämmer zu besitzen, verschafft mir ein Gefühl von Sicherheit, das ich, wie mir in diesem Moment ganz deutlich bewusst wird, schon so lange vermisst habe.

Die Arbeit macht einen klaren Kopf.

Vielleicht liegt es daran, dass ich mich in einer vertrauten Umgebung befinde oder meine Freunde und Familie wieder in der Nähe habe. Aber ich fühle mich jeden Tag stärker und mutiger, als wäre die Lage doch nicht so hoffnungslos wie befürchtet.

Ich hatte vergessen, wie sehr mir das Hämmern auf Stahl hilft, meine Anspannung abzubauen. Diese Möglichkeit nicht mehr zu haben, war schrecklich. Als Gefangene hat mir immer jemand bei der Arbeit über die Schulter geschaut, aber jetzt ist alles anders. Serutha hatte recht. Ich musste mir diese Freiheit zurückholen.

Während der Wochen in Abelyns Schmiede ist mir eines klar geworden: Ich habe so viel Zeit damit verbracht, mich um andere zu sorgen, dass ich vergessen habe, an mich zu denken. Ich habe mir Sorgen gemacht, was eine erneute Gefangenschaft für alle anderen bedeuten würde. Meine eigene Sicherheit war immer zweitrangig.

Aber hier, an diesem sicheren Ort, nur mit der grauhaarigen Schmiedin als Gesellschaft, wird mir klar, was Serutha meinte. Mir wird klar, was Ravis getan hat.

Er hat mir etwas genommen, das ich liebe, und es geschafft, dass ich Angst davor bekam. Er hat mich dazu gebracht, das Vertrauen in meine eigenen Fähigkeiten zu verlieren. Er hat mich vorübergehend meiner Liebe zum Schmieden beraubt.

Wenn Ravis in ganz Ghadra das Sagen hat, wird er mir und allen anderen Magieträgern das Leben zur Hölle machen. Damit wird für mich dieser Krieg zu etwas Persönlichem. Ich werde bleiben, um für mein Recht zu kämpfen, so zu leben, wie ich es möchte.

Ich werde nicht fliehen. Ich will sehen, wie Ravis' Vorräte langsam schwinden und er sich mit eingezogenem Schwanz davonschleicht. Ich will bleiben, um die Tyrannei zu besiegen. Vielleicht hat Temra recht, und meine Anwesenheit wird mehr Menschen für unsere Sache gewinnen. Vielleicht können wir eine Armee aufbauen, die groß genug ist, um Ravis die Stirn zu bieten.

Ich werde meine Entscheidung, keine Waffen mehr für mächtige Leute herzustellen, nicht zurücknehmen, aber ich kann immer noch helfen. Ich kann immer noch schmieden. Ich kann immer noch ich selbst sein.

Ich werde für *mich* kämpfen.

Wir alle haben viel zu tun, um uns auf die unmittelbare Bedrohung vorzubereiten. Selbst wenn ich nicht in der Schmiede bin, werde ich auf Trab gehalten. Die Menschen müssen sich und ihr Vieh hinter den Palastmauern in Sicherheit bringen, und dabei brauchen sie Hilfe. Wir tragen Kinder auf den Schultern, treiben verirrte Schafe durch die Tore und tragen Körbe mit Lebensmitteln und Kleidung in den Vorhof.

Skiro öffnet den Palast für die Menschen. Sie drängen sich im Wohntrakt der Diener. Die Diener wiederum drängen sich in den leeren Gemächern des Adels. Temra, Petrik, Kellyn und ich schieben unsere Habseligkeiten in einen Raum, um Platz für andere zu schaffen.

Aber nicht alle werden in den Palast passen. Ich helfe beim Aufbau von Zelten im Innenhof. Kühe, Ziegen und andere Tiere laufen ziellos umher, ohne dass ein Zaun sie zurückhält. Mehr als einmal verscheucht der Stiefel eines Soldaten aufgeschreckte Hühner. Skiros Männer tragen Waffen, Schilde und alles, was sonst noch gebraucht wird, zu den Wachposten auf die Mauer.

Die Angst sickert in den Palast wie Regen, der mal heftiger, mal leiser fällt. Besonders die Wachen sind davon betroffen, aber Skiro versucht, die Ängste aller zu beschwichtigen. Täglich verlässt er den Palast, um zu seinem Volk zu sprechen. Er bietet allen seine Ermutigung, Sicherheit und Essen an. Er hält schöne Reden, aber meine eigenen Sorgen werden dadurch nicht weniger. Ich versuche stattdessen einen Tag um den anderen, an meiner neu gewonnenen Entschlossenheit festzuhalten.

Ich bleibe hier, für mich, wird mein neues Mantra.

Jetzt, wo ich die Dinge aus Temras Sicht sehe, gibt es für mich nur noch eines zu tun. Mich zu entschuldigen.

»Es tut mir leid«, sage ich, als ich sie allein in ihrem Zimmer erwische. Sie starrt auf ein Tablett mit Essen, als ob es sie beleidigt hätte.

»Was?«, fragt sie und blickt auf.

»Ich sagte, es tut mir leid. Du hattest recht. Wir müssen bleiben und uns wehren. Ich hätte nicht böse auf dich sein sollen. Es tut mir leid, dass wir gestritten haben.«

Temra grinst, als ob nie etwas zwischen uns gestanden hätte. »Es ist eine nette Abwechslung, wenn es mal du bist, die sich entschuldigen muss. Normalerweise bin ich diejenige, die es vermasselt hat.«

Ich lache und setze mich neben sie aufs Bett. »Das stimmt nicht. Ich baue fast genauso viel Mist wie du.«

»*Mm-hm.*« Sie stupst mich an der Schulter.

»Gibt es einen Grund, warum wir hier sitzen und auf dein Essen starren?«, frage ich, als ich nicht mehr lachen muss.

»Es ist nicht das Essen. Es ist der Kuchen.«

»*Der Kuchen?*«

»Schokoladenkuchen.«

»Und was hat deine Lieblingsnachspeise getan, um dich zu beleidigen?«

Sie presst die Lippen zusammen. »Ich vermute, er kommt von Petrik, daher kann ich ihn nicht annehmen.«

»Warum nicht?«

Sie wirft mir einen Blick zu. »Weil ich Petrik hasse.«

»Na und? Das heißt nicht, dass du seinen Kuchen nicht essen kannst.«

Sie trommelt mit den Fingern auf ihrem Bein herum.

»Paulia hat in der Küche alle Hände voll zu tun, um für alle zu kochen.«

»Ich kann dir nicht folgen.«

»*Sie* hat den Kuchen nicht für Petrik gemacht. Er muss ihn *selbst* gemacht haben.«

»Und?«

»Das macht es noch schlimmer.«

»Ich verstehe es immer noch nicht.«

»Er« – sie sucht nach dem richtigen Wort – »hat sich Mühe gegeben. Er hat den Kuchen gebacken, während er an mich dachte, und ich hasse ihn, also kann ich nichts davon essen. Sonst wäre es so, als würde ich ihm verzeihen. Ich kann den Kuchen nicht mögen, weil ich *ihn* nicht mag.«

»Du machst dir viel zu viele Gedanken.«

»Das muss ich, Ziva. Es ist *Kuchen*.«

»Er wird nicht erfahren, ob du ihn isst oder nicht.«

Sie dreht sich zu mir um und starrt mich an. »Du wirst es ihm nicht sagen?«

»Niemals.«

Sie überlegt einen Moment. »Vielleicht nur einen Bissen. Wahrscheinlich schmeckt er nicht einmal gut. Vielleicht sollte ich ihn probieren … als weiteren Beweis dafür, dass ich zu Recht wütend bin …«

»Das ist sehr weise«, sage ich und unterdrücke ein Lachen.

Sie nimmt eine Gabel voll. »Igitt«, sagt sie.

»Ist es schlimm?«

»Schlimmer. Er ist köstlich.«

Sie zieht das Tablett zu sich heran und isst den Rest wortlos auf.

Meine Hämmer habe ich gut versteckt in der Schmiede aufbewahrt, bis der passende Gürtel fertig ist. Er hängt tief auf der Hüfte, hat genau abgemessene Halterungen, eine auf jeder Seite. Die Stiele werden in die Holster gesteckt, sodass die Hämmer oben mit dem Kopf herausschauen. Ihr Gewicht ist aneinander austariert, sodass ich Echo und Agony jetzt mühelos mit mir herumtragen kann.

Das zufriedene Lächeln auf meinem Gesicht will gar nicht mehr weichen.

Das liegt zum einen an dem Gefühl von Sicherheit, das die beiden Hämmer mir verleihen, aber nicht nur. Ich habe jetzt ein paar Wochen mit Abelyn verbracht und an der Rüstung und den Waffen der Soldaten gearbeitet. Es war das erste Mal, seit ich mich erinnern kann, dass ich meine Arbeit als Schmiedin gemacht habe, ohne Magie zu wirken.

Und das war gut so.

Es war nicht ganz dasselbe wie früher, aber ich fühle mich trotzdem nützlich und in gewisser Weise zu Hause.

Vielleicht gibt es hier auf lange Sicht einen Platz für mich. Ich könnte meine eigene Schmiede in der Hauptstadt eröffnen. Vielleicht auf dem Palastgelände. Oder ich nehme mir eine Wohnung in der Stadt und besuche Temra an den Wochenenden.

Nachdem wir mit Ravis fertig sind.

Es wird anders sein, aber trotzdem gut, und ich muss es nicht ohne Temra verbringen.

Ein ganz neuer Schwung liegt in meinen Schritten, als ich gerade rechtzeitig zum Abendessen die große Halle betrete. Der Saal ist voller denn je, jetzt, da auch die Stadtbewohner Palast und Hof bevölkern, trotzdem sticht Kellyn wie ein Leuchtturm hervor. Er ist einen ganzen Kopf größer als alle anderen und sein goldrotes Haar wippt funkelnd im Kerzenlicht.

Er ist von Männern umgeben, die Wachuniform tragen. Sie lachen laut zwischen zwei Bissen Kanincheneintopf.

Er hat Freunde gefunden. Das ist gut für ihn.

Ich glaube nicht, dass Abelyn als neue Freundin zählt, da wir nicht wirklich miteinander reden, sondern nur miteinander arbeiten. Aber ich nehme es hin. Besser als gar nichts.

Da sehe ich es.

Rechts von Kellyn ist ein freier Platz. *Hat er ihn für mich reserviert?*

Wie dumm von mir, das zu denken! Als würde er jeden wachen Gedanken an mich verschwenden. *Aber was, wenn er doch für mich gedacht ist? Es wäre unhöflich, nicht hinzugehen.* Und wenn nicht? Wie peinlich, wenn er sagt, dass er ihn für jemand anderen frei hält? Dann werde ich mich unter dem Gelächter der Männer davonschleichen. *Wovor habe ich mehr Angst? Kellyn zu beleidigen oder mich lächerlich zu machen?*

Ich wende mich ab. Ich kann mich unmöglich dieser Situation aussetzen.

Aber Kellyn will eine gleichberechtigte Partnerin. Und du willst ihn.

Ich kann mutig sein, wenn ich will.

Um es mir zu beweisen, trage ich mein Tablett mit dem Essen an den fast vollen Tisch. Ein paar Köpfe heben sich, als ich mich nähere, aber ich halte meinen Blick fest auf Kellyns Hinterkopf gerichtet.

Aus Angst, dass ich sonst die Flucht ergreifen könnte.

Als ich direkt hinter ihm stehe, hat er mich noch immer nicht bemerkt.

Wie denn auch? Er hat dir den Rücken zugekehrt, Idiotin.

Soll ich mich räuspern? Ihn laut ansprechen? Ihm auf die Schulter klopfen? Eine andere Person am Tisch spricht gerade, es wäre unhöflich, sie zu unterbrechen. Aber wenn ich nichts tue, stehe ich da wie eine dumme Gans.

Ich bin kurz davor, in Panik zu geraten. Ich spüre, wie meine Beine zittern, und ich möchte weit, weit weglaufen.

Ich setze mich, ohne zu fragen.

Jeder Muskel in meinem Körper spannt sich an. Ich sitze da und habe wahrscheinlich gerade jemandem den Platz weggenommen. Was, wenn derjenige gerade auf der Toilette ist oder so? *Bei den Zwillingsschwestern, was habe ich getan? Warum habe ich gedacht, ich könnte –*

Da legt sich ein kräftiger Arm um mich und Kellyn drückt seine Lippen auf meine Schläfe.

Und alles ist wieder gut.

Na ja, nicht alles. Ich bin immer noch von Fremden umgeben und ich hasse fast alles an dieser Situation. Aber Kellyn berührt mich, und das gefällt mir.

Das Schwierigste habe ich geschafft, jetzt darf ich nur nicht überreagieren.

Ich versuche, dem Gespräch zu folgen.

»… und dann haut mich der Söldner um, flach auf den Rücken!«, sagt einer der jüngeren Männer am Tisch. Die anderen brechen in Gelächter aus.

Kellyn beugt sich zu mir. »Ich war heute bei ihrem Training dabei. Habe ein paar neue Freunde gefunden.«

Nach einem Tag?

»Sie scheinen dich zu mögen«, antworte ich.

»Was gäbe es denn nicht zu mögen?«

»Da fällt mir schon so einiges ein.«

Er grinst und fährt mir vor allen Leuten durchs Haar. Als wolle er deutlich machen, mit wem ich zusammen bin. Als wäre er stolz darauf, mit mir zusammen zu sein.

Aber so eine öffentliche Zurschaustellung von Zuneigung ist mir ein bisschen unangenehm. Ich nehme mir vor, es ihm zu sagen, wenn wir allein sind. Es wird ihm nichts ausmachen, da bin ich mir sicher.

»Wer ist das?«, fragt einer der Männer und meint damit eindeutig mich. Ich widerstehe dem Drang, mich zu ducken.

Kellyn dreht sich zu mir, lässt mich antworten.

»Ich bin Ziva.«

»Du hast uns nicht gesagt, dass du verheiratet bist«, sagt ein anderer zu Kellyn.

»Bin ich nicht«, antwortet Kellyn. »Ziva und ich sind erst seit ein paar Wochen zusammen.«

Es wäre länger gewesen, wenn ich nicht während unserer Reise Schluss gemacht hätte. Aber Kellyn erweckt nicht den Eindruck, als würden seine Gedanken in eine ähnliche Richtung gehen wie meine.

Ein Mann mir gegenüber sagt: »Wenn es mit diesem großen Trampel nicht klappt, dann melde dich bei mir.« Er zwinkert.

Kellyn und ich zucken zusammen. Im Moment ist alles noch so zerbrechlich, aber das kann der Mann ja nicht wissen. Wahrscheinlich hat er nur einen Scherz gemacht. Trotzdem sollte ich irgendetwas sagen. Aber was? Meinen Namen zu nennen, ist eine Sache. Etwas zum Gespräch beizutragen?

Undenkbar.

Und wie vermeide ich es, feindselig oder unhöflich zu sein?

»Du bist nicht mein Typ«, erwidere ich, vielleicht etwas zu schroff.

Der ganze Tisch bricht in Gelächter aus, und einer der Männer rauft demjenigen das Haar, der gesprochen hat.

Kellyn drückt mich sanft an sich.

»Und was ist dein Typ?«, fragt ein anderer.

»Große Trampel«, antworte ich, bevor ich es mir anders überlegen kann.

Wieder Gelächter.

»Die würde ich nicht mehr hergeben«, sagt jemand zu Kellyn.

Er sieht zu mir. »Das habe ich auch nicht vor.«

Meine Wangen werden rot und alle können es sehen.

Nach dem Essen erzähle ich Kellyn von meinem Tag in der Schmiede und frage ihn, ob ich sein Langschwert am nächsten Tag mitnehmen kann.

»Ja«, sagt er, »aber wofür?«

»Ich habe eine Idee.«

»Klingt gefährlich.«

Ich grinse, aber nur kurz. »Es wird Krieg geben. Ich muss dafür sorgen, dass alle möglichst gut gerüstet sind. Ich habe bereits Änderungen an Midnight vorgenommen, die Klinge ist jetzt leichter, das verbessert die Handhabung und somit auch Temras Ausdauer.«

»Und was hast du mit Lady Killer vor?«

»Wegen der schieren Größe deines Langschwerts musst du den Halfter abnehmen, bevor du es aus der Scheide ziehst.

Das kostet Zeit, und wenn du es eilig hast, wäre es doch gut, wenn du dein Schwert möglichst schnell in die Hand bekommst.«

»Du wirkst also wieder Magie?«, fragt er vorsichtig.

»Nur für Leute, die ich kenne und denen ich vertraue.« *Für diejenigen, die ich nicht in diesem Krieg verlieren möchte.*

Nach meinem Gespräch mit Kellyn suche ich Petrik auf.

Er ist in einer Besprechung mit dem Prinzen und seinen Beratern. Geduldig warte ich vor der Tür. Ich erröte, als eine der Wachen draußen fragt, ob ich eintreten möchte.

Ich schüttle energisch den Kopf. »Ich warte nur auf Petrik.« Dann senke ich den Blick und schaue nicht wieder hoch.

Ab und zu meine ich, Petrik drinnen etwas von »Notfallplänen« sagen zu hören, ehe er wieder verstummt. Nach ein paar Minuten gehen die Türen auf und Prinz Skiro kommt herausgeschlendert.

»Oh«, sagt er, und der frustrierte Ausdruck auf seinem Gesicht macht unverhohlener Freude Platz. »Hallo, Ziva. Was kann ich für dich tun?«

Ich weiß, dass er mich nicht in Verlegenheit bringen will, aber in seiner Nähe bin ich gehemmt und muss sofort daran denken, wie vertraulich er sich zu der Betrügerin gebeugt hat, die mein Gesicht trug.

»Ich bin wegen Petrik hier.«

»Oh«, sagt er wieder, diesmal etwas leiser. »Nun, dann sehen wir uns später.«

Sein blaues Gewand weht hinter ihm her, als er sich auf den Weg macht, gefolgt von seinen Beratern. Petrik kommt als Letzter heraus.

»Alles in Ordnung?«, frage ich.

Petrik verbirgt seine Frustration nicht vor mir, was mir gefällt. »Nein. Es geht immer nur um Strategien für die Verhandlung mit Ravis. Was wir ihm zu geben bereit sind, damit er verschwindet. Egal wie oft ich die Frage anspreche, was im Falle eines Angriffs zu tun ist, immer wird sie als bedeutungslos abgetan.«

»Aber so dumm können sie doch gar nicht sein.«

»Es ist, als wollten sie nicht einmal den Gedanken an eine Schlacht zulassen, weil ...«

»Weil, wenn es so weit kommt, wir alle abgeschlachtet werden.«

»Taktvoll wie immer, Ziva.«

»Wenigstens stimme ich mit dir überein.«

Auf unserem Weg zu den Schlafräumen komme ich auf den Grund meines Besuchs zu sprechen.

»Was hat du mit meinem Stab vor?«, fragt Petrik.

»Ich möchte seine Magie so verändern, dass nur der rechtmäßige Träger ihn fangen kann. Mal sehen, ob es mir gelingt, diese Schwachstelle zu beseitigen.«

»Beeindruckend.«

»Das ist keine große Sache«, entgegne ich und spüre, wie meine Wangen heiß werden.

Petrik schüttelt den Kopf. »Oh doch. Warte, ich hole ihn dir.« Er trägt die große Waffe nicht überall mit sich herum. Aber bevor er sein Zimmer betritt, fragt er: »Hat sie ihn gegessen? Hat er ihr geschmeckt?«

»Ich bin zur Verschwiegenheit verpflichtet«, murmle ich.

»Gut.«

KAPITEL NEUNZEHN

Eine weitere Woche vergeht. Der Palast sieht inzwischen aus wie geplündert, die meisten Vorräte sind zu den Menschen gebracht worden, die draußen in den Höfen lagern. Bettzeug, Vorräte, Waschzubehör. Alles, was Skiros Untertanen das Leben ein bisschen leichter machen kann.

Ich habe die Waffen von Temra, Kellyn und Petrik mit Magie verbessert und gebe sie ihnen wieder zurück. Skiros Männer sind mit ihren reparierten Waffen gut ausgestattet. Die meisten von ihnen laufen in voller Rüstung durch die Palastgänge und warten auf die Glocken, die uns vor Ravis warnen sollen.

Doch von der Armee des Prinzen ist immer noch nichts zu sehen, und inzwischen liegen die Nerven bei allen blank.

Die Zeit verstreicht, und ich mache mir langsam Sorgen, dass alle glauben könnten, Kellyn und ich hätten uns das Ganze nur ausgedacht.

Aber wir bleiben beschäftigt. Kellyn und Temra trainieren weiter mit den Wachen. Petrik bleibt der Berater des Prinzen. Ich arbeite bei Abelyn.

Da die offiziellen Arbeiten an den Rüstungen in der Schmiede erledigt sind, sind gelegentliche Anfragen nach Kochgeschirr oder dem Austausch von Hufeisen alles, was uns noch zu tun bleibt. Abelyn wird vor Langeweile noch mürrischer als sonst und verscheucht mich: »Pff, schon wieder ein ereignisloser Tag. Wir sollten die Zeit nicht mit belanglosem Gerede verplempern. Geh und such dir eine sinnvolle Beschäftigung.«

Ich versuche, das nicht persönlich zu nehmen, und kehre zum Schloss zurück.

Ich hatte gehofft, heute arbeiten zu können. Freie Zeit bedeutet Zeit zum Nachdenken, und es gibt viel, worüber ich mir den Kopf zerbrechen kann.

Wie zum Beispiel die Frage: *Wo bleibt Ravis?*

Was hat es zu bedeuten, dass er länger braucht, als er sollte? Ist etwas passiert? Hat eine Seuche sein Lager heimgesucht? Oder vielleicht macht er einen Umweg, um weitere Verstärkung für seine Truppen zu holen.

Ich will gerade in Temras Zimmer gehen, um nach ihr zu sehen, bleibe aber vor der Tür stehen, als ich Stimmen von der anderen Seite höre.

»Du musst damit aufhören«, sagt Temra. »Ich will weder Essen noch Geschenke von dir. Ich will dich nicht dabei erwischen, wie du mich ansiehst oder an mich denkst oder überhaupt irgendetwas machst, das auch nur im Entferntesten mit mir zu tun hat. Dieses Recht hast du verwirkt.«

»Das Recht, an dich zu denken?«, fragt Petrik sarkastisch.

»Ja.«

»Das ist nicht ... du kannst nicht ...« Er braucht mehrere Anläufe, bevor er schließlich hervorbringt: »Ich habe es vermasselt.«

»Zwei Mal«, sagt sie schneidend.

»Ich habe es zweimal vermasselt. Es tut mir so leid. Bitte, kannst du mir jemals verzeihen?«

Ihre Stimme wird höher. »Du kannst nicht um Vergebung bitten. Diese Art von Vergehen ist unverzeihlich.«

»Ich wollte nur, dass du in Sicherheit bist. Bitte versteh doch ...«

Es kracht. Vermutlich hat Temra etwas nach ihm geworfen.

»Nein, du bist es, der verstehen muss! Du hattest die Wahl, und du hast dich für etwas entschieden, das dazu führt, dass wir nie wieder Freunde sein werden.«

»Freunde?« Petriks Stimme hat jetzt einen beißenden Unterton. »Wir waren nie *Freunde.*«

»Was soll das denn heißen?«

»Du hast mich ausgenutzt. Immer.«

»Was?«

»Dein Kokettieren. Die Komplimente. Die leichten Berührungen. Ich war immer nur zu deiner Belustigung da. Du wolltest nur Aufmerksamkeit von mir.«

»Und du hast mich immer auf Abstand gehalten.«

Petrik schnaubt verächtlich. »Sobald ich auch nur eine Spur von Interesse an dir gezeigt hätte, wärst du gelangweilt gewesen und hättest dich jemand Aufregenderem zugewandt.«

»Was willst du damit sagen – dass du langweilig bist? Oder dass ich kein Rückgrat habe?«

»Mädchen wie du stehen nicht auf Jungs wie mich.«

»Ja, da hast du recht – ich kenne wirklich keine, die eine Schwäche für krankhafte Lügner hat.«

»Ich meine, schöne Mädchen stehen nicht auf kluge Jungs. Sie stehen auf gefährliche Jungs. Aufregende Jungs. Jungs mit kräftigen Armen, die Schwerter schwingen und Köpfe einschlagen können.«

»Dann ist es ja gut, dass ich so ein schönes Dummchen bin!«, knurrt sie ihn an.

»Ich habe nie gesagt, dass du dumm bist.«

»Aber angedeutet! Denn wenn dir zu mir nur einfällt, dass ich *schön* bin, habe ich offensichtlich sonst nichts zu bieten. Und wenn alles, was du in dir siehst, deine Fähigkeit ist, ein Buch zu lesen, dann solltest du dringend etwas mehr Selbstbewusstsein aufbauen.«

Volle zehn Sekunden lang ist es still. Niemand rührt sich, ich kann die beiden auf der anderen Seite kaum atmen hören.

»Ich sehe dich nicht nur als schönes Mädchen!«, platzt Petrik schließlich heraus. »Du beschützt deine Liebsten und bist talentiert in allem, was du tust! So sehr, dass es manchmal schwer erträglich ist, um ehrlich zu sein. Du hast so viel Einfühlungsvermögen für die Menschen um dich herum. Du bist wahrhaft schön, innerlich und äußerlich!«

Ich weiß nicht, warum er sie immer noch anbrüllt, aber seine Stimme wird nicht leiser.

»Und mir ist klar, dass ich mehr zu bieten habe als nur meinen Verstand. Ich bin loyal gegenüber meinen Freunden. Ich lerne gerne, wie die Dinge funktionieren. Ich kämpfe auch dann, wenn ich weiß, dass ich unmöglich gewinnen kann. Ich bin freundlich, großzügig und hin und wieder sogar lustig.

Materieller Reichtum ist mir nicht wichtig - die Menschen um mich herum sind es, die mir etwas bedeuten. Ich habe Vertrauen in das, was ich tue. Nur wenn es um dich geht, werde ich auf einmal unsicher.«

Wieder Schweigen, dann sagt Petrik so leise, dass ich ihn fast nicht hören kann: »Du bringst mich aus der Fassung. In deiner Gegenwart kann ich nicht klar denken. Ich zerbreche mir den Kopf über jedes Wort, das ich sage, aus Angst, dich damit zu vertreiben. Stattdessen habe ich genau das nun mit meinen Handlungen geschafft. Es tut mir leid, dass ich dir nicht gesagt habe, wo Ziva war. Es tut mir leid, dass ich dich angelogen habe. Ich habe getan, was ich in dem Moment für das Beste hielt. Aber ich habe deine Gedanken und Gefühle nicht an die erste Stelle gesetzt, wie ich es hätte tun sollen. So wie ich es von nun an tun werde, solltest du mich jemals wieder zum Freund haben wollen.«

»Hast du nicht gerade gesagt, dass wir niemals Freunde waren?«, fragt Temra, ihre Stimme nun ebenfalls kaum mehr als ein Flüstern.

»Ich werde immer dein Freund sein, auch wenn ich nie Freundschaft von dir wollte.«

»Nein, du wolltest nur Zugang zu Ziva und ihrer Magie.«

»Du verstehst mich falsch. Ich wollte nie nur mit dir *befreundet* sein, Temra. Ich wollte immer schon mehr.«

Und dann höre ich keine Worte mehr, sondern etwas anderes. Geräusche, die ich zuerst nicht ganz einordnen kann. Und dann wird mir klar -

Sie küssen sich.

Ich springe von der Tür weg, als hätte ich mich daran verbrannt.

Ich habe eine Million Fragen. *Wer hat angefangen? Wie ist es dazu gekommen? Haben sie nicht gerade noch gestritten?* Kellyn und ich beenden nie einen Streit mit Küssen. Vielleicht sollten wir das.

Vielleicht sollte alles mit einem Kuss beendet werden.

Glocken läuten hoch oben von den Türmen des Palasts. Der Klang scheint sich zwischen den Steinmauern zu vervielfältigen und hallt durch die Gänge.

Ich brauche viel zu lange, um zu begreifen, was ich da höre.

Ravis und seine Armee sind da.

Ich stürme zu den Palasttoren. Temra und Petrik sind nur ein paar Schritte hinter mir. Ich weiß nicht, ob sie bemerkt haben, dass ich direkt vor ihrer Tür stand, aber jetzt ist nicht die Zeit, sich darüber den Kopf zu zerbrechen.

Wir haben größere Probleme.

Kellyn und Prinz Skiro sind bereits auf der Mauer über dem Tor, von wo aus sie alles überblicken, was jenseits der Festung liegt. Ich muss mich zwischen Menschen hindurchkämpfen, die nach ihren Liebsten rufen und versuchen, ihre Kinder aus dem Gedränge in Sicherheit zu bringen. Ich springe über ein Schaf, bevor ich endlich die Treppe erreiche und zwei Stufen auf einmal nehme.

Oben angekommen, kann ich zuerst nichts erkennen. Aber dann: *Eine gewaltige Staubwolke am Horizont.* Winzige Pünktchen in der Ferne, die sich beim Näherkommen in marschierende Soldaten verwandeln werden.

Egal wie klein und weit weg sie scheinen: Bei diesem Anblick krallt sich die Angst in mein Herz und pumpt mit jedem Schlag Furcht in meine Adern. Einen Moment lang kann ich nichts tun, als dazustehen und wie gebannt in die Ferne zu starren.

Dann sagt Skiro: »Saydan, schicke Reiter los, um Zeit und Ort für ein Treffen festzulegen. Wir werden das schnell lösen. Die Menschen sollen keinen Moment länger Angst haben, als es sein muss.«

Als ich mich umdrehe, sehe ich, wie Skiro mit großen Schritten an einem zerzausten Petrik vorbeieilt, der nur Augen für meine Schwester hat. Mein Gesicht wird heiß bei der Erinnerung an das, was ich gerade mit angehört habe. Es ist nichts, was ich wissen sollte, solange es mir meine Schwester nicht selbst sagen will, aber ich habe gelauscht und das lässt sich nicht mehr ändern.

Das dicke Holztor öffnet sich knarrend unter uns, und fünf Reiter galoppieren auf die herannahende Armee zu. Sie tragen nichts bei sich außer Skiros goldenem Sonnensiegel auf den Uniformen.

»Es bleibt uns nichts anderes übrig, als zu warten, bis die Reiter mit Neuigkeiten über das Treffen zurückkehren«, sagt Petrik.

»Das gefällt mir nicht«, sage ich. »Was, wenn Ravis vorhat, Skiro eine Falle zu stellen? Ihn während der Verhandlungen zu töten?«

»Das wird er nicht«, sagt Petrik. »Ich mag ihn wirklich nicht besonders, aber er ist kein gewissenloses Ungeheuer. Wenn er einem Treffen zustimmt, wird er sich an die damit verbundenen Bedingungen halten.«

»Würdest du Skiros Leben darauf verwetten?«, fragt Temra.

Petrik beißt sich auf die Lippe. »Nein.«

Wir stehen oben auf der Mauer und halten Ausschau. *War-*

ten. Skiro steht neben uns, dicht hinter ihm der erste Mann seiner Leibwache.

Eine Stunde vergeht.

Zwei.

Drei.

Die Nacht bricht herein und noch immer sind die Reiter nicht zurückgekehrt. Wie weit ist die Armee entfernt? Wir sehen Lichter in der Ferne, ein fahles Flackern von Fackeln. Der Wind trägt die Geräusche marschierender Soldaten zu uns, ganz leise.

Und dann, endlich, nähert sich ein einzelnes Pferd und wiehert, als der Reiter es zum Stehen bringt.

»Macht das Tor auf«, ruft Saydan. »Es ist einer von uns.«

Skiro steigt die Mauer hinunter und wir anderen folgen ihm. Das Tor fällt zu, als die Wache im Innenhof ist. Ich hoffe, dass es in nächster Zeit nicht mehr aufgehen wird.

Ein kleiner Mann steigt von seinem Pferd; er wurde eindeutig wegen seiner Schnelligkeit ausgewählt. Als seine Füße den Boden berühren, nimmt er sofort den Helm ab und verbeugt sich vor dem Prinzen.

»Ich habe fünf ausgesandt«, sagt Skiro. »Warum bist nur du zurückgekehrt?«

Die Stimme des Soldaten zittert leicht, als er antwortet. »Prinz Ravis sagte, es brauche nur einen, um seine Botschaft zu übermitteln. Die anderen hat er bei sich behalten. Ich weiß nicht, zu welchem Zweck, außer vielleicht, um eure Streitkräfte zu schwächen.«

Skiro gelingt es nur schlecht, seine Reaktion auf diese Nachricht zu verbergen. Mit zusammengebissenen Zähnen fragt er: »Wie lautet seine Botschaft?«

»Wenn du mir dein Reich freiwillig überlässt, kleiner Bruder, wird dir und deinem Volk kein Leid geschehen. Andernfalls wirst du es mir nach viel Blutvergießen übergeben. Ich werde es mir nehmen, so oder so.«

Als der Bote nicht weiterspricht, klappt Skiro die Kinnlade herunter: »Das war's?«

»Das ist die vollständige Botschaft, Majestät. Er wird nicht verhandeln. Er will sich nicht einmal mit Euch treffen.«

Ich beobachte, wie sich Skiros Hände an seinen Seiten zu Fäusten ballen. »Was hast du noch zu berichten? Von seinen Truppen und ihrer Route?«

»Sie werden morgen früh hier sein - und sie haben nicht vor, uns zu belagern, Sire.«

»Was meinst du damit?«

»Seine Männer haben Leitern und Haken dabei. Rammböcke und schwere Geschosse. Er hat etwa zweitausend Mann um sich geschart. Sie werden die Mauern in kürzester Zeit durchbrechen.«

Diesmal bekomme ich nicht mit, wie die Reaktion des Prinzen ausfällt, denn ich bin zu sehr damit beschäftigt, gegen meine eigene Panik anzukämpfen. Ich unterdrücke ein Wimmern und werfe Temra unwillkürlich einen Blick von der Seite zu. Als müsste ich mich vergewissern, dass sie noch da ist und sich nicht in Luft aufgelöst hat.

»Wir können nicht hierbleiben«, höre ich Kellyn sagen. »Das wird ein Blutbad.«

»Es ist zu spät, um noch zu fliehen«, erwidert Skiro. »So viele Menschen, Kinder und Alte, können wir gar nicht schnell genug fortbringen. Ravis würde uns einholen. *Zweitausend Mann.*« Die letzten beiden Worte sind nur noch ein Flüstern. Niemand hätte Ravis zugetraut, eine solche Truppe zu versammeln.

»Und wenn wir die Portale benutzen?«

Plötzlich ruhen alle Blicke auf mir.

»Ich weiß nicht genau, welche Portale du meinst«, sagt Skiro, »aber ich bin mir sicher, dass sie *geheim* gehalten und nicht einfach so vor allen Ohren preisgegeben werden sollten.«

»Ich habe nie versprochen, sie geheim zu halten«, erwidere ich. »Und sie sind vielleicht unsere einzige Chance, alle zu retten.«

»Ich kann nicht einfach Tausende von Menschen in ein neues Gebiet schmuggeln! In einen anderen Palast.«

»Dann spielt mit offenen Karten!«, fahre ich ihn mit bebenden Nerven an. Dann rufe ich mir in Erinnerung, dass ich gerade mit einem Prinzen spreche, und senke meine Stimme. »Wir könnten Eure Geschwister vorwarnen, dass wir kommen. Ihr habt gesagt, dass Ihr ihnen nahesteht. Wird denn keiner von ihnen Verständnis für unsere Notlage aufbringen? Außerdem werden sie Verstärkung gut brauchen können, wenn Ravis es als Nächstes auf sie abgesehen hat.«

Skiro stützt die Hände in die Hüften und sieht zu mir auf. Sein bohrender Blick ist fast unerträglich, aber ich will, dass er mich ernst nimmt, also halte ich ihm stand.

»Marossa«, sagt Petrik. »Sie würde uns aufnehmen.«

Ich blinzle bei dem Namen der Prinzessin. Meine Heimatstadt Lirasu liegt in ihrem Reich. Aber ich weiß nur sehr wenig über sie. Die Hauptstadt mit dem Herrschaftssitz liegt sehr weit von meinem früheren Zuhause entfernt, und ich hatte nie einen Grund, dorthin zu reisen.

Skiro stößt einen langen Atemzug zwischen seinen Zähnen aus. »Selbst wenn sie uns aufnimmt und selbst wenn ich den einzigen Vorteil, den ich gegenüber meinen Geschwistern habe, aufgebe – wir würden niemals so viele Menschen durch das Portal bekommen, bevor Ravis' Armee uns erreicht. Wir bräuchten mehr Zeit.«

»Wir können die Armee aufhalten«, sagt Temra und zieht ihr Schwert.

Einen Moment lang sagt niemand etwas.

»Eine zweitausendköpfige Armee kann man nicht mit einer kleinen Schar Soldaten aufhalten«, stoße ich hervor.

»Wir haben den Vorteil der Höhe«, erwidert sie.

»So lange, bis sie die Mauern durchbrechen.«

»Dann werden wir bis zum letzten Atemzug kämpfen, um so vielen Menschen wie möglich die Flucht zu ermöglichen.«

»Du willst, dass alle waffenfähigen Männer und Frauen ihr Leben geben, damit vielleicht eine weitere Schar Stadtbewohner fliehen kann?«

»Wir haben versprochen, unsere Leute zu schützen, als wir den Eid abgelegt haben. Wir sind bereit, unser Leben zu opfern.«

»Du wirst dein Leben für niemanden opfern!« Ich könnte platzen vor Wut. Wenn ich Temra eigenhändig fesseln und durch das Portal schleifen muss, werde ich keine Sekunde zögern.

»Es gibt Strategien«, sagt Petrik leise in die spannungsgeladene Stille hinein. »Methoden, um die Mauern länger verteidigen zu können. Ich habe etwas darüber gelesen. Ich könnte meine Bücher holen ...«

»Bücher werden uns jetzt nicht helfen, kleiner Bruder«, sagt Skiro. »Was wir brauchen, ist jemand, der unsere Truppen durch eine Belagerung führen kann.« Er sieht seinen Leibwächter Tazar an.

»Ich bin nur darin ausgebildet, Euch zu verteidigen, Majestät. Und Saydan hat noch nie Männer in die Schlacht geführt. Er hat keine Erfahrung mit Belagerungen.«

Skiro richtet den Blick in die Ferne und starrt ins Leere. »Dann müssen wir die Stadtwachen bitten, uns so viel Zeit wie möglich zu verschaffen. Ich werde mit meiner Schwester sprechen und sie wissen lassen, dass wir kommen. Ich bin bald zurück. Temra, kümmerst du dich darum, die Menschen durch das Portal zu leiten?«

Obwohl die letzte Frage an meine Schwester gerichtet ist, ruht Skiros Blick auf mir, als er sie stellt.

Temra sagt nichts, aber ich sehe, wie ihre Kiefermuskeln sich anspannen.

Sie will auf der Mauer bleiben und kämpfen. Aber sie möchte dem Prinzen auch nicht widersprechen. Nach einem Moment des Zögerns antwortet sie: »Ja, natürlich.«

Skiro wendet sich zum Gehen.

»Wartet!«, ruft Kellyn plötzlich und lässt alle innehalten. »Wir haben eine Person hier im Palast, die bereits Truppen in die Schlacht geführt hat. Eine, die Erfahrung mit Belagerungen hat. Die an der Spitze der Truppen uns mehr Zeit verschaffen könnte, um zu entkommen.«

Ich drehe mich zu Kellyn um. *Wen könnte er damit nur –*

»Nein!«, rufe ich.

»Du meinst die Kriegsherrin Kymora«, sagt Skiro und kommt näher.

»Sie ist unsere Gefangene. Wir sollten uns das zunutze machen«, sagt Kellyn.

»Ihr kann man nicht trauen!« Ich schreie jetzt. »Ich kann gar nicht mehr zählen, wie oft sie uns schon fast umgebracht hat! Bei der ersten Gelegenheit, die sich ergibt, wird sie fliehen und unseren Feinden helfen!«

»Wir könnten ihr etwas anbieten, das sie will«, sagt Petrik zögernd.

Ich wirble zu ihm herum. »Und was genau soll das sein?«

»Ihre Freiheit«, sagt Skiro entschlossen. Er wendet sich an Saydan. »Leite alles in die Wege. Ich muss mit meiner Schwester sprechen. Temra, Petrik, kommt mit mir.«

Das muss ein böser Traum sein. Der Prinz kann doch nicht ernsthaft so dumm sein und –

Da höre ich auch schon ihre Stimme: »Sind das alle Männer, die wir haben?«

»Ja«, sagt Saydan zu Kymora.

»Hm. Dann müssen wir die Stadtbewohner einspannen. Schickt sie in Gruppen aus, um in den Bergen neben dem Palast Steine zu sammeln.«

»Prinz Skiro hat befohlen, die Tore zu schließen.«

»Und ich sage dir, du sollst sie öffnen.«

Ich beobachte, wie sie durch den Hof kommen. Jetzt sind sie ganz nah.

»Ich will, dass in jedem Turm ein Feuer entfacht wird. Wir brauchen große Kessel aus den Waschküchen. Bringt das Wasser zum Kochen.«

Saydan nickt einigen der Männer hinter ihm zu, und sie eilen davon, um die Befehle auszuführen.

»Stattet jeden Mann auf der Mauer mit einer Fackel aus. Habt ihr Vorräte an Pech?«, fragt Kymora.

»Wir haben Öl.«

»Dann muss das genügen. Holt alle Soldaten, die ich zu befehligen habe, auf die Mauer, damit ich zu ihnen sprechen kann.«

»Ich werde sie zusammenrufen.« Saydan wirft Kellyn und mir einen Blick zu, dann übergibt er Kymora in unsere Obhut.

Nicht einmal der neue Satz magischer Hämmer, den ich an meiner Hüfte trage, kann mich in der Gegenwart der Kriegsherrin beruhigen.

Kellyn, dieser Verräter, steht auf ihrer anderen Seite, die Arme vor der Brust verschränkt. Er sieht sorglos aus, fast entspannt. Als ob keine feindliche Armee im Anmarsch wäre. Als ob alles in bester Ordnung wäre.

Warum scheint niemand außer mir zu begreifen, dass wir alle bald sterben werden? Wie kann es sein, dass ich die Einzige bin, die Angst hat?

Nach einem dieser langen Momente des Schweigens, die mich noch ins Grab bringen werden, bricht Kymora in Gelächter aus. »Schon komisch, wie schnell sich die Dinge ändern können.«

Ihre Hände sind gefesselt, und es ist ihr verboten, eine Waffe zu tragen - aber sie ist auch so zu vielem fähig. Sie kann rennen. Sie kann springen. Sie kann tun und lassen, was ihr verdammt noch mal gefällt.

Ich schaue auf ihre Knie, die unversehrt und vollständig funktionstüchtig zu sein scheinen. Knie, die ich vor nicht allzu langer Zeit mit meinem Hammer zertrümmert habe. Kymora entgeht mein Blick nicht.

»Sie haben mir die Augen verbunden. Dann haben sie eine Magieträgerin zu mir gebracht, die mich von Kopf bis Fuß geheilt hat. Skiro hat sich wohl gedacht, dass ich laufen können muss, wenn ich euch alle in die Schlacht führen soll.«

Ein Laut des Widerwillens dringt unwillkürlich aus meiner Kehle. *Seruthas Fähigkeiten – verschwendet an diese Frau!*

»In der Hitze des Gefechts kann viel passieren«, murmle ich. »Vielleicht rutscht mir einer meiner Hämmer aus. Vielleicht wird Euer Schädel plötzlich in zwei Hälften gespalten.«

»Ich würde zu gerne sehen, wie du dich dann gegen Ravis' Armee schlägst«, antwortet sie.

»Wahrscheinlich besser! Nach allem, was wir über Euch wissen, ist es wahrscheinlich, dass Ihr den Männern Befehle gebt, die unseren Feinden in die Hände spielen.«

Die Kriegsherrin heftet ihren ausdruckslosen Blick auf mich. »Ich bin eine Frau, die zu ihrem Wort steht. Ich habe gesagt, dass ich im Austausch für meine Freiheit mein Bestes gegen die anrückende Armee geben werde. Und genau das habe ich auch vor.«

»Und danach? Darf ich davon ausgehen, dass Ihr dann Eure Pläne zur Übernahme des gesamten Königreichs aufgebt? Dass Ihr aufhört, mich und andere Magieträger zu verfolgen?«

Ihr Lächeln ist hohl, ihre Augen blitzen bösartig. »Ich habe keine Zusicherungen gegeben, was ich danach tun werde.«

»Wenn Ihr es wieder auf mich oder die Meinen abgesehen habt, werde ich Euch töten. Ein zweites Mal lasse ich keine Gnade walten.«

»Ein zweites Mal wirst du mich nicht besiegen können.«

»Das werden wir ja sehen.«

»Genug«, sagt Kellyn. »Hört auf, sie zu verhöhnen, Kymora. Wendet Euch lieber der Aufgabe zu, die vor Euch liegt.«

Sie mustert Kellyn mit neu erwachtem Interesse. »Warum bist du eigentlich noch hier? Ich dachte, du wärst ein Söldner. Welche Summe könnte Skiro dir geboten haben, um dich für dieses selbstmörderische Unterfangen zu gewinnen?«

»Es ist nicht selbstmörderisch«, falle ich ihr ins Wort. »Ihr werdet dafür sorgen, dass wir gewinnen!«

»Ich habe nie gesagt, dass wir gewinnen werden. Ich sagte, ich würde mein Bestes geben. Selbst jemand wie ich kann aus ungeübten Männern keine fähigen Soldaten machen. Ich wette, dass mehr als die Hälfte der Männer in dieser Stadt ihren Posten nur deshalb bekommen hat, weil sie mit dem Schwert in der Hand beeindruckend aussehen, und nicht, weil sie tatsächlich gut damit umgehen können. Außerdem würden unsere Vorbereitungen viel schneller vonstattengehen, wenn ihr beiden mithelfen würdet.«

»Wir passen auf, dass Ihr keine Dummheiten anstellt«, sage ich. »Und nichts, was Ihr sagt, wird mich dazu verleiten, von Eurer Seite zu weichen.«

»Wie geht es deiner Schwester?«, fragt Kymora.

Meine Augen verengen sich. *Kymora glaubt, dass sie tot ist,* rufe ich mir in Erinnerung. Sie will mich nur dazu bringen, wütend davonzustürmen oder auf sie loszugehen, damit sie mir meine Waffen abnehmen kann. Sie hat keine Ahnung davon, dass Temra wohlauf ist. Andererseits weiß Kymora inzwischen, dass es hier eine magische Heilerin gibt. Vielleicht hat sie zwei und zwei zusammengezählt ...

Ich ignoriere sie, so gut es eben geht, während ich sie weiter im Auge behalte.

Nach einiger Zeit kommt Skiro zurück, mit Tazar und Petrik an seiner Seite.

Der Soldat der Garde stellt sich zwischen Kymora und

den Prinzen. »Es ist alles in die Wege geleitet«, sagt Skiro zu Kellyn und mir. »Jetzt können wir nur noch abwarten.«

Petrik sieht seine Mutter an, mustert sie von Kopf bis Fuß. Ich kann mir nicht vorstellen, was in diesem Moment in ihm vorgehen muss. Was würde ich tun, wenn meine Mutter eine Verräterin wäre und versucht hätte, den Menschen umzubringen, den ich liebe? Ihren Männern befohlen hätte, mich zu töten?

»Petrik«, sagt Kymora mit einem ernsten Nicken, als hätte sie gerade eine neue Bekanntschaft gemacht.

»Kymora«, erwidert er.

Und da zuckt die grimmige, furchtlose Kriegsherrin zusammen. Es ist eine kaum merkliche Reaktion, die mir völlig entgangen wäre, wenn ich sie nicht mit Adleraugen beobachten würde.

Es ist das erste Mal, dass Petrik sie mit ihrem Namen statt mit *Mutter* anspricht. Als wolle er aller Welt – und nicht zuletzt Kymora selbst – beweisen, dass auch die letzte Verbindung zwischen ihnen gekappt ist.

Die Kriegsherrin wendet sich ab und im nächsten Moment trägt sie wieder ihre Maske der Gleichgültigkeit zur Schau.

Im Innenhof wimmelt es nur so von Menschen, aber wir beobachten, wie die Wachen sie auffordern, sich zu kleinen Gruppen zusammenzufinden, die sie nacheinander in den Palast geleiten.

Ich kann mir vorstellen, dass sich einige weigern werden. Dass sie zögern werden, ein magisches Portal zu durchschreiten, wenn sie nicht aus erster Hand wissen, dass es sicher ist. Hoffentlich gelingt es Temra und Serutha, alle zu überzeugen.

Unabhängig davon, ob es Schwierigkeiten gibt oder nicht, wird es eine ganze Weile dauern, bis so viele Menschen im Gänsemarsch mit all ihrem Hab und Gut auf die andere Seite geschleust worden sind.

Bis dahin wird die Armee längst hier sein.

Als Ravis' Truppen fast vor den Toren stehen, hat erst die Hälfte der Stadtbewohner es durch das Portal geschafft.

Ihre schweren Waffen und Rüstungen lassen die Feinde noch überlegener und zahlreicher erscheinen, als sie es ohnehin schon sind. Alle Soldaten schmückt das Wappen von Ravis, ein sich aufbäumender Löwe. Sie tragen Lanzen in ihren Händen und Schwerter an den Hüften. Eine Waffe zum Werfen, eine Waffe für den Nahkampf. Ich frage mich, ob die Soldaten stark genug sind, um Lanzen über die Mauer zu schleudern.

Gut möglich.

Inmitten der Soldaten rollen von Pferden gezogene Planwagen. Nur eine Handvoll Männer reitet auf ihren eigenen Pferden, die meisten sind zu Fuß unterwegs.

Es ist eine Sache zu wissen, dass sich eine Armee nähert. Etwas ganz anderes ist es, sie mit eigenen Augen heranrücken zu sehen.

»Ganz ruhig«, sagt Kellyn.

Erst einen Moment später merke ich, dass er mit mir spricht.

»Mir geht es gut, alles in Ordnung.«

»Ihr solltet von der Mauer steigen, Sire«, sagt Tazar zum Prinzen.

»Ich werde mich nicht verstecken. Ich werde helfen, wo ich kann. Mein Schwert, bitte.«

Tazar zögert, bevor er ihm die Waffe, die er an seiner Seite trägt, überreicht. Ein Breitschwert. Der Griff sieht abgenutzt aus, aber als der Prinz es aus der Scheide zieht, sehe ich, dass die Klinge selbst messerscharf ist.

»Gebt dem Prinzen einen Schild«, sagt Kymora. »Er wird ihn brauchen.«

Kymora hat entlang der Mauer Männer mit Schilden positioniert. Tazar reicht einen ihrer Schilde an den Prinzen weiter. Saydan bleibt direkt in Kymoras Rücken, seine eigenen Waffen im Anschlag. Es gefällt mir immer noch nicht, dass die Kriegsherrin auf freiem Fuß und nur mit einer einzigen Kette an den Händen gefesselt ist. Das ist nicht genug.

Die Formation von Ravis' Truppen ist nicht ideal, stelle ich fest, als sie näher kommen. Ihre Reihen sind nicht geschlossen, die Männer selbst von einem langen Nachtmarsch erschöpft.

Ein verschwindend geringer Vorteil, wenn man ihre schiere Anzahl bedenkt. Ich kann den Blick nicht über das Heer schweifen lassen, ohne meinen Kopf zu drehen. Ich schöpfe ein wenig Mut beim Anblick unserer Mauern. Die Lage des Schlosses ist für eine Verteidigung ideal. Skiros Palast ist direkt in den Berghang gebaut, sodass die anrückenden Männer gezwungen sind, von vorne anzugreifen.

Sie marschieren weiter, bis sie nur noch zwanzig Yards entfernt sind. Dort halten sie an und formieren sich neu, bis die Frontlinie geschlossen verläuft.

Und dann sehe ich Ravis, der sich aus den Reihen löst und mit seinem Pferd an ihre Spitze reitet. Er ist von Kopf bis Fuß in voller Rüstung, makellos glänzend, ohne Kratzer oder Schrammen.

Ich weiche unwillkürlich einen Schritt zurück, bevor ich mich fange. Dann trete ich bis an den Rand der Mauer vor und bleibe stehen. *Ich werde keine Angst haben.* Ich werde Ravis zeigen, dass er mich nicht einschüchtern kann. Ich werde ihm diese Macht über mich nicht geben.

»Bruder«, sagt Skiro zu dem älteren Prinzen, der jetzt unter ihm steht.

»Skiro«, antwortet Ravis. »Dein Tor ist verschlossen.«

»Niemand hat dich eingeladen.«

»Es soll also zu einem Kampf kommen?«

»Wenn es das ist, was du willst.«

Ravis schnaubt auf eine ausgesprochen unprinzenhafte Art. »Ich habe dir Frieden angeboten. Ich habe klar gesagt, welche Bedingungen dafür zu erfüllen sind. Du hast diese Wahl selbst getroffen.«

Skiro schüttelt den Kopf. »Ich bin hier in meinem Reich. Du bist derjenige, der die Grenze übertreten hat.«

»Du bist unfähig zu herrschen, und wie ich höre, auch unfähig zu kämpfen. Mein Spion hat mir berichtet, dass du kaum hundert Mann innerhalb dieser Mauern hast. Willst du sie wirklich zwingen, für dich zu sterben?«

»Ich zwinge sie zu nichts. Wenn sie sich entscheiden zu kämpfen, dann für ihr Land und ihre Familien. Denn du bist gekommen, um ihnen genau das zu nehmen.«

Skiro spielt seine Rolle gut. Er versucht, seinen Bruder so lange wie möglich in das Gespräch zu verwickeln, damit in der Zwischenzeit mehr Menschen durch das Portal gelangen können.

Aber es sind immer noch so viele, die unter uns den Innenhof füllen.

Kymora hält sich zurück und bleibt, wie ich jetzt feststelle, außer Sichtweite des feindlichen Prinzen. Als sie meinen Blick bemerkt, zischt sie: »Zeige niemals deine Trumpfkarte.«

Sie will nicht, dass Ravis sie entdeckt. Ich frage mich, ob der Prinz zögern würde anzugreifen, wenn er wüsste, dass wir sie hier haben. Er kennt sie noch aus ihrer Zeit im Dienste seines Vaters. Ihr Ruf als Kriegsherrin war schon damals Legende.

»Genug«, sagt Ravis nun. »Das ist deine letzte Chance. Öffnet jetzt das Tor oder meine Soldaten greifen an.«

»Nein, das ist *deine* letzte Chance. Kehrt um und zieht euch zurück. Ich habe eine Festung und Magieträger auf meiner Seite. Wir sind nicht so hilflos, wie du vielleicht denkst. Wenn ihr euch weiter nähert, dann auf eigene Gefahr.«

Ravis blinzelt nicht, aber seine Augen richten sich auf mich. »Schmiedemädchen, du stehst auf der falschen Seite der Mauer.«

Ich schüttle den Kopf, aber gönne ihm nicht die Genugtuung einer Antwort.

»Ich werde dafür sorgen, dass du für deine hinterhältige Finte gehängt wirst. Vergiss nicht, ich habe dir angeboten, mir freiwillig zu dienen. Ich bin nicht gnadenlos.«

»Nur ohne jedes Fünkchen Menschlichkeit«, zische ich leise.

»Soldaten von Ghadra!«, ruft Ravis seinen Männern zu. »Zum Angriff!«

Feige, wie er ist, verschwindet Ravis hinter dem Meer seiner Männer in Sicherheit.

Und dann ist es so weit.

Sie greifen uns an.

KAPITEL ZWANZIG

Wenn mich meine wenigen Erfahrungen mit dem Kämpfen eines gelehrt haben, dann, dass es chaotisch zugeht. *Blutig. Laut. Übel riechend.*

Es gibt nichts daran, was man mögen könnte.

Aber eine Schlacht gegen zweitausend Gegner zu führen? Das ist so viel schlimmer.

Wie ein Hammer, der alle Sinne zermalmt.

Die Panik ist so groß, dass man das Gefühl hat, in ihr zu ertrinken wie in einem Ozean. Ich bin in meinem Leben schon oft von Angst überwältigt worden, aber so etwas habe ich noch nie erlebt.

Unsere Feinde feuern Pfeile ab, die mühelos die Mauer überwinden. Ich erhebe meinen neuen Hammer – Echo –, um mich zu schützen, gehe in die Hocke, mache mich so klein wie möglich. Ein Pfeil prallt gegen die Seite meines Schildhammers und saust in die entgegengesetzte Richtung zurück.

Und schon sirrt eine weitere Salve auf uns zu.

Im Innenhof stürmen die Leute zu den Palasttoren, drängen sich in alle Winkel, warten dort, bis sie für das Portal an der Reihe sind. Sowohl hinter als auch vor mir ist viel zu viel los, aber ich beschließe, meinen Blick fest nach vorne zu richten, dorthin, wo die Gefahr droht.

»Haltet die Stellung«, sagt Kymora.

Wir können nichts tun, solange die Männer außerhalb unserer Reichweite sind. Skiro hat ein paar erfahrene Bogenschützen unter seinen Männern, die über unsere Köpfe hinweg in die Massen auf der anderen Seite der Mauer zielen. Sie landen einige Treffer, aber die anrückende Armee lässt sich dadurch weder abschrecken noch verlangsamen.

Ravis' Männer decken die Planwagen ab, die sie mitgeführt haben, und legen Leitern und Haken frei. Dann formen die Soldaten eine Menschenkette, um die schwere Ausrüstung ganz nah an die Mauern zu schaffen.

Ein Schrei ertönt. Nicht weit von uns entfernt sehe ich einen Mann, der mit seinem Schild nicht schnell genug war. Mit einem Pfeil im Herzen stürzt er von der Mauer in den Palasthof. Einen Atemzug lang sind die Männer um ihn herum wie erstarrt.

»Bringt das Wasser!«, schreit Kymora.

Mit gepolsterten Handschuhen nehmen einige unserer Soldaten die Kessel mit dem kochenden Wasser aus den Feuern und ersetzen sie sofort durch neue, um für Nachschub zu sorgen.

Von der anderen Seite wird die erste Leiter an der Mauer aufgestellt, die Spitze reicht bis knapp über die Kante. Kymora sieht von oben zu, wie eine Schar von Männern zu klettern beginnt.

Ich spüre, wie meine Hände zittern, während ich beobachte, wie sie immer näher kommen, und darauf warte, dass Kymora etwas unternimmt.

Erst als der erste Soldat fast oben angekommen ist, tritt sie zur Seite und nickt dem Mann zu, der den Kessel hält.

Er schüttet das kochende Wasser auf die kletternden Soldaten herab. Schrille Schreie zerreißen die Luft, gefolgt vom Geräusch fallender Körper und brechender Knochen beim Aufprall.

Als die Leiter leer ist, packt Kymora sie am oberen Ende und schleudert sie zur Seite. Das Holz zersplittert, das ganze Ding ist nun nutzlos.

Skiros Männer folgen dem Beispiel der Kriegsherrin, ohne dass es einer weiteren Aufforderung bedarf. Als die nächste Leiter an der Mauer landet, sind sie sofort mit weiteren Kesseln voll kochendem Wasser zur Stelle.

Aus Angst, verbrüht zu werden, traut sich bald keiner mehr von Ravis' Leuten auf eine Leiter. Sie feuern nur noch weitere Pfeilsalven in unsere Richtung.

Für den Moment zumindest.

Doch es dauert nicht lange und sie unternehmen einen neuen Anlauf. Diesmal versuchen sie es mit Enterhaken, wahrscheinlich in der Hoffnung, uns mit ihrer schieren Überzahl überwältigen zu können. Zwanzig Seile werden gleichzeitig nach oben geschleudert, Haken bohren sich in die Mauerkante. Obwohl sie schwere Rüstung tragen, hangeln sich die Soldaten flink an den Seilen empor.

»Öl!«, schreit Kymora.

Während einige von Skiros Leuten bereits versuchen, die Seile mit ihren Messern zu zertrennen, weist Kymora die anderen an, Öl von oben herabzugießen. Dann geht sie mit einer Fackel von Seil zu Seil und setzt sie nacheinander in Brand.

Weitere Schreie ertönen, als das Feuer sich nach unten frisst und diejenigen verschlingt, die das Pech hatten, vom Öl benetzt zu werden. Schließlich halten die Seile der Belastung nicht mehr stand und reißen an den Stellen, wo die Flammen die Fasern zerstört haben.

Doch überall dort, wo wir den Angriff abwehren konnten, tauchen nun weitere Haken und Leitern auf. Es sind doppelt so viele wie beim letzten Mal, und ich frage mich, ob die ersten beiden Angriffswellen nur dazu dienen sollten, unsere Abwehrstrategien zu erkunden.

Ohne lange zu überlegen, überlasse ich es Kellyn, weiter auf Kymora aufzupassen, und beziehe an einer der Leitern in meiner Nähe Stellung.

Ich schlage auf Köpfe ein, sobald sie über der Mauerkante auftauchen, und stoße Männer und Frauen mit zertrümmerten Helmen in die Tiefe. Einige bleiben unten bewegungslos liegen, andere rappeln sich auf und wanken noch ein paar Schritte, bevor sie zusammenbrechen.

Ich fühle mich krank.

Es macht mich krank, zu wissen, dass all dies nur wegen Ravis' Gier geschieht.

Es macht mich krank, auch nur daran zu denken, dass niemand sterben müsste.

Die Stadtbewohner sind jetzt alle im Palast, aber noch ist nicht jeder durch das Portal gelangt. Die Wachen halten Skiro regelmäßig mit Neuigkeiten auf dem Laufenden.

Und dann haben es einige von Ravis' Männern nach oben geschafft.

Am äußersten linken Ende, wo die Steine der Mauer auf den Felsen treffen, hat sich ein Enterhaken verfangen, ohne dass jemand das Seil verbrannt oder durchtrennt hätte.

Fünf Männer erstürmen die Mauer, und von unten kommt bereits Verstärkung nach.

»Kellyn!«, rufe ich, weil er näher dran ist.

Er entdeckt sie, wirft einen Blick auf Kymora und trifft eine Entscheidung.

Ich nehme nur aus dem Augenwinkel wahr, was als Nächstes passiert. Kellyn hebt seinen Arm. Lady Killer gleitet wie von selbst aus seiner Rückenscheide und springt schneller in seine Hand, als das Auge folgen kann. Der Söldner hechtet über unsere Männer hinweg, die an der Mauer weitere Bottiche mit heißem Wasser über den Feind gießen.

Eine Schwertspitze stößt von unten in Richtung meines Gesichts. Gerade noch rechtzeitig gelingt es mir, den Schlag mit Echo abzuwehren. Der magische Rückstoß lässt den Soldaten seinen Halt verlieren, er stürzt ab und reißt dabei alle auf den Sprossen unter ihm mit sich.

Jetzt, wo die Leiter vom Gewicht der Angreifer befreit ist, kann ich sie wegstoßen. Ich sehe zu, wie sie unten auf den Boden kracht.

Als ich wieder aufblicke, hat Kellyn die Männer oben auf der Mauer bereits erledigt. Er versucht, das Seil mit seinem Schwert zu durchtrennen, aber der nächste Soldat kommt bereits von unten nach. Der Angreifer hält kurz inne, um sein Schwert zu ziehen, dann holt er aus und schlägt nach Kellyn. Nur knapp verfehlt er seinen Hals. Ich überlege nicht lange und stürme zu ihm, um zu helfen. Von oben beuge ich mich über die Mauer und schlage auf die Köpfe ein, während Kellyn seine Klinge wieder an dem Seil anlegt, das kurz darauf entzweireißt.

Ich wirble herum, als mir klar wird, dass wir Kymora aus den Augen gelassen haben, aber sie steht immer noch auf der Mauer und brüllt Befehle. Ich beobachte, wie sie einem Pfeil ausweicht, ohne auch nur für einen Moment innezuhalten.

Sie ist wirklich einzigartig. Ich wünschte nur, sie wäre tatsächlich auf unserer Seite.

Petrik schleudert seinen Stab immer wieder auf die Gegner herab und versucht, den Strom der Soldaten, so gut es geht, aufzuhalten. Eine der Angreiferinnen packt den Stab und will ihn festhalten, aber er gleitet ihr durch die Finger, als wäre er mit Öl benetzt, und kehrt geradewegs zu Petrik zurück.

Es erfüllt mich mit Stolz, dass meine Waffen genau das tun, was sie sollen.

Ein Geräusch weiter rechts auf der Mauer lässt uns alle aufblicken. Wieder hat es eine der feindlichen Soldatinnen bis nach oben geschafft. Eine große Frau in leichter Rüstung stürmt auf uns zu. Unsere Männer versuchen, sie aufzuhalten, aber sie holt mit einem Hammer aus und –

Das ist mein *Hammer!*

Die Männer stürzen rechts und links zu Boden, als sie sich mit der Waffe, die Ravis mir gestohlen hat, zu uns durchschlägt. Sie dringt dabei immer weiter zum Prinzen vor.

Eine jämmerliche kleine Stimme in meinem Kopf fleht mich an, die Flucht zu ergreifen. Mich in Sicherheit zu bringen. Mein Leben zu retten. Aber in diesem Moment behält die tapfere Ziva die Oberhand. Denn das ist *mein* Hammer, den *ich* gemacht habe. Und jetzt hat *sie* ihn, und sie tut damit Menschen weh, und ich muss es wiedergutmachen.

Ich schlage einen Bogen um Prinz Skiro, weiche Kymora und Petrik aus, bis nichts und niemand mehr zwischen mir und der angreifenden Soldatin steht. Sie blickt mich an, sieht meine eigenen Hämmer und grinst. Mir dreht sich der Magen um, aber ich bleibe standhaft und hole mit Echo aus, während die Frau sich mit meinem alten Hammer in der Hand auf mich stürzt.

Die beiden unsichtbaren Schilde treffen mit einem lauten Knall aufeinander. Die Wucht des Zusammenstoßes schleudert mich nach hinten, ich verliere den Boden unter den Füßen und lande rücklings auf dem harten Ziegelboden der Mauer. Der Aufprall raubt mir den Atem, und ich brauche einen Moment, bis ich mich wieder aufrichten kann. Als ich es schließlich schaffe, sehe ich die andere Frau mir gegenüber in ähnlicher Verfassung. Zittrig kommen wir wieder auf die Beine, bevor wir erneut zum Angriff übergehen.

Diesmal stürzt die Soldatin nicht mit dem Schildhammer im Anschlag auf mich zu, sondern macht sich stattdessen bereit, mit dem nicht magischen rechten Hammer zuzuschlagen.

Was sie jedoch nicht weiß, ist, dass Agony die Kraft unseres Zusammenstoßes in sich aufgenommen hat und so von Energie erfüllt ist, dass er singt und vibriert. Ich weiche dem Angriff der Soldatin aus, bevor ich mit meinem rechten Hammer zum Gegenschlag übergehe.

Sie *fliegt* durch die Luft. Weit über die Mauer und die Köpfe vieler feindlicher Soldaten hinweg, bevor sie schließlich fällt.

Ich drehe mich weg, damit ich den Aufprall nicht sehen muss. Dann hebe ich meinen alten magischen Hammer auf, wo sie ihn fallen gelassen hat, und stecke ihn in meinen Gürtel.

Als ich mich umwende, bemerke ich, wie Kymora nachdenklich die Lippen schürzt. Ich will gar nicht wissen, was sie denkt. Ich kann regelrecht sehen, wie sich die Rädchen drehen, als ihr Verstand all die Möglichkeiten durchspielt, mich bei der erstbesten Gelegenheit für ihre Zwecke auszunutzen.

Als die Kriegsherrin ihre Aufmerksamkeit wieder auf die Gegner richtet, stößt sie einen lauten Fluch aus.

Ich folge ihrem Blick.

Unter uns wird ein Rammbock herangeschafft.

»Die Steine!«, ruft sie. »Werft sie mit voller Kraft auf die Soldaten! Haltet sie auf, schnell!«

Ich stecke meine Hämmer zurück in den Gürtel, um große Felsbrocken auf die Feinde zu schleudern. Die niederprasselnden Steine reichen aus, um Stahl zu verbiegen und mehre Männer und Frauen in die Knie zu zwingen, obwohl sie Helme tragen. Der große Baumstamm, den sie tragen, sackt kurzzeitig zu Boden, doch sofort nehmen weitere Soldaten den Platz der Gefallenen ein.

Ich hatte befürchtet, Ravis würde seinem Truppenanführer befehlen, das Tor mit dem Kriegshammer einzuschlagen, aber er macht sich nicht einmal die Mühe. Er braucht nicht das Leben eines ranghöheren Soldaten zu riskieren, der an einer mächtigen Waffe ausgebildet ist, solange er mehr als genug Nachschub an Menschen und Material hat.

»Weiter!«, brüllt Kymora. »Lasst sie nicht bis zum Tor kommen!«

Petrik schwingt seinen Stab von einer Seite zur anderen.

Unterstützt von Kellyn und mir, lassen Skiros Männer noch mehr Steine auf die Angreifer regnen. Selbst der Prinz bückt sich, um Brocken aufzusammeln und zu werfen. Aber allmählich gehen unsere Vorräte zur Neige.

Und dann erbebt die Mauer unter dem ersten Stoß des Rammbocks.

»Bogenschützen!«, befiehlt Kymora. »Hoch zu mir! Und ihr dort, geht runter und sichert das Tor von innen. Lasst sie nicht rein!«

Eilig kommen Skiros Soldaten den Befehlen der Kriegsherrin nach. Die Männer tauschen Positionen. Das Tor erzittert unter einem weiteren Schlag und jetzt haben wir endgültig keine Steine mehr.

»Heißes Wasser! Her damit!«

Die nächste Ladung kochendes Wasser ergießt sich über die Soldaten am Rammbock. Einige ergreifen schreiend die Flucht, aber sofort nehmen andere ihren Platz ein. Es werden immer mehr. Ravis ist es egal, wie viele seiner Leute er opfern muss, solange er nur gewinnt.

»Schießt alle Pfeile ab, die ihr habt!«, ruft Kymora den Bogenschützen zu, die jetzt in Position sind. »Keiner darf den Stamm berühren!«

Doch jetzt, da unsere ganze Aufmerksamkeit dem Tor gilt, schaffen es weitere Feinde bis auf die Mauer.

Wie viele verdammte Leitern hat Ravis eigentlich mitgebracht?

Kellyn verteidigt die gesamte linke Seite der Mauer im Alleingang. Die Fähigkeiten von Lady Killer reichen aus, um die Angreifer zurückzudrängen. Aber auf der rechten Seite fallen Skiros Männer unter der Überzahl an Gegnern, die nun die Mauer erklimmen, inzwischen wie die Fliegen.

Kymora blickt nach rechts. Dann streckt sie mir ihre Hände entgegen.

»Nimm mir die ab.«

»Nein«, antworte ich, ohne zu zögern.

»Willst du, dass wir überrannt werden? Mach mich los und gib mir eine Waffe.«

Ich schüttle vehement den Kopf. Man darf ihr nicht trauen. Es ist mir egal, dass sie uns bis hierher gebracht hat. Sie hat meine Eltern getötet. Sie hat Temra fast umgebracht. Kellyn. Ihren eigenen Sohn.

»Um der Zwillingsschwestern willen!«, schreit sie. Dann bückt sie sich, hebt das Schwert eines gefallenen Soldaten auf und steuert mit gebundenen Händen auf die rechte Seite der Mauer zu.

Weil ich nicht weiß, was ich sonst tun soll, folge ich ihr.

Mit der Leichtigkeit einer erfahrenen Soldatin stürzt sich Kymora ins Getümmel und kämpft in einer Reihe mit Skiros Männern. Obwohl ihre Hände noch immer gefesselt sind, schwingt sie das Schwert wie eine Meisterin und schlägt einen Feind nach dem anderen nieder.

Inzwischen fallen immer mehr von unseren Männern. Ich beziehe neben Kymora Stellung und greife mit meinen Hämmern ins Kampfgeschehen ein.

Es ist falsch. Es fühlt sich so unglaublich falsch an.

Wie konnte es nur so weit kommen? Ich kämpfe Seite an Seite mit der Mörderin meiner Eltern.

Blut – teils von meinen Gegnern, aber mehr noch von Kymora – klebt an meinen Händen. Kymoras Klinge schneidet durch die Luft, bewegt sich mit der Anmut einer Tänzerin und bringt den Angreifern fast mühelos den sicheren Tod.

Niemand spricht je darüber, wie schmutzig es ist. Das Töten. In den Geschichtsbüchern geht es nur um Ruhm und Ehre. Keiner erwähnt je, wie es sich anfühlt. Niemand warnt einen, dass ein Gesicht, das gerade noch lebendig war, von einem Moment auf den anderen starr wird.

Dass man jedes Mal, wenn man ein Leben nimmt, das Gefühl hat, ein kleines Stück von sich selbst zu verlieren.

Und doch mach auch ich weiter. Meine Schwester ist im Palast. Meine Freunde sind auf dieser Mauer. Ravis ist auf dem Vormarsch, und sein Ziel ist es, den Frieden zu vernichten. Er will uns Magieträger seinem Willen unterwerfen.

Jeder, der mich und meine Familie bedroht, bekommt es mit meinen Hämmern zu tun. Ich zögere nicht, bevor ich zuschlage – aber das heißt nicht, dass es mir gefällt. Und noch weniger gefällt mir die Tatsache, dass ich immer besser darin werde.

Und dann höre ich den Aufprall. Das Zersplittern von Holz und das Klirren von Metall. Das Johlen auf der einen und die Schreie auf der anderen Seite.

Voller Entsetzen begreife ich, dass unsere Feinde durch das Tor eingedrungen sind.

»Schafft den Prinzen hier weg!«, schreit Kymora. »Schnell, bevor sie ihn zu fassen kriegen.«

Ich drehe mich um und sehe, wie Tazar Skiro bereits mit Petriks Hilfe wegschleppt.

»Es ist noch nicht vorbei. Wir müssen ...«, will Skiro protestieren.

»Wir müssen dich jetzt durch das Portal bringen!«, ruft Petrik.

Kymora verengt ihre Augen bei dem Wort *Portal*, sagt aber

nichts. Ihre Aufmerksamkeit wird von einer neuen Gruppe von Soldaten in Beschlag genommen, die sich gerade über die Mauer schwingen.

Ich will ihr helfen, aber eine Hand auf meinem Arm hält mich zurück.

Mit hochgerissenem Schild wirble ich herum und schaffe es gerade noch, mich rechtzeitig zu fangen, als ich Kellyn erkenne.

»Du kannst mich nicht einfach packen, wenn wir mitten im Kampf sind!«, schreie ich ihn an.

»Tut mir leid, aber wir müssen gehen.«

»Aber was ist mit Kymora?«

»Kymora hat ihre Aufgabe erfüllt. Sie hat uns mehr Zeit verschafft. Der Prinz hat ihr die Freiheit versprochen. Es ist an der Zeit, sie gehen zu lassen.«

»Nein!«

Kellyn zerrt mich die Stufen zum Innenhof hinab und bleibt immer wieder stehen, um Angreifer abzuwehren.

»Duck dich!«, rufe ich, und er tut wie ihm geheißen, während ich im selben Moment bereits Echo schwinge und einen Soldaten kopfüber von der Treppe fege.

»Wir können sie nicht einfach zurücklassen!«, beharre ich unten angekommen, während wir losrennen.

»Was sollen wir denn sonst tun? Sie mitnehmen? Wie um alles in der Welt willst du sie dazu zwingen? Und du kannst nicht einfach Skiros Versprechen brechen.«

»*Ich* habe ihr überhaupt kein Versprechen gegeben.«

»Was willst du also tun? Hierbleiben und versuchen, sie zu töten – nur um dann selbst zu sterben, wenn Ravis' Soldaten dich umzingeln?«

Ich hasse das. Ich hasse es, dass er recht hat. Ich hasse es, dass gerade so viel auf einmal passiert, so viel Chaos herrscht.

»Du willst doch sicher mit eigenen Augen sehen, wie Temra es durch das Portal schafft?«, fragt Kellyn schließlich. Er weiß genau, was er sagen muss, um mir Beine zu machen.

Wir rennen in den Palast. Skiro und Petrik sind so weit vor uns, dass sie bereits außer Sichtweite sind. Gemeinsam kämpfen Kellyn und ich uns bis zur Treppe durch.

Und dann wirft Kellyn einen Blick über seine Schulter. Ich sehe, wie er die Augen aufreißt, bevor er mich in eine dunkle Nische zwischen einem Bücherregal und dem Zwischenraum unter einer weiteren Treppe zieht.

Mein Herzschlag pocht mir in den Ohren. Kellyn drückt seinen Körper an meinen und drängt uns in eine Ecke, wo niemand, der vorbeiläuft, mich sehen kann. In diesem Moment liegt kein Funke knisternder Spannung in der Luft. Es geht ums blanke Überleben. Ich presse mir die Hände auf den Mund, um mein schweres Atmen zu dämpfen. Der Geschmack von getrocknetem Blut überwältigt mich fast.

Der ganze Palast hallt von hektischem Fußgetrappel wider, aber ich höre sofort die lautesten Schritte heraus, die nach einem dröhnenden Crescendo plötzlich verstummen, was nur bedeuten kann, dass sie direkt vor unserem Versteck zum Stillstand gekommen sind.

»Wollt Ihr mir damit sagen, dass *Ihr* Eure Freiheit mit dem Tod zahlloser meiner Soldaten erkauft habt?«

Mein ganzer Körper spannt sich beim Klang von Ravis' Stimme an.

»Ihr hättet den Angriff nicht ohne mich an Eurer Seite beginnen sollen. Dann hätte ich Euch den Verlust so vieler

Soldaten erspart.« Mein Entsetzen wird nur noch größer, als ich feststelle, dass es niemand anders als Kymora ist, mit der er spricht.

»Ihr habt uns diese Verluste beigebracht!«

»Hätte ich auf der richtigen Seite der Mauer gestanden, wären nur Skiros Männer und Frauen gefallen.«

»Ich hatte keine Zeit, auf Euch zu warten. Ihr wart wochenlang verschwunden! Ich dachte, Ihr wärt tot.«

Kymora schnaubt verächtlich. »So leicht lasse ich mich nicht töten.«

»Ach ja, Ihr lasst Euch nur gefangen nehmen und von einem Haufen Halbwüchsiger durch ganz Ghadra schleifen.«

»Wie ich höre, waren es ebenjene Halbwüchsigen, die Euch höchstpersönlich in die Knie gezwungen haben. Die Euch und Euer ganzes Soldatenregiment mit einem einzigen Schwert niedergestreckt haben.«

»Es ist diese verdammte Schmiedin. Wenn ich sie in die Finger bekomme ...«

»Gar nichts werdet Ihr tun. Wir brauchen sie.«

»Nein, verdammt noch mal! Wir sind in der Überzahl. Ich habe es satt, zu versuchen, irgendetwas aus diesem Schmiedemädchen herauszubekommen.«

»Man muss nur vorsichtig mit ihr umgehen und ihr die richtige Motivation geben. Sie wird uns in Zukunft nicht noch einmal überrumpeln.«

»Ja, weil sie tot sein wird.«

»Benutzt Euren Kopf, Ravis. Wenn Ihr erst mal auf dem Thron sitzt, werdet Ihr alle Mittel brauchen, um ihn auch zu behalten.«

»Dafür habe ich ja dann Euch. Ihr werdet wieder als Generalin über meine Truppen eingesetzt. Ich herrsche als König. Das war die Abmachung. Es ist nicht meine Schuld, dass Ihr den Plan vereitelt habt, indem Ihr Umwege eingeschlagen und Zeit mit der magischen Schmiedin vergeudet habt. Hättet Ihr Eure Streitkräfte schon früher mit den meinen zusammengetan, läge uns die Welt schon längst zu Füßen.«

»Stattdessen habt Ihr Euch Elany und meine Männer einfach genommen«, erwidert Kymora, und ihre Stimme senkt sich bedrohlich.

»Sie brauchten Geld, um ihre Familien zu ernähren. Ich habe ihnen Arbeit angeboten«, verteidigt er sich. »Was geschehen ist, ist geschehen. Aber ich werde nicht zulassen, dass Ihr es noch einmal verpfuscht. Die Schmiedin wird sterben. Ihre Freunde werden sterben. Und mein Bruder wird den Rest seiner Tage im Kerker fristen.«

»Und was ist mit deinem anderen Bruder?«

»Verak oder der Bastard meines Vaters?«

»Ich rede von *meinem Sohn*«, sagt Kymora, und ihr Tonfall verrät deutlich, was sie von dem Wort hält, das Ravis benutzt hat.

»Ihr könnt ihn töten oder mit Skiro hinter Gitter stecken. Sollen sie doch zusammen verrotten. Es ist mir eigentlich egal. Ich will nur, was von Anfang an für mich bestimmt war.«

Ich kann Kellyns Herz dort spüren, wo wir uns Brust an Brust aneinanderpressen. Es pocht viel zu schnell und holprig.

Kymora lacht, aber es klingt bitter.

»*Für Euch bestimmt?*«, wiederholt sie voller Verachtung. »Ravis, Euer Vater hat das Reich hauptsächlich deshalb aufgeteilt, weil *Ihr* die Verantwortung nicht alleine tragen konntet.«

»Das ist nicht wahr, und das wisst Ihr auch.«

»Wenn Euch das besser gefällt, hat er es eben aus einer fehlgeleiteten Vorstellung von Liebe getan, aber das ändert nichts an der Tatsache, dass Ihr ein miserabler König wärt.«

»*Haltet* Eure Zunge im Zaum, Kriegsherrin«, sagt Ravis. Seine Stimme klingt gepresst, so als käme sie zwischen zusammengebissenen Zähnen hervor. »Ich lasse mir solche Respektlosigkeiten nicht gefallen. Ich bin Euer König, und Ihr werdet mir die Ehrerbietung erweisen, die mir gebührt.«

»Ihr seid kein König. Und schon gar kein Kriegerkönig. Die jämmerliche Vorführung vorhin hat das nur noch einmal mehr unter Beweis gestellt. Ihr glaubt, den anderen Königskindern überlegen zu sein. Aber was, wenn der nördliche Kontinent beschließt, unser Reich zu besetzen? Was, wenn die westlichen Inseln eine schlagkräftige Flotte aufstellen und kommen, um unsere wertvollen Güter zu kapern?«

»Dann werdet Ihr sie abwehren, wie es Eure Aufgabe ist.«

Eine Pause tritt ein. Dann sagt Kymora: »Ja, das werde ich. Was mir nur nicht einleuchten will, ist, warum Ihr dann überhaupt in die Gleichung einbezogen werden solltet.«

Wieder eine Pause. »Ich … ich habe eine Armee! Ich habe das Recht des Erstgeborenen! Ich bin … ich bin …«

Kymora stößt einen gelangweilten Seufzer aus. »Habt Ihr wirklich geglaubt, ich hätte all das getan, weil ich wieder einem König dienen wollte? Habt Ihr gedacht, ich hätte meine Kräfte gebündelt, treue Soldaten um mich geschart und ausgebildet, um sie dann in Eure Dienste zu übergeben? Ravis, ich hatte *immer* die Absicht, Euch zu verraten. Ich habe

Euch und Eure Verbindungen benutzt, weil Ihr der Machthungrigste von allen seid. Ich habe zugelassen, dass Ihr die Adligen Eures Reiches für Eure Sache begeistert, damit ich später davon profitieren kann. Und jetzt, wo alle Streitkräfte an einem Ort versammelt sind und auch die Ausrüstung und das nötige Geld – da sehe ich keinen Grund mehr, warum ich mir Euch nicht lieber früher als später vom Hals schaffen sollte.«

Vom Prinzen ist nur ein seltsam gequältes Keuchen zu hören, bevor er sagt: »Strax! Nimm die Kriegsherrin fest.«

Es kommt zum Handgemenge, wenn auch nicht lange. Strax und seine Männer hatten offenbar nicht damit gerechnet, dass Kymora sie überwältigen könnte – vor allem, da sie immer noch gefesselt ist. Dennoch höre ich kurz darauf Körper zu Boden gehen, und ich weiß, dass es nicht die Kriegsherrin ist.

Kymora schnalzt missbilligend mit der Zunge. »Das war der einzige treue Mann, den Ihr in diesem ganzen Palast hattet. Und jetzt habt Ihr ihn umbringen lassen.«

»Ich habe noch fast zweitausend unter meinem Kommando.« Ravis' Stimme ist dünn geworden.

»Zweitausend, die Ihr für ihre Loyalität bezahlt. Die meisten davon sind *meine* Soldaten, die sich wieder mir anschließen werden, sobald sie erfahren, dass ich am Leben bin. Wir werden Ghadra auch ohne Euch einnehmen, und wenn der Rest Eurer Männer klug ist, wird er sich mit mir verbünden. Auf Wiedersehen, Ravis. Richtet Eurem Vater einen Gruß von mir aus.«

Ein gedämpfter Schrei.

Ein Körper, der zu Boden sackt.

Und dann Kymoras Stimme, klar und deutlich: »Ich will die Schmiedin. Der Soldat, der sie mir bringt, wird mit unermesslichen Reichtümern belohnt werden und einen Ehrenplatz an meiner Seite erhalten, wenn wir das Königreich zurückerobern.«

KAPITEL EINUNDZWANZIG

Es ist schon einige Minuten her, dass Kymora fort ist.

Aber Kellyn und ich haben uns seither nicht von der Stelle gerührt.

Ich bin zu geschockt, um mich zu bewegen. Entweder geht es Kellyn genauso oder er hält mich einfach nur aufrecht. Mein Gehirn arbeitet viel zu schnell, und doch nicht schnell genug, um alle Teile zu einem Ganzen zusammenzufügen.

Kymora hat von Anfang an mit Ravis gemeinsame Sache gemacht.

Sie hat ihn gerade getötet.

Kymora ist frei und hat jetzt ihre eigene Armee.

Sie ist hinter mir her.

Sie ist hinter uns allen her.

Sie will die Herrschaft an sich reißen, und jetzt hat sie die Streitkräfte, es zu tun. Wenn sie mich erwischt, hat sie alles, was sie braucht, um für immer an der Macht zu bleiben. Vor allem, wenn sie Kellyn oder Temra in die Finger bekommt.

Temra ...

»Wir müssen zum Portal«, sage ich. »Sofort. Bevor Kymora und ihre Soldaten es entdecken. Womöglich ist es bereits zerstört.«

Kellyn nickt. »Ich bin mir nicht sicher, ob es für uns Glück oder Pech ist, dass sie im Moment nicht danach sucht. Denn gerade sucht sie ...«

»Mich«, beende ich.

Ich versuche, nicht Ravis' Leiche anzustarren, als wir unser Versteck verlassen. Aber ich sehe ihn und Strax, und erneut denke ich mir: Niemand hätte sterben müssen. Warum konnte er nicht einfach mit dem zufrieden sein, was er hatte?

Wir eilen zielstrebig durch die Hallen, als wüssten wir genau, was wir tun und wohin wir wollen. Ravis', nein, Kymoras Soldaten sind überall. Wo immer es möglich ist, halten wir kurz inne und gehen in Deckung, oder tun so, als ob wir dazugehören.

Keiner hält uns auf. Jeder sucht nach einer Schmiedin, nicht nach einer Soldatin. Und mit meiner blutbefleckten Kleidung sehe eindeutig wie eine aus.

Der Saal mit den Porträts ist unverschlossen. Kellyn öffnet die Tür und führt mich vor sich hinein.

Ich verliere völlig die Fassung, als ich sehe, was uns erwartet.

Die Portale wurden völlig zerstört – bevor Kymora oder einer unserer Feinde sie nutzen konnte.

Aber alle scheinen es geschafft zu haben. Alle außer Kellyn und mir. Schon wieder.

Wir werden nie aus dem Schloss hinauskommen.

Ich verliere meine Balance. Verliere mein Gleichgewicht. Ich verliere den Bezug zum Hier und Jetzt. Ich verliere die

Kontrolle. Ich kann nicht atmen. Mein ganzer Körper kribbelt, fühlt sich heiß an, und ich wünsche mir nichts sehnlicher, als aus meiner eigenen Haut zu kriechen. Ich bin gefangen. Für immer. Ich werde nie glücklich sein. Nichts wird jemals in Ordnung kommen.

»*Ziva …*«

Kellyns Stimme klingt so weit entfernt, ich spüre ihn nicht einmal, als er mich festhält. Ich werde ihn verlieren. Ich werde Temra verlieren. Ich habe alles verloren, und wieder einmal ist alles meine Schuld.

Und dann dreht sich der Raum.

Nein, er verschiebt sich nur, denn Kellyn stellt mich vor eines der Porträts.

Das von Marossa.

Meine Augen fokussieren und sind endlich wieder in der Lage, eine sehr wichtige Sache zu erkennen.

Es ist noch intakt.

Alle Portale sind zerstört, bis auf eines. Das, bei dem ich den Hals verrenken musste, um es anzuschauen.

Ich ergreife Kellyns Hand und gemeinsam treten wir hindurch.

Ich mache mich auf einen Aufprall gefasst. Beim letzten Mal bin ich gegen eine Wand gerannt. Aber dieses Mal? Nichts. Die Luft ist immer noch abgestanden, und Staubwolken steigen mir in die Nase, aber ich nehme es hin. Um uns herum flackern Lichter, und ich glaube, wir befinden uns in einer Art Flur.

»Den Zwillingen sei Dank«, sagt eine Stimme, die ich nur zu gut kenne.

Temra kratzt mit der scharfen Klinge ihres Schwertes am

Portal hinter uns die Farbe ab. Dann schnappt sie sich zur Sicherheit einen Eimer und schüttet Wasser über das Porträt. Die Farbe läuft in Rinnsalen herunter, bevor sie sich in einer braunen Pfütze auf dem Boden sammelt.

Nachdem sie ihre Aufgabe erledigt hat, umarmt mich meine Schwester. »Ich bin so froh, dass du es geschafft hast! Wenn du nicht aufgetaucht wärst, hätte ich mich auf die Suche nach dir gemacht.«

»Ich auch.« Petrik kommt einen kaum beleuchteten Korridor entlang.

»Wo sind wir?«, frage ich.

»Das ist ein Geheimgang in Marossas Schloss«, antwortet Petrik.

Kellyn sagt: »Jetzt ist er nicht mehr geheim.«

Petrik zuckt zusammen. »Das Verhältnis zwischen meinem Bruder und meiner Schwester ist momentan ein bisschen heikel. Stochere nicht in einem Hornissennest herum.«

Er und Temra führen uns weiter den Gang entlang. Er ist schmutzig, der Boden ist mit Schlamm und Federn bedeckt und mit allem, was von den Geflüchteten hier zurückgelassen wurde.

»Hat es Marossa nicht gepasst, dass Skiro den Durchgang so vielen Leuten gezeigt hat?«, frage ich.

»Tatsächlich wusste sie weder von dem Geheimgang noch von dem Portal, du kannst dir also vorstellen, wie sie sich jetzt fühlt«, sagt Petrik.

»Aber sie hat uns trotzdem in ihrem Territorium willkommen geheißen?«

»*Willkommen heißen* ist ein starker Ausdruck. *Dulden* trifft es wohl eher. Ich muss da wieder rein, damit sie sich nicht gegenseitig umbringen. Ziva, Kellyn, würdet ihr beide mitkommen? Ihr wisst am meisten über Ravis und seine Pläne. Meine Schwester würde gerne alles aus erster Hand hören.«

Ich öffne den Mund, zögere einen Moment und seufze dann. »Also gut.«

Kellyn sagt: »Wir haben gerade erst eine Schlacht geschlagen - jetzt auch noch eine Begegnung mit lauter Fremden ist vielleicht etwas zu viel für Ziva.« Läge da nicht diese Zärtlichkeit in seiner Stimme, wären seine Worte mir vielleicht peinlich.

Petrik bleibt stehen, streckt seine Hand aus und tastet eine Stelle an der Wand ab. Es macht *klick*, eine Tür schwingt nach außen und gibt den Blick frei auf einen viel helleren Raum. Ich blinzle, teils um den Schmutz aus meinen Augen zu bekommen, teils um sie vor dem grellen Licht zu schützen.

Männer und Frauen in schwarzer Livree mit einem aufgestickten Smaragdbaum sind entlang der Wände postiert. Sie blicken uns an, als wir vorbeigehen, sagen aber nichts.

Im nächsten Korridor treffen wir auf weitere Wachen. So viele Soldaten. Sie stehen so dicht an dicht, dass ich kaum die Wände sehen kann.

»Hier entlang«, sagt Petrik und führt uns an den ernst dreinblickenden Wachen vorbei. Sie stehen so still, dass es aussieht, als würden sie nicht atmen.

Und bei allem, was mir durch den Kopf geht, denke ich in diesem Moment ausgerechnet: *Ich habe nun schon viel Zeit in Palästen verbracht.*

Bis vor ein paar Monaten hatte ich noch nie den Fuß in einen gesetzt. Und jetzt? Jetzt habe ich schon in die Hälfte aller Königspaläste von Ghadra gesehen.

Und dann, bevor ich richtig vorbereitet bin, treffe ich ein drittes Mitglied der königlichen Familie, die Herrscherin über meine Heimat.

Prinzessin Marossa hat schwarzes Haar, das in eleganten Zöpfen über ihre Schultern fällt. Ihre Haut ist tiefbraun, genau wie die von Skiro und Ravis. Mit ihrer makellosen Haut und den vollen Lippen ist sie einfach umwerfend. Sie ist zierlich, schlank wie ihre Brüder, aber kleiner als sie. Wenn ich neben ihr stünde, würde sie mir gerade bis zur Schulter reichen. Statt einer Robe trägt sie figurbetonte Lederkleidung. Sie hat einen Bogen auf dem Rücken, der Riemen ist über eine Schulter geschlungen.

»... schmutzig!«, sagt sie jetzt zu Skiro. »Einfach schmutzig. Hast du meine Halle gesehen, nachdem dreitausend Menschen durch sie hindurchgetrampelt sind? Und sie haben Vieh mitgebracht. *Vieh*, Skiro! Überall kleben Federn und Wolle! Der arme Algarow niest schon die ganze Zeit. Ich war nie darauf erpicht zu herrschen, und jetzt hast du die Größe meiner Stadt an einem Tag einfach verdoppelt!«

Petrik räuspert sich und unterbricht abrupt das Gespräch.

Ich schrumpfe fast, als Marossas eisiger Blick mich trifft. »Sind sie das?«, fragt sie, während sie mich und Kellyn mustert.

»Ja«, sagt Skiro. »Das sind Ziva und Kellyn, die Ravis gefangen gehalten hat. Sie haben umfangreiches Wissen über seine Pläne gesammelt und mich gewarnt.« Mir fällt auf, dass Skiro meine Gabe nicht erwähnt, wofür ich dankbar bin.

»Skiro, ich brauche niemanden mehr, der mir sagt, dass ein Krieg bevorsteht. Ich glaube dir! Du hast ihn nämlich an meine verdammte Türschwelle gebracht! Was ich brauche, ist jemand mit Antworten. Wie können wir Ravis und seine Männer aufhalten? Wie schützen wir das Volk?«

»Ravis ist tot.« Die Worte sind unverblümt, direkt. Ich sage sie, ohne zu überlegen, wie ich es ihnen schonend beibringen kann.

»*Was?*«, fragen Skiro und Marossa gleichzeitig und richten ihre volle Aufmerksamkeit auf mich. Nervös trete ich von einem Bein aufs andere, doch da übernimmt Kellyn das Wort.

»Wir haben seinen Leichnam gesehen. Kriegsherrin Kymora hat ihn getötet. Sie haben die ganze Zeit gemeinsame Sache gemacht, um Ghadra zu erobern. Aber Kymora braucht ihn jetzt nicht mehr. Sie will nicht wieder Oberbefehlshaberin sein. Sie will die Krone für sich selbst.«

Petrik ist der Erste, der sich gefasst hat. »Berichte uns Wort für Wort, was du gehört hast.«

Kellyn erzählt die ganze Geschichte, während ich schwankend dastehe. Ich bin erschöpft und meine Hände jucken von dem getrockneten Blut. Als er fertig ist, zieht Marossa ihre Lippen zwischen die Zähne und schließt die Augen.

»Und jetzt ist die Kriegsherrin auf dem Weg zu uns?«, fragt Skiro vorsichtig, als würde Kymora wie aus dem Nichts erscheinen, wenn er die Worte noch lauter ausspricht.

Kellyn nickt. Was er sagt, ist wahr, aber was er nicht ausdrücklich erwähnt hat, ist, dass Kymora hinter *mir* her ist.

»Algarow!«, ruft Marossa. »Bring mir meinen Bogen. Ich will etwas schießen.«

»Er ist auf Eurem Rücken, Hoheit.«

»Dann Pfeile! Und Zielscheiben. Nein, ich gehe in die Räume mit den ausgestopften Tieren und schieße auf ein paar der Köpfe!«

Die Prinzessin stürmt hinaus und ihre Diener folgen ihr.

Prinz Skiro schließt die Augen und presst seinen Zeigefinger gegen die Nasenwurzel.

»Es tut mir leid«, sagt Petrik langsam. »Er hat dich angegriffen, aber er war trotzdem unser Bruder. Ich habe ihn nie gut gekannt, aber ich bin sicher, du hast ihn geliebt. Trotz allem.«

Ein paar Sekunden herrscht Schweigen, dann sagt Skiro: »Es war ein langer Tag. Ich denke, wir würden uns alle gerne waschen und ins Bett gehen. Bitte kümmert euch darum.« Den letzten Satz sagt er zu den wartenden Bediensteten.

Ich bleibe stundenlang im Bad, noch lange nachdem das Wasser kalt geworden ist, und versuche, mich sauber zu fühlen.

Alles, was passiert ist, alles, was ich getan habe, geistert durch meinen Kopf – ich schaffe es einfach nicht, zur Ruhe zu kommen. Die Flut von Bildern zu stoppen.

Nachdem ich mich angezogen habe, verlasse ich sofort mein Zimmer und bleibe draußen vor der Tür stehen. Temras Zimmer ist auf der rechten Seite, Kellyns auf der linken.

Ich klopfe an die rechte Tür.

Niemand antwortet, also spähe ich vorsichtig hinein. Das Bett ist unberührt. Aber eine Tür weiter höre ich Stimmen, und es dauert eine Weile, bis mir klar wird, dass Temra in Petriks Zimmer ist.

Also klopfe ich an die linke Tür.

Was, wenn er schläft und du ihn gerade geweckt hast?

Was, wenn er noch im Bad ist und nur spärlich bekleidet an die Tür kommt?

Was, wenn –

Die Tür öffnet sich einen Spaltbreit und sein rotes Haar kommt zum Vorschein.

»Ziva«, sagt er leicht überrascht. Als wäre ich die letzte Person, die er erwartet hätte.

»Kellyn«, sage ich.

Und dann Stille.

Ich bin zu ihm gekommen. Also müsste ich jetzt etwas sagen.

»Willst du ... willst du reinkommen?«, fragt er. Er stolpert über die Worte. Ich habe ihn noch nie stottern hören.

»Ja«, antworte ich.

Er tritt zur Seite. Sein Zimmer gleicht dem meinen. Beim Anblick seiner Wanne frage ich mich allerdings, wie er es geschafft hat, in dieses Ding zu passen. Es gibt einen Stuhl, einen Schreibtisch und ein Bett. Sonst nichts. Marossa liebt es eher schlicht.

Aus irgendeinem Grund kann ich nicht direkt auf das Bett schauen.

Wieder herrscht Schweigen, während Kellyn mich dabei beobachtet, wie ich den Raum in Augenschein nehme. Er trägt ein ähnliches Nachtgewand wie ich, allerdings sind die Schnüre an der Brust lose.

»Temra ist in Petriks Zimmer«, platze ich heraus, um irgendwas zu sagen.

»Ist sie das?«, fragt er.

»Ja.«

Warum tue ich mir das an? Ich denke, ich kann mutig sein und schwierige Dinge tun, und dann stürze ich mich in diese demütigenden Situationen, bei denen ich mir wünsche, ich wäre tot.

Bitte, bitte, kann die Decke einstürzen und der Boden mich verschlucken?

Weil ich die neuerliche Stille nicht mehr ertrage, flehe ich ihn an: »Bitte, sag etwas. Ich weiß, du willst, dass ich die Initiative ergreife und die Dinge in die Hand nehme. Und ich habe mich so sehr bemüht. Bitte, sag mir, dass du das bemerkt hast.« Bevor er antworten kann, fahre ich hastig fort, als würde eine Flutwelle von innen gegen meinen Mund drücken und die Worte nur so herausschwappen lassen. »Ich habe dich berührt. Dich geküsst. Habe Gespräche angefangen. Du hast gesagt, du willst eine gleichberechtigte Partnerin, und ich habe es *versucht*, Kellyn, aber es ist so schwer. Und ich weiß nicht, ob ich das immer kann. Können wir nicht einfach übereinkommen, dass ich meine Lektion gelernt habe? Kannst du mir bitte auf halbem Weg entgegenkommen?«

Ich schnappe nach Luft, als ich fertig bin, und komme mir vor, als wäre ich gerade ein Rennen gelaufen.

»Was redest du da?«, fragt Kellyn verständnislos.

»Bitte, lass mich das nicht alles wiederholen. Ich bin mir sicher, dass ich die Hälfte davon schon wieder vergessen habe.«

Tatsächlich ist alles, worauf ich mich jetzt konzentrieren kann, das Unbehagen. Ich versuche, mich auf das Gute zu konzentrieren. Darauf, in Kellyns Nähe zu sein. Ich muss die Aufregung einfach verdrängen. Irgendwann wird sie abklingen.

»Ich habe gehört, was du gesagt hast«, stellt er klar. »Aber ich verstehe es nicht. Wann habe ich gesagt, dass du die Initiative ergreifen sollst?«

»Nachdem du dir im Wald den Kopf angeschlagen hast. Als du angeschossen wurdest. Du sagtest, du hättest es satt, mir hinterherzulaufen. Du hast gesagt, dass du dich zurückziehst, weil du eine gleichwertige Partnerin willst, und dass ich mich wenigstens dieses eine Mal anstrengen muss.«

»Das habe ich wirklich gesagt?«

Ich nicke und wage es, ihn anzuschauen. »Hast du es nicht so gemeint? War das deine Gehirnerschütterung?«

»Ja, ich meine, nein. Ich meine, ich habe das in dem Moment gefühlt, aber ich hatte keine Ahnung, dass ich es laut ausgesprochen habe. Es tut mir so leid. Das hätte nicht passieren dürfen.«

»Ich bin froh, dass du etwas gesagt hast! Ich dachte, du wolltest mich nicht mehr. Du hast dich zurückgezogen. Hast nicht geredet. Hast mich nicht berührt. Ich wusste nicht, was ich denken sollte!«

»Aber ich habe es dir gesagt! Im Gasthaus habe ich dir *gesagt,* dass ich mit dir zusammen sein will!«

»Aber dann hast du dich zurückgezogen. Du hast es nicht mehr erwähnt. Du hast dich nicht mehr wie du selbst verhalten. Ich dachte, du hättest es dir anders überlegt.«

»Mir anders überlegt?«, sagt er tonlos.

»Ja!«

»Innerhalb weniger Stunden?«

»Ja! Warum sollte ich deinen Worten glauben, wenn deine Taten etwas anderes sagen? Aber ich bin froh, denn du hast mich dazu gebracht, mutiger zu sein. Zu verfolgen, was ich will. Und was ich will, bist du.«

Die volle Wucht seines Blickes trifft mich wie ein Blitzschlag. Doch ich muss noch etwas loswerden. »Aber bitte, zwing mich nicht dazu, immer die Führung zu übernehmen. Können wir uns jetzt bitte abwechseln?«

Sein Blick wird weicher und irgendwie zärtlich. »Ja, natürlich können wir das.«

»Du wirst mich nicht zwingen, jedes Gespräch zu beginnen?«, frage ich.

»Das werde ich nicht.«

»Und du wirst mich wieder küssen?«

»Das werde ich.«

»Gut.«

Kellyns Blick richtet sich nach innen. Er denkt sehr ernsthaft über etwas nach, und ich möchte wissen, was es ist. Aber er ist offensichtlich noch nicht bereit, also schweige ich. Er braucht Zeit, um alles zu verdauen, was ich gesagt habe. Ich habe wochenlang darüber nachgedacht. Er erfährt es erst jetzt.

Als er sich mir wieder zuwendet, sagt er: »Ich habe bemerkt, wie sehr du dich bemüht hast. Und es hat mich sehr glücklich gemacht. Aber es war auch gemein von mir. Ich wollte, dass du eine Ahnung davon bekommst, was ich auf unserer Flucht vor Kymora gefühlt habe. Aber das war ungerecht. Und es tut mir sehr, sehr leid. Lass uns einfach wir selbst sein.«

»Das würde ich gerne.«

Plötzlich überkommt mich eine Welle der Erschöpfung. »Du musst heute Nacht die Führung übernehmen«, sage ich und greife meine Worte von zuvor wieder auf.

Endlich kommt er zu mir und nimmt mich in seine Arme. »Liebling«, sagt er, und das Wort ist so warm und liebkosend, dass mich eine Gänsehaut überläuft. »Das tue ich gerne, aber ich weiß nicht, was du im Moment brauchst. Das musst du mir schon sagen. Willst du über den heutigen Tag reden?

Willst du, dass ich dich in den Arm nehme? Willst du, dass ich Petrik von deiner Schwester wegzerre und ihn heute Nacht in mein Zimmer sperre, damit er sie nicht anfassen kann? Sag, was du willst, und du bekommst es.«

Ich lache über seinen letzten Vorschlag und er drückt mich fester an sich.

»Das kann ich gar nicht oft genug hören«, sagt er.

Manchmal vergesse ich, dass ich nicht erwarten kann, dass andere meine Gedanken lesen können. Wenn ich etwas brauche, muss ich ihn darum bitten.

»Heute war es hart«, sage ich. »Ich würde gerne gehalten werden, bitte.«

»Willst du es dir bequemer machen?«, fragt er. »Wir können hier eine Weile stehen bleiben. Wir können uns setzen. Auf den Boden. Wo immer du willst.«

»Können wir uns auf das Bett legen? Können wir Seite an Seite schlafen, so wie im Zelt?«

»Natürlich«, sagt er, und seine Stimme ist so tief, dass man das Wort kaum verstehen kann.

Ich bin mir vieler Dinge sehr bewusst. Dass wir beide so wenig anhaben. Dass wir allein in diesem Zimmer sind. Dass wir uns ein *Bett* teilen werden.

Kellyn bettet mich gegen einen Berg von Kissen, zieht die Decke über uns und drückt mich an seine Brust. Sein Haar ist noch feucht von seinem Bad, aber das macht nichts. Der Rest seines Körpers hält mich warm.

»Ich kann nicht aufhören, an den Kampf zu denken«, sage ich nach einer Weile. »Es war furchtbar.«

»Das war es«, stimmt er mir zu. »So etwas habe ich noch nie erlebt.«

»Ich fühle mich schmutzig«, sage ich. »Nein, meine Seele fühlt sich schmutzig an. Ich fühle mich böse. Verdorben. Und ich stelle mir vor, dass ich in einer Hölle der Zwillingsschwestern lande, wenn ich tot bin.«

Kellyn versucht, etwas zu sagen, doch ich fahre fort: »Aber dann denke ich an dich. Du hast auch gekämpft, aber du bist nicht böse. Deine Seele ist nicht böse. Warum habe ich für mich andere Maßstäbe als für dich? Was wir getan haben, war notwendig. Das weiß ich. Aber ich fühle mich trotzdem unwohl. Alles ist noch so frisch in meinem Gedächtnis, und ich glaube nicht, dass ich schlafen kann. Wie kommst du damit klar?«

Kellyn drückt mich wieder fest an sich. Seine Hand gleitet von meiner Schulter zu meinem Ellbogen. »Ich glaube, mein Verstand funktioniert anders als deiner. Ich kann Dinge verdrängen, wenn ich will. Du kannst das nicht, stimmt's? Die Gedanken fressen dich auf. Sie rauben dir die ganze Energie.«

»Ja.«

»Manchmal hilft es, sich auf das *Warum* zu konzentrieren statt auf das *Was*. Ich denke nicht an den Tod, den ich verursacht habe. Ich denke daran, wen ich beschütze. Ich denke an mein Zuhause und meine Familie. An dich. Ich erinnere mich an all die guten Dinge, damit kein Platz für die schlechten ist.«

»Früher habe ich meine Gedanken gelenkt, indem ich etwas von Anfang bis Ende geschmiedet habe. Aber – das Endergebnis ist immer eine Waffe. Und Waffen bedeuten Kampf. Und ich denke wieder über das nach, worüber ich nicht nachdenken will. Früher habe ich mir Sorgen gemacht, wenn ich mit Leuten sprach. Jetzt muss ich mir Sorgen machen, dass Leute versuchen, mich zu töten.«

»Das ist so ungerecht. Es tut mir leid.«

Es fühlt sich gut an, mich von der Last zu befreien. Alles, was mich bedrückt, laut auszusprechen. Ich formuliere das nächste Problem.

»Sie ist frei und sie wird wieder Jagd auf mich machen.«

Seine Arme ziehen mich mit einem fast schmerzhaften Druck an ihn.

»Sie kann dich nicht haben. Ich werde nicht zulassen, dass sie dich mir wegnimmt. Eher sterbe ich.«

»Sag das nicht. Sprich nicht vom Sterben, bitte. Sag mir nur, dass wir sie wieder besiegen werden. Dass alles gut werden wird.«

»Wir *werden* sie wieder besiegen. *Alles* wird gut.«

Obwohl ich weiß, dass er das gar nicht versprechen kann, bin ich trotzdem froh, es zu hören.

Ich liebe es, wie Kellyn riecht. Nach Holz und Leder und seinem ganz persönlichen Duft. Ich vergrabe meine Nase in seinem Hemd und atme noch tiefer ein.

Jetzt, wo wir uns unterhalten, fühle ich mich in seiner Nähe nicht mehr so nervös. Ich spüre, wie ich mich an seiner Brust entspanne.

»Ich bin verrückt vor Sorge um meine Familie«, sagt Kellyn. »Wenn wir scheitern, wenn Kymoras Armee gewinnt, ist alles aus. Nichts kann sie dann aufhalten. Und was wird dann aus denen, die ich liebe? Ich bin nur ein einzelner Kämpfer. Ich kann sie nicht allein aufhalten. Ich könnte sie nicht einmal im Zweikampf besiegen. Sie ist zu gut.«

Und jetzt hat sie eine ganze Armee an ihrer Seite.

»Diesmal sind wir nicht allein«, erinnere ich ihn. »Die Prinzen und Prinzessinnen wollen weder ihr Land noch ihr eigenes Leben verlieren. Sie werden sich zusammentun, um Kymora zu bekämpfen. Es bleibt ihnen gar nichts anderes übrig. Und falls sie aus irgendeinem Grund verlieren, gehen wir nach Amanor und verteidigen deine Familie bis zum Schluss.«

Die Worte schweben in der Luft, entschlossen, kämpferisch. Ich werde sie niemals zurücknehmen. Ich verehre seine Familie und ich werde sie niemals alleinlassen.

»Ziva«, sagt Kellyn so sanft. »Ich liebe dich.«

Ich erstarre, spüre, wie sich mein Körper wie eine Bogensehne spannt. Er meint das nicht ernst. Er versucht nur, mir etwas Gutes zu tun, weil ich nach der Schlacht so durcheinander bin und –

Hör auf damit. Du wirst nicht zulassen, dass deine Ängste diesen Moment zerstören.

Ich möchte ihm sagen, dass ich ihn auch liebe. Wie könnte ich ihn denn *nicht* lieben? Er ist der einzige Mann, dem ich mich je so nah gefühlt habe.

Aber ich kann diese Worte nicht zu ihm sagen. Sie schrecken mich, und ich bin immer noch halb im Zweifel, ob *er* sie wirklich so meint.

»Du musst nicht …«, beginnt Kellyn.

Ich lege einen Finger an seine Lippen. »Ich will immer mit dir zusammen sein«, sage ich. Selbst wenn er es sich anders überlegt, ich werde es nie tun.

»Abgemacht«, sagt er.

Aber weiß er denn nicht, dass er mir so etwas nicht versprechen kann?

KAPITEL
ZWEIUNDZWANZIG

Ein Klopfen weckt mich.

Wenn ich an einem unbekannten Ort aufwache, bin ich zuerst völlig orientierungslos. Man sollte meinen, ich hätte mich inzwischen daran gewöhnt.

Und dann ist da noch das Schnarchen irgendwo unter mir.

Kellyn.

Ich kann ihn nicht mehr als eine Sekunde lang bewundern, dann klopft es erneut, diesmal lauter.

Kellyn wacht auf.

»Was ist?«, fragt er.

Die Tür geht auf und Petrik kommt herein. Er ist fertig angezogen und frisch gewaschen und sieht ganz so aus, als könnte er es im Alleingang mit Kymora und ihrer Armee aufnehmen.

Nur einen Herzschlag lang wandert sein Blick zwischen mir und Kellyn hin und her.

»Gut, Ziva ist auch hier. Das erspart mir die Mühe, dich aufzuspüren. Ihr beide seid aufgefordert, an einer weiteren Besprechung mit meinem Bruder und meiner Schwester teilzunehmen. Ihr habt eine Stunde Zeit bis dahin. Einer der Diener draußen zeigt euch den Weg. Vielleicht schafft ihr es ja, diesmal nicht zu spät zu kommen.«

Und dann geht Petrik pfeifend – *pfeifend* – zur Tür hinaus.

Kellyn lässt seinen Kopf ins Kissen fallen. Schirmt mit seinem Arm die Augen gegen das Licht ab. »Ich hätte ihn letzte Nacht doch hier einschließen sollen.«

»Warum?«, frage ich.

Kellyn nimmt seinen Arm zur Seite und sieht mich amüsiert an. »Was glaubst du, warum er so gute Laune hat?«

»Weil er und Temra sich endlich versöhnt haben.«

»Sie haben mehr als das getan, Ziva.«

Ich spüre, wie mir die Kinnlade herunterfällt. »*Nein!* Er würde nicht ... Sie würde nicht ...«

Oh doch, Temra würde auf jeden Fall. Und Petrik, der, seien wir ehrlich, unfähig ist, ihr irgendetwas zu verweigern, würde tun, was sie will. Nicht dass er ihr jemals *diesen* Wunsch hätte verweigern wollen. Was das anging, war er ohne Zweifel ein williger und eifriger Komplize.

»*Puh*«, sage ich schließlich.

»Denk nicht darüber nach«, sagt Kellyn.

»Ich glaube, Petrik und ich müssen uns mal unterhalten.«

»Was wirst du ihm sagen?«

»Dass ich ihn umbringe, wenn er ihr etwas antut.«

Kellyn reibt seine Lippen an meiner Schläfe. »Ich glaube zwar nicht, dass du dir darüber Sorgen machen musst, aber

Petrik kann so ein kleiner Schrecken ab und zu nicht schaden. Du hast noch nie so furchterregend geklungen.«

»Und ich muss mich noch einmal mit Temra unterhalten.«

»Worüber?«

»Darüber, sich zu schützen.«

»*Zu schützen?*«

Ich schaue ihn an. »Gegen eine Schwangerschaft.«

»*Oh.* Du meinst - tut mir leid, ich wusste nicht, dass Frauen irgendwelche Mittel haben, um das zu verhindern.« Er sieht ziemlich unbehaglich drein, was mich sehr amüsiert.

»Es gibt Kräuter«, erkläre ich ihm.

»Davon hatte ich keine Ahnung. In meiner Familie hat man sich um solche Dinge nie gekümmert - offensichtlich.«

Ich muss laut lachen.

Plötzlich halte ich den Atem an, denn was er sagt, bedeutet ...

»Du hast es also nicht gewusst?«, frage ich.

»Ich sagte doch gerade, ich hatte keine Ahnung.«

»Nein, ich meine - all die Frauen, mit denen du zusammen warst. Du wusstest nicht, ob ihr Vorkehrungen getroffen habt oder nicht?« *Er könnte unzählige Kinder haben, von denen er nichts weiß.*

Bei dem Gedanken wird mir ganz schlecht.

Kellyn richtet sich im Bett auf. Er zieht mich mit hoch und hält mich auf Armeslänge, damit er mir ins Gesicht sehen kann. »*All die Frauen,* mit denen ich zusammen war? Was glaubst du denn, wie viele das waren?«

Oh, ich hasse dieses Gespräch, das mir schmerzvoll klarmacht, wie viel erfahrener Kellyn ist. Meine Eifersucht ist beinahe greifbar, nimmt jeden Platz in meinem Körper für sich ein.

»Na ja, bei deinem hübschen Gesicht«, sage ich. »Da hast du wahrscheinlich das Dutzend bald voll.« Und fast im selben Moment stelle ich meine Antwort infrage. *Habe ich die Zahl zu niedrig angesetzt? Habe ich ihn beleidigt?*

»Ziva, ich war noch nie mit jemandem zusammen.«

Meine Augen fliegen auf. »Was?«

»Mit niemandem.«

»Oh. Aber *warum*?«

Er lacht über die Frage. Dann wird er ernst. »Warst du mit jemandem zusammen?«

»Machst du Witze?«

»Ich kann nicht davon ausgehen ...«

»Du warst bei allem der Erste, Kellyn. Na ja, nicht bei allem. Noch nicht.« Und dann spüre ich, wie mir das Blut ins Gesicht schießt. »Oh nein«, sage ich und vergrabe mein Gesicht in den Händen. »Das habe ich nicht so gemeint«, murmle ich zwischen meinen Fingern. »Vergiss es einfach ...«

»*Noch nicht?*« Kellyn lässt sich die Worte auf der Zunge zergehen, als wären es Leckerbissen. »Hast du dahingehend also schon Pläne? Ich muss sofort alle Einzelheiten erfahren.«

Ich will nach der Decke greifen, um mein Gesicht darin zu vergraben, aber Kellyn reißt sie mir weg.

»Ich muss mich waschen und ankleiden«, sage ich und versuche, mich aus dem Bett zu rollen.

Aber das lässt er nicht zu. Mit seinem ganzen Gewicht drückt er mich in die Matratze, sperrt mich ein. »Ziva, bitte, sieh mich an.«

Er schwebt über mir, wärmt mich mit seinem wundervollen Körper. Ich seufze, nehme meinen Mut zusammen und lasse meine Hände wandern.

Und spüre im nächsten Moment seinen Mund auf meinem. Die Verlegenheit verflüchtigt sich wie der Rauch eines Zündholzes und ich erwidere seinen Kuss mit aller Leidenschaft.

Viel zu schnell zieht er sich zurück und legt seine Stirn an meine. »Ich liebe dich«, sagt er wieder, und mein Körper zerfließt regelrecht. »Versteck dich nicht vor mir. Keiner muss sich vor dem anderen verstecken. Das haben wir doch hinter uns, oder?«

»Ich denke schon«, sage ich.

»Selbst wenn du so schöne Worte sagst. Ich hätte nie gedacht, dass *Noch nicht* mal mein Lieblingssatz sein würde.«

Ich lache ihn an. Er ist so albern.

»*Noch nicht* ist jetzt dein Lieblingssatz?«, frage ich.

»Auf jeden Fall.«

Kopfschüttelnd lege ich meine Arme um seinen Hals und drücke meinen Mund auf seinen. Ich liebe es, wie warm und weich seine Lippen sind. Ich liebe es, wie sie sich unter dem Druck meiner Lippen teilen.

Ich liebe ihn, und das tut weh.

Denn jetzt ist er zu etwas geworden, das ich verlieren kann.

Wir küssen uns so lange, dass ich das *Noch nicht* in ein *Jetzt* verwandeln möchte – da zieht er sich plötzlich zurück.

»Besprechung«, sagt er zwischen zwei tiefen Atemzügen. »Wir müssen zu einer Besprechung.«

Der Laut, der mir entschlüpft, liegt irgendwo zwischen einem Stöhnen und einem Jammerlaut.

Seinen Mund an meinen Nacken geschmiegt, sagt er: »Ich

würde ja vorschlagen, dass wir nach der Besprechung weitermachen, aber ich weiß schon, was du dazu sagen würdest. Also küsse ich dich vielleicht danach einfach spontan.«

»Es ist nicht spontan, wenn du es planst!«, sage ich und gebe ihm einen Klaps auf den Arm.

»Vielleicht fällt es mir spontan wieder ein ... nach der Besprechung.«

»Du bist unmöglich.«

»Du bist unwiderstehlich«, kontert er.

Es klopft erneut an der Tür und Petrik ruft: »Zwanzig Minuten!«

Ich schiebe Kellyn zur Seite, schwinge die Beine über die Bettkante und erhebe mich. »Wie stehen meine Chancen, die Besprechung zu schwänzen?«

»Schlecht. Es sei denn, wir finden ein sehr gutes Versteck.«

»In einem Palast, wo es von Wachen nur so wimmelt? Da gehen die Chancen gegen null.«

»Wir könnten die Tür verbarrikadieren«, schlägt er vor.

Noch immer lachend gehe ich hinaus.

Gekleidet, frisiert und mit gestärktem Geist verlasse ich mein Zimmer. Draußen vor der Tür warten bereits Kellyn und ein Diener auf mich. Während der Diener vorausgeht, um uns den Weg zu weisen, greifen Kellyn und ich gleichzeitig nach der Hand des anderen.

Im Gegensatz zu Skiro, der seinen Palast in eine Kunst-Ausstellung verwandelt hatte, gilt Marossas Leidenschaft den Tierpräparaten. Köpfe von Bergkatzen, Geweihe, ja sogar ein ganzer Bär reihen sich in den Korridoren, die wir entlanggehen. Es ist ein verstörender Anblick, aber angesichts der

Liebe der Prinzessin zur Jagd besteht kein Zweifel, woher das alles stammt.

Im Versammlungsraum stehen die Menschen dicht gedrängt. Kellyn und ich steuern einen Platz in der hintersten Ecke an, aber Petrik drängt uns nach vorne, direkt neben die Mitglieder der Königsfamilie, deren Leibgarde und die Hofberater.

Wirklich, es ist erstaunlich, wie viele Leute in den Raum passen. Und alle stehen herum. Allem Anschein nach gibt es im Palast keinen Tisch, der groß genug für uns alle wäre.

Ich trete nervös von einem Fuß auf den andern, bis Kellyn mich von hinten an sich zieht und meine beiden Hände umfasst, wie um mich von allen Seiten vor den anderen im Raum abzuschirmen. Das ist schön.

Da entdecke ich Temra neben Petrik, und ich spüre, wie sich meine Augen verengen. Als könnte sie meinen durchdringenden Blick spüren, schaut sie auf.

Ich nicke vielsagend zwischen ihr und Petrik hin und her und ziehe eine Augenbraue hoch.

Sie lächelt und schaut weg.

Als wäre damit auch schon alles gesagt.

Aber damit kommt sie mir nicht davon.

Ich belasse es vorerst dabei, weil Prinz Skiro das Wort ergreift und alle Anwesenden über die aktuelle Situation informiert.

Ich versuche wirklich zuzuhören, aber etwas anderes lenkt mich ab.

Ich denke über das *Noch nicht* nach.

Kellyns Finger malen Bilder auf meinen Handrücken, und ich stelle mir vor, wie diese Finger zu anderen Stellen wandern. Ich werde rot, aber zum Glück weiß niemand, was mir gerade durch den Kopf geht. Alle werden denken, dass es mir in dem überfüllten Raum zu heiß ist.

Aber verdammt noch mal, seit wir darüber gesprochen haben, kann ich an nichts anderes mehr denken. Und natürlich stelle ich es mir vor. Denn so funktioniert mein Gehirn.

Nackte Körper.

Ich, Ziva Tellion, denke an nackte Körper und Schlafzimmer und Schweiß und keuchenden Atem und ...

»Die Sitzung wird vertagt, bis Ashper mit Neuigkeiten zurückkehrt. In der Zwischenzeit müssen wir uns auf den Krieg vorbereiten.«

Ich schrecke auf, als ich merke, dass die Besprechung beendet ist und ich die ganze Zeit geistig weggetreten war. Alle drängen zur Tür, und ich sehe, wie Temra versucht, sich unauffällig hinauszuschleichen.

»Wir sehen uns später«, sage ich zu Kellyn. »Ich muss mit meiner Schwester reden.«

»Sei nicht so streng mit ihr.«

»Ich bin so streng, wie ich es für richtig halte.«

Er grinst, ich grinse, und dann gehe ich.

Petrik ist nur ein paar Schritte hinter ihr. Offenbar versuchen die beiden, so zu tun, als würden sie die Versammlung getrennt verlassen, was aber kläglich misslingt.

Temra begibt sich in ihr Zimmer und Petrik steht kurz darauf vor ihrer Tür.

»Warte!«, rufe ich.

Petriks Rücken wird steif. Als er sich zu mir umdreht, sieht er aus wie ein Mann, der auf frischer Tat ertappt wurde.

»Petrik, ich schätze dich als Freund«, sage ich.

Daraufhin entspannt sich sein Gesicht etwas. »Ich schätze unsere Freundschaft auch.«

»Gut, dann stell nichts Dummes an, um diese Freundschaft zu gefährden.«

»Gefährden?«

»Wenn du meiner Schwester wehtust, werde ich dich heimsuchen und dir deinen liebsten Körperteil mit dem stumpfesten Werkzeug aus meiner Schmiede abtrennen.«

Er schluckt. »Ich verstehe, und ich werde ihr *nie* wieder wehtun. Sie ist mir mehr wert als alles andere auf der Welt.«

»Gut. Und jetzt geh. Ich muss mit ihr reden.«

Er presst die Lippen zusammen. Denkt einen Moment nach.

»Ich werde ihr sagen, dass du hier warst.«

»Also gut«, sagt er schließlich.

Im Gehen wirft er noch einen Blick über die Schulter, in der Hoffnung, meine Schwester vielleicht durch den Türspalt zu erspähen.

»Es sind nur ein paar Stunden, du dummer Kerl«, sage ich leise. Dann betrete ich unaufgefordert das Zimmer.

Temra steht da, als ob sie mich erwartet hätte, die Arme verschränkt, das Gesicht trotzig.

»Ziva, ich bin eine erwachsene Frau. Und wenn ich alt genug bin, um in Schlachten zu kämpfen, dann bin ich auch alt genug, um –«

»Geht es dir gut?«, unterbreche ich sie.

»Natürlich.«

»Ist es das, was du willst? Du fühlst dich nicht unter Druck gesetzt oder so?«

»Es ist das, was ich mehr als alles andere will. Ich liebe ihn.«

»Vor Kurzem hast du ihn noch gehasst«, sage ich.

Sie verzieht das Gesicht zu einem schiefen Lächeln. »Und geliebt. Deshalb war ich auch so wütend. Aber wir haben uns gestern Abend ausgesprochen und eine Vereinbarung getroffen.«

»Und die wäre?«

»Wenn er noch einmal lügt oder mir etwas verheimlicht, ist es aus mit uns. Er wird darauf vertrauen, dass ich klug bin und nach reiflicher Überlegung die richtigen Entscheidungen treffe.«

»Das ist gut. Du verdienst jemanden, der darauf vertraut, dass du klug bist.« Ich weiß das, auch wenn ich ihr manchmal dreinreden möchte. Ich wappne mich innerlich für die nächste Frage, die ich ihr stellen muss. »War es ... war es dein erstes Mal?«

Sie sieht mir in die Augen und legt den Kopf schief. »Ja. Hätte es eine Rolle gespielt, wenn es nicht so gewesen wäre?«

»Ich wäre nur enttäuscht gewesen, dass du es mir nicht gesagt hast. Willst du darüber reden?«

Sie lächelt. »Vielleicht später, wenn es nicht mehr so neu ist.«

»Aber dir geht es gut? Du bedauerst nichts?«

»Nein.«

Mein Herz tut weh, denn aus irgendeinem Grund denke ich an meine Mutter. Ich frage mich, was *sie* zu meiner kleinen Schwester sagen würde, was sie tun würde. Ich kann Temra nicht helfen, und ich kann ihr auch keinen Rat geben, weil ich diese Erfahrung noch nicht gemacht habe.

Noch nicht.

Verflucht seien diese zwei kleinen Worte.

»Was hältst du von Marossas und Skiros Entscheidung?«, fragt Temra in einem leicht durchschaubaren Versuch, das Thema zu wechseln.

Diesmal lasse ich es ihr durchgehen. »Welche Entscheidung?«

»Mit Ashpers Hilfe Gesandte auszuschicken, um in den anderen Territorien Hilfe zu erbitten.«

»Wer ist Ashper?«

Sie sieht mich mit zusammengekniffenen Augen an. »Hast du nicht zugehört?«

»Ich war abgelenkt.«

»Kein Wunder bei all den Leuten«, sagt sie. Ich korrigiere sie nicht. »Ashper ist der magische Maler. Er wird neue Portale malen, dann können wir auf schnellstem Weg persönlich mit den anderen Herrschern sprechen.«

»Oh, das ist schlau.«

Temra verschränkt die Arme. »Petrik sagte, er habe dich heute Morgen in Kellyns Bett erwischt.«

Das sagt gerade die Richtige. »Ich war noch von der Schlacht überwältigt. Ich brauchte jemanden zum Reden. Ich ging zuerst in dein Zimmer. Du warst nicht da.«

Sie sieht mich mit einem Anflug von Schuldgefühlen an. »Ihr habt nur geredet?«

»Ja.«

»Na gut.« Sie kramt unter der Matratze etwas hervor. »Also brauchst du das gar nicht?«

Aus einem Lederbeutel nimmt Temra Kräuter und hält sie mir mit einem frechen Lächeln vor die Nase.

Mir bleibt der Mund offen stehen. »Woher hast du die ...«

»Ich habe sie gekauft, als wir in Skiros Territorium waren. Und ich hatte sie bei mir, als wir durchs Portal gingen.«

»Du hattest sie immer bei dir?«

»Ja, natürlich. Ich wusste, dass es irgendwann passieren würde. Da wollte ich vorbereitet sein. Für den Fall, dass sich eine spontane Gelegenheit dazu ergibt. Außerdem wusste ich, dass wir irgendwann abreisen würden. Vorsicht ist besser als Nachsicht.«

Ich verenge meine Augen. »Du und ich haben sehr unterschiedliche Prioritäten.«

Sie bietet mir die Hälfte des Bündels an. »Das wird sich ändern, wenn du erst einmal deinen hübschen Söldner gehabt hast.«

Ich starre das Kräuterbüschel an und überlege, ob ich es ablehnen soll.

Weil ich mit gutem Beispiel vorangehen sollte. Weil wir mit den Kriegsvorbereitungen beschäftigt sind und ich eigentlich gar nicht über gewisse Dinge nachdenken sollte. Weil ... es sicher noch andere Gründe gibt?

Ich schnappe mir, was sie mir anbietet.

Temra sieht noch überraschter aus als ich. »Ich hätte nicht gedacht, dass du sie nehmen würdest.«

»Kellyn und ich kommen uns immer näher«, sage ich verlegen. »Und ich werde mutiger.«

»Das freut mich für dich. Aber falls er etwas vorschlägt, was dir nicht gefällt, sagst du mir Bescheid.«

Ich lache, denn die ältere Schwester bin nun mal *ich.*

»Ich meine es ernst«, sagt sie. »Nur weil du Ja sagst, heißt das nicht, dass du deine Meinung nicht ändern oder zu bestimmten Dingen Nein sagen kannst. Du hast eine Stimme, und die musst du nutzen, um das auszusprechen, was du willst. Erst recht, wenn du nervös bist. Wenn er dich liebt, wird er auf deine Bedürfnisse eingehen.«

»Er sagt, er liebt mich.«

»Aber du glaubst ihm nicht?«

»Ein Teil von mir schon. Aber der skeptische Teil will etwas anderes glauben.«

»Lass diesen Teil nicht gewinnen.«

Ich lächle. »Ich werde mein Bestes tun.«

Das Verhütungsmittel in meiner Tasche scheint ein Loch in den Stoff zu brennen, zumindest fühlt es sich so an. Aber ich nehme es nicht heraus. Ab und zu greife ich nach den Kräutern, um mich zu vergewissern, dass sie noch da sind. Ich fühle mich schuldig, weil ich sie habe, was lächerlich ist.

Ich bin gerade mit dem Mittagessen fertig und überlege, was ich mit dem Rest des Tages anfangen soll, als jemand meinen Namen ruft. Serutha und Paulia kommen Hand in Hand auf mich zu. Petrik ist bei ihnen, worüber ich froh bin, denn so lange ist er nicht mit meiner Schwester zusammen.

Daran werde ich mich erst noch gewöhnen müssen.

»Ich habe dich gesucht«, sagt Serutha. »Da ist jemand, der dich kennenlernen möchte.«

Kaltes Grauen erfasst mich. Ein fremder Mensch? Mit dem ich reden muss?

»Schau nicht so verschreckt drein«, sagt Paulia. »Es ist nur Ashper.«

»Obwohl viele seinen Namen kennen«, erklärt Serutha, »weiß niemand, wie er aussieht. Er möchte dich kennenlernen. Ich dachte, es wäre ganz nett, wenn wir den Nachmittag zusammen verbringen. Magieträger unter sich und so. Vorausgesetzt, du hast nichts dagegen, dass er von deiner Gabe erfährt.«

Schlagartig ändere ich meine Meinung. »Das würde mir gefallen.«

»Warum bringst du sie nicht zu ihm und ich mache mich mit dem Küchenpersonal bekannt?«, fragt Paulia.

»Gute Idee.« Serutha gibt ihr noch einen Kuss, dann eilt sie davon. Sie schaut kurz zurück, um sich zu vergewissern, dass ich ihr folge.

Petrik bleibt an meiner Seite. »Ich dachte, ich komme auch mit, dann fühlst du dich wohler.«

Ich kann einen Moment lang nicht sprechen. Ich bin gerührt, dass er das für mich tut. Natürlich nutzt er die Gelegenheit zu einem Gespräch mit Magieträgern, um sein Buch voranzubringen, aber ich glaube nicht, dass das im Moment sein Hauptanliegen ist.

»Danke«, sage ich. Ich habe wirklich Glück, jemanden wie ihn zum Freund zu haben.

Als wir uns zu Serutha gesellen, fragt sie: »Ist es komisch für dich? In der Hauptstadt zu sein, wo dein Zuhause so nah ist? Du stammst doch aus Lirasu, nicht wahr?«

»Ja und ja«, antworte ich. Eine Reise nach Lirasu dauert nur etwa zwei Wochen. Bis zu meiner Heimat und meiner Schmiede. »Eigentlich dürfte es gar nicht so nah sein. Denn alles, was ich getan habe, war, durch ein Gemälde zu treten.«

»Ich weiß, was du meinst. Als Petrik mich durch das Portal vor Ravis in Sicherheit brachte, brauchte mein Verstand viel länger, um damit Schritt zu halten.«

»Ja, kein Wunder. Aber ich kann *fühlen*, wo ich bin. Ich kann es mit allen Sinnen wahrnehmen«, sage ich. »Der Duft des Waldes. Das kühle Wetter. Der bedeckte Himmel. Draußen sieht es aus wie zu Hause, auch wenn ich nicht direkt dort bin.«

Sie führt uns durch einen Gang, vorbei an einer Reihe von Wachen, hin zu einem kleinen Vorraum, in dem sich noch einige Dutzend von ihnen drängen. Serutha grüßt sie kurz, bevor sie uns durch eine weitere Tür führt und wir eine Wendeltreppe hinaufsteigen.

Noch bevor wir oben ankommen, höre ich Stimmen.

»Ich meine ja nur, Skiro, wenn du mir von den Portalen erzählt hättest, hätten wir mehr Zeit miteinander verbringen können! Wir hätten uns zusammentun können. Hätten die ganze Sache aufdecken können. Warum warst du so entschlossen, die Sache allein anzugehen?«

»Es dreht sich nicht um dich und mich, Marossa. Ich schätze meine Freunde, und ich werde ihre Identität oder ihre Gabe nicht preisgeben, es sei denn, sie wünschen es.«

»Du übertreibst maßlos.«

»Nein, ich bin nur rücksichtsvoll.«

Einen Moment später treten der Prinz und die Prinzessin in unser Blickfeld. Skiro trägt seine blaue Robe und die goldene Tunika. Marossa ist wieder ganz in Leder gewandet, die Stiefel auf Hochglanz poliert, den Bogen über die Schulter geschlungen.

»Du bist unmöglich«, schnaubt sie. »Ich werde ausreiten. Sieh zu, dass er *bald* fertig wird. Wir können es uns nicht leisten, Zeit zu verlieren!«

Ohne uns eines Blickes zu würdigen, eilt Marossa an uns vorbei und verlässt den Raum auf dem Weg, den wir gekommen sind.

Petrik schüttelt den Kopf über seine Geschwister.

»Das tut mir leid«, sagt Skiro, und im ersten Moment denke ich, dass er mit mir und Serutha spricht.

Aber dann bemerke ich einen Mann, der auf dem Boden kniet. Ich kann nur seinen Rücken sehen, aber er ist schlank und graziös – das beweisen allein schon die zarten Pinselstriche an der Wand. Sein Haar ist viel länger als meines, er hat es zurückgebunden und es fällt ihm in sanften Wellen bis zur Taille.

»Schon gut«, antwortet der Mann. *Das also ist Ashper.*

»Sie ist dir wirklich dankbar für deine Dienste. Wir werden für immer in deiner Schuld stehen.«

Ashper nickt, ohne den Blick von seiner Arbeit abzuwenden.

Eine Arbeit, die, wie ich jetzt feststelle, die ersten Konturen eines Porträts zeigt. Es ist die genaue Kopie eines zerstörten Porträts aus Skiros Palast.

»Ich lasse dich jetzt allein. Sag mir Bescheid, wenn du etwas brauchst.« Skiro dreht sich um und ist überrascht, als er mich sieht. »Ziva!«

»Prinz«, sage ich, weil es mir unangenehm ist, wie er mich anschaut.

Er macht eine flüchtige Geste. »Bitte, nenn mich Skiro.«

Das werde ich auf keinen Fall tun.

»Wie gut, dass ich dich hier treffe.« Er packt mich sanft am Ellbogen und zieht mich hinter sich her in eine Zimmerecke, außer Hörweite von Petrik und den anderen beiden Magieträgern. »Ich habe mich gefragt, ob wir zusammen Abend essen könnten.«

»*Abend essen*«, wiederhole ich dümmlich. Ich spüre, wie ich eine Gänsehaut bekomme. Beklemmung macht sich in meiner Brust breit.

»Ja. Essen. Am Abend. Du und ich. Allein.«

»Warum?«, platze ich heraus, in der Gewissheit, dass ich mich, egal was passiert, blamieren werde.

Er lacht. »Weil ich dich mag und dich besser kennenlernen möchte. Die Lage hat sich vorerst ein wenig beruhigt. Ich habe Zeit zum Nachdenken und kann zur Abwechslung mal dem nachgehen, was ich gerne tue.«

»Ihr mögt große Mädchen«, sage ich und verpasse mir gedanklich einen Tritt dafür, dass ich meine Gedanken laut ausgesprochen habe.

Er lacht wieder. »Ich könnte mir vorstellen, dass wir uns gut verstehen.«

»Ich bin mit jemandem zusammen«, sage ich.

»Ah. Dieser Söldner.«

»Ja.«

»Ist es etwas Ernstes?«

Die in meiner Tasche versteckten Kräuter scheinen zu pulsieren. »Sehr«, bringe ich heraus.

»Schade. Sag mir Bescheid, wenn sich das ändert.« Und dann geht er.

Was. War. Das?

»Habt ihr euch nett unterhalten?«, fragt Serutha, als er längst weg ist und ich mich immer noch nicht bewegt habe.

Ich schüttle mich aus meiner Trance. Der Raum kommt mir mit einem Mal furchtbar stickig vor.

»Nett, sehr nett«, antworte ich und lasse mich auf ein Bodenkissen sinken.

Ashper betrachtet immer noch die Wand, in seiner Hand hält er eine Farbpalette. An seinen Fingern klebt getrocknete Farbe und hinter einem Ohr steckt ein unbenutzter Pinsel.

»Ziva, Ashper. Ashper, Ziva.«

Der Maler hält lange genug inne, um herüberzusehen und zu nicken. »Schön, dich kennenzulernen.«

»Ebenfalls. Was für ein Glück, dass du hier bist.«

Er zuckt mit den Schultern. »Ich male gerne.« Dann setzt er sein Werkzeug ab, stellt den benutzten Pinsel in ein Glas Wasser, dreht sich um und schenkt uns seine volle Aufmerksamkeit.

Genauer gesagt, *mir*. Er sieht mich forschend an. Meine Wangen werden heiß.

»Du hast hohe Wangenknochen«, stellt er fest. »Und deine Sommersprossen! Ich bräuchte Tage, um jede einzelne richtig hinzubekommen. Oh, ich würde dich gerne mal malen.«

Ich sitze da, stumm wie ein Fisch.

»Er meint es als Kompliment«, erklärt Petrik. »Du bist keine Kuriosität.«

»Natürlich nicht«, stimmt Ashper ihm zu. »Du bist eine Rarität. Du bist so groß, dass ich gar nicht sagen kann, wie viel Farbe ich bräuchte, um dich in deiner Größe und in allen Details auf eine Leinwand zu bekommen.«

»Danke?« Es kommt als Frage heraus.

»Ashper, du bringst sie in Verlegenheit«, sagt Serutha.

»Tut mir leid.« Er dreht sich wieder zu dem angefangenen Porträt um. »Ich war noch nie gut im Umgang mit Menschen. Ich male lieber.«

Bei seinen Worten verflüchtigt sich mein Unbehagen. »Ich weiß, was du meinst. Nur dass ich Metall bevorzuge.«

Ashper antwortet mit einem undeutlichen Grunzen. Er tupft seinen Pinsel in verschiedene Farben und trägt sie auf. Offenbar bringt er zuerst die Konturen der drei Herrscher auf die Leinwand.

»Musst du nicht auch in die anderen Territorien reisen, um die Porträts dort zu malen?«, frage ich, neugierig geworden.

»Nein, nur die Porträts in Skiros Palast wurden zerstört. Die Porträts bei Verak, Lisady und Orena sind unbeschädigt. Ich muss nur perfekte Kopien von ihren Bildern erstellen, damit wir hier einen Zugang haben, dann funktionieren die Portale wieder.«

»Und die Gemälde müssen völlig identisch sein?«, frage ich.

»Ja.«

»Wie kannst du dich an alle Details erinnern?«

»Ich habe einen Verstand, der nichts vergisst.«

»Was ziemlich lästig sein kann«, fügt Serutha hinzu.

Ein Schauer durchfährt mich. Ich mag mir gar nicht vorstellen, was ein Verstand, der nie vergisst, bei jemandem, der alles so oft überdenkt wie ich, anrichten würde.

»Wenn ich uns mit den Porträts das Leben rette, indem ich die nötige Hilfe herbeihole«, erwidert Ashper, »werden wir ja sehen, wie lästig du mich dann noch findest.«

Serutha lächelt. »Deine Portale haben mich schon zweimal gerettet, mein Freund. Ich habe keinen Zweifel, dass sie es wieder tun werden.«

Ashper grunzt erneut.

»Ich fürchte, wir brauchen euch alle drei, damit es gelingt«, sagt Petrik.

»Damit *was* gelingt?« Kann es sein, dass Petrik einen Hintergedanken verfolgt? Hat er dieses Treffen aus einem bestimmten Grund inszeniert?

»Den Krieg zu gewinnen, natürlich.«

Ashper nickt. »Ich kann uns mit den Portalen die nötige Hilfe besorgen.«

»Und ich kann unsere verwundeten Soldaten heilen«, sagt Serutha.

Sie drehen sich erwartungsvoll zu mir um.

Ich schaue nach unten, meine Finger sind bereits verschränkt. Obwohl ich mit meiner Arbeit als ganz normale Schmiedin bereits einen Beitrag zur Verteidigung von Skiros Palast geleistet habe, werde ich das Gefühl nicht los, dass noch etwas anderes von mir erwartet wird. »Ich kann euch nicht geben, was ihr von mir verlangt.«

»Du stellst magische Waffen her, Ziva«, sagt Serutha. »Kannst du unsere Soldaten im Kampf nicht unschlagbar machen?«

Aber zu welchem Preis?, möchte ich gerne fragen. Was passiert, wenn einer dieser Soldaten beschließt, die ganze Welt regieren zu wollen? Was passiert, wenn diese Waffen in die falschen Hände geraten? In die Hände einer viel zu mächtigen Person?

Für einen kurzen Moment stelle ich mir Waffen vor, die sich nach einer Schlacht selbst zerstören. Aber wer sollte den geeigneten Zeitpunkt bestimmen?

»Ich füge durch das, was ich mache, anderen Menschen Schaden zu. Meine Fähigkeiten sind nicht wie eure. Malen und Heilen führen nicht zur Weltherrschaft«, versuche ich zu erklären.

Ich blicke Petrik an. Er weiß das. Versucht er, mich zu bedrängen, indem er mich hier vorführt? Das würde er nicht tun, oder?

»Ziva«, sagt Petrik. »Ich will dich nicht unter Druck setzen, das musst du mir glauben! Ich versuche nur, deine Vorbehalte auszuräumen. Ich habe viel darüber nachgedacht und dann mit Ashper und Serutha gesprochen. Ashper kann alles malen, um ein Portal zu schaffen. Serutha kann alles heilen, was im Körper kaputt ist. Du kannst allem Magie verleihen, was aus Eisen ist. Warum sollte sich das nur auf Waffen beschränken?«

»Weil ...« Ich blinzle. Ich habe schon immer Waffen geschaffen. Aber das stimmt nicht ganz. Vor den Waffen habe ich landwirtschaftliche Geräte hergestellt, damals, als ich bei Meister Deseroy in die Lehre ging, dem Mann, der mich und Temra aus dem Waisenhaus von Lirasu geholt hat.

Aber Waffen sind mein Lebenswerk. Zu ihnen habe ich mich immer hingezogen gefühlt.

Ich habe nie etwas anderem Magie verliehen, außer ich musste.

Aber ich *könnte* es.

Ich sehe Petrik in die Augen, als mir klar wird, was er vorschlägt.

Ein kribbelndes Gefühl breitet sich unter meiner Haut aus. Eine Mischung aus Vorfreude und Aufregung. Keine Angst. Etwas Hoffnungsvolles und Echtes und Schönes.

Eine Möglichkeit, zu helfen. Eine Möglichkeit, Metall magisch zu verändern und mich wieder wie ich selbst zu fühlen.

»Entschuldigt mich«, sage ich und eile im Laufschritt die Wendeltreppe hinunter.

KAPITEL DREIUNDZWANZIG

Es dauert eine Weile, bis ich Abelyn, Prinz Skiros knurrige Schmiedin, gefunden habe. Sie ist in einem Lager im Wald hinter dem Palast, das Skiros Untertanen nach ihrer Flucht durch das Portal dort aufgeschlagen haben. Ich wandere zwischen unzähligen Zelten und Unterständen umher und frage, ob jemand sie gesehen hat.

Als ich sie schließlich entdeckt habe, muss ich sie nicht lange überreden, mit mir nach Marossas Palastschmiede zu suchen.

Die Schmiede ist nicht größer als die in Skiros Schloss, aber zumindest gut mit Erzen ausgestattet, da die südlichen Berge nicht weit sind. Auf dem Boden liegt ein alter Mann, der in einer Hand eine Flasche Rum hält und mit der anderen den Zipfel einer kleinen Decke umklammert. Wenn ich mich nicht täusche, dann schnarcht er mit offenen Augen.

»*Hm*«, sagt Abelyn, und ihr Blick fällt auf die fertigen Pfeilspitzen auf einem Arbeitstisch. Dann wendet sie sich wieder dem Mann zu und versetzt ihm einen kräftigen Tritt mit ihrem Stiefel. Er rührt sich nicht. »Wie wird hier eigentlich jemals etwas zustande gebracht? Der Schmied von Marossa ist ein Säufer!«

Schritte kommen um die Ecke. Ein Junge, vielleicht dreizehn oder vierzehn Jahre alt, zuckt bei unserem Anblick erschrocken zusammen. Sein Haar ist so lang und verstrubbelt, dass ich mir nicht vorstellen kann, dass es jemals eine Bürste gesehen hat.

»Hast du die gemacht?«, fragt Abelyn und hebt eine der Pfeilspitzen auf.

Der Junge blickt panisch zu dem schlafenden Schmied hinüber. »Nein, Clivor macht die ganze Arbeit. Ich helfe ihm nur.«

Abelyn schnaubt. »Ich habe keine Zeit für Lügen. Wir brauchen fähige Leute! Wenn du zu nichts zu gebrauchen bist, dann verschwinde von hier!«

Ich lege ihr eine Hand auf die Schulter und stelle mich schützend zwischen sie und den Jungen. »Wie heißt du?«, frage ich.

Er schluckt. »Er nennt mich *Käfer* … wenn er bei klarem Verstand ist.«

»Und dein richtiger Name?«, frage ich.

»Zovid.«

»Zovid, du hast sicher schon gehört, dass uns ein Krieg bevorsteht. Darauf müssen wir uns vorbereiten. Kannst du mit den Werkzeugen hier umgehen?«

Nach einem kurzen Zögern nickt er knapp.

»Und diese Pfeilspitzen, die hast alle du gemacht?«

Wieder nickt er zögernd. »Die Prinzessin verlangt vor allem Pfeile. Die kann ich gut. Wenn ich etwas anderes herstellen soll, muss ich ihn wecken.« Mit leiser Stimme fügt er hinzu: »Er ist nicht gerade glücklich, wenn ich das tue.«

Abelyn grunzt. »Er wird noch weniger glücklich sein, wenn er mich erst mal kennengelernt hat.«

Ich gehe über ihre Bemerkung hinweg. »Wir würden gerne ein wenig in dieser Werkstatt arbeiten? Hilfst du uns dabei?«

Zovid nickt.

»Gut. Dann musst du jetzt ein paar Besorgungen für mich erledigen. Einverstanden?«

Wieder ein Nicken.

»Alle Kämpfer in der Hauptstadt sollen mir ihre Rüstungen bringen. Sammle sie für mich ein, oder bitte die Soldaten, sie selbst zu bringen. Ganz egal wie, Hauptsache, du schaffst sie hierher.«

Am Abend könnte ich vor Freude geradezu platzen. Temra bemerkt sofort, wie meine Wangen glühen.

»Was ist los?«, fragt sie.

»Ich war heute in der Schmiede.«

»Und? Erzähl! Was hast du dort gemacht?«

Ich lasse mich neben ihr auf dem Bett nieder und mache es mir bequem. »Na ja, du weißt doch, welche Bedenken mich beim Schmieden von Waffen immer plagen?«

Sie nickt.

»Es hat mich so unglücklich gemacht, weil ich mit meiner Magie helfen wollte, aber nicht wusste, wie. Nicht, nachdem alles, was ich in letzter Zeit hergestellt habe, sich als so gefährlich erwiesen hat.«

»Ich weiß.«

Sie sagt nichts weiter, wofür ich ihr dankbar bin, denn ich weiß nur zu gut, was sie über meine innere Zerrissenheit denkt. Auch wenn sie es nie laut ausgesprochen haben, vermute ich, dass sie, Kellyn und Petrik meine Bedenken albern finden. Was nützt eine magische Klingenschmiedin, die keine magischen Klingen schmiedet?

»Ich habe heute angefangen, die Rüstungen der Wachen mit Magie zu versehen«, sage ich stolz. »Es würde zu lange dauern, sie von Grund auf neu zu fertigen, aber ich habe sie erhitzt und dann mit abwehrenden Eigenschaften ausgestattet. Pfeile und andere Geschosse prallen jetzt daran ab, kein Schwert kann sie mehr durchdringen. Auf diese Weise kann ich unsere Soldaten im Kampf schützen.«

Temras Lächeln wird genauso breit wie meines. »Das ist wunderbar.«

»Ich habe heute über fünfzig Rüstungen geschafft. Morgen werde ich weitermachen, und übermorgen auch – so lange, bis alle sicher sind.«

»Es gibt wirklich nichts, was du nicht kannst.«

Ich knuffe sie mit der Schulter. »Ich kann nicht singen, selbst wenn mein Leben davon abhinge.«

Sie schüttelt den Kopf. »So habe ich das nicht gemeint. Ich wollte damit sagen, dass du alles schaffen kannst, was du dir in den Kopf setzt. Es freut mich so, dass du einen Weg gefunden hast, deine Gabe zu nutzen, ohne dich dabei selbst zu verlieren.«

»Danke, dass du so zu mir stehst. Ich weiß, dass du nicht immer meine Sicht der Dinge teilst.«

»Das Wichtigste ist doch, dass du hier bist. Du bist da, um für deine Heimat zu kämpfen.« Etwas leiser fügt sie hinzu: »Um unsere Eltern zu rächen.«

Ihre Worte jagen mir einen heißen Schauer über den Rücken. »Ich wollte Kymora in dem Moment töten, als ich erfuhr, dass sie für ihren Tod verantwortlich ist. Aber dann wurdest du verletzt, und ich musste mich zuerst um dich kümmern. Und dann befürchtete ich, Skiro würde uns den Zugang zu seiner Heilerin verwehren, wenn wir ihm im Gegenzug nicht Kymora als Geisel anbieten.«

»Jetzt ist sie auf freiem Fuß und gefährlicher als je zuvor.«

»Wir werden nicht noch einmal den Fehler machen, ihr Leben zu verschonen.«

Temras Hand legt sich auf meine. »Nein, das werden wir nicht.«

Unsere gegenseitige Zusicherung schwebt in der Luft, während wir beide stumm nebeneinandersitzen, gefangen in unseren eigenen Gedanken. Ich kann mir nicht vorstellen, was in Temras Kopf vorgeht, aber ich male mir aus, was ich gezwungen sein werde zu tun, wenn Kymora uns in die Hände fällt.

Erinnerungen an den letzten Kampf drängen sich in mein Bewusstsein. Ich zwinge mich dazu, meine Gedanken und Sinne auf Temras Wärme neben mir zu richten. Ich muss im Hier und Jetzt bleiben.

»Ich vermisse unser Zuhause«, sage ich.

»Ich auch«, stimmt Temra zu.

»Was glaubst du, was wir jetzt tun würden, wenn wir noch unser normales Leben in Lirasu hätten?«

Temra überlegt einen Moment. »Es ist November. Das Turnier steht vor der Tür.«

Das Turnier.

Die Sehnsucht versetzt mir einen Stich.

Wie lange ist es her, dass ich Aufträge für Söldner erfüllt habe, die sich im örtlichen Turnier beweisen wollten? Ich versuche, mich an den Tag zu erinnern, als Garik in meine Schmiede kam, weil er sich an seiner eigenen Waffe geschnitten hatte, und eine Rückerstattung verlangte.

Bei der Erinnerung daran muss ich schnauben. Damals wollte ich gerade mit der Arbeit an weiteren Waffen für die Teilnehmer beginnen, als Kymora kam, um Secret Eater in Auftrag zu geben.

All das scheint jetzt eine Ewigkeit her zu sein.

»Du würdest gerade dein vorletztes Schuljahr beenden«, sage ich zu Temra.

»Und du würdest noch mehr Waffen schmieden, um deinem Ziel, dich auf dem nördlichen Kontinent zur Ruhe zu setzen, immer näher zu kommen«, erwidert sie.

Ich kneife meine Augen zu. »Hattest du jemals vor, mich zu begleiten? Oder wolltest du mich das nur glauben lassen?«

Ihr Körper versteift sich leicht. »Ich hatte vor mitzukommen. Um es wenigstens zu versuchen.«

Sie braucht den Rest des Satzes nicht auszusprechen, ich weiß es auch so: Dass sie gegangen wäre, sobald sie sich gelangweilt hätte.

»Und deine eigenen geheimen Pläne damals, ein Leben als Kämpferin zu führen? Als Soldatin der Garde? Hattest du vor, mir je davon zu erzählen?«, will ich wissen.

Sie lacht leise. »Ich dachte, ich erzähle dir davon, sobald du dich in deinem Paradies eingelebt hast. Ich hoffte, das würde dein Temperament vielleicht etwas besänftigen.«

»Ich kann immer noch nicht glauben, dass du mir damals so viel verheimlicht hast.«

»Du zerbrichst dir den Kopf über alles«, erklärt Temra. »Ich wollte dir das nicht auch noch aufbürden.«

»Ach, es ging also nur um *meine* Gefühle?«, frage ich zweifelnd.

»Nein, es war auch ein bisschen Eigennutz dabei.«

Das kann ich ihr wohl nicht verübeln.

»Ich möchte, dass du glücklich bist«, sage ich. »Wenn das alles vorbei ist und du dich dauerhaft Skiros Garde anschließen willst, dann solltest du genau das machen.«

Die Worte brechen mir das Herz, aber ich spreche sie aus.

»Und was wirst du dann tun?«, fragt Temra.

»Um mich mach dir mal keine Sorgen.«

»Ziva –«

»Nein, ich meine es ernst. Ich werde schon klarkommen. Ich lasse mir etwas einfallen.«

»Versprich mir nur, dass wir uns weiterhin sehen werden.«

Ich stoße einen Laut aus, der irgendwo in der Mitte zwischen Lachen und Seufzen liegt. »Ich freue mich, dass du das sagst.«

Sie schnaubt beleidigt. »Nur weil wir verschiedene Dinge wollen, heißt das nicht, ich will dich nicht mehr sehen! Du bist für mich ein Fels in der Brandung. Ich wünsche mir, dass du immer da bist!«

»Das werde ich, immer. Auch wenn wir irgendwann vielleicht nicht mehr so viel Zeit miteinander verbringen wie jetzt, werden wir nie unsere Verbindung verlieren.«

Wir müssen nur erst Kymora überleben.

Im Lauf der nächsten Woche schleicht sich fast so etwas wie Alltag in unser Leben ein. Tagsüber versehe ich Rüstungen mit Magie. Immer und immer wieder. Zovid bedient den Blasebalg, Abelyn hält mir die einzelnen Teile der Rüstung mit einer Zange hin, wenn sie heiß genug sind. Und ich beschwöre sie, stark und federleicht zu werden. Ein undurchdringlicher Schutz für jeden, der sie trägt.

Meine Abende verbringe ich in Gesellschaft von Kellyn oder meiner Schwester und Petrik. Wir reden und lachen und tauschen Erinnerungen aus. Manchmal gehe ich sogar zu Serutha und Ashper, um mit ihnen über Magie zu reden. Es ist so schön, Zeit mit Leuten verbringen zu können, die sind wie ich.

Ich habe mich noch nie in meinem Leben so schnell mit jemandem angefreundet. Wenn ich ehrlich bin, hatte ich überhaupt keine Freunde, solange ich in Lirasu lebte.

Aber am meisten verwundert mich, wie gern ich andere Menschen um mich habe. In Maßen, versteht sich.

Temra und Kellyn verbringen ihre Zeit mit den anderen Soldaten. Sie bereiten sich vor auf das, was kommt.

Sie absolvieren Übungen. Trainieren. Machen Pferde und Männer gleichermaßen stark. Obwohl Marossa über doppelt so viele Kämpfer verfügt wie Skiro, ist das im Vergleich zu Kymoras Truppe immer noch erbärmlich wenig. Allerdings nennt die Prinzessin eine beeindruckende Herde an Pferden ihr Eigen. Zusammen bilden sie eine beachtliche Kavallerie, die uns mit Sicherheit bessere Ausgangsbedingungen verschaffen wird, als wir sie beim letzten Mal hatten.

Petriks wissbegieriger Verstand ist wie für die Politik gemacht. Ich beobachte ihn, wenn er sich im Sitzungssaal bewegt, als wäre er schon seit Jahren ein königlicher Berater. Obwohl er kaum eine ruhige Minute hat, scheint Petrik von Tag zu Tag lebendiger zu werden, als hätte er endlich eine erfüllende Aufgabe für sich gefunden. Einen Nutzen für sein ganzes gelehrtes Wissen.

Wobei die Tatsache, dass er nun wieder in der Gunst meiner Schwester steht, sicherlich ebenfalls einen großen Anteil an seiner heiteren Laune hat.

Ich versuche, nicht zu viel darüber nachzudenken.

Die Wochen verstreichen – obwohl sie sich nur wie wenige Tage anfühlen.

Nach einiger Zeit hat Ashper die Porträts fertiggestellt.

Er ist mit Farbe besprenkelt und Serutha duftet nach Heilkräutern, als die beiden bei mir in der Schmiede auftauchen.

»Es ist vollbracht«, verkündet er und achtet gar nicht auf Abelyn und Zovid (und auch nicht auf das Schnarchen des schlafenden Schmieds, der sich in der ganzen Zeit, in der ich nun in seiner Werkstatt gearbeitet habe, kein einziges Mal von seinem Platz bewegt hat. Ich vermute, er trinkt sich Nacht für Nacht in einen Vollrausch, um die Tage zu verschlafen).

»Prinz Skiro und Prinzessin Marossa sind durch das erste der neuen Portale gegangen«, erklärt Serutha. »Jetzt können wir nur noch warten. Daher wollten wir mal schauen, ob wir hier etwas tun können.«

»Hier wird nicht geredet!«, raunzt Abelyn, als sie die beiden Magieträger bemerkt. »Ihr haltet uns nur von der Arbeit ab!«

»Sie sind hier, um zu helfen«, protestiere ich.

Abelyn verzieht den Mund, als würde ihr die Anwesenheit der beiden körperliche Schmerzen bereiten. Ich verdrehe die Augen, dann drücke ich Serutha und Ashper zwei Zangen in die Hand. Es dauert nicht lange, sie einzuweisen: Sie müssen nur ein Rüstungsteil auswählen, es für ein paar Sekunden in den Ofen legen und dann wieder herausheben, damit ich es mit Magie versehen kann.

Nachdem wir mit einer Rüstung fertig sind (was Abelyn nicht vom Murren abhält), fragt Ashper: »Warum nimmst du dir nicht alle erhitzten Rüstungen gleichzeitig vor?«

Ich lege meinen Kopf zur Seite. »Weil das nicht geht. Ich kann mich immer nur *einer* Sache widmen.«

Ashper und Serutha tauschen einen Blick aus, bevor Serutha fragt: »Hast du jemals versucht, mehr als ein Metallstück auf einmal zu bearbeiten?«

»Nein«, sage ich nach einem Augenblick. »Aber es ist schon schwer genug, ein einzelnes Teil zu einem magischen Gegenstand zu machen. Ich kann unmöglich mehr schaffen!«

»Auf die Gefahr hin, überheblich zu klingen«, sagt Ashper, »aber ich mache das immer so. Wenn ich mit dem Malen der Portale fertig bin, belege ich sie alle auf einmal mit Magie, denn ich will ja, dass jedes Gemälde das Gleiche bewirkt.«

»Ich auch«, stimmt ihm Serutha zu. »Es würde vielen meiner Patienten das Leben kosten, wenn ich mir die Zeit nehmen würde, jede Wunde einzeln mit Magie zusammenzuflicken, anstatt viele große Verletzungen auf einmal zu heilen.«

Ich verschränke die Arme und starre zu Boden. »Ich habe euch doch schon erklärt, dass eure Fähigkeiten meine übersteigen.«

»*Papperlapapp*«, sagt Abelyn. »Gerade hast du zugegeben, dass du es noch nie ausprobiert hast. Also, lass es auf einen Versuch ankommen!«

»Das ist doch nichts als Zeitverschwendung ...«

»Du bist diejenige, die Zeit verschwendet, wenn du das alles beschleunigen könntest. Denk doch mal nach, Kleine, wenn du das schaffst, dann können wir zu den Pferderüstungen übergehen!«

»Na gut!«, knurre ich.

Alle versuchen, ihr Lächeln zu verbergen. Nur Abelyn gelingt es.

Ohne weiter abzuwarten, holen sie einen Armschutz, gepanzerte Handschuhe und einen Helm aus dem Ofen. Die Hitze steigt in die kühle Herbstluft, als sie mir alle drei Metallstücke vorlegen.

Mein Blick flackert hin und her. »Ich weiß nicht, wo ich hinschauen soll. Wenn ich nur ein Stück anschaue, dann nimmt auch nur dieses meine Magie auf!«

»Es kommt nicht darauf an, wohin du schaust«, sagt Serutha. »Es geht darum, worauf du deine Gedanken richtest. Ich arbeite am liebsten mit geschlossenen Augen.«

»Ich kann sogar hinter meinem Rücken Magie wirken«, wirft Ashper ein und streicht sich seinen langen Pferdeschwanz über die Schulter.

Es gelingt ihnen ganz *großartig*, meine Nerven zu beruhigen.

»Sei nicht so«, weist Abelyn Ashper zurecht. »Wenn du nichts Hilfreiches beizutragen hast, dann sag lieber gar nichts.«

Er verzieht das Gesicht, wobei seine helle Haut auf beinahe komische Weise ganz knittrig wird. »Fühle das Eisen. Spüre die Magie. Bring beides zusammen.«

Als ob das so einfach wäre.

Ich schließe die Augen und nehme die Hitze wahr, die vom Stahl ausgeht, auch wenn er nur kurz im Ofen war. Ich balle meine Hände zu Fäusten, so wie ich es bisher immer getan habe, um Magie zu wirken. Meine Muskeln spannen sich an und ich richte meinen Verstand auf das Wort *stark. Unverwüstlich. Unangreifbar. Unbezwingbar.* Alle passenden Begriffe, die mir einfallen, schwirren jetzt durch meinen Kopf.

Aber statt meine Gedanken auf nur einen Punkt zu lenken, dehne ich sie aus und stelle mir vor, wie meine Magie den Raum erfüllt.

Und die Magie – umhüllt jedes der erhitzten Eisenstücke in der Schmiede.

Mein Grinsen ist so breit, dass mir die Wangen davon wehtun.

»Es hat geklappt!«, rufe ich.

»Gut«, sagt Serutha. »Und jetzt genug von diesem Kleinkram.«

Sie und Ashper gehen zu den Stapeln von Rüstungen, die sich noch vor der Schmiede türmen.

Sie bringen Armladungen voller Metall zurück und werfen alles in die Öffnung des Ofens: Brustpanzer, Beinschienen, Helme, gepanzerte Handschuhe, Schenkeldecken, Schulterplatten und mehr.

Serutha deutet auf den Ofen. »Und jetzt das Ganze von vorn.«

KAPITEL VIERUNDZWANZIG

Nur das Zusatzwort *Notfall* bringt mich dazu, Petriks Aufruf zu einem Treffen Folge zu leisten.

Eigentlich hatte ich mir einen freien Nachmittag gönnen wollen. Mit meiner neu entdeckten Fähigkeit, mehrere Dinge auf einmal magisch zu verwandeln, hatte ich nur noch einen weiteren Tag gebraucht, um alle mir vorgelegten Rüstungen abzuarbeiten.

Ich seufze bei dem Gedanken daran, was ich aufgebe: einen ganzen Nachmittag nur für mich selbst. Aber ich folge dem Gelehrten durch die Gänge des Palasts. Noch bevor wir den Raum erreicht haben, höre ich aufgebrachte Stimmen.

»… störrischer Idiot!« Skiros Stimme hallt durch die Gänge, also kann ich nur hoffen, dass ihr Gespräch kein vertrauliches sein soll. »Schwachkopf. Nutzloser Narr!«

»Verak war immer Mutters Liebling«, sagt Marossa gerade, als ich durch die Tür trete. »Sie hat ihn verhätschelt, das hat ihn verkorkst. Er war nie in der Lage, drohende Gefahren richtig einzuschätzen.«

»Wenn Kymora vor seinen Toren steht, kann er die Augen nicht mehr davor verschließen.«

Prinzessin Marossa kratzt mit einer scharfen Messerspitze den Schmutz unter ihren Fingernägeln weg. »Und du kannst deinem Bruder dann nicht einmal mehr vorhalten, du hättest es ihm ja gesagt, denn bis dahin sind wir alle längst tot.«

Skiro dreht sich abrupt zu ihr um. »Ja, *genau das* ist es, was mir Sorgen macht! Dass ich dann meine Chance verpasse, ein unausstehlicher Besserwisser zu sein! Warum nimmst du unsere Lage nicht endlich ernst? Wir haben nicht genug Leute.«

»Orena und Lisady schicken uns beide ihre Truppen durch die Portale.«

»Jeweils kaum hundert Soldaten! Wozu sollen die überhaupt gut sein?«

»Zum Kämpfen, nehme ich an.«

»Und wenn sie alle gefallen sind, werden unsere Schwestern niemanden mehr haben, der ihr eigenes Land verteidigt. Wenn sie doch nur herkommen würden! Wenn sie sich uns doch nur anschließen würden, um gemeinsam Strategien und Pläne zu schmieden und Kymora wenigstens den Anschein einer vereinten Front zu bieten! Stattdessen verstecken sie sich lieber in ihren eigenen Reichen.«

Marossa dreht ihre Hand und mustert die Nägel. »Nicht zu vergessen Verak, der sich nur so aufführt, um uns zu ärgern.«

»Das ist alles Vaters Schuld. Hätte er das Königreich nur

nicht aufgeteilt! Hätte er verdammt noch mal alles Ravis gegeben ...«

Petrik tritt vor. »Das kannst du nicht ernst meinen.«

»Und ob! Wenn Ravis König über das ganze Reich geworden wäre, hätte ich nicht so viele Leute zu beschützen. Ich würde meine Tage in der Großen Bibliothek verbringen und Künstler aus der ganzen Welt kennenlernen.«

»Nein, würdest du nicht.«

Skiro richtet sich auf und streift seine blaue Robe von den Schultern, als sei ihm zu heiß. »Das musst du mir erklären.«

»Wenn Ravis regieren würde, wärt ihr anderen längst tot oder in Gefangenschaft. Er hätte niemals riskiert, dass einer von euch irgendwann auf die Idee kommt, ihn zu entmachten. Wahrscheinlich hätte es ohnehin nicht lange gedauert, bis Kymora ihn ermordet. *Dann* wären wir jetzt völlig machtlos und nicht in der Lage, sie aufzuhalten.«

Marossa blickt von ihren Nägeln auf: »Ich glaube, was Skiro sagen will, ist, dass wir so oder so nicht in der Lage sind, sie aufzuhalten. Er ist davon überzeugt, dass wir nur verlieren können.«

»Noch ist unsere Lage nicht völlig hoffnungslos«, widerspricht Petrik. »Wir können uns das Schlachtfeld aussuchen. Uns stehen diesmal mehr Soldaten zur Verfügung, falls es wieder zu einer Belagerung kommt. Z..., *ähm*, die Schmiedin hat die Rüstungen aller Soldaten mit Magie belegt, sodass sie unverwundbar sind. Unsere Streitkräfte bereiten sich bereits auf den Kampf vor. Sie werden in guter körperlicher Verfassung sein, um eine lange Schlacht zu überstehen, und Kymoras Männer werden von ihrem Marsch ermüdet sein.«

»Vergiss meine Pferde nicht«, wirft Marossa ein.

»Und wir haben eine Kavallerie«, fügt Petrik hinzu, »die ebenfalls durch magische Rüstungen geschützt ist.«

»Das ist nicht genug«, sagt Skiro leise. »Fünfhundert können es nicht mit zweitausend aufnehmen. Nur weil unsere Chancen besser stehen als beim letzten Mal, heißt das nicht, wir könnten siegen. Wir brauchen mehr. Versteht mich nicht falsch, die magischen Rüstungen sind sicher eine große Hilfe ...« Skiro versucht, mir unauffällig einen Blick zuzuwerfen, auch wenn ihm das mehr schlecht als recht gelingt. »Aber eine Rüstung deckt nicht den ganzen Körper ab. Wie lange wird es dauern, bis Kymoras Männer das erkennen und ausnutzen?«

»Dann sollte diese Schmiedin vielleicht mehr als nur Rüstungen für uns machen!«, schaltet sich Marossa ein, die sich nun doch für das Gespräch zu interessieren scheint. »Wir brauchen Waffen, mit denen wir unsere Unterzahl ausgleichen können. Damit jeder unserer Soldaten in der Lage ist, es mit zehn Gegnern aufzunehmen. *Das* würde uns einen echten Vorteil verschaffen.«

Skiro runzelt die Stirn. »Ich habe dir schon gesagt, das geht nicht.«

»Ach ja? Es klingt eher so, als hättest du deine Untertanen nicht richtig im Griff.«

»Genau genommen bin ich Eure Untertanin.« Obwohl meine Stimme den Raum erfüllt, scheint sie nicht von mir zu kommen.

»*Wie bitte?*«, fragt Marossa.

Das passiert, wenn ich spreche, ohne zu denken. Ich werde von der Angst eingeholt, die mich beschleicht, sobald mir die Aufmerksamkeit der anderen gilt.

Aber trotz der aufkommenden Übelkeit sage ich: »Ich bin in Eurem Reich geboren. Ich habe mein Leben lang in Lirasu gewohnt. Ich bin Eure Untertanin.«

»Na schön«, sagt die Prinzessin, als wäre es ihr völlig gleichgültig, dass sie endlich mein Geheimnis erfahren hat. »Dann befehle *ich* dir, Waffen für den Krieg herzustellen.«

Skiro schnaubt spöttisch. »Und was, wenn sie sich weigert?«

»Sie kann sich nicht weigern. Es ist ein Befehl.«

»Befehle werden ständig verweigert!«

»Tja, dann werde ich sie bestrafen. Algarow, haben wir einen Pranger?«

»Nein, Prinzessin.«

»Keinen Pranger? Wie wäre es mit einem Arbeitslager?«

»Ich fürchte, nein.«

»Einen *Kerker*?«, fragt sie, zunehmend entnervt.

»Ich schätze, wir könnten einen der Räume des Palasts von außen abschließen.«

Marossa nickt zufrieden. »Gut, dann werden wir ...«

»*Hör auf!*«, fährt Skiro sie an. »Wir sollten unsere Leute für ihre Dienste belohnen, nicht bestrafen.«

»Spar dir deinen herrischen Tonfall. Ich bin älter als du, Skiro.«

»Gerade mal elf Monate.«

»Und keinen Tag weniger. Schreib dir das hinter die Ohren.«

»Ihr macht euch lächerlich«, zischt Petrik den beiden zu.

Der Prinz und die Prinzessin blicken sich um, als hätten sie ganz vergessen, dass sie nicht alleine im Raum sind.

»Nun, ihr seid unsere Berater! Dann also her mit den Ratschlägen!«, faucht Marossa.

Keiner sagt ein Wort. Das Schweigen zieht sich immer weiter in die Länge.

Da ergreift Temra das Wort. »Das Turnier von Lirasu rückt näher. Viele Menschen werden dort zusammenkommen, um zuzuschauen. Sie werden Kymora ein Dorn im Auge sein. Wir können nicht zulassen, dass sie ihnen etwas antut. Wir müssen unsere Soldaten dorthin verlegen. *Dort* sollten wir unsere letzte Bastion errichten.«

Mir dreht sich der Magen um, wenn ich an mein Zuhause denke, das von Kymoras Männern verwüstet werden wird. Temra hat recht. Die Stadt ist groß, aber man kann sie im Handumdrehen einnehmen.

Bei der Erwähnung des Turniers ist da plötzlich dieses leise Pochen in meinem Hinterkopf. Mein Unterbewusstsein will mir etwas sagen, aber ich komme nicht darauf, was.

»Die Stadt ist ähnlich aufgebaut wie Skiros Hauptstadt«, erklärt Petrik und stützt nachdenklich sein Kinn in die Hand. »Sie grenzt an die Berge und ist daher leichter zu verteidigen als die Hauptstadt.«

»Der Gouverneur von Lirasu verfügt über eine Leibgarde«, fährt Temra fort. »Das sind zwar nicht besonders viele Leute, aber besser als nichts. Er besitzt sogar eine Waffe, die Ziva für ihn geschmiedet hat und die ihm in der Schlacht helfen könnte.«

Eine Waffe.

Das Turnier.

Ich blicke Kellyn an.

Söldner.

Skiro und Marossa diskutieren bereits über die Vorzüge von Temras Vorschlag, aber ich unterbreche sie.

»Das Turnier!«

Alle Köpfe im Raum drehen sich in meine Richtung.

»Etwa fünfzig Söldner versammeln sich zu diesem Turnier«, sage ich. »Und sie alle tragen Waffen, die ich hergestellt habe.«

Temras Augen weiten sich, als sie begreift, was ich meine.

»Wir müssen sie anheuern«, beende ich.

»Söldner anheuern?«, wiederholt Marossa vorwurfsvoll. »Welcher Söldner wäre dumm genug, es mit einem so hoffnungslos überlegenen Gegner aufzunehmen, selbst wenn er noch so gut dafür entlohnt würde. Was er nicht würde, weil wir kein Geld haben.« Marossa blickt erwartungsvoll zu ihrem Bruder, mit dessen Zustimmung sie offensichtlich rechnet.

»Schau nicht mich an«, sagt Skiro. »Ich habe alles in meinem Reich zurückgelassen. Ich habe nur noch die Kleider, die ich am Leib trage.«

Jetzt schalten sich die Berater ein, diskutieren über Geld und Mittel und mögliche Maßnahmen.

Da kommt mir ein Bild in den Sinn: das der Lirasu-Bank, in der all die Münzen liegen, die ich in den letzten sieben Jahren verdient habe. All das Geld, das mir die Söldner für ihre Waffen bezahlt haben.

Mein Erspartes für den Ruhestand.

Aber was habe ich davon, wenn ich tot bin?

»Ich habe Geld«, flüstere ich. Als mich niemand hört, wiederhole ich die Worte, schreie sie regelrecht: »Ich habe Geld!«

»Ziva, nein«, sagt Temra. »Das darfst du nicht.«

»Was bedeutet Geld, wenn es um Leben und Tod geht?«

Denn das ist die Antwort: Ich werde keine Waffen mehr herstellen, die zu machtvoll sind und in den falschen Händen missbraucht werden könnten. Aber Söldner? Ausgebildete Kämpfer, die niemandem dienen als dem Geld und sich selbst? Die keine Ziele anstreben außer den nächsten Zahltag? Die bereits im Besitz von Waffen sind, die ich geschmiedet habe?

Sie sind genau das, was wir brauchen.

»Dann ist es abgemacht«, sagt Skiro. »Wir brechen nach Lirasu auf, sobald alle nötigen Vorkehrungen getroffen sind. Wie lange wird es wohl dauern, bis Kymora die Stadt erreicht?«

»Es könnte schon in drei Wochen so weit sein«, antwortet Petrik.

»Dann haben wir keine Zeit zu verlieren.«

Kellyns Hand glüht regelrecht in meiner, als wir am Ende des Abends zu unseren Zimmern gehen. Obwohl seine Berührung immer eine angenehme Wärme ausstrahlt, spüre ich diesmal mehr als nur das. Vor anderen Menschen zu sprechen, meine Ersparnisse aufzugeben – all das brodelt in mir.

Ich bin erhitzt und aufgewühlt, aber gleichzeitig weiß ich, dass ich die richtige Entscheidung getroffen habe.

Anstatt mir an der Tür einen Kuss zu geben, wie Kellyn es normalerweise tut, folgt er mir. Er entzieht sich meinem Griff, um beide Hände auf meine Schultern zu legen.

»Bist du dir sicher?«

»Was diesen Krieg angeht, bin ich mir bei gar nichts sicher.«

»Aber, Ziva, es sind deine gesamten Ersparnisse! Alles,

wofür du so hart gearbeitet hast. Diese Königssprösslinge haben das nicht verdient.«

»Für sie ist es ja auch nicht bestimmt. Ich gebe es Söldnern.«

»In ihrem Namen.«

»Im Namen von *Ghadra*. Und es ist nicht nur mein Geld. Marossa und Skiro steuern auch etwas bei. Alles, was sie an Steuern erübrigen können. Alles, was der Adel spendet.«

Er richtet sich auf. »Das gefällt mir nicht.«

»Mir auch nicht, aber ich sehe keinen anderen Weg.«

»Vielleicht können wir die Söldner dazu bringen, ohne die Aussicht auf Bezahlung zu kämpfen. Es ist auch ihre Heimat. Sie werden ebenso darunter leiden, wenn Kymora die Macht übernimmt.«

Ich verschränke die Arme. »Versetz dich doch mal in ihre Lage. Würdest du so einen Auftrag ohne Bezahlung annehmen?«

»Wenn ich über das ganze Ausmaß der Lage Bescheid wüsste. Wenn ich für meine Familie kämpfen würde ...«

»Wie viele dieser Söldner haben wohl Familien wie du?«

Leise erwidert er: »Nicht viele.«

Ich schlinge die Arme um ihn und ziehe seinen Kopf an meine Schulter.

»Jetzt tröstest du mich«, sagt er mit dem Anflug eines Lachens in der Stimme.

»Du scheinst es nötig zu haben.«

»Dabei solltest du diejenige sein, die Trost erhält.«

»Dafür halte ich mich alles in allem ganz gut, oder?«

Kellyn seufzt in meinen Nacken. »Du bist ein Fels. Standhaft und unverwüstlich.«

»Und ich bleibe am liebsten an Ort und Stelle.«

Er lacht, und sein Atem kitzelt meine Haut. Seine Hände sind in meinem Haar, seine Finger fahren durch meine Strähnen.

»Bleibst du heute Nacht bei mir?«, frage ich. Die Angst schleicht sich erst ein, als die Worte bereits ausgesprochen sind. Ich sollte keine Angst mehr vor seiner Zurückweisung haben. Habe ich aber, andauernd.

»Natürlich. Ich ziehe mich um und bin gleich wieder da.«

Ich nutze die Gelegenheit, um mich ebenfalls umzukleiden. Ich lege meine Hämmer auf den Nachttisch, in Griffweite. Bevor ich mein Zuhause verlassen habe, hatte ich das nie nötig. Aber in letzter Zeit scheine ich immer etwas Scharfes oder Schweres parat haben zu müssen.

Ich leere meine Taschen und will die Kräuter meiner Schwester in einer Schublade außer Sichtweite verstauen. Aber als mein Blick auf sie fällt und ich darüber nachdenke, dass Kellyn die Nacht bei mir verbringen wird, stecke ich mir vorsichtig ein getrocknetes Blatt in den Mund.

Der Geschmack ist bitter, eigentlich sollte er mit Wasser verdünnt werden. Aber ich habe nicht vor, jetzt einen Tee zu kochen.

Hastig schlucke ich den Saft hinunter.

Und habe gleich darauf das Gefühl, als stünde mein Gesicht in Flammen.

Was völlig lächerlich ist. Es ist ja nicht so, als wüsste jemand, was ich gerade zu mir genommen habe. Oder als hätte ich irgendeinen Grund, mich zu schämen.

Und doch wird das Brennen in meinen Wangen nur noch stärker, als Kellyn an die Tür klopft.

»Alles in Ordnung?«, fragt er, als er mich sieht. »Soll ich ein Fenster öffnen?«

»Nein, schon gut.«

»Ist das die angestaute Nervosität von der Besprechung?«, vermutet er.

»Ja, bestimmt.«

»Sicher?«

Ein schrecklich peinliches und völlig unpassendes Kichern hüpft aus meiner Kehle und ich komme mir vor wie eine Verrückte.

Nur weil ich das Zeug genommen habe, heißt das noch lange nicht, dass irgendetwas passieren muss. Es war eine reine Vorsichtsmaßnahme.

Weil du dir Hoffnungen machst, sagt meine innere Stimme.

Pssst, befehle ich ihr.

»Das ist die Wirkung, die du auf mich hast«, sage ich, als ich das alberne Kichern wieder im Griff habe. »Du machst mich verrückt. Du machst mich unbeholfen. Du bringst mich zum Lachen.«

Kellyns Züge werden weich. Er kommt näher und fährt mit einem Finger von meinem Handrücken den Arm hinauf. Die Spur, die er auf der Haut zieht, sprüht heiße Funken.

»Du machst mich glücklich«, sagt Kellyn. »Du machst mir Angst. Jetzt, wo ich dich habe, verspüre ich solche Angst, dich zu verlieren.«

»Ich weiß, was du meinst«, flüstere ich. Die Finger meiner rechten Hand greifen nach oben und spielen leicht mit den Schnüren, die sein Hemd zusammenhalten. Es hilft so sehr, meine Hände mit etwas zu beschäftigen.

»Du gibst mir den Glauben zurück, dass es noch Hoffnung für die Welt gibt«, sagt er.

»Die Welt?«, frage ich.

»Dir sind so viele schreckliche Dinge widerfahren, und doch hast du nie das aufgegeben, was dich ausmacht. Du bist immer noch freundlich. Immer noch stark. Immer noch entschlossen. Die Welt ist ein besserer Ort, weil sie dich hat. Mein Herz ist reicher, weil es dich hat.«

Seine Worte sind vielleicht etwas überschwänglich, aber ich liebe sie. Sie klingen in meinen Ohren nach - zärtlich, vollkommen und *richtig*.

Jetzt ist der Zeitpunkt gekommen.

»Ich will nicht, dass du jemals weggehst«, flüstere ich und stelle mich auf die Zehenspitzen. Es ist keine Liebeserklärung, aber das Beste, was ich im Moment zustande bringe.

»Das werde ich nicht«, sagt er. Und senkt seine Lippen auf meine.

Ich werde nie aufhören, darüber zu staunen, wie atemlos und wunderbar es sich anfühlt, ihn zu küssen. Ganz gleich, wie oft ich es schon getan habe, es verliert nichts von seiner Magie.

Das Gefühl seiner Finger in meinem Haar.

Der Geruch seiner Haut.

Sein Geschmack.

Er ist all das, von dem ich mir nie erträumt hätte, es zu wollen.

Und wie sehr ich ihn jetzt in diesem Moment will!

Obwohl der Kuss beinahe zaghaft beginnt, verleihe ich ihm sofort mehr Nachdruck und vertiefe ihn.

Kellyn protestiert nicht.

Er umschlingt mich fester, überlässt mir die Führung, während ich mich immer wieder gegen ihn drücke, mit seinen Lippen spiele, sie lecke, sie beiße, sie genieße.

Seine Mundwinkel sind die ganze Zeit hochgezogen, als könne er nicht anders, als zu lächeln. Er mag das. Er liebt es, wenn wir uns auf diese Weise nahekommen.

Ich liebe es mehr als alles andere.

Ich ziehe an den Bändern seines Kragens. Das Hemd öffnet sich nur bis zur Mitte seiner Brust, aber ich folge dem Saum mit meinen Lippen und schmecke mehr von ihm.

Mit einer plötzlichen Bewegung hebt Kellyn mich hoch und legt mich auf das Bett. Er bettet seinen Körper auf meinen, was es mir unmöglich macht, weiter seine Brust zu liebkosen.

Aber es stört mich nicht im Geringsten, als er beginnt, die Schleifen meines Nachthemds zu öffnen. Auch hier gibt der Stoff nicht annähernd genug Haut frei, aber ich liebe es, Kellyns Lippen auf meinem Schlüsselbein zu spüren, seinen heißen Atem, der unter die Baumwolle gleitet.

Ich möchte seine Lippen weiter oben spüren. Ich möchte seine Lippen weiter unten spüren.

Ich entscheide mich für das Leichtere von beidem und ziehe seinen Kopf wieder an meinen heran.

Dann rolle ich mich herum, sodass ich diejenige bin, die oben liegt. Ich setze mich rittlings auf seine Beine, greife nach seinem Hemd und ziehe es ihm aus der Hose. Er hilft mir, das Hemd über seine Arme und seinen Kopf zu streifen.

Ich nehme den Anblick seiner Brust gierig in mich auf und fahre mit den Fingern das Muster nach, das seine Muskeln unter der Haut zeichnen. Er ist so stark. So *groß*. So schön.

Und ich erinnere mich an mein Verlangen, damals, am Anfang von allem. An den Wunsch, ihn zu berühren. Meine Fantasie reichte nicht einmal ansatzweise an die Wirklichkeit heran.

Kellyn zieht meinen Mund für weitere hungrige Küsse auf seinen, und ich versuche, mich aus der Enge meines Nachthemds zu befreien. Damals, als ich mir so wünschte, ihn zu berühren, war mir nicht klar, wie sehr ich mich danach sehnen würde, dass er *mich* berührt.

Kellyns Hände wandern nach unten zu meinen Hüften, doch als er sie plötzlich nackt vorfindet, erstarrt er mitten in der Bewegung.

Ich habe mein Nachthemd bereits bis zur Taille hochgezogen, aber sein plötzliches Innehalten lässt auch mich stocken.

Er setzt sich auf, hält mich nah bei sich und legt seine Hände noch fester um meine Hüfte.

»Ziva, was machst ...«

Ich küsse ihn. Ich kann einfach nicht anders. »Ich will dich«, sage ich.

Er stöhnt gegen meine Lippen. Seine Arme drücken mich an sich und machen es mir unmöglich, etwas anderes zu tun, als einen weiteren Kuss mit offenem Mund zu erwidern.

Und dann hört er plötzlich auf. Er lehnt seine Stirn an meine und löst seine Umarmung, aber er zieht sich nicht zurück.

»Ich will dich auch«, sagt er.

Ich entspanne mich – fast hatte ich schon befürchtet, gerade etwas furchtbar Peinliches getan zu haben, was es mir unmöglich machen würde, mein Zimmer jemals wieder zu verlassen.

»Aber …«, fährt er fort.

Ich halte den Atem an. Obwohl meine Haut schon vorher hitzig war, wird sie jetzt noch heißer - unangenehm, nein, *unerträglich*.

Ich springe auf und will fliehen. Mich verstecken. Es ist ein Albtraum, ich habe alles falsch verstanden. Wie konnte ich nur so dumm sein?

»Ziva, warte!« Er hält mich auf, bevor ich die Tür erreiche.

»Lass mich gehen«, bitte ich ihn mit zittriger Stimme.

»Hör mich erst an, bitte. Dann werde ich gehen, wenn du das willst. Das ist schließlich dein Zimmer.«

»Gut, aber ich werde dich nicht anschauen.«

»In Ordnung«, sagt er und zieht mich an sich - als könne er sich nicht zurückhalten, als wolle er sicherstellen, dass ich nicht doch noch auf die Idee komme, zu fliehen.

»Ich will es auch, Ziva«, sagt er. »Ich will es mit *dir*. Aber jetzt noch nicht.«

Er hat mir gesagt, dass er dieses *Noch nicht* liebt. Ich hasse es in diesem Moment. Seine Worte sind so verwirrend, dass ich nicht anders kann, als einen Schritt zurückzutreten, um ihn anzuschauen.

»*Noch nicht?*«, frage ich. »Das verstehe ich nicht. Ich habe Vorkehrungen getroffen. Wir werden nicht … ich meine, es ist fast ausgeschlossen, dass ich sch…«

Er legt einen Finger an meine Lippen. »Du hast dich darauf vorbereitet?«

»Ich … habe mir Hoffnungen gemacht«, gebe ich zu.

Seine Augen sind offen und er blickt mich neugierig an. Liebevoll. Das ist der einzige Grund, warum ich ihn noch ansehen kann.

Er schluckt. »Ich habe meiner Mutter das Versprechen gegeben, das erste und einzige Mädchen, mit dem ich jemals ins Bett gehe, zur Frau zu nehmen.«

Ich spüre, wie sich meine Augenbrauen zusammenziehen. »Du hast versprochen, auf die Ehe zu warten? Warum?«, frage ich verwirrt.

Er lacht über meinen entgeisterten Tonfall.

»Weil ich es so will«, sagt er. »Ich möchte nicht, dass dieser Schritt bedeutungslos ist. Ich will nicht, dass es etwas Vorübergehendes ist. Es soll mit der Frau passieren, mit der ich für immer zusammenbleiben werde.«

»*Oh.*«

Das Feuer in meinem Inneren erkaltet und erstarrt zu Eis. Mir wird unerträglich kalt und ganz neue Ängste bahnen sich ihren Weg. Er sieht mich nur als *etwas Vorübergehendes.* Er hat längst nicht die gleichen Gefühle für mich wie ich für ihn. Ich war zu voreilig. Zu naiv. Ich –

»Ziva«, unterbricht er meinen Gedankenstrudel. »Ich wünsche mir, dass du die Frau bist, mit der ich für immer zusammenbleiben werde. Ich will keine andere.« Er spricht hastig, als könne er meine Gedanken lesen. »Aber mit der Ehe geht man eine große Verpflichtung ein. Wie könnten wir jetzt, wo uns ein Krieg unmittelbar bevorsteht, über einen so lebensverändernden Schritt entscheiden? Außerdem wollte ich dich nicht abschrecken, wenn ich dich zu früh mit den Worten *Für immer* überfalle. Ich mache mir ständig Sorgen, dass ich etwas Falsches sage oder tue, womit ich dich vergraulen könnte. Dass dir die Vorstellung, mit mir zusammen sein, Angst machst. Dass du ein Leben allein vorziehst.«

Die Worte sprudeln aus ihm heraus wie ein Wasserfall. Aber ich verstehe, was er meint.

Das Eis in mir schmilzt.

»Du willst mich?«, frage ich noch einmal nach.

»Ja«, sagt er.

»Nur jetzt noch nicht?«, wiederhole ich, um sicherzugehen.

»Ja.«

»In Ordnung.«

Als wäre ihm eine Last von den Schultern genommen, sackt sein ganzer Körper vor Erleichterung zusammen. Er zieht mich wieder an sich heran.

»Danke für dein Verständnis«, sagt er.

»Natürlich«, sage ich. »Ich würde dich nie zu etwas drängen, was du nicht willst. Es tut mir leid, dass ich nicht erst mit dir darüber gesprochen habe.«

»Du hättest dieses Thema nie ansprechen können«, antwortet er, weil er mich kennt und versteht.

Ich muss über mich selbst lachen. »Nein.«

Eine Weile stehen wir nur da und halten uns gegenseitig fest.

»Nur um das klarzustellen«, bricht Kellyn das Schweigen. »Ich möchte dich heiraten, aber ich will nicht, dass du dich zu etwas gedrängt fühlst, bevor du bereit dazu bist. Ich bin ein bisschen älter als du. Vielleicht willst du erst einmal andere Erfahrungen machen. Für dich selbst herausfinden, was du dir unter einem Partner vorstellst. Ich weiß, dass ich dein erster bin, aber das heißt nicht, dass ich dein einziger bleiben muss.«

Jetzt zucke ich wieder zurück. »Du willst, dass ich mich mit anderen Männern treffe?«

»Nein«, antwortet er energisch, fast wütend. »Ich will damit sagen, dass ich es dir nicht übel nehmen würde, wenn du dich erst vergewissern wolltest, ob ich das bin, was du willst. An meinen Gefühlen für dich würde das nichts ändern. Und *natürlich* verabscheue ich die Vorstellung, du könntest auch nur *versuchsweise* mit jemand anderem zusammenkommen. Aber ich möchte nicht, dass du dich eingeengt fühlst oder denkst, dich damit abfinden zu müssen ...«

Ich bringe ihn zum Schweigen, indem ich einen Finger auf seine Lippen lege.

»Ich weiß, was ich will. Habe ich dir das nicht schon gesagt? Ich habe mich nie für jemand anderen interessiert. Ich brauche nicht zu sehen, was es sonst noch gibt, wenn ich schon alles gefunden habe, was ich will.«

Er lächelt. »Bist du dir da sicher?«

»Voll und ganz.«

Er seufzt erleichtert und zieht mich so fest an sich, dass ich kaum noch atmen kann.

»Bleibst du heute Nacht trotzdem hier?«, frage ich.

»Wirst du noch einmal versuchen, dich auszuziehen?«, fragt er.

Ich lache. »Nein.«

»Dann ja. Ich werde immer bleiben, wenn du das willst.«

Erst als sein Schnarchen mein Zimmer erfüllt, macht sich eine neue Angst in mir breit. Plötzlich komme ich mir unglaublich dumm vor. Ich habe so viel Zeit damit verbracht, mir den Kopf über Kellyn zu zerbrechen. Mir Sorgen um ihn und mich zu machen. Hin und her zu überlegen, was ich zu ihm sagen und wie ich mich in seiner Nähe verhalten soll.

Mir war schlecht vor Aufregung, sobald ich nur in seine Nähe kam. Ich dachte ständig darüber nach, wie ich den nächsten Schritt machen könnte. Und bei alldem habe ich mir kein einziges Mal überlegt, was danach kommen würde.

Was, wenn wir den Krieg überleben und ich nach Hause zurückkehren kann? Temra wird in Skiros Hauptstadt leben. Sie will sich seiner Wache anschließen. Und auch ich habe bereits daran gedacht, mich dort niederzulassen. Skiro hat noch nie einen Versuch unternommen, mich für seine Zwecke einzuspannen. In seinem Reich könnte ich in Ruhe leben. Aber ich will meine eigenen Wände haben. Ein Haus, das nur mir gehört. Einen Ort, der vor allem sicher ist. Einen Ort, den ich nie verlassen muss.

Und Kellyn will umherziehen. Er ist ein Söldner, der nur ab und zu nach Hause kommt.

Wie könnte eine Zukunft mit ihm überhaupt aussehen?

Ich stelle mir vor, wie ich Tag für Tag ganz allein bin. Wie ich darauf warte, dass Kellyn mich besucht. Wie ich Aufträge übernehme und mein Leben lebe – aber dabei die meiste Zeit einsam bin. Das ist doch kein Leben. Nicht, wenn ich Temra nicht die ganze Zeit um mich habe. Aber sie wird ihre eigenen Ziele und Träume verfolgen. Genau wie der Mann, mit dem ich in meiner Vorstellung verheiratet wäre.

Es gibt keine Zukunft für uns, wird mir in diesem Moment klar.

Es war dumm von mir, zu hoffen, dass ich diesen Traum verwirklichen könnte. Ich habe mir solche Mühe gegeben, eine gleichberechtigte Partnerin für ihn zu sein und die Dinge selbst in die Hand zu nehmen. Ich habe mir so gewünscht, ihm noch näher zu kommen.

Ich habe bei alldem nie an das *Danach* gedacht, weil ich zu viel Angst vor dem *Jetzt* hatte. Aber das Jetzt ist nicht das Problem. Es ist die Zukunft, die unsicher ist. Nachdem die Schlacht geschlagen ist, wird Kellyn keinen Grund mehr haben hierzubleiben.

Meine Gedanken verweben sich zu einer endlosen Kette. Ein neuer taucht auf, bevor der letzte zu Ende gedacht ist, und jeder ist düsterer als der vorhergehende. Ich würde ihn nie darum bitten, bei mir zu bleiben. Genauso wenig, wie ich das je von Temra verlangen würde. Sie müssen frei sein, nicht an mich gefesselt. Sie sollen tun, was sie glücklich macht.

Warum macht das, was ich will, niemanden sonst glücklich?

Dann weine ich, wobei ich mich bemühe, keinen Laut von mir zu geben, weil ich es im Moment nicht ertragen würde, mit Kellyn darüber zu reden. Ich will nicht, dass es zwischen uns so schnell zu Ende geht. Und das würde sicher passieren, wenn ich ihm klarmache, dass wir unterschiedliche Dinge von unserem Leben erwarten.

Ich möchte Kellyn noch ein wenig behalten. Wenn ich in der kommenden Schlacht sterbe, möchte ich die Zeit, die mir bleibt, mit denen verbringen, die ich liebe.

Aber danach? Danach ist es vorbei.

KAPITEL FÜNFUNDZWANZIG

Es wird einige Zeit dauern, bis Marossa und ihre Truppen zum Aufbruch bereit sind. Sie müssen genügend Lebensmittel und Vorräte zusammentragen, sowohl für die Soldaten als auch für die Pferde. Die Prinzessin bittet alle in der Stadt, so viel wie möglich beizusteuern.

Es gibt keinen Grund zu warten, bis sie reisefertig sind, zumal in Lirasu noch viele Vorbereitungen getroffen werden müssen. Daher werden der Prinz, seine Garde, Kellyn, Petrik, Temra und ich noch vor Marossa und ihrem Tross aufbrechen.

Ich hatte mich daran gewöhnt, wieder in einem Bett zu schlafen. Die Nächte auf der Straße sind rauer als je zuvor. Obwohl ich weiß, dass Kymora weit weg ist, werde ich das Gefühl nicht los, dass ich sie durch die Bäume preschen sehe. Oder noch schlimmer, dass sie meiner Schwester mitten in der Nacht die Kehle durchschneidet.

Skiro hingegen hat das verblüffende Talent, jede unangenehme Stille mit seinem Geplauder zu überbrücken. »Erzähl mir mehr von diesem Turnier und den Männern, mit denen wir verhandeln werden«, fordert er mich auf.

Ich will mich an Temra wenden, halte dann jedoch inne. Ich kenne die Antworten auf seine Fragen selbst. Dies ist kein müßiges Geplänkel, sondern ein notwendiges Gespräch. *Ich kann das.*

»Der örtliche Gouverneur richtet das Turnier jedes Jahr aus«, antworte ich. »Am Anfang war es ein einfacher Wettbewerb, um neue Mitglieder für seine Leibgarde zu finden.«

»Und jetzt?«, will der Prinz wissen.

»Söldner, die bei mir ihre Waffen in Auftrag gaben, waren natürlich im Vorteil. Das sprach sich rum, und bald kamen Kämpfer aus ganz Ghadra, um Ruhm und Geld zu erringen.«

»Es muss furchtbar aufregend sein zuzusehen«, sagt Skiro.

»Ist es«, antwortet Temra. »Zivas Waffen sind außergewöhnlich. Und so viele in den Händen von ausgebildeten Kämpfern zu sehen, das ist besser als jeder choreografierte Tanz.«

»Und diese Kämpfer«, sagt Skiro, »sind das alles Söldner?«

»Die meisten von ihnen«, antworte ich. »Hin und wieder nimmt auch ein Mitglied des Adels teil.«

Temra beantwortet seine eigentliche Frage. »Söldner und Adlige sind die Einzigen, die sich Zivas Waffen leisten können. Normale Leute werdet Ihr in diesem Turnier nicht finden.«

Kellyn lehnt sich zu mir. »Das ist einer der Gründe, warum ich damals in die Stadt kam. Ich wollte auch teilnehmen, vorausgesetzt, ich würde rechtzeitig eine Waffe von dir bekommen. Aber die Dinge haben sich anders entwickelt als geplant.«

Ich zucke zusammen. »Das tut mir leid.«

»Muss es nicht.«

»Also«, fasst Skiro die neuen Informationen zusammen, »wir wollen diese Söldner davon überzeugen, sich nicht gegenseitig für einen hohen Siegerpreis zu zerstückeln, und sie stattdessen bitten, einen mageren Lohn für einen Kampf in Kauf zu nehmen, bei dem wir zahlenmäßig weit unterlegen sind und wahrscheinlich alle sterben werden. Es liegt mehr Arbeit vor uns, als ich dachte.«

Kellyn und Temra tun sich abends regelmäßig zusammen und trainieren härter als je zuvor mit ihren Waffen. Die Garde des Prinzen hält Drillübungen ab, wenn sie nicht gerade Wache steht. Es ist ein großer Trost, sie in der Nähe zu haben.

Ich ziehe mich derweil zwischen den Bäumen und Sträuchern zurück, um meinem Gehirn die Illusion von Privatsphäre zu geben. Zeit, um nachzudenken und neue Kraft zu schöpfen.

Petrik hat sich überhaupt nicht verändert. Er verbringt seine Freizeit immer noch damit, in ein Notizheft zu kritzeln.

»Sitzt du an einem neuen Buch?«, frage ich ihn.

»Ich versuche mich an alles zu erinnern, was ich je über Lirasu gelesen habe.«

»Wozu?«

»Wenn es unser Schlachtfeld werden soll, brauchen wir eine Strategie. Wir müssen so viel wie möglich über die örtlichen Gegebenheiten in Erfahrung bringen. Der Gouverneur ... wird er uns bei unseren Bemühungen unterstützen?«

Nach einiger Überlegung nicke ich. »Er ist ein freundlicher und gerechter Mann. Er wird uns anhören, auch wenn ich nicht weiß, welche Maßnahmen er zu ergreifen bereit sein wird.«

»Gut.« Petrik schreibt eine weitere Zeile. »Geografisch bietet die Umgebung einige Vorteile. Die Stadt grenzt an die Berge. Wir können uns in der Hochebene verschanzen. Deine Schmiede und die Werkzeuge sind vorhanden, falls wir noch etwas herstellen müssen. Es gibt doch eine Mine in der Nähe, oder?«

»Ja«, antworte ich. »Von dort bezog ich mein Erz. Der ganze Berg im Süden ist von ertragreichen Adern durchzogen.«

»*Der ganze Berg?*«, fragt Petrik.

»So sagt man. Warum fragst du?«

»Ich bin mir nicht sicher. Es ist nur etwas, das man sich merken sollte. Du befeuerst deinen Ofen mit Kohle, wenn du schmiedest?«

»Ja.«

»Woher bekommst du sie?«

»Es gibt einen Händler in der Stadt. Er hat immer Tonnen von dem Zeug. Ich glaube, er lässt es von Orenas Territorium herbringen. Im Norden des Gebietes gibt es natürliche Vorkommen. Es ist nicht einmal sonderlich teuer.«

»*Hmm*«, brummt Petrik.

Obwohl die Buchstaben von mir aus gesehen auf dem Kopf stehen, lese ich, was er als Nächstes schreibt.

Kohle, billig

Berg mit Eisenerzadern

Brandbeschleuniger?

»Was hast du vor?«, frage ich.

»Ich schreibe nur meine Gedanken auf. Mehr nicht.«

Doch wozu braucht er Brandbeschleuniger?

Wenn Petrik und Temra nicht zusammen sind, stehle ich mir Momente allein mit meiner Schwester. Wir gehen vor der Gruppe her, außer Hörweite, oder schmiegen uns abends am Lagerfeuer aneinander. Ich bin hin- und hergerissen, weil ich Zeit mit ihr und Zeit mit Kellyn verbringen will – um so viele neue Erinnerungen wie möglich zu sammeln, bevor der Kampf beginnt. Bevor meine ganze Welt untergeht.

»Ich habe noch nie viel über die Zukunft nachgedacht«, sagt Temra eines Abends, als wir gemeinsam Feuerholz sammeln. »Normalerweise mache ich das Beste aus der Gegenwart, aber ich freue mich so sehr auf die Zeit nach dem Kampf, wenn ich in Skiros Hauptstadt zurückkehren und meine Ausbildung in der königlichen Garde beginnen kann.«

Ich wünschte, ich könnte ihre Begeisterung teilen. »Ist Petrik mit deinen Zukunftsplänen einverstanden?«, frage ich.

»Er ist nicht gerade entzückt, aber er liebt mich, also ist er bereit, mich in allem zu unterstützen.«

»Ich nehme an, das ist gut.«

»Sag das nicht in einem so düsteren Ton. Ich schaffe das schon. Außerdem wirst du zu sehr damit beschäftigt sein, dein Leben mit Kellyn zu genießen, um dir noch Sorgen um eine Gardesoldatin des Prinzen zu machen.«

Ich antworte ihr nicht sofort, also sagt sie: »Du wirst doch mit Kellyn zusammen sein, oder?«

»Das glaube ich nicht.«

»Warum denn nicht?«

»Wir wollen nicht die gleichen Dinge. Er will unterwegs sein. Ich will hier sesshaft sein. Ich glaube nicht, dass es klappen wird.«

»Hast du mit ihm darüber gesprochen?«

»Nein.«

»Woher weißt du dann, dass es nicht klappen wird?«

»Weil ich ihn kenne und weil ich mich selbst kenne.«

»Aber du musst doch wenigstens mit ihm darüber reden!«

»Wozu die Mühe?«, frage ich. »Es wäre für uns beide eine schmerzhafte Angelegenheit und würde die gute Zeit, die wir im Moment haben, kaputt machen.«

»In Sachen zwischenmenschlicher Verständigung bist du so eine Niete«, sagt Temra, als ob ich das nicht selbst wüsste. »Ziva, sprich mit dem Mann und warte ab, was passiert. Hast du ihm gesagt, wie du dich fühlst? Hast du ihn gebeten, bei dir zu bleiben?«

Ich ducke mich unter einen Baum, bücke mich, um Reisig aufzuheben, und sage kein Wort.

»Hast du nicht!«, sagt sie vorwurfsvoll.

»Ich würde ihn nie bitten, etwas zu tun, das ihn unglücklich macht.« Und ich werde ihm meine Gefühle nicht eingestehen, nur um dann zurückgewiesen zu werden. Kellyn hat zwar gesagt, dass er mich liebt, aber das bedeutet nicht, dass er bei mir bleiben will.

»Ihr habt ein Recht darauf, eure gegenseitigen Vorstellungen zu kennen, aber die erfahrt ihr nur, wenn ihr miteinander redet.«

Ich schnaube. »Und ich nehme an, du und Petrik, ihr habt alles schon hübsch gemeinsam geplant?« Es ist ein verzweifelter Versuch, die Aufmerksamkeit von mir abzulenken.

»Ja! Wir werden in Skiros Palast leben. Petrik wird seine Arbeit in der Bibliothek wieder aufnehmen und ich werde Soldatin der Leibgarde sein. Wir können uns ständig sehen, aber trotzdem unser eigenes Leben führen.«

»Für euch ist es einfacher! Ihr wollt beide in der gleichen Gegend wohnen.« Leiser füge ich hinzu: »Mag sein, dass ich Kellyn liebe. Er liebt mich vielleicht auch, aber wie können wir eine Beziehung führen, wenn wir ständig voneinander getrennt sind?« Er, als Söldner unterwegs. Ich, allein in meiner Schmiede.

»Ich weiß es nicht«, gibt meine Schwester zu. »Aber ich weigere mich zu glauben, dass eine Zukunft für euch beide unmöglich ist.«

»Wir werden reden«, verspreche ich ihr. »Kellyn und ich. Aber jetzt nicht. Es hat keinen Sinn, solange die Bedrohung noch nicht vorbei ist.«

Denn wenn ich im Kampf sterbe, wird es keinen Grund zum Reden geben.

Diesmal verläuft unsere Reise vollkommen ereignislos. Wir erreichen Lirasu, ohne auch nur ein gefährliches wildes Tier erspäht zu haben.

Skiro und Petrik trennen sich von uns, um mit dem örtlichen Gouverneur zu sprechen.

So kehren nur Temra, Kellyn und ich zur Schmiede zurück.

Nach Hause.

Als ich den Hof und die Haustür vor mir sehe, bin ich überrascht, dass alles noch so ist, wie wir es verlassen haben.

Der Zedernstamm liegt genau dort, wo ich ihn mit Secret Eater zerlegt habe. Der überwucherte Garten, verdorrte Gräser, der kaputte Hühnerstall. Ein paar Stofffetzen, von den Strohpuppen für das Waffentraining.

Die Eingangstür ist unbeschädigt, das Schloss intakt.

Eine dicke Staubschicht überzieht alles. Wortlos macht sich Temra daran, die Fenster zu öffnen.

Alles ist ... genau so, wie ich es in Erinnerung habe. Was irgendwie nicht dazu passt, wie sehr sich mein Leben selbst inzwischen verändert hat. Trotzdem bin ich überwältigt vor Erleichterung. Nach all dieser Zeit bin ich zu Hause.

Ich warte nicht länger, sondern reiße die Tür zur Schmiede auf und finde alles so vor, wie ich es verlassen habe. Die Asche im Brennofen. Meine Werkzeuge auf den Arbeitstischen. Um der alten Zeiten willen zünde ich den Ofen an und öffne die Fenster.

Kellyn steht in der Tür und sieht mir zu, wie ich den Blasebalg bediene und in die Flammen starre.

»Machst du etwas?«, fragt er.

»Nein. Ich gehe nur alles der Reihe nach durch.«

Er fragt nicht, warum.

Ich bin mir selbst nicht ganz sicher.

Temra kommt durch den Laden nach hinten und stellt sich neben Kellyn. »Die Lebensmittel sind natürlich schlecht geworden. Soll ich etwas aus dem Geschäft holen?«

Ich zucke mit den Schultern. Temra geht wortlos davon.

»Ist alles in Ordnung mit dir?«, fragt mich Kellyn.

Ich weiß wirklich nicht, was ich darauf antworten soll. Denn ich bin zwar hier, aber ich werde nie wieder die sein, als die ich fortging – eine Schmiedin, deren einzige Sorge es war, wann sie das nächste Mal ihre Schmiede verlassen muss. Ich bin durch das halbe Königreich gereist, habe seine Schrecken und seine Schönheit gesehen. Es ist traurig, dass ich nicht mehr zurückkann. Aber ich bin auch beeindruckt, wie weit ich vorwärtsgekommen bin.

»Ja, es kommt alles in Ordnung«, antworte ich.

Petrik führt Skiro und seine Leibwache nach ihrem Besuch beim Gouverneur zurück in unser bescheidenes Haus.

»Ein vernünftiger Mann«, antwortet Skiro auf Temras Frage, wie der Besuch verlaufen ist. »Ich mag ihn. Er ist ein Mann der Tat. Und bereit zu helfen. Er hat uns bereits seine kleine Garde zur Seite gestellt und ruft morgen alle Teilnehmer des Turniers zu einem Treffen zusammen.«

»Die Vorbereitungen sind in vollem Gange«, ergänzt Petrik.

»Was jetzt noch fehlt, ist eine große Rede von meiner Seite. Eine Menge Geld von euch Mädchen. Vielleicht eine Empfehlung von Kellyn, da du ja einer von ihnen bist.«

»Und wie kann ich helfen?«, fragt Petrik.

Skiro denkt nach. »Ich möchte, dass du dich morgen mit dem Ehemann des Gouverneurs triffst. Erzähl ihm alles, was du über Kymora weißt. Überlegt gemeinsam, wo unsere Truppen bis zur Schlacht ihr Lager aufschlagen können und was wir mit den Bewohnern der Stadt machen sollen. Bring so viel wie möglich in Erfahrung, was wir zu unserem Vorteil nutzen können. Der Gouverneur wird sich euch nicht anschließen, da er mit uns anderen an der Besprechung teilnimmt.«

Petrik nickt. »Einverstanden.«

»Dann ist es abgemacht. Alle Rollen sind verteilt. Hoffen wir, dass eine Horde geldgieriger Söldner sich für unsere Sache gewinnen lässt.«

»Wir sind nicht alle geldgierig«, sagt Kellyn. »Einige von uns wollen nur ihren Lebensunterhalt auf ehrliche Weise verdienen.«

»Richtig«, gibt Skiro zu. »Tut mir leid.« Seine Augen huschen kurz zu mir, bevor er den Blick abwendet. »Wie sieht es mit den Schlafmöglichkeiten für heute Nacht aus?«

Wir waren uns alle einig, dass der Prinz und seine Wachen in der örtlichen Taverne zu viel Aufmerksamkeit erregen würden. Es ist besser, wenn wir zusammenbleiben. Das ändert nichts an der Tatsache, dass unser Haus nur zwei Zimmer und zwei Betten hat.

»Sucht Euch einen Platz auf dem Boden, Prinz«, sagt Kellyn. »Die Mädchen nehmen die Betten.«

Skiro schnaubt. »Ich würde nicht im Traum daran denken, ihre Schlafstatt zu beanspruchen.«

»Du könntest beim Gouverneur übernachten«, schlägt Petrik vor.

»Nein, nein«, sagt Skiro. »Das ist in Ordnung. Ich möchte, dass wir zusammenbleiben. Wir müssen morgen früh los. Am besten, wir legen uns zeitig schlafen.«

Die Soldaten des Prinzen holen ihre Schlafunterlagen und Decken. Sie nehmen jeden noch so kleinen Platz in der Küche und im Wohnzimmer in Beschlag. Einen Moment lang fürchte ich sogar, dass wir einige von ihnen in der Werkstatt unterbringen müssen.

Es waren noch nie mehr als ein oder zwei von Temras Freunden gleichzeitig im Haus. Und jetzt ist mein Wohnzimmer überfüllt mit Soldaten. Ich weiß, dass es notwendig ist, aber ich fühle mich trotzdem nicht wohl dabei.

Als ich das Haus meiner Eltern zurückkaufte, habe ich ihr altes Schlafzimmer als mein eigenes beansprucht. Der Schrank ist voll mit Arbeitskleidung und Schürzen und dem einen oder anderen schönen Kleidungsstück, das Temra für mich erstanden hat, in der Hoffnung, dass ich sie ab und zu in die Öffentlichkeit begleiten würde.

An der Wand hängt ein Porträt meiner Eltern, umgeben von Metallarbeiten. Ich habe Stahl zu verschlungenen Schaustücken geformt, um meinem Zimmer mehr Charakter zu verleihen. Nichts davon hat Magie und es dient nur der Dekoration.

An einer Wand hängt ein hoher Spiegel, den Temra mir zum Geburtstag geschenkt hat. Der Nachttisch ist größtenteils leer. Zwei Bücher, die meiner Mutter gehörten, liegen darauf. Schmiedebücher, die ich praktisch auswendig kann. Daneben steht ein leeres altes Glas, das früher immer mit Wasser gefüllt war – falls ich in der Nacht durstig wurde. Ein paar alte Prospekte von Theaterstücken, bei denen Temra mitgewirkt hat, liegen herum. Ein weicher blauer Teppich nimmt den größten Teil des Bodens ein. Und an der Wand ein Einzelbett.

Wenn ich mir mein Zimmer jetzt anschaue, ist es mir fast peinlich, dass Kellyn es zu sehen bekommt.

Er betrachtet die Metallarbeiten an den Wänden, das Bild meiner Eltern.

»Ich bewahre die meisten meiner Sachen in der Schmiede auf«, sage ich halb entschuldigend. »Weil ich dort die meiste Zeit verbringe.«

»Ich mag es«, sagt Kellyn. »Es ist einfach. Leicht sauber zu halten, nehme ich an.«

»Ich sammle eigentlich keine Dinge, es sei denn, es handelt sich um Schmiedewerkzeuge.«

Kellyn streicht mit den Händen über die Bettdecke, die ich bereits vom Staub befreit habe. »Das ist ein winziges Bett.«

Ich lache. »Wir sind daran gewöhnt, in Palästen zu schlafen.«

»Wir sind verwöhnt«, stimmt er mir zu. »Aber mir gefällt es hier.« Er legt seine Schwertscheide ab und zieht seine Stiefel aus, bevor er die Decke zurückschlägt und auf der Matratze bis an die Wand rutscht. Neben ihm sind nur ein paar Handbreit frei.

»Und jetzt?«

»Jetzt bleibt dir nichts anderes übrig, als dich ganz nah an mich zu kuscheln.«

Lächelnd krieche ich zu ihm unter die Decke.

KAPITEL SECHSUNDZWANZIG

Die Morgendämmerung kommt viel zu früh und bringt uns der Ankunft von Kymora einen Tag näher. Wenigstens ist es schön, wieder meine eigenen Sachen anzuziehen.

Das Frühstück ist eine ruhige Angelegenheit. Petrik kocht für uns alle einen einfachen Haferbrei mit Zimt und Zucker.

Und dann machen wir uns auf den Weg zur Arena, wo das Turnier üblicherweise stattfindet.

Seltsamerweise empfinde ich auf den Straßen der Stadt nicht mehr die gleiche Beklemmung wie früher. Das Unbehagen, von Menschen umgeben zu sein, ist immer noch da, aber es ist weniger intensiv als sonst. Habe ich mich verändert? Oder habe ich im Moment einfach größere Probleme?

Wahrscheinlich Letzteres.

Es hat sicher nichts damit zu tun, dass Kellyn seinen Arm um meine Schultern gelegt hat.

Das jährliche Turnier ist das einzige Ereignis dieser Art, auf das ich mich wirklich immer gefreut habe. Es war unterhaltsam zu sehen, wie meine Waffen in einem freundschaftlichen Wettkampf zum Einsatz kamen. Das erfüllte mich mit Stolz. Ich genoss es sogar, mit alten Kunden zu sprechen. Ich fragte sie, wie sich die Waffen handhaben ließen. Ich hörte mir ihre Geschichten von der Straße an.

Das werden wir dieses Jahr nicht erleben.

Als wir ankommen, sind die Ränge natürlich leer. Der Wettbewerb findet erst in einer Woche statt. Es ist seltsam, hier zu sein, wenn keine anderen Zuschauer da sind. Aber die Kampfarena ist voller Söldner, die auf uns warten. Einige sitzen auf dem Boden, sind gelangweilt oder fragen sich verwundert, warum sie herbeigerufen wurden. Andere liefern sich freundschaftliche Übungskämpfe. Sie testen ihre Waffen schon mal aus.

Ich zähle insgesamt nur vierunddreißig, also sind einige offensichtlich noch nicht in der Stadt angekommen. Während Skiro und Gouverneur Erinar sich noch einmal begrüßen, werfe ich einen Blick auf die Waffen der Kämpfer.

Zwei Kurzschwerter, die auf Befehl in Flammen aufgehen. Eine Hellebarde, mit der sich der Träger hoch in die Luft erheben kann. Ein Morgenstern mit der Fähigkeit, von überallher das Sonnenlicht einzufangen und entgegenkommende Feinde zu blenden. Wurfmesser, die mit einer leichten Handbewegung haargenau ins Ziel gelenkt werden können. Eine doppelköpfige Axt, mit der ein Feind in Schach gehalten werden kann, einfach nur indem man sie auf ihn richtet.

Ich sehe mir all diese Waffen an und lächle jedes Mal, wenn ich mich an den Schmiedeprozess erinnere. An die

Stunden meines Lebens, die ich in purer Glückseligkeit verbracht habe. Weil ich etwas aus Metall erschaffen durfte.

Und dann landet mein Blick auf einer Gestalt, die einen schlechten Geschmack in meinem Mund austeigen lässt. Sie ist bewaffnet mit einem Streitkolben mit Schlagblättern. Und dieser Streitkolben hat die Fähigkeit, den Menschen, die in der Nähe stehen, den Atem zu rauben.

Auch Temras Blick fällt auf ihn. »Was hat der denn hier zu suchen?«

»Ich vermute, er nimmt am Turnier teil«, sage ich mit zusammengebissenen Zähnen.

Temra bricht in Gelächter aus. »Magische Waffe hin oder her, die Söldner würden ihn blitzschnell filetieren.«

»Ich wette, er rennt schreiend davon, wenn er hört, was von den Teilnehmern verlangt wird.«

Kellyn wendet sich an uns. »Reden wir von dem Kerl mit dem Streitkolben? Wer ist er?«

»Niemand von Bedeutung«, antworte ich ehrlich, kann jedoch nicht verhindern, dass mir dabei die Röte ins Gesicht schießt.

»Ist zwischen euch etwas vorgefallen?« Kellyn stellt die Frage beiläufig, aber ich meine, einen leichten Unterton herauszuhören.

»Er ist der Sohn des Gouverneurs und hat einmal versucht, sie zu küssen«, verkündet Temra wenig hilfreich. »Als Ziva ihn zurückwies, erfand er eine Geschichte, dass sie ihn angegriffen hätte. Zum Glück hat der Gouverneur seine Lügen nicht geglaubt. Aber Asel nahm die Kränkung persönlich. Er stiftete sogar seine Freunde an, unser Haus zu verwüsten.«

Kellyn legt den Kopf schräg und taxiert Asel.

Es ist zum Lachen, wenn ich die beiden nebeneinander betrachte. Kellyns große, kräftige Statur im Vergleich zu Asels kleiner, schlanker Gestalt. Kellyns wundervolles goldrotes Haar im Vergleich zu Asels dunklen Locken. Kellyns schönes Gesicht im Vergleich zu Asels hässlichen Zügen (finde ich jedenfalls).

Kellyn macht einen Schritt in Asels Richtung, aber ich packe seinen Arm, als ich merke, dass er auf ihn zugehen will.

»Bleib hier«, sage ich ihm.

»Ich wollte nur den Sohn des Gouverneurs begrüßen.«

»Und warum?«

Kellyn antwortet nicht, denn im selben Moment schaut Asel in unsere Richtung – als hätte er unsere Blicke gespürt. Seine Augen weiten sich beim Anblick von Kellyn, und mir wird klar, dass er ihn für einen Turnier-Konkurrenten hält. Dann gleitet sein Blick weiter zu mir und er verengt die Augen in einer Mischung aus Verwirrung und Abneigung.

Plötzlich spüre ich einen Ruck an meinen Armen und blicke auf. Spüre Kellyns Lippen an meinen. Mein Mund öffnet sich vor Überraschung, und Kellyn küsst mich auf eine Weise, die in der Öffentlichkeit völlig unangebracht ist.

Ich lege meine Hände auf seine Schultern und stoße ihn zurück. »Was machst du da? Wir haben doch darüber gesprochen.«

Er blinzelt. »Kein Küssen in der Öffentlichkeit. Händchen halten ist erlaubt«, sagt er und erinnert sich an das Gespräch.

»Und was war das gerade eben?«

»Es tut mir so leid. Ich weiß nicht, was über mich gekommen ist.« Kellyn hält mich weiter fest, auch wenn unsere Lippen sich nicht mehr berühren.

Der Gedanke, dass er von dem Wunsch überwältigt wurde, mich zu küssen, ist aufregend, aber irgendwie passt das nicht so ganz zusammen.

»Wolltest du in aller Öffentlichkeit Anspruch auf mich erheben? In Anwesenheit von Asel?«, frage ich.

Er schürzt seine Lippen. »Ich glaube, ja.«

»Weil du dich von diesem Wicht bedroht fühlst?«

Er hat immerhin so viel Anstand, schuldbewusst dreinzuschauen. »Er hat dich schlecht behandelt«, sagt er. »Ich glaube, ich wollte ihm zeigen, dass du dir einen Besseren gesucht hast.«

Seine Antwort entlockt mir ein Schmunzeln. »Habe ich mir denn einen Besseren ausgesucht?« Ich kann nicht anders, als ihn zu necken.

Kellyn schaut mich an. »Gefällt es dir wenigstens ein kleines bisschen, Asel zu zeigen, dass ein anderer dich so begehrenswert findet?«

»Vielleicht.«

»Wenn du etwas dagegen hast, dass ich mit ihm rede, gut. Aber sag mir Bescheid, wenn du dich jemals an ihm rächen willst. Egal, ob das öffentliche Zurschaustellung von Zuneigung oder etwas anderes beinhaltet.«

Ich grinse wie eine Idiotin und mache mir Sorgen, wer mich dabei wohl alles beobachtet, aber ich kann einfach nicht meinen Blick von diesem lächerlich gut aussehenden Mann wenden.

»Ich werde es dich wissen lassen«, sage ich.

Kellyn nickt, tritt einen Schritt zurück und zieht mich dann an seine Seite, damit er wieder einen Arm um mich legen kann.

Ich werfe einen, wie ich hoffe, heimlichen Blick auf Asel.

Er starrt Kellyn an. Das gefällt mir sehr gut.

»Ziva!«, sagt eine Stimme. Der Gouverneur steht nur wenige Schritte von mir entfernt und beobachtet mich.

»Gouverneur Erinar«, sage ich. »Wie schön, Euch wiederzusehen.«

»Du bist wieder in der Stadt! Ich hatte schon befürchtet, dass du wegen des schlechten Benehmens meines Sohnes für immer aus Lirasu geflohen bist.«

Asel war tatsächlich einer der Gründe, warum wir die Stadt für immer verlassen wollten. Der Hauptgrund war jedoch ein ganz anderer gewesen. Aber ich habe keine Lust auf lange Erklärungen. Ich beschränke mich auf folgende Antwort: »Eine Kriegsherrin hat dafür gesorgt, dass ich die Stadt überstürzt verlassen musste. Dieselbe Kriegsherrin, die uns jetzt angreifen will.«

Erinars Miene wirkt plötzlich angespannt. »Prinz Skiro hat uns die Situation erklärt. Wir werden ihr einen passenden Empfang bereiten. Es ist so schön, dich wieder hier zu haben.«

»Ich danke Euch.«

Der Gouverneur sieht aus, als wolle er noch mehr sagen, als sein Blick auf Kellyns Arm um meine Schultern fällt und kurz dort verharrt. Dann wendet er seine Aufmerksamkeit den Turnierteilnehmern zu. »Willkommen in Lirasu, Krieger! Viele von euch werden sich fragen, warum ihr zu einem so frühen Treffen zusammengerufen wurdet, obwohl das Turnier noch Tage entfernt ist. Bei mir ist heute Ghadras Prinz Skiro aus dem östlichen Territorium. Es hat sich eine besondere Situation ergeben, und der Prinz ist gekommen, um mit euch allen zu sprechen.«

Erinar tritt in den Hintergrund, um Skiro in der Mitte der Tribüne Platz zu machen.

»Seid gegrüßt«, sagt der Prinz. »Meine Schwester, eure Landesherrin Prinzessin Marossa, ist mit unseren Streitkräften auf dem Weg hierher. Sie hat mich beauftragt, euch über die derzeitige Lage zu informieren und euch um eure Hilfe in der bevorstehenden Schlacht zu bitten.«

Bei dem Wort *Schlacht* geht ein Raunen durch die Reihen der versammelten Söldner. Und die wenigen, die bisher müßig ihre Blicke schweifen ließen, richten nun ihre volle Aufmerksamkeit auf den Prinzen.

»Vielen von euch ist die Kriegsherrin Kymora Avedin bekannt. Sie war die Generalin meines verstorbenen Vaters. Seit der Teilung unseres Reiches unterhält sie eine große eigene Armee – angeblich, um zu verhindern, dass andere Reiche uns für verwundbar halten. Doch Kymora hat nur auf den richtigen Zeitpunkt gewartet und weitere Soldaten um sich geschart. Sie beabsichtigt, Ghadras Thron zu besteigen. Sie will alle Territorien unter ihre Herrschaft zwingen. In meinem Landesteil hat sie das bereits geschafft, und jetzt ist sie auf dem Weg hierher, um auch Marossas Gebiet einzunehmen.«

Die Söldner murmeln wieder, diesmal lauter. Einige fangen an, hin und her zu laufen, und werden ungeduldig. Die nervöse Unruhe ist förmlich zu spüren. Ich befürchte bereits, dass einige von ihnen die Arena verlassen könnten, aber die meisten bleiben vorerst an ihrem Platz.

Skiro fährt fort: »Ich bin mit meinen Soldaten gekommen und habe mich mit Marossa verbündet. Die anderen königlichen Geschwister haben ebenfalls Hilfe gesandt.«

Sehr wenig Hilfe, doch der Prinz geht nicht näher darauf ein.

»Aber wir hoffen, euch in unsere Reihen aufnehmen zu können«, sagt Skiro. »Deshalb wurdet ihr heute hierhergerufen. Also, wer schließt sich unserer Sache für Land und Freiheit an?«

Totenstille tritt ein.

Schnell fügt der Prinz hinzu: »Ihr werdet natürlich für eure Dienste entlohnt.«

Wieder Stille.

Dann ruft jemand: »Findet das Turnier noch statt?«

Überrumpelt von der Frage, antwortet der Prinz: »Nein, denn bis dahin wird die Kriegsherrin bereits hier sein.«

»Ich bin also umsonst so weit gereist?«, fragt ein anderer. »Wird mir jemand die Kosten erstatten?«

»Ihr könnt sie mit der Summe decken, die ihr für eure Hilfe bei der Verteidigung des Landes erhaltet«, sagt Skiro diplomatisch, aber ich merke, dass er langsam die Geduld mit den Söldnern verliert.

»Wie viel zahlt Ihr uns?«, fragt jemand.

»Es ist eine bescheidene Summe, aber …«

»Diese Kriegsherrin ist doch bestimmt sehr reich?«, mutmaßt ein anderer. »Ich könnte mir vorstellen, dass sie einen besseren Lohn zahlt.«

Bei diesen Worten zeigt sich auf Skiros Gesicht blankes Entsetzen. Ich bin mir sicher, auf meinem auch.

Kellyn lässt meine Hand los und stellt sich neben den Prinzen. »Hört mich an, von Söldner zu Söldner«, sagt er. »Ghadra wird sich für immer verändern, wenn Kymora es erobert. Denkt an eure Familien und Freunde. Denkt an diejenigen, die euren Lohn zahlen. Alles wird zerstört werden, wenn ihr euch Kymora anschließt - wenn ihr nicht für uns kämpft. Ich weiß, was in euch vorgeht. Das Schwert ist auch mein Handwerk. Aber Kymora ist böse. Unter ihrer Herrschaft wird es keine Freiheit geben. Denkt an eure Zukunft.«

Eine Pause.

Jemand sagt: »Sich in ihre Dienste zu stellen, scheint mir dennoch keine so schlechte Wahl zu sein. Was spielt es für eine Rolle, wer regiert? Ein Tyrann ist ein Tyrann ist ein Tyrann.«

Andere greifen diese Idee auf und die Zustimmung für diesen Vorschlag wächst.

Mir wird klar, dass unser Unterfangen gescheitert ist. Wir können sie nicht überzeugen, sich uns anzuschließen. Wenn der Prinz es nicht kann und Kellyn nicht - auf wen sollten sie dann überhaupt hören?

Vielleicht hören sie auf dich.

Dieser in meinem Hinterkopf flüsternde Satz jagt eine Schockwelle der Angst durch meinen Körper.

Hört auf damit, befehle ich meinen Gliedern. Das Blut pulsiert unter meiner Haut. Das Grauen erfasst mein ganzes Sein. Mein Körper hört nicht auf mich.

Ich werde es nicht tun. Nie im Leben werde ich mich dort oben zu Kellyn stellen. Um mit diesen Leuten zu sprechen. Ich bin ein Niemand. Buchstäblich.

Aber du hast ihre Waffen gemacht. Du weißt, was diese können und wie man sie am besten einsetzt. Die Söldner respektieren dich.

Aber ich bin weder eine Herrscherin noch eine Söldnerin. Auf diesem Planeten gibt es niemanden, der schlechter mit Worten umgehen kann als ich. Ich würde alles nur noch schlimmer machen.

Dem Prinzen und Kellyn werden weitere Fragen entgegengeschleudert. Einige Söldner brechen bereits auf. Andere streiten sich untereinander, wer der bessere Kämpfer ist. Der Rest scheint die Bedrohung durch Kymora bereits vergessen zu haben und wendet sich anderen Dingen zu, die nichts mit dem bevorstehenden Kampf zu tun haben. Kämpfer sind nicht immer die besten Zuhörer.

Als ich den Rückzug derjenigen verfolge, die mit ihren Waffen die Stadt verlassen wollen, setzen sich meine Füße wie von selbst in Bewegung.

KAPITEL SIEBENUNDZWANZIG

»Wartet!«, rufe ich.

Ich spüre, wie die Worte meinen Mund verlassen, kann mich aber nicht daran erinnern, ihm den Befehl zum Sprechen gegeben zu haben. Schockwellen jagen durch meinen Körper. Meine Hände zittern und meine Gliedmaßen fühlen sich verwirrend gewichtslos und zugleich unerträglich schwer an. Als ob ich nicht wirklich anwesend wäre.

Die Söldner, die sich bereits von uns abgewandt hatten, halten inne. Sie drehen sich um oder schauen über ihre Schultern.

Kellyn will mir ermutigend eine Hand auf die Schulter legen, aber ich weiche ihm aus. Ich kann es im Moment nicht ertragen, berührt zu werden. Ich fühle schon viel zu viel und kann kaum noch denken.

Fang mit deinem Namen an, ermutigt mich die kleine Flüsterstimme. Das winzige tapfere Ich, das sich immer in den hintersten Winkeln meines Geistes versteckt.

»Ich bin Ziva Tellion«, sage ich, zunächst leise. Ich wiederhole die Worte noch einmal mit Nachdruck. »Ich habe eure Waffen gemacht«, füge ich unbeholfen hinzu.

Einige der Waffen hast du schon vor Jahren hergestellt. Vielleicht haben deine Kunden vergessen, wie du aussiehst. Und einige von ihnen hatten nur mit Temra zu tun, sodass sie dich nicht einmal vom Sehen her kennen. Es ist vernünftig, sich vorzustellen.

Ich fühle mich immer noch wie eine Idiotin. Jedes Wort, das aus meinem Mund kommt, brennt auf meinen Lippen. Ich versuche mir gut zuzureden. Mir selbst den Rücken zu stärken.

»Ich habe jedem von euch ein kleines Stück Magie gegeben, das ihr seitdem mit euch führt. Das euch beschützt. Über die Jahre hinweg habe ich euch bei diesem Turnier beobachtet. Ich habe euch im Zweikampf gesehen. Ihr seid alle beeindruckende Krieger. Die besten, die Ghadra hat.«

Gut, Ziva. Du hast ihre Eitelkeit angesprochen. Jetzt musst du an ihr Gewissen appellieren.

Gewissen? Hat die Hälfte von ihnen überhaupt eines? Sie kämpfen für Geld.

Mach dir darüber keine Gedanken und sprich einfach weiter. Du weißt nicht, wie lang ihre Aufmerksamkeit anhält.

Erzähle ihnen einfach deine Geschichte.

»Kriegsherrin Kymora gab vor drei oder vier Monaten ein Schwert bei mir in Auftrag. Ich fertigte ein Breitschwert an, das die Geheimnisse derer stiehlt, deren Blut es vergießt. So kam es, dass ich Kymoras Gedanken hören konnte. Sie hatte sich an der Waffe geschnitten und ich erfuhr von ihren Plänen. Nichts wird mehr so sein wie jetzt unter der Herrschaft der Prinzen und Prinzessinnen, wenn sie diese Pläne in die

Tat umsetzt«, erkläre ich. »Es wird auch nicht mehr so sein wie unter König Arund – das sage ich für diejenigen unter euch, die alt genug sind, um sich an seine Regentschaft zu erinnern. Kymora ist eine Tyrannin der schlimmsten Sorte. Sie liebt die Macht und will nicht, dass jemand anders ihr gleichgestellt ist. Sie will nicht, dass irgendjemand auch nur frei entscheiden kann. Glaubt ihr wirklich, es wäre besser, ihr würdet euren Lohn von ihr bekommen? Was, wenn sie euch auffordert, Kinder abzuschlachten, weil deren Eltern kein Essen für ihre Soldaten zur Verfügung stellen können?«

Ich fasse ein wenig Mut, als ich sehe, wie diejenigen, die sich auf den Weg gemacht hatten, wieder umkehren. Ich verschränke meine Hände, um nicht nervös rumzuhampeln. Ich kann niemandem in die Augen sehen. Stattdessen schaue ich über die Köpfe hinweg. Ich hoffe, das erweckt den Eindruck, ich sähe sie alle an.

»Ihr werdet keine Wahl haben. Was immer sie von euch und euren magischen Waffen verlangt, sie wird es bekommen. Jeder Widerstand wird mit sofortiger Hinrichtung bestraft. Sie ist eine Generalin. Sie hat keine Zeit für Ungehorsam.« Ich schlucke. »Ihr werdet Lakaien sein. Keine Furcht einflößenden Söldner, die frei entscheiden, welche Aufträge sie annehmen. Sie denkt nur an sich. Ihr geht es um das Land, aber nicht um die Menschen, die dort leben. Sie will eure Waffen für ihre eigenen Zwecke. Sie wollte, dass ich viele davon für ihre Armee herstelle. Obwohl ich jenes unheilvoll mächtige Breitschwert unbrauchbar machen konnte, will sie mich immer noch in die Finger bekommen und mich zwingen, sie und ihre Männer unbesiegbar zu machen.«

Ich schweife ab, natürlich.

»Ihr kennt mich kaum. Ihr wisst nur, was ich für euch getan habe. Was ich noch tun kann. Ja, die Chancen stehen nicht gut. Kymoras Armee ist uns zahlenmäßig überlegen.«

Wieder Grunzen und Grummeln. Ich blicke zu Skiro und er wird blass. Offensichtlich hatte er nicht die Absicht, diese Information weiterzugeben.

»Aber!«, füge ich eilig hinzu. »Ich kann für jeden von euch eine magische Rüstung schaffen. Allein durch eure Kampfkunst seid ihr schon furchterregend. Mit meinen Waffen seid ihr nahezu unschlagbar. Mit einer Rüstung von mir werdet ihr *unantastbar* sein. Ich verlange nicht, dass ihr für mich oder für Ghadra kämpft. Ich bitte euch zu kämpfen, damit ihr eure Lebensweise bewahren könnt.«

Ich atme in großen Zügen die Luft ein, als hätte ich während meiner erbärmlichen kleinen Rede das Atmen vergessen.

Muss ich noch mehr sagen?

Habe ich schon erwähnt, wie gefährlich Kymora ist?

Habe ich ihnen meinen Namen genannt?

Das Schweigen in der Arena ist ohrenbetäubend und ich möchte mir schier die Haut vom Leib reißen.

Eine Stimme aus der Menge sagt: »Und wir werden für den Kampf gegen diese Kriegsherrin entschädigt?«

»Ja, verflucht noch mal!«, blafft Skiro. »Wie schwer ist es –«

Ich schneide ihm das Wort ab. »Ihr werdet euren Lohn erhalten. Ihr werdet eine Rüstung bekommen, die ihr behalten dürft. Und ich werde an eurer Seite kämpfen.«

Wie dumm von mir, diesen letzten Satz zu sagen. Was kümmert es sie, dass ich dabei sein werde?

Aber dann ruft jemand aus der ersten Reihe: »Ich bin dabei.«

»Ich auch. Ich will die kostenlose Rüstung.«

»Denkt an die Geschichten, die wir erzählen können. Seite an Seite mit der magischen Schmiedin gekämpft zu haben!«

»Ein Zahltag ist ein Zahltag.«

»Vielleicht verschieben sie das Turnier auf später. Wir können genauso gut hierbleiben.«

Einer nach dem anderen willigen sie ein. Bis auf Asel, der sich einfach an die Seite seines Vaters stellt.

Ich blicke ungläubig auf die neuesten Mitglieder der Armee.

Ich habe es geschafft.

»Wunderbar«, sagt Skiro voll prinzlicher Würde zu der Menge. »Fangen wir also an.«

Marossa und unsere Soldaten treffen drei Tage später ein. Ihre Zahl? Vierhundertachtundneunzig. Rechnet man alle Söldner hinzu (deren Zahl sich erhöht hat, da weitere für das Turnier eingetroffen sind), sind wir fünfhunderteinundvierzig.

Gegen fast zweitausend.

In der letzten Schlacht war das Kräfteverhältnis weitaus schlechter, aber Lirasu ist nicht wie die Hauptstadt von Skiros Reich. Es gibt hier keine Festung, keine hohen Mauern, die den Menschen Schutz bieten. Keine Wehrtürme. Der Feind wird es viel leichter haben, uns zu umzingeln und anzugreifen.

Ganz zu schweigen von der Tatsache, dass sie jetzt von Kymora angeführt werden, die eine skrupellose Strategin ist.

Beim ersten Kriegsrat in Lirasu mit Marossa, Skiro und ihren Beratern teilt Petrik uns seine Gedanken mit.

»Ich habe mir die Lage der Stadt auf den Karten genau angeschaut. Zusammen mit allem, was ich über Kriegsführung gelesen habe, ergaben sich einige Ideen, wie wir den Kampf etwas mehr zu unseren Gunsten wenden könnten. Wir sollten die höhere Lage und den Berg in unserem Rücken nutzen. Wir richten hohe Aussichtsposten für unsere Truppen ein und stellen Kymoras Soldaten Fallen, für den Fall, dass sie versuchen, zu uns hochzuklettern. Kymoras Truppen werden vom Marsch erschöpft sein und wir wollen sie noch mehr ermüden.«

Temra verengt ihre Augen. »Warum sollte Kymora uns nicht einfach links liegen lassen? Warum sollte sie ein Risiko eingehen, wenn sie stattdessen an uns vorbeiziehen und Marossas Hauptstadt angreifen kann, die nun völlig schutzlos ist?«

Die Prinzessin zuckt bei diesem Gedanken zusammen.

Petrik grinst. »Wir haben etwas, das sie will.«

Ich schlucke. »Mich.«

Petrik nickt und erläutert den Plan.

Der Prinz und die Prinzessin schicken Kundschafter aus, um den Stand des Vormarsches zu erkunden. Als sie mit der Nachricht zurückkehren, dass Kymoras Armee in zwei Tagen hier sein wird, legt sich ein Mantel der Angst über die Stadt.

Ein Großteil von Lirasu ist menschenleer. Diejenigen, die es sich leisten können zu gehen, die anderswo Familie oder Freunde haben, tun dies. Die anderen schlagen ihre Lager in den Bergen auf oder verbarrikadieren sich in unterirdischen Kellern und an anderen sicheren Orten.

Die aber nur sicher sind, solange Kymora die Schlacht nicht gewinnt.

Ich statte noch mehr Rüstungen mit Magie aus. Alles, was man in der Stadt findet. Kellyn trainiert mit allen Kämpfern und geht mit ihnen den Plan durch, bis sie auch noch das kleinste Detail im Schlaf aufsagen könnten. Temra übt mit ihnen und versucht, besser als je zuvor zu werden.

Petrik plant mit Reniver, dem Ehemann des Gouverneurs, die Fallen für unsere Feinde.

Eine Nacht, ein Tag und eine Nacht vergehen.

Und nun ist es so weit.

Wir kauern im Wald und warten auf die ersten Anzeichen von Kymoras herannahender Armee. Mein Herz hat sich verlaufen und schlägt jetzt irgendwo in meinem Hals. Furcht und Angst vermischen sich und versetzen mir bei jedem Atemzug einen Stich.

Im Moment habe ich nur einen Trost, und ich versuche, mich daran zu klammern. Temra ist vorerst in Sicherheit, oben in den Bergen mit mehr als der Hälfte unserer Streitkräfte.

Aber, oh, wie gerne wäre sie hier unten geblieben.

»Ich habe letztes Mal auch nicht gekämpft!«, hatte sie protestiert. »Ich wurde zum Portaldienst eingeteilt. Bitte haltet mich nicht wieder vom Kampf ab. Ich flehe euch an.«

»Auf dem Berg wird es jede Menge zu tun geben«, versicherte Petrik ihr. »Du wirst von nichts abgehalten. Du bist nur für die zweite Welle vorgesehen. Wir brauchen dich, wenn die Kämpfe verzweifelter werden.«

Damit erstickte er jeden weiteren Widerspruch.

Ich bin Petrik so dankbar, dass er genau weiß, was er ihr sagen muss, obwohl der egoistische Teil von mir sich wünscht, sie jetzt an meiner Seite zu haben. Um Trost in ihrer Anwesenheit zu finden. Wenigstens ist Kellyn bei mir.

Und Petrik, der, während wir warten, noch ein Anliegen hat. »Ziva, wenn das hier schlecht läuft, musst du etwas für mich tun«, bittet er.

In der Erwartung, dass ich Temra um jeden Preis beschützen soll, sage ich: »Natürlich.«

»Geh zur Mine«, sagt er.

Ich bin mir nicht sicher, ob ich ihn richtig verstanden habe. »*Zur Mine?*«

»Ja.«

»Was soll ich dort machen?«

»Das wirst du wissen, wenn du sie siehst. Vielleicht. Wenn es möglich ist.«

»*Was?*«

»Vertrau mir einfach. Ich will es nicht erklären, denn dann werden deine Gedanken um nichts anderes mehr kreisen.«

»Du kennst mich zu gut«, sage ich.

»Vertraue auf dich«, sagt er. »Ich weiß, dass du zu unglaublichen Dingen fähig bist, und wenn der Kampf eine fatale Wendung nimmt, musst du etwas versuchen. Auch wenn es unmöglich erscheint. Einverstanden?«

»Die Sache, die du nicht erklären willst, weil ich dann zu viel darüber nachdenke?«

»Ganz genau. Versprich mir, dass du es versuchst.«

Bevor ich antworten kann, hallt das Signal durch die Bäume. Das hohe Trillern eines Vogels, den es in dieser Gegend nicht gibt. Das leise Gemurmel der Männer verstummt augenblicklich. Ich halte den Atem an, während wir alle auf denjenigen warten, der sich uns nähert.

Wir haben uns in Grün und Braun gekleidet, um mit der Umgebung zu verschmelzen. Viele von uns haben sich sogar Farnwedel umgebunden. Andere liegen flach auf dem Boden und spähen durch das Laub. Getarnt vor feindlichen Blicken.

Eine einsame Gestalt bewegt sich lautlos durch den Wald. Sie trägt nicht die Farben Kymoras, aber sie fühlt sich allein und ohne Vorräte viel zu wohl, um etwas anderes zu sein als eine Soldatin der Kriegsherrin.

Die kleine Frau bewegt sich so geschickt, dass sie blitzschnell zwischen den Bäumen hin und her huschen kann. Sie befindet sich nicht auf der Straße, sondern direkt daneben. Hätten wir nicht Ausschau gehalten, wäre sie niemandem aufgefallen.

Eine Späherin, murmelt Kellyn neben mir.

Und was machen wir jetzt? Sollen wir zulassen, dass sie in die Stadt geht und sie größtenteils leer vorfindet? *Was, wenn Kymora nicht angreift, weil sie einen Verdacht hat?*

Das Surren eines abgeschossenen Pfeils unterbricht die Stille. Er durchbohrt das linke Auge der Kundschafterin und tritt am Hinterkopf wieder aus.

Prinzessin Marossa lässt sich von dem Baum herab, auf den sie geklettert war, und geht zu der leblosen Frau. Ich schaue rasch weg, als mir klar wird, *dass sie ihren Pfeil holen will.*

Als ich mich wieder umdrehe, wischt sie gerade das Blut an der Kleidung der toten Späherin ab. Als Marossa den Kopf hebt, sieht sie, dass wir sie alle anstarren.

Sie sagt: »Wenn die Kriegsherrin wissen will, was sie erwartet, muss sie schon selbst kommen und nachsehen. Niemand gelangt an uns vorbei oder hat die Möglichkeit, umzukehren und Bericht zu erstatten.« Dann klettert sie wieder auf ihren Baum.

Eine weitere Stunde vergeht und das Signal ertönt erneut. Ein zweiter Späher, diesmal ist es ein hagerer Mann.

Als er die Leiche seiner toten Kameradin findet, bückt er sich, um sie zu untersuchen.

Marossa erledigt ihn wie schon die Frau zuvor.

Ein dritter Späher trifft ein und erleidet das gleiche Schicksal.

Erst dann hören wir das Marschieren von Hunderten von Füßen, das sich nicht verbergen lässt, egal wie leise sie zu sein versuchen. Der Boden bebt ganz leicht. Ich spüre es auch nur, weil ich auf dem Waldboden knie.

Anders als Ravis führt Kymora ihre Armee selbst an. Sie reitet in voller Rüstung auf einem Pferd, während die meisten ihrer Soldaten zu Fuß unterwegs sind. Sie marschieren in perfekter Formation und nehmen die gesamte Breite des Wegs ein. Kymora hat sich offensichtlich die Zeit genommen, ihre Leute ein wenig besser zu trainieren.

Auf einen lautlosen Befehl hin hält der ganze Trupp an.

Kymora kann uns unmöglich sehen (wir haben auch die Leichen der Späher versteckt), aber ihr Instinkt veranlasst sie, das Grün um sich herum einer genaueren Prüfung zu unterziehen.

»Da sind wir«, sagt Kymora. Sie spricht nicht lauter als im Plauderton. »Ihr wolltet, dass ich blindlings in eure Stadt einfalle. Jetzt bin ich bereit für euren Hinterhalt.«

Petrik neben mir schluckt. Trotz ausführlicher Lektüre und Planung - seine Mutter ist einfach *besser*. Gegen ihre Fähigkeiten und ihre Erfahrung kommen wir nicht an, egal wie gut wir uns vorbereiten.

Niemand wagt sich hervor.

Die Kriegsherrin seufzt. »Es ist zu ruhig im Wald. Die wilden Tiere sind verschwunden und ihr habt eine Blutspur auf dem Farn übersehen. Es ist wirklich traurig, dass ihr alle glaubt, ihr könntet euch als Krieger aufspielen.«

Noch immer rührt sich niemand aus seinem Versteck.

»War das die Idee meines Sohnes? Ich hatte etwas Besseres erwartet. Sicher habt ihr ...«

Marossa feuert einen Pfeil ab. Die Entfernung ist ehrgeizig bemessen, selbst für eine geübte Bogenschützin wie sie. Dennoch nimmt sie die Kriegsherrin ins Visier. Der Pfeil zielt auf Kymoras Gesicht.

Mit einer fast unmerklichen Bewegung schwingt Kymora ihr Schwert, und der Pfeil prallt harmlos vom Stahl ab.

Ihr Blick verharrt auf Marossa in ihrem Baum.

»Prinzessin«, grüßt Kymora sie.

Falsch, falsch. Das ist alles falsch.

Ich sehe Petrik verzweifelt an: *Was sollen wir jetzt tun?*

Wir hatten vereinbart zu warten, bis Kymora einen festgelegten Punkt überschreitet, um dann zum Angriff überzugehen. Aber sie ist weiter weg und hat Marossa schon entdeckt.

Kymora lächelt. »Meinen Soldaten würde ein solcher Fehler nicht unterlaufen.« Über die Schulter gewandt sagt sie: »Fällt den Baum.«

Männer mit Äxten stürmen heran. Uns bleibt keine Zeit zum Nachdenken. Marossa schießt einen weiteren Pfeil ab und trifft einen davon. Einige kommen mit Schilden herbei, um ihre Kameraden zu schützen, während diese auf den Stamm einhacken.

Ich gebe Petrik einen Stoß.

Mit einem lauten Ausatmen steht er auf. Der Rest von uns tut es ihm gleich. Insgesamt sind wir etwa zweihundert Leute, einschließlich der Söldner. Mit gezogenen Waffen stehen wir Kymora und ihrer Armee an der Straße gegenüber.

»Da seid ihr ja«, sagt Kymora. »Ich konnte eure ängstlichen Herzschläge ohnehin hören.« Dann fügt sie, immer noch im Plauderton, hinzu: »Und jetzt: Loslassen.«

Loslassen?

Und schon kommt eine Salve Pfeile von beiden Seiten auf uns zu und geht wie ein Hagelschauer auf uns nieder.

Es sind meine Rüstungen, die uns retten. Die Pfeile prallen ab. Die Magie schützt uns alle. Überall macht es *pling*, es klingt wie das Stakkato vieler Regentropfen.

»Ah, Ziva. Du warst fleißig«, sagt Kymora. Dann: »Noch eine Salve.«

Es gibt keinen fähigen Kommandanten unter uns. Keinen, der die Führung übernehmen könnte. Petrik sollte eigentlich den Angriffsbefehl geben, sobald Kymora und ihre Soldaten die Position erreicht haben, aber das ist nie geschehen. Petrik sieht seine Mutter an, steht wie festgewurzelt da und scheint sich selbst vergessen zu haben. Kein Wunder, dass ihre Anwesenheit ihn erstarren lässt.

Sie hat meine Eltern ermordet. Hat versucht, meine Schwester zu töten. Will mich fangen und alles hier zerstören.

Jemand muss einschreiten.

Obwohl ich mir unfassbar dumm dabei vorkomme, rufe ich laut: »*VORWÄRTS!*«

Und dann renne ich los.

KAPITEL ACHTUNDZWANZIG

Die Farne peitschen gegen meine Beine. Brombeersträucher verfangen sich an meinen Knöcheln, werden durch den Schwung meines Laufs mitgerissen. So unglaublich es klingt, aber ich höre noch mehr Füße um mich herum - Söldner, Freunde, Soldaten von Skiro und Marossa, sie alle schließen sich mir an.

Kymora schnaubt. Ich kann sie nicht hören, aber ich sehe, wie sich ihr Mund bewegt.

»Zum Angriff«, sagt sie.

Einige ihrer Soldaten scharen sich um sie, andere stürmen auf uns zu.

Ich dachte, der Kampf in Skiros Hauptstadt sei das reinste Chaos gewesen.

Aber das war nichts im Vergleich zu einem Kampf Mensch gegen Mensch. Das Aufeinanderprallen von Körpern gegen Körper. Das Kreischen von Schild und Stahl. Lautes Ächzen und Schreie zerreißen die Luft.

Mein Schild fängt den Mann ab, der direkt auf mich zurennt. Vom Aufprall bleibt ihm die Luft weg. Ich lasse meinen Hammer auf ihn niedersausen und sehe, wie sich seine Augen weiten, bevor Agony seine Stirn trifft. Ich schmecke Galle in meinem Mund, während ich bereits auf den nächsten Soldaten in Falkenuniform zulaufe.

Die magischen Wurfäxte fliegen nicht in einer geraden Linie, sondern in weiten Bögen, und sie erledigen viele Feinde, bevor sie in die Hände des Werfers zurückkehren. Hinter mir höre ich lautes Lachen. Als ich mich umdrehe, sehe ich einen großen Söldner, der mit magischen Schlagknöcheln an der linken Hand und einem Schwert in der rechten mit jedem Hieb Feinde bewusstlos schlägt.

Egal was sie auch versuchen, unsere Feinde prallen an den magischen Rüstungen ab.

Das kann mich zwar nicht völlig beruhigen, aber ich zittere nicht mehr ganz so sehr. Inmitten der Kämpfenden entdecke ich aber auch die magischen Waffen, die ich für Ravis angefertigt habe. Sie halten den Schlägen stand und kehren in die Hände ihrer Träger zurück, wenn diese entwaffnet wurden.

Aber sie sind kein Vergleich zu all den sorgfältig geschmiedeten Waffen, die ich im Laufe der Jahre für die Söldner geschaffen habe. Vielleicht muss ich die Herstellung von magischen Waffen doch nicht aufgeben. Angesichts dessen, was sie genau hier, in diesem Moment, für uns bewirken, denke ich, dass ich vielleicht zu dem zurückkehren kann, was ich liebe, wenn ich nur genügend darauf achte, wessen Aufträge ich annehme.

All diese Gedanken schießen mir in den wenigen Sekunden durch den Kopf, die ich brauche, um meinen Kopf zu drehen.

Von den Flanken kommen rote Blitze auf uns zu. Kymoras Bogenschützen rücken jetzt mit ihren Lanzen vor. Marossa und ihre Bogenschützen erledigen sie mit gut platzierten Pfeilen aus den Bäumen heraus. Dennoch kommen einige durch, und unsere Soldaten sind gezwungen, gegen mehr als einen Gegner gleichzeitig zu kämpfen.

»Zielt auf die Lücken in den Rüstungen!«, brüllt Kymora über das Durcheinander hinweg. »Unterhalb der Arme. Hinter den Knien.«

Und jetzt sind es unsere Soldaten, die sterben.

Meine Arme schwingen in weiten Bögen, treffen einen Gegner nach dem anderen. Ein plötzlicher Aufruhr lässt mich von meinem letzten Opfer aufblicken. Einer der größten Männer, die ich je gesehen habe, bricht sich Bahn und schwingt dabei einen wuchtigen Kriegshammer.

Ich kann die Magie von hier aus spüren. Sie ruft nach mir, weil sie ein Teil von mir ist, geboren aus meinem Schrecken, als Ravis mich während eines Magiespruchs unterbrach. Damals rief Ravis den Mann herbei, um die Waffe zu testen. Ich krame in meinem Gedächtnis nach seinem Namen.

Izan.

Während ich noch in der Erinnerung gefangen bin, richtet Izan seine zerstörerische Waffe auf einen unserer Männer und lässt ihn in eine Million winziger Teile explodieren. Ein Söldner stapft auf Izan zu, will den nächsten Schlag mit seinem magischen Schwert abfangen, aber es explodiert beim Aufprall.

Diesmal überwältigt mich nicht Scham, sondern etwas Neues, das sich tief aus meinem Inneren erhebt.

Zorn.

Das ist *meine* Waffe. Er missbraucht sie.

Die Wut verdrängt alle anderen Gefühle. Meine Ängste lösen sich in nichts auf.

Ich habe zuvor noch nie darüber nachgedacht, aber wenn man mitten in einem Kampf steckt, achtet man nicht auf die Augen des Gegners. Du wählst deinen nächsten Gegner anhand der Farben aus, die er trägt. Auf das, was du tust, verschwendest du nicht allzu viel Gedanken. Aber dieser Krieger? Ich habe ihn mir selbst ausgesucht und schaue ihm direkt in die Augen, während ich auf ihn zugehe. Meine eigenen Hämmer sind erbärmlich klein im Vergleich zum Gewicht und der Größe seiner Kriegswaffe.

Ein Lächeln umspielt seine Lippen, Vorfreude flackert in seinen Augen. Er ist ein Mann, der seine Aufgabe liebt. Der Spaß am Töten hat.

Und er freut sich darauf, mich zu töten. Es sei denn, ich töte ihn zuerst.

Ich hatte angenommen, dass ihn das schiere Gewicht des Kriegshammers einschränken würde, aber er rennt in vollem Lauf auf mich zu.

Ich müsste eigentlich wie versteinert sein. Vernünftige Kämpfer rennen vor diesem Krieger weg, nicht auf ihn zu. Aber ich kann eine Waffe nicht fürchten, die ich selbst gemacht habe, eine Waffe, die ein Teil von mir ist.

Als Izan und ich einander erreichen, hebt er seinen Hammer mit geübtem Schwung und lässt ihn auf mich herabsausen.

Ich kann mich gerade noch rechtzeitig hinter meinen Schild ducken.

Ich werde nach hinten geschleudert, aber Izan *fliegt.*

Die Wucht seines eigenen Schlags lässt ihn durch die Luft segeln, über die Köpfe der anderen Krieger hinweg. Dabei bringt er zwei weitere zu Fall. Agony nimmt die freigewordene Energie in sich auf, um sie beim nächsten Angriff einzusetzen. Echo ist so stark wie eh und je und völlig unbeeindruckt von der Magie des gegnerischen Hammers. Die beiden Waffen haben sich nicht berührt, dafür hat der unsichtbare Schild gesorgt.

Es ist äußerst befriedigend, Izan dabei zuzusehen, wie er sich bemüht, wieder auf die Beine zu kommen. Schließlich rappelt er sich auf, stößt einen anderen Kämpfer aus dem Weg, packt seinen Kriegshammer und zielt erneut auf mich.

Ich strecke meinen linken Hammer aus, gehe hinter den Schild in Deckung und warte auf den knochenzerfetzenden Schlag. Soll der rohe Kerl sich doch zuerst müde kämpfen, bevor ich vorrücke.

Aber Izan fängt an, mit dem Stiel seines Hammers meinen unsichtbaren Schild abzutasten. Er versucht, die Kante zu finden.

Ich stoße Echo vor, schiebe den Schaft zur Seite und schwinge meinen eigenen Hammer gegen die Lücke, die sich auftut. Izan weicht so flink aus, wie ich es bei einem Mann seiner Größe nicht für möglich gehalten hätte. Ich bin für einen Moment so verblüfft, dass er mich erwischt. Der Schaft seines Hammers trifft den Rand meines Schilds, Echo wird mir aus den Händen gerissen und fällt zu Boden. Bevor ich reagieren kann, rammt Izan mir seine Schulter in den Leib und wirft mich flach auf den Rücken.

Dann hebt er seinen Hammer, um mich in die Erde zu rammen.

»Ziva!« Ein entsetzter Schrei, von irgendwoher. Vage geht mir durch den Kopf, dass es Kellyns Stimme ist, aber ich habe keine Zeit, darauf zu reagieren.

Ich rolle mich, so schnell ich kann, zur Seite, außer Reichweite des Hammers. Da, wo einen Augenblick zuvor noch mein Kopf war, versinkt der Hammer tief in der Erde. Ich spüre das dumpfe *Wumm,* das den Waldboden zum Beben bringt, als schmerzhaftes Vibrieren an meinem Hinterkopf. Dreckklumpen fliegen nach oben, regnen auf mich herab, bedecken mein Gesicht.

Unbeeindruckt von seinem Fehlschlag und mit einem an Irrsinn grenzenden Grinsen hebt Izan seinen Hammer. Schwingt ihn erneut.

Ich rolle weiter, leicht gebremst durch die ungewohnte Rüstung, die ich trage, und versuche, außer Reichweite des Hammers zu bleiben. Agony hat ihm in dieser Situation nichts entgegenzusetzen. Ich ziehe meinen eigenen Hammer im Rollen eng an meinen Körper und halte ihn fest. Ich habe keine Zeit, ihn zu heben, um selbst einen Schlag auszuführen.

Alles, was ich tun kann, ist, mich zu bewegen und zu bewegen. Langsam wird mir schwindlig.

Izan grunzt etwas, das wie »Halt still!« klingt. *Ganz sicher nicht.*

Ich rolle weiter und merke, wie töricht ich war, zu glauben, ich könnte es mit Izan aufnehmen. Es spielt keine Rolle, dass ich seine Waffe hergestellt habe. Sie kann mich genauso töten wie jeden anderen. Ich bin nicht unbesiegbar. Ich bin nicht einmal eine besonders talentierte Kämpferin. Mich hatte einfach die Wut gepackt. Aber diese Wut ist verflogen und jetzt kämpfe ich um mein Leben.

Ich drehe mich erneut – und pralle gegen eine harte Oberfläche.

Ein Felsbrocken hindert mich daran, weiterzurollen.

Entsetzt blicke ich nach oben. Izan weiß, dass er mich jetzt hat. Er hebt seinen Hammer so hoch, dass er fast hinter seinem Kopf verschwindet.

Ich habe keine Zeit zum Nachdenken. Ich handle.

Mein Stiefel stößt hoch und erwischt ihn im Schritt.

Er würgt und lässt seinen Hammer hinter sich fallen. Mit einem Schrei komme ich auf die Knie und schlage mit meinem Hammer zu, ohne genau zu zielen. Ich höre ein grauenvolles Krachen. Izan taumelt zur Seite.

Ich glaube, ich habe sein Becken getroffen.

Aber ich halte nicht inne, um mich zu vergewissern. Ich schwinge den Hammer erneut. Wieder und wieder.

Ich knurre. Ich bin etwas, das ich selbst nicht mehr erkenne. Die Vernunft hat sich längst verabschiedet.

»Ziva«, ruft die Stimme erneut. Arme umfassen mich und ziehen mich hoch.

»Kellyn?« Ich versuche mich daran zu erinnern, dass es mehr auf der Welt gibt als nur mich und den toten Kerl zu meinen Füßen.

Mein Atem geht schnell, der Beginn einer möglichen Panikattacke.

Kellyn hält mich mit seinem linken Arm fest, und ich versuche, meinen Atem zu verlangsamen. Ich glaube, er muss Lady Killer einhändig in der rechten Hand halten, um mich zu verteidigen, während ich in Hysterie verfalle.

Heilige Schwestern, jetzt ist *wirklich nicht* der richtige Zeitpunkt.

Kellyn versucht, mich in Sicherheit zu bringen, während er gegen Feinde kämpft, die ich nicht sehen kann. Mein Kopf ist immer noch zwischen seinem Hals und seiner Schulter eingeklemmt. Ich zittere. Ich falle. Ich muss wohl sterben. Wie kann es anders sein?

Plötzlich kann ich wieder atmen. Meine Hand umklammert meinen Hammer, ich spüre sein Gewicht. Die Beschaffenheit des Griffs. Die tröstliche Robustheit des Werkzeugs. Ich winde mich aus Kellyns Arm und helfe ihm, den Mann abzuwehren, der versucht, seine Situation auszunutzen.

Ich taste nach meinem heruntergefallenen Schildhammer.

»Ich dachte, er hätte dich erledigt«, sagt Kellyn mit fast überschnappender Stimme.

»Ich auch.«

»Beim nächsten Mal zielst du gleich zwischen die Beine und ersparst mir die Nahtoderfahrung, bitte.«

Irgendwo hier muss mein Schildhammer sein. Ich stolpere über am Boden liegende Körper, ducke mich vor Kämpfern weg. Kellyn ist direkt hinter mir.

»Ich werde mich bemühen«, sage ich. *Komm schon. Wo bist du?*

Um uns herum herrscht ein wildes Durcheinander. Ich kann nicht sagen, ob wir gewinnen oder verlieren. Die Kämpfe haben sich über die gesamte Länge der Straße ausgeweitet. Marossa und ihre Bogenschützen schießen nur auf die Feinde, die ein klares Ziel abgeben, sie können es nicht riskieren, ihre eigenen Männer im Getümmel zu treffen.

Endlich entdecke ich meinen Schildhammer.

Aber direkt daneben steht ein Stiefel. Ich blicke auf, bereit, es gemeinsam mit Kellyn mit diesem Gegner aufzunehmen.

Da sehe ich, dass es Kymora ist.

Nur dass es nicht nur eine Kymora ist. In einer Linie nebeneinander aufgereiht stehen fünf Kymoras. Sie tragen identische Tuniken, ihre Haare sind zu einem straffen Dutt hochgesteckt, ihre Schnallenstiefel glänzen. Neben der letzten steht ein Mädchen, das ich auf den ersten Blick erkenne.

Die Baumwollspinnerin Elany, die trotz des Gemetzels um sie herum recht zufrieden wirkt. Was hat sie getan?

Die Kymora in der Mitte bückt sich, hebt meinen Hammer auf und hält ihn nur leicht umklammert. »Die erste von vielen solchen Waffen, die ich in der Hand halten werde«, sagt sie.

Sie neigt den Kopf zur Seite und wartet auf meine Reaktion.

Kymora hat Echo.

Ich werde den Schild nicht zurückbekommen.

Vier andere tragen ebenfalls Kymoras Gesicht - um unsere Kämpfer zu verwirren und ihnen Angst einzujagen.

Ich spüre, wie Kellyns Hand sich fest auf meine Schulter legt.

»Rückzug!«, ruft er und gibt jenen Befehl, den Petrik geben sollte, wenn die Zeit gekommen ist. Dieser Zeitpunkt ist ganz sicher jetzt.

Geplant war, dass wir uns zunächst auf die Übermacht des Feindes einlassen. Dass ich mich Kymora präsentiere. Um dann den Rückzug in die Berge anzutreten.

Aber Kymora hat jetzt eine weitere magische Waffe, und wer weiß, wo Izans Hammer gelandet ist?

Wir preschen mitten durch Zweikämpfe hindurch, schlagen Haken und rennen. Wir durchqueren die Stadt auf menschenleeren Straßen, bis wir die andere Seite erreichen. Vor uns liegt nun der steile Berghang.

Ich höre Kymoras Stimme über das Stampfen von Stiefeln hinweg, aber ich verstehe nicht, was sie ruft. Ich bin zu sehr auf die Flucht konzentriert. Vor der gefährlichen Frau, die jetzt *meinen* Hammer hat.

Nun ist genau das eingetreten, was ich befürchtet habe. Dass die Magie in die Hände derer gerät, die sie missbrauchen wollen. Nicht auszudenken, wenn es Kellyns Schwert gewesen wäre. Ein Schauder durchfährt mich bei dem Gedanken.

Wir wählen einen sicheren Weg den Berg hinauf, um unsere eigenen Fallen zu umgehen. Der Pfad ist unwegsam und steil, ich spüre die Anstrengung in meiner brennenden Lunge und den schweren Beinen. Aber unten wartet der Tod. Wir müssen Kymora in dem Glauben lassen, sie würde gewinnen. Wir müssen sie dazu verleiten, uns zu folgen.

Temra ist da oben. Marossas Kavallerie wartet auf uns. Wir müssen nur noch hinaufklettern.

Kellyns Atem ist genauso keuchend wie meiner. Ich nehme seine Hand und ziehe ihn mit mir hinauf. Oder zieht er mich hinter sich her? Unmöglich zu sagen.

An einem bestimmten Punkt der Bergflanke schaue ich zurück. Ich bin froh, dass die meisten Söldner noch da sind. Die Prinzessin ist bei ihnen, aber von den anderen Bogenschützen sind kaum welche zu sehen. Vermutlich konnten sie nicht mehr rechtzeitig von den Bäumen klettern oder sind dem Feind in die Hände gefallen. Im Gegensatz zu uns hatten sie keine magische Rüstung. Damit kann man keine Bäume erklimmen.

Ich wusste, dass es Verluste geben würde. Auch in der letzten Schlacht gab es welche. Es ist deswegen nicht weniger schockierend. Nicht weniger schmerzhaft. Nicht weniger schrecklich.

»Und?«, fragt Skiro, als wir ihn erreichen.

Neben dem Prinzen steht Petrik, Temra an seiner Seite. Der Gelehrte sagt: »Sie sind im Anmarsch. Kymora hat einige Verluste erlitten. Die Söldner haben die Zahl ihrer Soldaten stark dezimiert, aber wir sind ebenfalls nicht ungeschoren davongekommen.«

»Dann werden wir mit der nächsten Welle noch heftiger angreifen.«

Kymora und ihre Männer haben sich formiert und ihre Reihen neu aufgestellt. Da von den Bogenschützen keine Gefahr mehr droht, bahnen sie sich den Weg durch die Stadt und nähern sich zwischen den Bäumen dem Fuß des Berges.

Die Kymoras führen sie gemeinsam an, aber ich erkenne trotzdem, wer die wahre Bedrohung ist. Sie hält meinen Hammer. Sie ist es, die fragend zum Berg hinaufschaut und die Umgebung absucht. Ihr Blick fällt auf mich. Sie ist Hunderte von Fuß entfernt, und doch spüre ich ihren Blick wie einen kalten Blitz, der alle meine Sinne elektrisiert.

Wir sehen zu, wie ihre Soldaten und die vier anderen Kymoras den Aufstieg beginnen. Es geht langsam voran – ihre Truppen sind noch erschöpfter als wir, da sie den größten Teil des Tages vor der Schlacht marschiert sind. Die Brust der Soldaten hebt sich vor Anstrengung, die Stirn trieft vor Schweiß.

Marossa schießt die wenigen Pfeile, die sie noch hat, auf die vorrückenden Soldaten ab. Einige durchbohren aber auch Seile und setzen Felsbrocken und Baumstämme an strategischen Stellen in Bewegung. Sie rollen den Hügel hinab und reißen rot uniformierte Soldaten auf ihrem unaufhaltsamen Weg ins Tal mit sich. Aber es gibt immer neue Soldaten, die die Gefallenen ersetzen.

Und Kymora ist nicht dumm.

»An den Seiten hoch!«, befiehlt sie.

Ihre Kämpfer befolgen die Befehle, ohne zu fragen, und beziehen ihre Positionen rechts und links von uns. Auf diese Weise umgehen sie die Fallen.

Als die Truppen der Kriegsherrin den halben Weg zu uns hinter sich haben, greife ich nach der Hand meiner Schwester. Temra setzt ein Horn an ihre Lippen.

Von ganz oben, zuvor versteckt hinter Bäumen und Felsformationen, setzt sich nun Marossas Kavallerie in Bewegung.

Pferd und Reiter rennen gegen die Feinde an, reißen sie zu Boden und stoßen sie kopfüber in die Tiefe. Inzwischen hat Kymora die Hälfte ihrer Truppen verloren, im Vergleich zu nur etwa einem Drittel auf unserer.

Aber das ist nicht genug, um mich davon zu überzeugen, dass wir diesen Kampf gewinnen werden. Noch nicht.

Nach der ersten Überraschung schlagen Kymoras Soldaten zurück.

Die Pfeile ihrer Bogenschützen bohren sich in die Flanken der Pferde. Einige der armen Tiere gehen zu Boden, reißen ihre Reiter mit sich und schlittern Hals über Kopf den Hang hinab. Kymora wartet immer noch am Fuß des Berges. Sie sieht ihren Männern beim Kämpfen zu, erteilt Befehle und sagt ihnen genau, was sie tun müssen.

Wir haben nicht die Erfahrung oder das Wissen, um den Instinkten dieser Frau etwas entgegenzusetzen. Aber wir haben Männer und Frauen, die bereit sind, für das zu kämpfen, was ihnen gehört.

Als Kymoras Soldaten uns auf dem Berg erreichen, wird die Schlacht mit voller Wucht fortgesetzt.

Ich bleibe dicht bei meiner Schwester, während wir, Rücken an Rücken, die Angreifer abwehren. Sie schwingt Midnight mit wütender Entschlossenheit. Obwohl Petrik sein Bestes tut, um mit seinem Kampfstab jeden zu treffen, der versucht, sich ihr zu nähern, kommen immer wieder einige durch.

Temra kämpft wie eine Löwin, mit schnellen Hieben und noch schnellerer Fußarbeit. Es ist schrecklich, wie die Soldaten auf sie einschlagen, aber ich kann nichts tun, denn ich muss mich auf meine eigenen Gegner konzentrieren.

Auch ohne den Schutz meines Schildes entgehe ich Schlägen, schwinge meinen Hammer, was das Zeug hält, und decke Temras Rücken mit einer Entschlossenheit, die den Berg versetzen könnte.

Unsere magisch gerüsteten Söldner wachsen über sich hinaus, erledigen Kymoras Soldaten gleich dutzendweise. Dennoch erreichen immer mehr rot Uniformierte den Gipfel. Nicht lange, und sie haben uns umzingelt. Zahllose Kämpfer auf unserer Seite geben ihr Leben.

Als auch noch die falschen Kymoras in den Kampf eingreifen, schwindet die Entschlossenheit in unseren Reihen. Bei ihrem Anblick zögern einige vor Angst, was wiederum dem Feind genug Zeit verschafft, die Oberhand zu gewinnen. Allein die Anwesenheit der Furcht einflößenden Frau reicht aus, um in einem Kampf, den wir ohnehin schon verlieren, das Blatt noch weiter zu wenden.

Mehr und mehr Feinde erreichen den Berggipfel. Pfeile treffen jeden, der versucht, sich aus dem Kampfgetümmel zu lösen. Ich sehe überall nur noch rote Tuniken, meine Freunde und ich sind umringt davon. Skiro und Tazar bleiben in meiner Nähe. Auch Marossa und Algarow. Wir kämpfen mit allem, was wir haben.

Ein Pfeil fliegt direkt auf Algarow zu und streckt ihn nieder, bevor dieser noch einen Atemzug tun kann.

Als der Anführer ihrer Leibgarde fällt, ist Marossa ohne Schutz, und genau in dem Moment trifft die Prinzessin, die keinen Brustpanzer trägt, ein Schwert direkt in den Bauch. Sie blickt auf, voller Empörung, und ruft noch »Frechheit!«, bevor sie zu Boden sinkt.

Skiro ist einen Augenblick wie vom Donner gerührt, dann wehrt er mit Tazar den Angreifer ab. Petrik ist vor Entsetzen wie gelähmt. Er steht da und scheint seinen Augen nicht trauen zu wollen. Sein magischer Kampfstab entgleitet ihm, fällt zu Boden, wird aber sofort zurück in Petriks Hand katapultiert.

Schließlich sieht er mich an. »Ziva, es ist Zeit«, sagt er.

»Nein«, widerspreche ich. »Ich kann immer noch kämpfen. *Wir* können immer noch kämpfen. Es ist nicht vorbei.«

Aber nur weil ich das sage, wird es nicht wahr.

Es sind einfach zu viele. Um uns herum ist zu viel Rot. Die Prinzessin wird sterben, wenn wir sie nicht zu Serutha bringen. Wir müssen das beenden.

Petriks Augen huschen zum Fuß des Bergs, wo zuvor die echte Kymora stand. Ich folge seinem Blick.

Die Kriegsherrin ist weg.

Wahrscheinlich hat sie sich mitten ins Gefecht begeben.

Wenn sie den Gipfel erreicht, wird ihr Sieg nicht mehr aufzuhalten sein. Keiner kann sie im Schwertkampf schlagen.

»Die Mine«, erinnert mich Petrik. »Schnapp dir Temra und geh. Wir geben euch Rückendeckung.«

Ich zögere.

»Jetzt!«, befiehlt Petrik, während er seinen Stab schleudert, um einen weiteren Feind auszuschalten.

Meine Augen verharren für einen kurzen Moment bei Kellyn.

Dann ergreife ich Temras Hand und gemeinsam rennen wir los.

Ich habe mich der Mine noch nie so weit genähert. Aber ich habe sie zumindest gesehen – das klaffende Loch im Berg ist sogar vom Süden der Stadt aus zu erspähen.

»Weißt du, was wir hier tun?«, frage ich, während wir rennen und rutschen und uns in einem schrägen Bogen auf unser Ziel zubewegen.

»Ja, Petrik hat mir von dem Plan erzählt.«

»Und?«

»Wir sind noch nicht bei der Mine.«

Ich stoße ein frustriertes Knurren aus. »Wie soll ich etwas tun, wenn ich nicht weiß, was es ist? Ich schwöre, wenn das ein Trick ist, den er sich ausgedacht hat, nur um dich und mich aus dem Kampf herauszuholen –«

»Dann werden wir wieder umkehren und mit unseren Freunden sterben.«

»Bei den Zwillingsschwestern, Temra. Musst du so kaltschnäuzig über den Tod reden? Hättest du nicht einfach sagen können, wir *kämpfen* mit unseren Freunden?«

»Wenn das hier nicht klappt, wird der Kampf nur kurz sein.«

Mit diesem heiteren Gedanken laufen wir, am Fuß des Berges angekommen, Richtung Westen, auf der Suche nach einer Öffnung. Ich weiß, dass sie hier irgendwo ist.

Da! Ich beschleunige meine Schritte und versuche, nicht daran zu denken, dass Kymora gerade selbst in den Kampf eingreift und wahllos Menschen tötet. Menschen, die mir etwas bedeuten.

Direkt vor dem Eingang der Mine liegt eine Fackel auf dem Boden, daneben Feuerstein und Stahl. Ich entzünde die Fackel und halte sie hoch, bevor ich den Stollen betrete. Temra ist direkt hinter mir. Gleise, die für Loren gedacht sind, schlängeln sich in den finsteren Tunnel hinein. Temra und ich folgen ihrem Verlauf. Hier riecht es nach Erde, Kohle, Feuchtigkeit. Und nach etwas anderem, das ich nicht einordnen kann.

»Wie weit gehen wir hinein?«, frage ich.

»Ich bin mir nicht sicher. Wir werden es wissen, wenn wir es sehen.«

»Temra, ich weiß nicht, wie lange ich das noch aushalte.« Wir sind zu weit vom Kampfgeschehen entfernt, um etwas zu hören, aber das lässt meiner Fantasie erst recht freien Lauf. Ich stelle mir vor, wie viele Menschen in diesem Moment sterben.

»Nur noch ein bisschen weiter«, sagt sie. »Hier muss es sein.«

Und dann sehe ich es.

Ein Wagen, der auf den Gleisen steht. Er ist leer, aber mit einer schwarzen Flüssigkeit übergossen worden. Und dahinter, auf beiden Seiten der Wand, lange Kohlespuren. Der seltsame Geruch wird stärker. Auf der Kohle glänzt eine zähe Masse.

Öl.

Brandbeschleuniger?

Ich erinnere mich an das Wort in Petriks Notizbuch.

Temra und ich starren auf die beiden Kohlespuren. Sie sind dünn und reichen tiefer in den Berg hinein, soweit ich das im spärlichen Fackellicht erkennen kann.

»Gehen wir weiter?«, frage ich.

»Nein, hier ist es gut.«

»Erfahre ich *jetzt* euren Plan?«

»Ja. Zuerst musst du die Kohle anzünden.«

Ich halte die Fackel an die erste Kohlespur. Das Öl entzündet sich sofort und das Feuer schlängelt sich in den Tunnel hinein und erhellt den Weg. Ich entzünde auch die andere.

Ich halte den Atem an und warte darauf, dass etwas passiert. Ich warte darauf, dass Petriks Plan für mich offensichtlich wird.

Wenigstens ist es hier unten nun nicht mehr so kalt. Oder so dunkel.

»Hallo, Mädchen.«

KAPITEL NEUNUNDZWANZIG

Kymora hält meinen Schildhammer in der linken Hand, ihr eigenes Breitschwert in der rechten. Sie versperrt den einzigen Ausgang.

»Ziva, lauf!«, sagt Temra zu mir. »Ich werde sie aufhalten. Du führst den Plan zu Ende.«

Ich habe aber keine Ahnung von dem Plan! Und meine Schwester müsste es eigentlich besser wissen, als allen Ernstes zu glauben, ich würde so etwas tun. »Ich werde dich nicht alleine lassen.«

»Sie hat es auf dich abgesehen. Du musst hier weg.«

Kymora verzieht das Gesicht zu einer Miene, die ich nicht ganz deuten kann. »Haben wir das nicht alles längst hinter uns? Fluchtversuche. Gegenwehr. Ihr müsst doch inzwischen begriffen haben, wie das alles enden wird.«

Ja, das habe ich. Mit Temras Tod und meiner Gefangennahme.

»Ich schaffe keine Waffen für Euch«, sage ich. »Lasst mich einfach in Ruhe!«

»Oh doch, du *wirst* Waffen für mich schmieden, wenn du willst, dass ich das Leben der Gefangenen verschone, die meine Männer heute als Geiseln genommen haben. Die Schlacht ist vorbei. Ich habe gewonnen.«

Ich blicke zu Temra.

»Das Leben deiner Schwester ist bereits verwirkt«, sagt Kymora. »Was das angeht, gibt es kein Zurück mehr. Als Strafe dafür, dass du mein Schwert für mich unerreichbar gemacht hast. Für all die Taten, die du begangen hast, seit du aus deiner Heimatstadt geflohen bist.«

Ich schlucke. »Bitte -«

»O nein, *du* hast kein Recht, mich um etwas zu bitten. Mein Entschluss steht längst fest. Wenn du jetzt mitkommst, müssen zumindest die Freunde, die dir noch verblieben sind, nicht sterben.«

»Petrik -«, keucht Temra.

»Er ist noch am Leben. Von dem Söldner kann ich das allerdings nicht behaupten. Wie war noch mal sein Name?«

»Kellyn.« Ich verschlucke mich an meinem nächsten Atemzug. Meine Glieder werden schlaff. Mein Kopf ist wie leer gefegt.

Und mein Herz - mein Herz pumpt mit jedem Schlag einen so unvorstellbaren Schmerz durch meinen Körper, dass ich es kaum noch schaffe, mich auf den Beinen zu halten.

»Das war's«, sagt Kymora. »Du hast jetzt niemanden mehr außer mir, Ziva. Lass mich für dich sorgen. Lass mich deine Fähigkeiten nutzen. Lass uns gemeinsam etwas Großes erschaffen.«

Lebe für dich selbst.

Du gibst mir Hoffnung.

Ziva, ich liebe dich.

Ich schließe die Augen, damit Kellyns Gesicht die Finsternis verdrängen kann, und lasse zu, dass die Erinnerung an seine Stimme meinen Kopf ausfüllt.

Ich liebe dich, sage ich diesem Bild. Und ich weiß jetzt schon, dass ich es bis ans Ende meiner Tage bereuen werde, ihm das nie von Angesicht zu Angesicht gesagt zu haben.

Ich will nichts weiter als zu Boden sinken. Mich zusammenrollen und um alles weinen, was ich verloren habe. Aber dafür ist jetzt keine Zeit. Nicht, solange ich noch eine Schwester zu beschützen habe. Nicht, solange das Schicksal von ganz Ghadra in meiner Hand liegt. Ich habe etwas, wofür ich weiter kämpfen muss. Ich darf nicht aufgeben.

Die Hitze der glimmenden Kohle dringt wärmend von außen bis in mein Inneres vor. Meine Augenlider fliegen auf. An der Wand vor mir kann ich eine Eisenader erkennen, die im Widerschein des Feuers funkelt.

Und mit einem Mal wird mir klar, was Petriks Plan ist.

Er hat den Verstand verloren, möchte ich schreien. Wenn ich ihn das nächste Mal sehe, kann er sich auf etwas gefasst machen.

Ich kann nicht einen ganzen Berg mit meiner Magie durchströmen!

Meine Fingerknöchel werden weiß. Die linken umklammern eine Fackel, die rechten meinen Hammer.

»Zurück, Temra«, sage ich und behalte die Kriegsherrin im Auge, während ich einen Schritt nach hinten ausweiche, um mehr Abstand zwischen mich und die Gefahr zu bringen.

»Willst du wieder weglaufen?«, fragt Kymora und macht einen Schritt auf mich zu. »Wie viele Menschen willst du noch für dich sterben lassen? Zuerst deine Eltern. Dann deine Schwester. Deine Freunde. Alle, die heute für deine Sache gekämpft haben. Gibt es nichts, das dir etwas bedeutet? Nichts, was du nicht zu opfern bereit wärst?«

Temra bleibt hinter mir, während ich mich weiter langsam zurückziehe. Ich wage nicht zu blinzeln, aus Angst, womöglich eine Bewegung von Kymora zu übersehen.

»Hat diese Mine überhaupt einen Ausgang?«, fragt die Kriegsherrin. »Ihr könnt weglaufen, aber ich werde euch einholen. Ihr seid erschöpft vom Kampf. Ich dagegen musste mein Schwert nicht einmal erheben, meine Kräfte sind noch frisch. Ich werde euch überwältigen.«

»Ziva«, sagt Temra, und ein Hauch von Furcht schleicht sich in ihre Stimme.

Kymora folgt uns, geht um die Lore herum und tritt zwischen die beiden Reihen brennender Kohle.

»Ich habe niemanden geopfert«, antworte ich auf Kymoras Stichelei. »Ich habe nur für das gekämpft, woran ich glaube. Ich habe geliebt. Ich habe verloren. Ich habe *gelebt*. Aber Ihr? Ihr habt so viel verpasst. Euer Sohn ist einer der besten Männer, die ich je kennengelernt habe. Ihr hättet bei ihm bleiben, ihn lieben, von ihm lernen sollen. Vielleicht wärt Ihr dann auch ein besserer Mensch geworden. Ihr hättet Euch um die Menschen kümmern sollen, die unter Euren Schutz gestellt wurden, anstatt Throne stürzen zu wollen. Ihr hättet Euch mit der Macht, die Ihr hattet, zufriedengeben sollen. Ihr hättet für die Menschen leben sollen, anstatt sie Euch unterwerfen zu wollen.«

»Warum?«, erwidert Kymora lachend. »Ich stehe kurz davor, alles zu erreichen, was ich jemals gewollt habe.«

»Nein«, sage ich. »Ihr steht kurz davor, zu sterben. Euer Leben zu verlieren für *nichts*.«

Kymora seufzt. »Langsam habe ich es satt. Bringen wir es hinter uns, Ziva.«

Ja. Bringen wir es hinter uns.

Ich stehe völlig reglos da, doch in meinem Inneren tobt ein Inferno der Gefühle. *Kummer, Wut, Verzweiflung, Angst* – die so vertraute Angst. Sie alle brodeln unter meiner Haut, als wollten sie aus mir herausbrechen. Sie pulsieren von innen gegen meinen Schädel und fordern meine ganze Aufmerksamkeit, damit sie mich völlig überwältigen können.

Ich blicke zu den Wänden, wo die Kohle die unteren Eisenablagerungen bereits erhitzt hat.

»*Bewege dich*«, sage ich und lenke die ganze Kraft meiner Gefühle in das Metall, dort, wo die Kriegsherrin steht.

Das Eisen erzittert, Risse wandern die Wände empor. Einige große Brocken lösen sich, und nur die Hitze der Kohle erlaubt es mir, sie zu beherrschen.

»Ziva«, sagt Kymora, nun mit einem warnenden Unterton in der Stimme.

Allein mit der Kraft meines Willens katapultiere ich Eisenbrocken in ihre Richtung. Im letzten Moment reißt Kymora Echo hoch, um sie abzuwehren. Meine Geschosse zerbröseln an dem Schildhammer und regnen nutzlos zu Boden. Ich lasse weitere Brocken aus dem Fels brechen und schmettere sie mit noch mehr Wucht gegen sie.

»Ziva!«, brüllt die Kriegsherrin, deren Fassade der Furchtlosigkeit langsam ebenfalls Risse bekommt. Sie beugt sich vornüber, um sich kleiner zu machen, und prescht auf mich zu.

Ich lasse Steinbrocken vor ihr niedergehen und bringe sie zum Straucheln, während Temra und ich uns immer tiefer in die Mine zurückziehen. Kymora rollt sich ab und springt sofort wieder auf die Füße, als verspüre sie nicht den leisesten Schmerz.

Die Luft ist brüllend heiß. Sie bringt alles und jeden zum Glühen, der sich zwischen den beiden Kohlespuren befindet.

Ich taste mit meinen Sinnen nach dem magischen Hammer in Kymoras Hand und versuche, ihn sanft an mich zu ziehen.

»O nein, untersteh dich«, kreischt Kymora und packt ihn fester.

Die verschwommenen Gesichter meiner Eltern blitzen vor meinem inneren Auge auf. Kellyns Lächeln. Die lachende Temra. Petrik, der begierig in einem Buch nach Antworten sucht. Sie sind die Menschen, die ich am meisten liebe. Die Kymora bedroht oder mir bereits genommen hat.

Ich lasse meine Liebe zu ihnen in mir aufflammen, während ich meine Magie erneut auf den Hammer richte.

Anstatt Echo zu mir zu ziehen, stoße ich ihn diesmal mit aller Kraft von mir weg – und Kymora mit ihm. Ihr linker Arm steht in einem unnatürlichen Winkel ab, während sie vom Hammer zum Eingang der Mine geschleift wird.

Ich ergreife meine Chance und hechte ihr nach, Agony fest umklammert, bereit für den Hieb. Kymora löst ihren Griff um den Hammer, damit sie mit ihrer linken Hand meine Schulter packen und meinen Schlag mit ihrem Schwert abfangen kann.

Aber womit sie nicht gerechnet hatte, ist, dass Agony jeden Stoß, den sie mit Echo abgefangen hat, in sich aufgesogen hat. Er hat die Kraft jedes Eisenstücks, das auf ihn niedergegangen ist, gierig in sich aufgenommen, und mit jedem Mal ist seine eigene Schlagkraft mächtiger geworden.

Die Wucht des Hammers treibt Kymoras Klinge zurück.

In ihren Hals.

Kymora versucht zu sprechen, bringt aber nur ein Röcheln zustande.

»Ihr hattet Eure Chance«, sage ich. »Ein zweites Mal werde ich keine Gnade walten lassen. Das ist für meine Eltern.«

Ich trete einen Schritt zurück und lege meine ganze Magie in das Schwert an ihrer Kehle.

Und *stoße zu*.

Ich könnte nicht sagen, wie viel Zeit verstreicht, nachdem ich Kymora getötet habe und der Schmerz um Kellyn mich mit voller Wucht erfasst. Temra versucht, mir Trost zu spenden. Sie murmelt in mein Haar und fährt über meinen Rücken, während ich um meinen Geliebten weine. Ich weine um meine Eltern, als hätte ich sie noch einmal verloren. Ich weine um die Soldaten, die im Kampf gefallen sind.

»Ziva«, sagt Temra irgendwann sanft. »Es ist noch nicht vorbei. Kymoras Männer halten unsere Leute gefangen. Du weißt, was du als Nächstes zu tun hast.«

Es spielt keine Rolle, ob Petrik den Verstand verloren hat, ob er zu viel Vertrauen in mich setzt. Ich muss es versuchen.

»Also dann.«

Ich lasse mich auf die Knie sinken und stütze mich mit den Händen an der heißen Felswand ab. Tränen laufen mir ununterbrochen übers Gesicht, und alles tut mir weh, aber ich achte nicht darauf.

Ich schließe die Augen, spüre das Metall, das im Herzen dieses Berges schlägt und dicht unter seiner Oberfläche pulsiert. Unter der Stadt. Um ganz Lirasu herum.

Es fällt mir nicht schwer, mir vorzustellen, was ich mit dem Metall erreichen will. Genau das, was ich mir immer gewünscht habe. Wonach ich mein ganzes Leben lang gestrebt habe.

Sicherheit.

Ich habe mich immer danach gesehnt, mich sicher zu fühlen. Ich wollte die Angst loswerden, die nach mir greift, wann immer ich mich nach draußen wage. Wann immer ich von Menschen umgeben bin. Es ist ein innerer Kampf, den keine noch so mächtige Magie jemals auflösen könnte. Doch die äußere, sehr handfeste Gefahr für meine Stadt lässt sich bezwingen.

Also lege ich mein tiefstes und wahrstes Verlangen in das Eisen, vermische es mit all dem Schmerz, den ich in diesem Moment fühle. Ich lasse alles, was ich bin, in die Magie fließen.

Ein Hitzestoß fegt mich rücklings zu Boden und einen Moment lang sind meine Augen von weiß glühendem Licht geblendet.

Als ich wieder sehen kann, fühle ich mich innerlich seltsam leer.

Da ist keine Angst. Keine Panik. Kein Schmerz.

Aber auch keine Freude. Kein Gefühl des Triumphs. Keine Erleichterung.

Die Magie hat mir alles genommen und es in das Eisen geleitet.

Der Rauch in der Mine ist inzwischen so dicht, dass Temra und ich es nicht länger aushalten. Temra sagt kein Wort, aber sie zieht ihr Kurzschwert und greift nach meiner Hand. Nachdem ich Echo wieder an mich genommen habe, stecke ich beide Hämmer zurück in meinen Gürtel.

Wir klammern uns aneinander, während wir hustend zum Ausgang rennen. Temra ist geschwächt von den Kämpfen, dem Laufen und dem Rauch, den sie bereits eingeatmet hat. Ich hingegen fühle mich, als könnte ich tagelang weiterlaufen, obwohl der Rauch auch meine Lunge angreift.

Bei jedem Schritt spüre ich den pulsierenden Fluss der Magie um mich herum. Auf die gleiche Weise habe ich eine Verbindung zu jeder Waffe, die je in meiner Schmiede entstanden ist. Nur dass ich diesmal nicht nur eine einzelne Waffe mit Magie versehen habe. Ich habe meine Magie in die Erzadern der Mine gelenkt, die sich im ganzen Berg verzweigen und bis in die Gesteinsschichten tief unter der Stadt reichen.

Ich habe ganz Lirasu mit Magie umschlossen.

Wir finden die Truppen der Kriegsherrin am Fuße des Bergs, in der Nähe des Stadtrands. Dort haben sie sich versammelt, direkt unterhalb des Schauplatzes der zweiten Angriffswelle. Unsere Leute sind bei ihnen, entwaffnet und gefesselt knien sie auf dem Boden.

Prinz Skiro sitzt im Schneidersitz neben der verwundeten Prinzessin. Serutha ist auch da. Für die Augen von Außenstehenden sieht es so aus, als würde sie auf Marossas Wunde drücken. Aber ich weiß es besser: Sie wirkt heimlich Magie. Serutha hatte sich während des Kampfes in der Stadt versteckt, aber ich bin mir sicher, dass die Wunden der

Sterbenden nach ihr gerufen haben, obwohl sie längst wusste, dass der Kampf verloren war.

Es dauert nicht lange, bis Kymoras Soldaten Temra und mich entdecken. Sie belauern uns misstrauisch, einige legen sogar die Hände auf ihre Schwertgriffe.

Neben dem Pferd der Kriegsherrin liegen Waffen zu einem großen Stapel aufgetürmt. Wahrscheinlich hatte sie alle einsammeln lassen, um die magischen herauszusuchen.

Während ich noch den Blick schweifen lasse, verkündet Temra den Soldaten vor uns: »Die Kriegsherrin ist tot. Ihr werdet ihre Leiche in der Mine finden.«

»Den Zwillingsschwestern sei Dank!«, ruft Skiro und steht auf.

»Zurück auf die Knie, Prinz!«, sagt eine Frau. Skiro starrt in ihre Richtung, bevor er sich wieder auf den Boden sinken lässt. Dann tritt die Frau aus den Reihen vor.

Es ist Elany. »Wenn Kymora wirklich tot ist, werden wir, ihre treuen Anhänger, die Mission trotzdem weiterführen. Und als Erstes werden wir den Prinzen und die Prinzessin hinrichten.«

Mehrere Soldaten nähern sich nun den königlichen Geschwistern. Als sie sich zu ihnen bücken wollen, halten sie plötzlich inne.

Einer der Soldaten blinzelt, richtet sich auf und versucht dann erneut, den Prinzen zu packen.

»Was macht ihr da?«, fragt Elany die beiden. »Ergreift sie!«

»Das können sie nicht«, sage ich ohne jede Gefühlsregung. Das Gespräch mit Elany lässt mich innerlich kalt. Meine Angst ist verschwunden. »Ihr dürft innerhalb der Grenzen von Lirasu keinen anderen Menschen verletzen. Dies ist ein sicherer Zufluchtsort, geschützt durch Magie.«

Elany schnaubt verächtlich. Sie zieht ihr Bastardschwert und kommt auf mich zu. Ich spüre, wie Temra neben mir alle Muskeln anspannt, aber ich hebe die Hand, um sie zurückzuhalten. Elany schwingt ihr Schwert.

Und stößt auf einen unsichtbaren Widerstand in der Luft.

Sie versucht es noch einmal. Und noch einmal. Und noch einmal.

Ich wünschte, ich könnte Stolz empfinden, aber in mir ist nichts als Klarheit. Ich habe ein ganzes Leben voller Angst – ins Unerträgliche gesteigert durch alles, was Kymora mir angetan hat – in dieses Eisen fließen lassen.

Diese Magie wird bis in alle Ewigkeit fortbestehen.

Ich wende mich an Kymoras Soldaten: »Ich bin Ziva Tellion, bekannt für meine magischen Klingen. Aber meine Kräfte gehen weit über das Schmieden von Waffen hinaus. Ich kann erhitztes Eisen nach meinem Willen formen, und ich habe das Erz unter euren Füßen mit meiner Magie versehen, das Erz dieser Berge. Von nun an wird Lirasu ein Ort der Sicherheit für alle sein, die hier Zuflucht suchen. Ihr könnt diese Stadt nicht einnehmen.«

Elanys Gesicht wird zu einer wutverzerrten Fratze. »Dann ziehen wir weiter und erobern den Rest von Ghadra. Ich werde mir meine Rache nicht nehmen lassen!« Sie schickt einige von Kymoras Soldaten zu den erbeuteten magischen Waffen und weist andere an, die Wagen zu beladen.

Als die Männer nach den gestohlenen Waffen greifen wollen, können sie keine einzige von ihnen anfassen. Es ist, als wären sie von einer unsichtbaren Kuppel umschlossen.

»Diese Waffen sind nicht deine«, sage ich. »Ghadra gehört dir nicht. Und keiner dieser Soldaten ist an deinen Befehl gebunden. Zeit, dich geschlagen zu geben, Elany. Wenn du Gerechtigkeit willst, dann musst du sie auf einem anderen Weg erlangen, denn ich werde nicht zulassen, dass du auch nur eine einzige unschuldige Seele in Ghadra verletzt.«

»Niemand von uns wird das zulassen«, verkündet Skiro und steht auf.

»Wir haben Eure Truppen schon einmal besiegt. Ihr habt Euch ergeben«, hält ihm Elany mit Genugtuung entgegen.

»Und ihr habt große Verluste erlitten«, erwidert Skiro. »Ihr habt nicht mehr genug Leute, um es mit ganz Ghadra aufzunehmen. Mein Bruder Verak hat uns zwar keine Verstärkung geschickt, aber er befehligt mehrere Hundertschaften. Wenn er euch von Norden her angreift und wir von Süden, wird es ein kurzes Gefecht werden.«

Ich blicke auf das, was noch von Kymoras Armee übrig geblieben ist. »Diese Soldaten sind dir nicht so treu ergeben, wie sie es gegenüber der Kriegsherrin waren. Was glaubst du, wie viele von ihnen mit dir in einen aussichtslosen Kampf ziehen werden?«

Zum ersten Mal sehe ich Elanys Zuversicht schwinden. Sie lässt den Blick über die Soldaten schweifen, die immer unruhiger werden, was auch ihr nicht zu entgehen scheint.

Da taucht Gouverneur Erinar wie aus dem Nichts neben uns auf. »Womit, frage ich dich, willst du diese Soldaten bezahlen? Du wirst auf eurem Weg durch das Land keine Beute machen. So weit werdet ihr gar nicht kommen. Ich hingegen bin reich an Gütern, und jetzt steht dieses Land unter besonderem Schutz. Vielleicht zieht es der ein oder andere deiner Soldaten vor, sich hier niederzulassen und eine ehrliche Arbeit aufzunehmen? Und auch der Prinz und die Prinzessin werden nun jede zusätzliche Hand gebrauchen können. Warum sollten diese Leute weiter auf verlorenem Posten kämpfen, wo sie ihren Lebensunterhalt jetzt, da Prinz Ravis und Kriegsherrin Kymora tot sind, so viel gefahrloser bestreiten können?«

»Jemand muss die Herrschaft über das Land von Ravis übernehmen«, sagt Elany. »Wir werden uns dorthin zurückziehen und –«

»Das werdet ihr nicht«, sagt Skiro. »Meine Geschwister und ich werden gemeinsam beratschlagen, was mit Ravis' Territorium geschehen soll. Du hast keinen Anspruch darauf. Dieses Land gehört dem Volk.«

»Ich habe alles Recht der Welt! Ich bin eine Magieträgerin! Eine Kriegerin! Und jetzt Abmarsch!«

Kein einziger der rot gewandeten Soldaten rührt sich vom Fleck.

»Die Schlacht ist vorbei«, sage ich zu ihnen. »Habt ein Einsehen und werft euer Leben nicht weg.«

Elany sieht sich um, auf der Suche nach einem einzigen treuen Mitstreiter. Als sie keinen findet, schwingt sie sich auf das Pferd der Kriegsherrin, wirft uns einen letzten finsteren Blick zu und galoppiert zur Stadt hinaus.

Es ist vorbei.

Und mit einem Mal kommt alles zurück: Ich taumle zu Boden, als mein Kummer, meine Angst, mein Schmerz, meine Erschöpfung – sich endlich alles Bahn brechen darf.

Wir mögen gewonnen haben – und doch habe ich viel zu viel verloren.

Temras Arme legen sich um meine Schultern, ziehen mich an ihre Seite. Obwohl um mich herum alles in Bewegung ist, nehme ich nichts davon richtig wahr. Wahrscheinlich bergen sie die Toten, kümmern sich um die Verwundeten und tun, was sonst noch nach einer Schlacht zu tun ist.

Ich weiß, ich sollte helfen. Ich sollte aufstehen und mich bewegen, aber ich kann es nicht.

»Er ist nicht mehr da«, sage ich zwischen Schluchzern.

»Ich weiß«, antwortet Temra.

»Ich habe es ihm nie gesagt, Temra. Ich habe ihm nie gesagt, dass ich ihn auch liebe. Warum nur? Es war so dumm und kleinlich von mir, und jetzt wird er es nie erfahren.«

Schritte nähern sich, und für einen kurzen Augenblick schäme ich mich, aber das ist nichts im Vergleich zu meinem Kummer.

»Was ist denn los?«, will Petrik wissen. »Ist sie verletzt? Ist eine von euch verwundet?«

Ich merke, wie Temra den Kopf schüttelt, doch dann versteift sie sich. Ihre Arme gleiten von mir ab. »Ziva«, sagt sie.

»Kannst du mich noch ein wenig festhalten?«, frage ich. »Ich bin noch nicht bereit.«

»Ziva, mach sofort die Augen auf.«

Ich schniefe noch einmal, dann gehorche ich.

Und meine Augen müssen mich wohl täuschen, denn vor mir steht Kellyn. Unfassbar groß ragt er über mir auf, als ich auf dem Boden kauernd zu ihm aufblicke. Mit der Sonne im Rücken ist sein Haar wie ein golden loderndes Leuchtfeuer.

»Liebes, was hast du?«

Ich wage es nicht zu blinzeln, aus Angst, dass alles, was ich sehe, mit einem Lidschlag wieder verschwinden könnte.

Ich habe ungeahnte Magie gewirkt; wer weiß, welchen Tribut das von meinem Geist gefordert haben mag.

»Kymora hat ihr gesagt, dass du tot bist«, erklärt Temra. »Sie weint um dich.«

»*Tot?* Mit Zivas Schwert, das mich beschützt? Niemals! Liebling, komm her.« Er beugt sich herunter und streckt seine Arme nach mir aus.

Ich traue mich nicht, sie zu ergreifen. Was, wenn meine Hände durch seine hindurchgleiten?

Kellyns Blick wird unsicher. Er lässt die Arme sinken. »Was ist los?«

»Du bist nicht echt.«

»Doch, das bin ich.«

»Beweise es.«

Er greift so schnell nach mir, dass ich gar nicht ausweichen kann. Sehr kräftige Hände packen mich, heben mich hoch und drücken mich an eine noch kräftigere Brust.

»Kymora war ein hinterhältiges Biest«, sagt Kellyn. »Wem willst du lieber glauben? Ihr oder dem Menschen aus Fleisch und Blut, der vor dir steht?«

Und wieder fange ich an zu weinen.

KAPITEL DREISSIG

Petrik wartet, bis ich mich etwas beruhigt habe, bevor er anfängt, sich zu brüsten.

»Alle glauben immer, dass es die großen, tapferen Krieger sind, die Schlachten gewinnen. Dabei sind es die Kerle mit Grips, die den Unterschied machen.«

Die Mitglieder der königlichen Familie sind bereits dabei, die Aufräumarbeiten zu organisieren, jetzt, wo die Schlacht geschlagen ist, aber wir haben uns zu viert am Rand des Geschehens zusammengefunden.

»Du meinst wohl, es sind die talentierten *Frauen*, ohne die alle verloren wäre«, sagt Temra zu ihm.

»Ziva hat den Plan umgesetzt, aber es war meine Idee. Habe ich da nicht etwas Anerkennung verdient?«

Temra hebt eine Augenbraue. »*Deine* Idee?«

»Na gut, sie hat die Idee noch etwas verbessert. Aber das heißt nicht –«

»Warte«, sage ich. »Du hattest gar nicht geplant, dass ich die ganze Stadt mit Magie belege?«

»Nicht ganz«, gibt Petrik verlegen zu. »Ich dachte, du könntest einen Teil des Berges magisch schützen, damit wir hier oben sicher sind. Oder die Waffen unbrauchbar machen oder etwas ähnlich Simples. Ich wusste nicht, dass die ganze Stadt von einem Eisenvorkommen umgeben ist.«

Kellyn lässt die Muskeln des Armes spielen, den er um mich geschlungen hat. »Natürlich ist sie über sich hinausgewachsen.«

»Aber es war eine gute Idee«, sagt Temra zu Petrik und küsst ihn auf die Wange. »Danke.«

Ihr Lob lässt ihn erröten.

»Aber noch beeindruckter bin ich von all den Reden, die Ziva in letzter Zeit gehalten hat«, sagt Temra. »Du hast die Söldner überzeugt, für uns zu kämpfen. Du hast die Baumwollspinnerin mit Worten in die Flucht geschlagen und Kymoras Leute auf unsere Seite gezogen. Ich habe dich noch nie so selbstbewusst sprechen sehen.«

»Bei der letzten Rede habe ich geschummelt«, gebe ich zu und erkläre, wie die Magie mir für eine Weile jede Angst entzogen hatte.

Temra schüttelt den Kopf. »Du hättest das auch so geschafft.«

Mag sein, aber ich bin froh, dass ich es nicht tun musste.

Die nächsten Tage sind aufreibend. Serutha heilt die Verwundeten. Wir anderen beerdigen die Toten. Boten werden ausgesandt, um allen die Nachricht zu überbringen, dass die Kriegsherrin tot ist.

Prinzessin Marossa ist im Handumdrehen wieder auf den Beinen. (»Wo ist mein Bogen?«, war das Erste, was sie wissen wollte, als sie wieder zu sich kam.) Der Gouverneur und sein Mann gehen von Tür zu Tür und suchen die Familien auf, die sich in ihren Häusern verbarrikadiert hatten, um allen zu verkünden, dass die Stadt wieder sicher ist.

Die Soldaten der toten Kriegsherrin werden einzeln befragt und erhalten je nach ihren Fähigkeiten bestimmte Aufgaben zugeteilt.

Und die Söldner, die den Kampf überlebt haben, kommen zu mir, um ihren Lohn einzufordern. Es dauert etwas, bis die Bank ihren Betrieb wieder aufnimmt, aber die Kämpfer warten geduldig.

Ich empfinde allenfalls einen Hauch von Wehmut, als ich jeden Ockel hergebe, den ich je verdient habe, denn ich habe noch immer alles, was ich brauche.

Meine Schwester. Meinen Kellyn. Meine Freunde.

Geld ist nichts im Vergleich zu alldem.

Es dauert einen Monat, bis die Stadt beinahe wieder zu ihrem gewohnten Alltag zurückgekehrt ist. Nur *beinahe* allein deshalb, weil es keine Verbrechen mehr gibt. Der Gouverneur braucht keine Leibwache mehr - niemand kann ihn in der Stadt angreifen. Innerhalb der Stadtmauern kann nun weder ein Diebstahl noch ein Mord begangen werden. Gewalt ist in Lirasu nicht mehr möglich.

Meine Heimatstadt ist sicherer als jeder andere Ort auf der ganzen Welt.

Aber auch das kann mich nicht vor der Abreise meiner Schwester bewahren.

Sie und Petrik stehen mit gepackten Taschen bereit für den Marsch zurück in Skiros Hauptstadt. Der Prinz ist längst abgereist, aber Temra wollte noch eine Weile bleiben – mir zuliebe, wie ich vermute. Und ich war zu selbstsüchtig, um darauf zu bestehen, dass sie früher aufbricht. Aber gestern teilte sie mir mit, dass es jetzt an der Zeit sei.

Leise Tränen rollen mir über die Wangen, als ich die beiden ansehe. »Musst du wirklich gehen?«, versuche ich es ein letztes Mal.

»Es ist Zeit«, wiederholt meine Schwester. »Skiro braucht mich, und ich weiß, dass die Bibliothek Petrik sehr vermisst.«

»Das stimmt«, pflichtet ihr Petrik bei. »Ich habe meine Pflichten dort lange vernachlässigt. Außerdem ist da noch mein Buch, das geschrieben werden will.«

»Das über die Magieträger?«, frage ich. Es war der Grund, warum wir uns überhaupt kennengelernt haben.

»Ja, auch das, aber ich meinte das über unsere Kämpfe gegen Kymora. Die Fortsetzung unserer ersten Reise. Die Welt sollte wissen, was wir getan haben. Die Hälfte der Bevölkerung hat nicht einmal mitbekommen, dass Ravis und Kymora es auf ganz Ghadra abgesehen hatten. Die Leute haben keinen Schimmer davon, dass sie jemals in Gefahr waren.«

»Ich wette, die meisten werden glauben, du hast dir das alles nur ausgedacht«, sagt Kellyn.

»Ha, so viel Fantasie habe nicht einmal ich!«

Die beiden Männer schütteln sich die Hände.

»Du bist wirklich in Ordnung, Gelehrter«, sagt Kellyn und neckt ihn ein letztes Mal wegen des Gelehrtengewandes, in dem wir ihn damals kennengelernt haben: »Gute Reise. Pass auf, dass du nicht wieder über dein Kleid stolperst.«

»Pass du lieber auf, dass man dich wegen deiner Unausstehlichkeit nicht einen Kopf kürzer macht, sobald du einen Fuß vor die Stadt setzt.«

»Ich kann nichts versprechen.«

Die beiden lächeln sich an, und dann kommt Petrik zu mir.

Wir blicken uns an. »Sollen wir ... sollen wir uns umarmen?«, fragt er mich.

Ich zucke mit den Schultern und lege die Arme um den dummen Gelehrten. Es ist kein ausschließlich schreckliches Gefühl.

»Ich meinte es ernst«, flüstere ich ihm zu. »Das stumpfeste Werkzeug in meiner Schmiede.«

»Verstanden«, sagt er und tritt einen Schritt zurück.

»Pass auf meine Schwester auf.«

Temra lacht. »Ich werde wohl eher diejenige sein, die auf ihn aufpasst.«

»Da könntest du recht haben«, erwidert Petrik.

Temra und Kellyn umarmen sich. Kellyn sagt etwas zu ihr - irgendetwas von Streckübungen für die Arme - und sie zeigt ihm ihren linken Bizeps. Er lacht über einen Witz, den offensichtlich nur die beiden miteinander teilen.

Dann steht meine Schwester vor mir, und ich merke, wie ich wieder zu weinen beginne.

»Nicht doch«, sagt sie und zieht mich an sich.

»Ich werde dich so sehr vermissen.«

»Aber nicht für lange. Wir werden uns immer wieder sehen! Ich sitze nicht in Skiros Hauptstadt fest. Du sitzt hier nicht fest. Außerdem wirst du doch die ganze Zeit in Amanor sein, oder?«

Ich werfe Kellyn einen nervösen Blick zu, aber er und Petrik sind mitten in einem Gespräch.

»Wir haben noch nicht darüber geredet. Ich weiß nicht …«

»Ziva.« Temras durchdringender Blick lässt mich zusammenschrumpfen. »Du hast die mächtigste Person der Welt besiegt. Du hast mit deiner Magie die Grenzen dessen überschritten, was bis vor Kurzem denkbar war. Jetzt geh und sprich mit dem Mann, den du liebst, und *schmiede einen Plan.* Schreib mir und lass mich nicht im Ungewissen. Ich liebe dich.«

»Ich liebe dich.«

»Oh, und wenn du dich entschieden hast, wo du dich niederlassen willst – ich kenne zufällig einen Maler, der uns dabei hilft, in Zukunft *bequemer* in Verbindung bleiben zu können.« Sie zwinkert mir zu.

Mit diesen Worten gehen Temra und Petrik Hand in Hand aus dem Haus unserer Kindheit. Ich schaue ihnen nach, bis sie um die Wegbiegung verschwunden sind.

Bei den Zwillingsschwestern, wie weh das tut! Kellyn führt mich ins Haus und hält mich, während ich weine. Ich lasse den Tränen eine Minute freien Lauf, dann höre ich von einem Moment zum anderen auf. Ich wische mir die Augen, erlange wieder die Beherrschung über meine Gesichtszüge und weigere mich, darüber nachzudenken, was mir gerade weggenommen wurde.

»Es ist nichts Schlimmes daran, traurig zu sein«, sagt Kellyn. »Ich habe mir die Augen ausgeheult, als ich das erste Mal von zu Hause weggegangen bin.«

»Hast du nicht.«

»Na ja, das war vielleicht ein bisschen übertrieben. Aber die ein oder andere Träne habe ich vergossen.«

Wir setzen uns auf das kleine Sofa im Wohnzimmer. Ich versuche, nicht daran zu denken, wie leer das Haus ohne meine wunderbare Schwester sein wird.

Aber das ist wohl der Lauf des Lebens. Kinder werden groß und verlassen ihr Zuhause. Ich weiß, dass Temra nicht mein Kind ist, aber sie könnte es genauso gut sein, da ich sie großgezogen habe.

Als ich mich wieder etwas mehr im Griff habe, erlaube ich mir endlich, den schönen Mann vor mir anzusehen. Ich strecke meine Hand aus und umschließe die seine.

»Was jetzt?«, frage ich.

»Hast du Hunger? Sollen wir etwas essen?«

»Ich meine, für uns, Kellyn.« Ich atme tief durch.

»Ich verstehe nicht. Warum schaust du schon wieder drein, als stünde uns das Ende der Welt bevor?«

Unvermittelt stehe ich auf, um etwas Abstand zwischen uns zu bringen. Ich laufe vor ihm im Raum auf und ab, denn ich muss mich einfach *bewegen.*

»Du hast damals von Heirat gesprochen. Wir haben uns gegenseitig eingestanden, was wir füreinander empfinden. Aber wir haben nie darüber geredet, wie das alles funktionieren soll.« Ich wage einen Blick zu ihm. »Ich habe Angst vor diesem Gespräch, weil ich dich nicht verlieren möchte. Aber wir wollen unterschiedliche Dinge. Ich wünsche mir Sicherheit. Ich will nicht durch die ganze Welt reisen und Abenteuer erleben. Ich bin eine Stubenhockerin. Ich bleibe gern zu Hause. Aber du willst reisen. Du willst dein Schwert schwingen und neue Menschen kennenlernen. Wie sollen wir zusammen sein können, wenn wir von so unterschiedlichen Dingen träumen?«

»Oh«, sagt Kellyn. Er steht auf und fängt ebenfalls an, auf und ab zu gehen. »Daran habe ich gar nicht gedacht.«

Ich spüre, dass ich schon wieder den Tränen nahe bin. *Nimm dich zusammen, Ziva.*

Ich hatte so sehr gehofft, dass er eine Antwort parat haben würde. Dass er nur lachen und erklären würde, bereits an alles gedacht zu haben, sobald ich das Problem anspreche.

Aber das hat er nicht. Und jetzt geht er grübelnd auf und ab, was mich wiederum dazu bringt, meine Finger zu verknoten.

Kellyn hält inne. »Zunächst einmal: Wo willst du leben? Hier in Lirasu?«

Ich bin ein wenig verblüfft über die Frage, aber ich antworte. »Nein, ich glaube, ich habe mit dieser Stadt abgeschlossen.«

»Wirklich? Auch wenn sie dank dir der sicherste Ort der Welt ist?«

»Eigentlich habe ich mich in Amanor immer am sichersten gefühlt.« Ich blicke zu Boden.

»Du willst in Amanor leben?«, wiederholt Kellyn ungläubig. »Wo auch meine riesige Familie lebt?«

»Ja. Das ist in der Nähe von Temra und ich liebe deine Familie.«

»Nur meine Familie?«

Ich stoße die Luft aus, bevor ich zu ihm aufschaue. »Ich liebe dich auch, du Dummkopf.«

Kellyn beißt sich auf die Lippe und unterdrückt ein Lachen. »War das so schwer zu sagen?«

»*Ja!* Jetzt wird es noch mehr wehtun, wenn wir getrennte Wege gehen. Wenn –«

Er schneidet mir mit einem langen Kuss das Wort ab. »Könntest du mir einen Gefallen tun und es noch einmal wiederhole, ohne den *Dummkopf?*«

Ich bin noch ganz benommen von dem Kuss, aber die Worte platzen aus mir heraus: »Ich liebe dich, du eingebildeter Esel.«

»*Hmm.*«

Er küsst mich wieder, und ich vergesse all die Sorgen über meine Schwester und meine Albträume vom Krieg, wie immer, wenn wir beide so zusammen sind, nur er und ich.

Als er sich zurückzieht, sind meine nächsten Worte kaum mehr als ein Flüstern: »Ich muss wissen, wie es weitergeht.«

»Wir werden in Amanor leben«, sagt er schlicht. »So, damit hätten wir ein Problem weniger.«

Ich lege meine Hände auf seine Brust und lehne mich leicht nach hinten, damit ich ihn ansehen kann. »Aber du wirst nicht dort *bleiben*. Du wirst die Welt bereisen. Und ich werde dich nur alle paar Jahre einmal sehen!«

Kellyn sieht mir in die Augen, und mein Atem wird schneller, als er mich ganz ernst anblickt. »Was hältst du davon, wenn ich nur vier Aufträge im Jahr annehme? Das heißt, ich bin alle drei Monate einmal weg?« Dann lächelt er. »Und was, wenn du mich auf zwei der Reisen begleitest? Dann sind wir nur noch zweimal im Jahr getrennt.«

»*Was?*«, frage ich.

»Wir werden ein Haus in Amanor bauen. Ich weiß ganz zufällig, dass dort eine gute Schmiedin gesucht wird. Du kannst in der Werkstatt arbeiten und ich auf den Feldern. Das Land wird uns alles geben, was wir brauchen. Ich nehme vier Aufträge im Jahr an, damit wir etwas dazuverdienen.

Und wenn du Lust hast, kommst du jedes zweite Mal mit. Wir können zusammen ein bisschen was von der Welt sehen. Aber in kleinen, gefahrlosen Häppchen.«

Ich weiß nicht, was ich sagen soll. »Vier Aufträge im Jahr? Reicht dir das denn? Was, wenn du unglücklich bist? Was, wenn du mich irgendwann dafür hasst? Was, wenn -«

Er bringt mich erneut mit einem Kuss zum Schweigen, der meiner aufsteigenden Angst keine Chance lässt.

»Ich würde dich niemals hassen«, sagt er. »Es ist meine freie Entscheidung. Es ist genau das, was ich will. Ich möchte unterwegs sein, aber die meiste Zeit möchte ich mit dir verbringen. Könntest du dir vorstellen, zweimal im Jahr mit mir auf die Reise zu gehen? Wäre das zu viel verlangt?«

Er sieht besorgt aus, und ich weiß, er überlegt sich bereits eine neue Lösung, falls ich seinen Vorschlag ablehne.

Also küsse ich ihn einfach. Ich vergrabe meine Hände in seinem Haar, atme ihn ein, koste die Hoffnung auf eine neue, gemeinsame Zukunft.

»Wirklich?«, frage ich. »Das war's? Mehr brauchen wir nicht, um unsere Träume miteinander zu vereinbaren? Natürlich werde ich dich zweimal im Jahr begleiten.«

Er lächelt. »Warum klingst du so überrascht?«

»Ich habe mir seit *Wochen* den Kopf darüber zerbrochen. Ich habe mich nicht getraut, es anzusprechen, aus Angst, es könnte das Ende zwischen uns bedeuten.«

»Ziva, ich habe dir doch gesagt, dass du die Frau bist, mit der ich für immer zusammen sein will. Dachtest du, ich würde das so einfach zurücknehmen? Hast du nicht daran geglaubt, dass wir uns etwas einfallen lassen können, damit es klappt?«

Ich antworte mit einer Mischung aus Lachen und Weinen – *wann werde ich endlich lernen, meine Gefühle im Zaum zu halten?*

Meine Stirn berührt seine und zum ersten Mal seit langer, langer Zeit werde ich innerlich ganz ruhig.

»Ich liebe dich«, sage ich.

»Ich liebe dich«, erwidert er.

Ich habe nicht das Gefühl, so viel Glück verdient zu haben. Aber ich nehme es an. Was sonst sollte ich tun? Es werden noch andere Dinge kommen, für die wir uns Lösungen einfallen lassen müssen, aber das können wir schaffen. Gemeinsam. Ich glaube an uns.

In diesem Moment habe ich keine Angst.

Ich freue mich auf das, was die Zukunft bereithält.

»Wann geht es los?«, frage ich.

»Mit dem Rest unseres Lebens?«, fragt Kellyn. »Ich gehe schon mal packen.«

DANK

Ich kann gar nicht glauben, dass diese zweite Serie nun abgeschlossen ist! Die *Sisters of the Sword*-Dilogie ist so ganz anders als meine ersten beiden Bücher, aber ich liebe sie, und ich hoffe, euch geht es ebenso. Meinen langjährigen Lesern und Leserinnen hatte ich für die Zukunft mehr Kussszenen versprochen. Während die emotionale Reise, die Ziva in *Wie zwei Schneiden einer Klinge* zu meistern hatte, keinen Raum dafür ließ, hoffe ich, dieses Versprechen nun mit *Die Magie unserer Herzen* eingelöst zu haben.

Mein Dank gilt einigen Menschen, die mich bei all meinen Büchern begleiten: Rachel Brooks, meine unglaubliche Agentin; Holly West, meine fantastische Lektorin; Brittany Pearlman, meine talentierte Herausgeberin; und viele weitere Leute hinter den Kulissen des Verlags. Vielen Dank an euch alle für die harte Arbeit, die ihr leistet!

Ich wäre niemals in der Lage, das zu tun, was ich tue, wenn ich nicht immer auf die Unterstützung meiner wunderbaren Freunde und Familie zählen könnte. Ihr wisst, wen ich meine. Danke, dass ihr mir zugehört habt, wenn ich mich beschwerte, weil ich mal wieder irgendwo feststeckte, und dass ihr mit mir zusammen gebrainstormt habt, wenn ich es brauchte. Das Schreiben kann ein sehr einsamer Beruf sein. Ich glaube, niemand von uns würde das aushalten, wenn wir nicht wüssten, dass es Menschen gibt, die hinter uns stehen und uns ermutigen.

Ein besonderer Shout-out an all die TikToker da draußen, die meine Bücher auf ihren Accounts empfehlen! Vielen Dank auch an die Bookstagrammer und BookTuber und andere in den sozialen Medien, die meine Bücher in ihren Feeds vorstellen. Ich bin so dankbar für alles, was ihr für die Buch-Community leistet. Danke an all die Mitarbeiter:innen in den Bibliotheken und Buchhandlungen, die ihren Kunden meine Romane empfehlen. Und vielen Dank an alle, die auf GoodReads oder anderen Plattformen begeisterte Rezensionen für eines meiner Bücher verfasst haben. Das ist eine echte Hilfe!

Und schließlich möchte ich mich bei meinen Lesern und Leserinnen bedanken, die mir auch bei dieser Serie treu geblieben sind. Ich weiß, dass Ziva ein bisschen anders ist als meine typischen Protagonistinnen, aber ich musste sie einfach in die Welt hinausschicken. Ich hoffe, ihr freut euch alle auf meine kommenden Veröffentlichungen. Ich kann es gar nicht erwarten, meine allererste Trilogie zu schreiben! Ich habe noch viele weitere Geschichten zu erzählen, und ich bin so dankbar für euch, die ihr sie lest.

TRICIA LEVENSELLER stammt aus einer kleinen Stadt in Oregon und lebt heute nahe der Rocky Mountains in Utah mit ihrem Hund Rosy. Sie machte ihren Abschluss in Englisch und war hinterher froh, nie wieder ein Lehrbuch in die Hand nehmen zu müssen. Wenn sie nicht gerade schreibt oder liest, legt sie gerne Puzzles, spielt Volleyball oder schaut ihre liebsten Fernsehshows und isst dabei extra buttriges Popcorn.

Von Tricia Levenseller sind bei cbj erschienen:

Sisters of the Sword - Wie zwei Schneiden einer Klinge (Band 1: 31477)
Sisters of the Sword - Die Magie unserer Herzen (Band 2: 31478)

PETRA KOOB-PAWIS studierte in Würzburg und Manchester Anglistik und Germanistik, arbeitete anschließend an der Universität und ist seit 1987 als Übersetzerin tätig. Sie wohnt in der Nähe von München, und wenn sie gerade nicht übersetzt, lebt sie wild und gefährlich, indem sie Museen durchstreift, Vögel beobachtet und ihren einäugigen Kater daran zu hindern versucht, sämtliche Möbel zu ruinieren.

Mehr zu unseren Büchern auch auf Instagram